BASTEI
LÜBBE

Taschenbücher von ORSON SCOTT CARD
im BASTEI-LÜBBE-Programm:

24089 Das große Spiel
24103 Sprecher für die Toten
24115 Meistersänger

20115 Der siebente Sohn

ORSON SCOTT CARD

DER ROTE PROPHET

Roman

Ins Deutsche übertragen von
Ralph Tegtmeier

BASTEI
LÜBBE

BASTEI-LÜBBE-TASCHENBUCH
Fantasy

Band 20123

Erste Auflage: Juni 1989

Deutsche Lizenzausgabe 1989
Bastei-Verlag Gustav H. Lübbe GmbH & Co., Bergisch Gladbach
Originaltitel: Red Prophet
Lektorat: Reinhard Rohn
Titelillustration: Dennis Nolan
Umschlaggestaltung: Quadro Grafik, Bensberg
Satz: Fotosatz Schell, Bad Iburg
Druck und Verarbeitung:
Brodard & Taupin, La Flèche, Frankreich
Printed in France
ISBN 3-404-20123-X

Der Preis dieses Bandes versteht sich einschließlich
der gesetzlichen Mehrwertsteuer.

NORDAMERIKA
Alvin-Miller-Straße
(Wobbish-Straße)
Entfernung in Meilen
0 50 100 150 200 250 300
HIGH WATER LAKE
LAKE MIZOGAN
HURON LAKE
L. IRRAKWA
LAKE CANADA
R. St. Denis
R. Rhône
R. Seine
Scoggin
Merrimack
Netticut River
Boston
Cape Faith
Mo-Hawk
Hudson River
River
River Thames
New Amsterdam
Philadelphia
Algony R.
Suskwahenny
Osh-Kontsy R.
Mizzipy R.
Fort Detroit
St. Joseph
Tippy-Canoe
Cr.
Maw-Mee
Hatrack
Hatrack
Dekane
Eight-face Mound
Mongoly
MOUNTAINS
Potomac
Luther
Shenandoah
Paw-Nee River
Noisy River
Vigor Church
Carthage City
My-Ammy
Pickawee
River Hio
Wobbish River
Bay of St. Olaf
James River
R. Mizeray
Kenituck R.
Virgin R.
Roanoke River
Hio River
Cherriky
River
Cree-ek
Smoky
Franklin
APPALACHEE
Yadkin River
Hot R.
Ozark R.
Tennizy R.
Tennizy R.
River Mersey
Avon River
Ar-Kansas R.
Savannah River
Camelot
Mizzipy River
Yazoo River
R. Santa Maria
R. Noche
Bammy River
River Tweed
Pearl River
Red River
Rio de Hispana
Santa Isabela

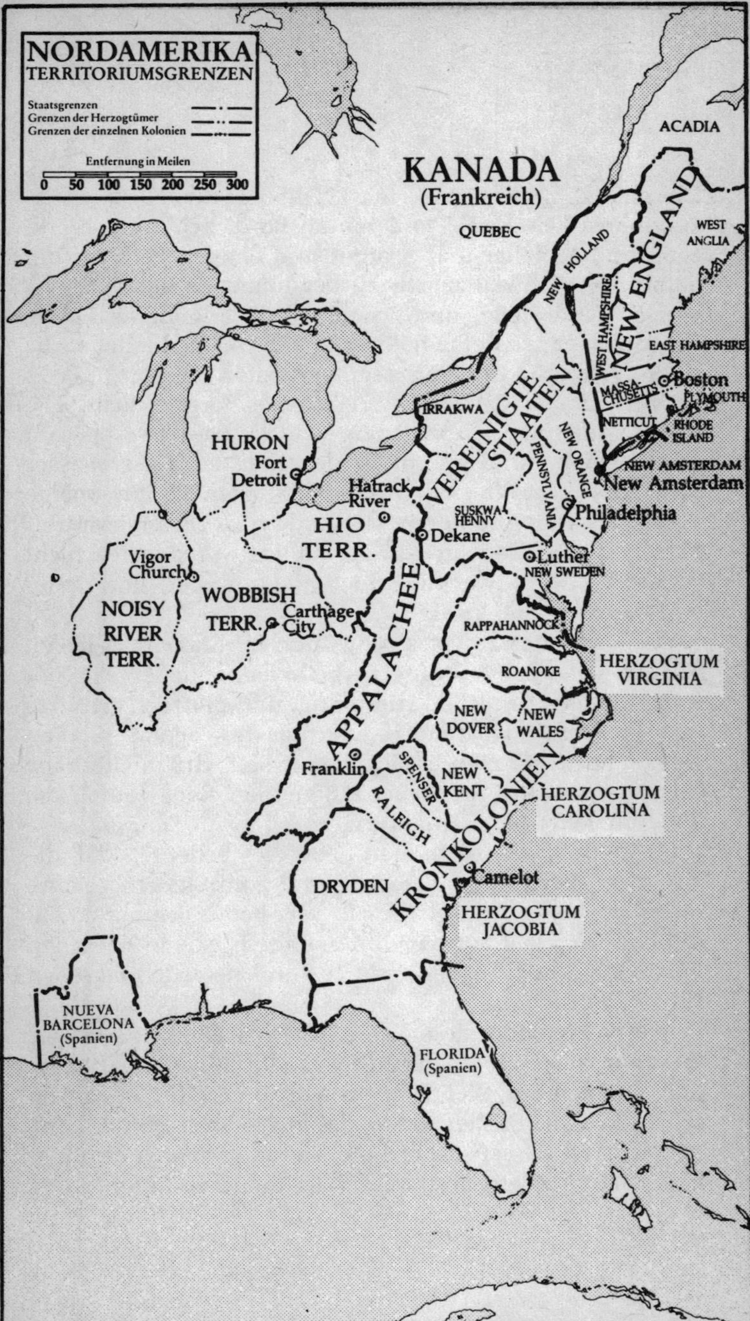
NORDAMERIKA
TERRITORIUMSGRENZEN
Staatsgrenzen
Grenzen der Herzogtümer
Grenzen der einzelnen Kolonien
Entfernung in Meilen
0 50 100 150 200 250 300
KANADA
(Frankreich)
QUEBEC
ACADIA
WEST ANGLIA
NEW HOLLAND
NEW ENGLAND
NEW HAMPSHIRE
WEST HAMPSHIRE
EAST HAMPSHIRE
MASSA-CHUSETTS
Boston
PLYMOUTH
NETTICUT
RHODE ISLAND
NEW AMSTERDAM
New Amsterdam
VEREINIGTE STAATEN
IRRAKWA
NEW ORANGE
PENNSYLVANIA
Philadelphia
SUSKWA HENNY
Dekane
Luther
NEW SWEDEN
HURON
Fort Detroit
Hatrack River
HIO TERR.
Vigor Church
NOISY RIVER TERR.
WOBBISH TERR.
Carthage City
APPALACHEE
Franklin
RAPPAHANNOCK
ROANOKE
HERZOGTUM VIRGINIA
NEW DOVER
NEW WALES
SPENSER
NEW KENT
RALEIGH
HERZOGTUM CAROLINA
KRONKOLONIEN
Camelot
HERZOGTUM JACOBIA
DRYDEN
NUEVA BARCELONA
(Spanien)
FLORIDA
(Spanien)

1 Hooch

Dieser Tage fuhren nicht viele Flachboote den Hio entlang, zumindest keine mit Pionieren an Bord, keine mit Werkzeug und Mobiliar und Saatgut und einigen Ferkeln, um damit eine Schweinezucht zu beginnen. Es bedurfte nur einiger Feuerpfeile, und schon würde irgendeine Horde Roter eine ganze Reihe halbverkohlter Skalps besitzen, die sie in Detroit an die Franzosen verkaufen könnten.

Doch Hooch Palmer kannte solche Sorgen nicht. Die Roten wußten alle ganz genau, wie *sein* Flachboot aussah: hochbeladen mit Fässern. In den meisten dieser Fässer schwappte der Whisky, was auch so ziemlich die einzige Musik war, die die Roten verstanden. Doch inmitten des Riesenstapels Bottiche gab es ein Faß, in dem es nicht schwappte. Das war mit Schießpulver gefüllt, und daran befestigt war eine Lunte.

Wie benutzte er dieses Schießpulver? Manchmal ließen sie sich von der Strömung herbeitreiben, stießen sich mit ihren Stangen um eine Krümmung, und plötzlich erblickte man ein halbes Dutzend Kanus, mit dick bemalten roten Kicky-Poo. Oder man erblickte ein Feuer, das in Ufernähe brannte, und um das Feuer einige Shaw-Nee-Teufel, die Feuerpfeile in den Händen trugen.

Für die meisten Menschen hätte dies bedeutet, daß die Zeit zum Beten, zum Kämpfen und zum Sterben gekommen war. Doch nicht für Hooch. Der baute sich mitten auf seinem Flachboot auf, eine brennende Fackel in der einen Hand, die Lunte in der anderen, und rief: »Ich jage den Whisky in die Luft!«

Nun verstanden die meisten Roten zwar nicht sehr viel Englisch, doch was ›in die Luft jagen‹ und ›Whisky‹ bedeutete, wußten sie alle. Und so wurde er nicht etwa von schwirrenden Pfeilen oder dahinjagenden Kanus eingeholt: statt dessen fuhren die Kanus an der gegenüberliegenden Flußseite an ihm vorbei. Irgendein Roter schrie:

»Carthage City!« Und Hooch erwiderte brüllend: »Stimmt genau!«, worauf die Kanus einfach den Hio hinabsausten, dem Ort entgegen, wo dieser Branntwein schon bald verkauft werden würde.

Für die Jungen an den Schifferstangen war es die erste Reise flußabwärts, und sie wußten noch nicht so viel wie Hooch Palmer, weshalb sie sich auch fast die Hosen vollgemacht hätten, als sie zum ersten Mal die Roten mit Brandpfeilen erblickten. Und als sie mitansehen mußten, wie Hooch seine Fackel an die Lunte hielt, da wären sie am liebsten sofort in den Fluß gesprungen. Hooch hatte immer nur gelacht und gelacht. »Ihr Burschen versteht nichts von Roten und Branntwein«, hatte er gesagt. »Diese roten Teufel tun nichts, was dazu führen könnte, daß auch nur das winzigste Tröpfchen aus einem dieser Fässer im Hio endet. Die würden glatt, ohne zu zögern, ihre eigene Mutter umbringen, wenn sie sich zwischen sie und ein Faß stellte. Aber *uns* werden sie nichts tun, solange ich das Schießpulver bereithalte, nur für den Fall, daß sie Hand an mich legen sollten.«

Insgeheim mochten die Schifferjungen sich vielleicht fragen, ob Hooch wirklich das ganze Floß samt Mannschaft in die Luft jagen würde, die Wahrheit aber war, daß er es tatsächlich getan hätte. Er war kein großer Denker und vergeudete auch nicht viel Zeit darauf, über den Tod, das Jenseits oder ähnliche philosophische Dinge nachzugrübeln, doch zu einem Schluß war er immerhin gelangt: Wenn er starb, so glaubte er, würde er nicht allein sterben. Und er ging auch davon aus, daß niemand, der ihn umbringen sollte, davon auch nur den allergeringsten Vorteil haben würde. Und ganz bestimmt nicht irgendein halbtrunkener, hasenfüßiger Roter mit einem Skalpiermesser.

Das schönste Geheimnis aber war, daß Hooch überhaupt keine Fackel und schon gar keine Lunte gebraucht hätte. Ja, diese Lunte führte genaugenommen nicht einmal ins Innere des Pulverfasses – Hooch wollte nicht Gefahr laufen, daß sich das Pulver versehentlich entzündete. Nein, wenn Hooch sein Flachboot jemals hätte in die Luft jagen müssen, dann hätte er sich dazu nur hinsetzen und eine Weile darüber nachzudenken brauchen. Und schon bald hätte sich das Pulver erhitzt, und dann – bumm! – wäre es losgegangen.

Der alte Hooch war nämlich ein Funke. Gewiß, es gab Leute, die behaupteten, daß es gar keine Funken gebe, und zum Beweis fragten sie einen: »Hast du jemals einen Funken *kennengelernt,* oder kennst du jemanden, dem das passiert ist?« Aber das war natürlich überhaupt kein Beweis. Denn wenn man zufällig ein Funke war, dann ging man schließlich nicht damit hausieren. Nein, der einzige Wert, der darin lag, ein Funke zu sein, war der, daß man aus der Entfernung ein Feuer entfachen konnte. Doch so etwas wollte man immer nur herbeiführen, wenn es um ein *schlechtes* Feuer ging, das irgend jemandem weh tun, ein Gebäude abfackeln oder irgend etwas in die Luft jagen sollte. Nein, Hooch war kein Narr. Nie erzählte er anderen davon, wie er Dinge erhitzen und in Flammen setzen konnte.

Doch er hätte es getan. Eher hätte er das Pulver und sich selbst und seine Schiffsjungen und seinen ganzen Branntwein in die Luft gejagt, bevor er zugelassen hätte, daß auch nur ein Roter sich alles durch einen Mord aneignete.

Es war also ganz gut, daß die Roten den Branntwein so sehr liebten, daß sie kein Risiko eingehen mochten, auch nur den kleinsten Tropfen davon zu vergeuden. Kein Kanu kam ihnen zu nahe, kein Pfeil pfiff vorbei. Hooch und seine Fässer und Bottiche glitten so friedlich über das Wasser, wie man es sich nur wünschen konnte. Direkt bis Carthage, Gouverneur Harrisons hochtrabender Name für ein Staket mit hundert Soldaten, genau an der Stelle, wo der Little My-Ammy River auf den Hio traf. Doch Bill Harrison gehörte zu jener Sorte Menschen, die zuerst den Namen festlegten, um dann hart dafür zu arbeiten, daß der Ort diesen Namen auch verdiente. Und tatsächlich qualmten diesmal bereits an die fünfzig Kamine außerhalb des Stakets, was bedeutete, daß Carthage City schon fast zu einem Dorf geworden war.

Noch bevor die Anlegestelle in Sicht kam, hörte er ihr Gebrüll – da mußte es Rote geben, die ihr halbes Leben damit verbrachten, am Flußufer herumzusitzen und auf das nächste Branntweinboot zu warten. Und Hooch wußte auch, daß sie diesmal besonders sehnsüchtig warteten, nachdem er gesehen hatte, wie sich neulich in Fort Dekane das Geld von einer Hand in die andere bewegte. Die anderen Branntweinhändler waren also aufgehalten worden, bis das alte Carthage City so trocken sein mußte wie eine Bullenzitze. Und da kam nun Hooch mit seinem Flachboot, das schwerer beladen war als jemals zuvor, und diesmal würde er ordentliches Geld verdienen, soviel war sicher.

Bill Harrison mochte zwar so eitel sein wie ein Pfau, er mochte sich Allüren zulegen und sich selbst Gouverneur nennen, obwohl ihn niemand dazu gewählt hatte, doch er verstand sein Geschäft. Er hatte seine Jungs in den feschen Uniformen an der Anlegestelle in Reihe aufgebaut, so ordentlich, wie man es sich nur wünschen konnte, mit geladenen Musketen und bereit, die erste Rothaut niederzuschießen, die auch nur einen Schritt in Richtung Ufer machte. Das war keine bloße Formalität – diese Roten sahen äußerst gierig aus, wie Hooch erkannte. Natürlich hüpften sie nicht auf und ab wie die Kinder, sondern standen einfach nur da und sahen zu, ohne sich darum zu scheren, wer sie sehen konnte, bereit zu Kratzfüßen und Verneigungen, zum Flehen und Betteln, bereit zu sagen: »Bitte, Mr. Hooch, ein Faß für dreißig Hirschfelle.« Ach, das würde ihm aber süß in den Ohren klingen! Bitte, Mr. Hooch, nur einen Becher Branntwein für diese zehn Moschusrattenpelze.

»Whed-haw!« rief Hooch. Die Schifferjungen sahen ihn an, als sei er verrückt geworden, denn sie wußten ja nicht, wie diese Roten einmal ausgesehen hatten, lange bevor Gouverneur Harrison hier seinen Laden aufgezogen hatte, wie sie keinen Weißen Mann eines Blickes gewürdigt hatten und wie man in ihre Zelte hatte hineinkriechen müssen, um darin an Rauch und Dampf beinahe zu ersticken, um dazusitzen und Zeichen zu geben und ihr Kauderwelsch zu sprechen, bis man Erlaubnis zum Handeln erhielt. Damals war es so gewesen, daß die Roten mit Pfeil und Bogen dastanden, und man sich vor Angst beinahe in die Hose machte, sie könnten zu dem Schluß gelangen, daß der eigene Skalp mehr wert war als alle Tauschgüter, die man dabeihatte.

Jetzt war das nicht mehr so. Nun besaßen sie gemeinsam keine einzige Waffe mehr. Nun hing ihnen vor Gier nach Branntwein die Zunge aus dem Mund. Und bald würden sie trinken und trinken und trinken und trinken und *Whed-haw!* Noch bevor sie mit dem Trinken aufgehört hatten, würden sie tot umfallen, was ohnehin das beste war. Nur ein toter Roter war ein guter Roter, pflegte Hooch immer zu sagen. Und so, wie er und Bill Harrison den Laden inzwischen im Griff hatten, starben ordentliche Mengen Roter am Branntwein und bezahlten sogar noch für dieses Privileg.

Daher war Hooch der glücklichste Mensch der Welt, als sie an der Anlegestelle von Carthage City festmachten. Ja, der Sergeant salutierte ihm sogar! Das war wirklich etwas anderes als die Behandlung, die ihm die U. S. Marshals in Suskwahenny hatte angedeihen lassen, die hatten sich benommen, als wäre er irgendein Dreck, den sie gerade vom Klositz abgekratzt hatten. Hier draußen in diesem neuen Land behandelte man freisinnige Männer wie Hooch noch wie Gentlemen, und das gefiel Hooch. Sollten die Pioniere doch mit ihren zähen, häßlichen Weibern und den drahtigen kleinen Bälgern losziehen, um Bäume zu fällen und Furchen in den Erdboden zu ziehen und Mais und Schweine zu züchten, um ihr karges Leben zu fristen. Das war nichts für Hooch. Er kam später, nachdem die Felder alle wohlbestellt waren und ordentlich aussahen, wenn die Häuser alle in prächtigen Reihen an gewinkelten Straßen standen, dann würde er mit seinem Geld das größte Haus in der Stadt kaufen, und der Bankbesitzer würde vom Gehsteig springen und in den Schlamm ausweichen, um ihm den Weg freizumachen.

»Wir werden das Boot hier entladen, Mr. Hooch«, sagte der Sergeant.

»Ich habe eine Inventarliste dabei«, erwiderte Hooch, »also laßt Eure Jungs hier nicht plündern. Obwohl es sein könnte, daß es da ein Faß guten Rye-Whisky geben könnte, das irgendwie nicht mitgezählt worden ist. Ich möchte wetten, daß es niemandem auffallen würde, sollte dieses Faß plötzlich fehlen.«

»Wir werden so vorsichtig sein wie möglich, Sir«, sagte der Sergeant, doch sein Lächeln war so breit, daß sogar seine Backenzähne zu sehen waren. Und Hooch wußte, daß der Mann schon eine Möglichkeit finden würde, um mindestens die Hälfte dieses Fasses für sich zu behalten. Wenn er dumm sein sollte, würde er sein halbes Faß an die Roten verkaufen. Doch von einem halben Faß Whisky wurde man nicht reich. Nein, wenn dieser Sergeant klug war, würde er dieses halbe Faß Schluck um Schluck mit jenen Offizieren *teilen*, die ihn am wahrscheinlichsten zu einer Beförderung vorschlagen würden, und wenn er dabeiblieb, würde dieser Sergeant eines Tages nicht mehr draußen irgendwelche Flachboote in Empfang nehmen, nein, dann würde er im Offiziersquartier sitzen, mit einer hübschen Frau im Schlafzimmer und einem guten Stahlschwert an der Hüfte.

»Gouverneur Harrison möchte Euch sprechen«, sagte der Sergeant.

»Und ich möchte *ihn* sprechen«, erwiderte Hooch. »Aber zuerst einmal brauche ich ein Bad und muß mich rasieren und die Kleider wechseln.«

»Der Gouverneur sagt, Ihr sollt im alten Haus wohnen.«

»Im *alten* Haus?« fragte Hooch. Harrison hatte das Amtsgebäude erst vor vier Jahren bauen lassen. Hooch fiel nur ein einziger Grund ein, weshalb Bill schon so bald ein neues Gebäude hätte errichten können. »Ach, hat Gouverneur Bill sich jetzt eine neue Frau besorgt?«

»Hat er«, bestätigte der Sergeant. »So hübsch, wie man sich nur denken kann, und erst fünfzehn Jahre alt, was meint Ihr dazu! Aber sie stammt aus Manhattan, daher spricht sie nicht sehr viel Englisch. Jedenfalls *klingt* es nicht nach Englisch, wenn sie den Mund aufmacht.«

Das war Hooch nur recht. Er sprach sehr gut Holländisch, fast so gut wie Englisch und sehr viel besser als Shaw-Nee. Er würde sich schon bald mit Bill Harrisons Frau anfreunden. Ob Bill Harrison wohl seine Kinder hierher bringen würde, jetzt, da er eine zweite Frau hatte? Hooch wußte nicht mehr genau, wie alt diese Jungen jetzt sein mochten, aber wohl alt genug, um das Pionierleben zu genießen.

Am Tor des Stakets blieb Hooch stehen. Also das war wirklich nett: Zusammen mit den üblichen Zaubern und Talismanen, mit denen Feinde und Feuersbrünste und ähnliches abgewehrt werden sollten, hatte Gouverneur Bill ein Schild aufhängen lassen, das so breit war wie das Tor. Darauf stand in großen Lettern:

CARTHAGE CITY

und darunter in kleineren Buchstaben:

HAUPTSTADT DES STAATES WOBBISH

Genau das also, was man vom alten Bill erwartete. In gewisser Weise war dieses Schild wahrscheinlich mächtiger als jeder Zauber. So wußte Hooch als Funke beispielsweise, daß der Zauber gegen das Feuer ihn nicht aufhalten konnte. Er würde es ihm nur *schwerer* machen, in seiner unmittelbaren Nähe ein Feuer zu entfachen. Doch wenn er irgendwoanders einen guten Brand entfachte, würde dieser Zauber genauso verbrennen wie alles andere. Aber dieses Schild, auf dem Wobbish als Staat und Carthage als seine Hauptstadt bezeichnet wurden, mochte tatsächlich seine eigene Macht haben, nämlich die Macht über das

Denken der Leute. Wenn man etwas nur oft genug sagte, rechneten die Leute damit, daß es wahr war, so daß es schon sehr bald wahr würde. Nein, keine Sachen wie: »Heute macht der Mond kehrt und läuft rückwärts über den Himmel«, denn damit so etwas funktionierte, mußte schon der Mond selbst die Worte hören. Aber wenn man Dinge sagte wie ›Das ist ein leichtes Mädchen‹ oder ›Dieser Mann ist ein Dieb‹, dann spielte es keine große Rolle, ob die betroffene Person einem glaubte oder nicht – dann begannen alle *anderen* es zu glauben, und dann würden sie sie so behandeln, als wäre es wahr.

Tatsächlich aber war es Hooch ziemlich gleichgültig, wer nun Gouverneur wurde und seine Stadt zur Hauptstadt machte, ob Harrison oder dieser selbstgerechte Pharisäer Brustwehr Weaver oben im Norden, wo der Tippy-Cance Creek in den Wobbish River mündete. Sollten die beiden es doch unter sich ausmachen; gleichgültig, wer siegte, Hooch jedenfalls hatte vor, ein reicher Mann zu werden und zu tun, was ihm beliebte. Entweder er bekäme das, was er wollte, oder er würde dafür sorgen, daß der ganze Ort in Flammen aufging. Sollte Hooch jemals völlig in die Knie gezwungen und gebrochen werden, dann sollte jedenfalls kein anderer davon profitieren. Wenn ein Funke keinen Hoffnungsschimmer mehr hatte, gab es immer noch eine Möglichkeit, es den anderen heimzuzahlen, und das war auch so ziemlich das einzig Gute, was Hooch an seinem Dasein als Funke sah.

Na schön, als Funke sorgte er natürlich auch dafür, daß sein Badewasser immer heiß war, also war die Sache doch nicht ganz umsonst. Jedenfalls war es eine hübsche Abwechslung, den Fluß endlich mal verlassen und wieder ins zivilisierte Leben zurückzukehren. Die Kleider, die man für ihn ausgelegt hatte, waren sauber, und es war ein schönes Gefühl, sich den borstigen Bart aus dem Gesicht zu rasieren. Ganz zu schweigen davon, daß die Squaw, die ihn badete, nur zu begierig auf eine Extraportion Branntwein war; hätte Harrison nicht einen Soldaten nach ihm geschickt, der an die Tür klopfte, um ihn zur Eile aufzufordern, so hätte Hooch vielleicht den ersten Teil ihrer Tauschware gleich in Empfang nehmen können. Statt dessen jedoch trocknete er sich ab und kleidete sich an.

Harrison hatte nicht nur ein neues Haus gebaut – er hatte zugleich das ganze Fort erheblich vergrößert. Und eine Brustwehr zog sich das ganze Staket entlang. Harrison war bereit für einen Krieg. Das beunruhigte Hooch ziemlich. In Kriegszeiten gedieh das Branntweingeschäft nicht sonderlich. Die Sorte Rote, die Schlachten schlugen, waren nicht jene Sorte Rote, die Branntwein tranken. Von der zweiten Sorte bekam Hooch so viele zu sehen, daß er schon beinahe vergessen hatte, daß es auch die erste gab. Sogar eine Kanone stand hier. Nein, zwei Kanonen. Das gefiel ihm überhaupt nicht.

Harrisons Office befand sich jedoch nicht in dem Gebäude. Das war ein gänzlich eigener Bau, ein neues Hauptquartier, und Harrisons Office lag an der Südwestecke, wo es sehr hell war. Hooch bemerkte, daß außer dem normalen Kontingent von wachhabenden Soldaten und mit Papierkram beschäftigten Offizieren im Hauptquartier auch einige Rote lagen oder saßen. Das waren Harrisons gezähmte Rote – von denen hielt er sich immer einige in seiner Nähe. Es waren allerdings mehr zahme Rote als üblich, und der einzige, den Hooch erkannte, war Lolla-Wossiky, ein einäugiger Shaw-Nee, der so ziemlich der trunksüchtigste Rote war, der noch nicht gestorben war. Selbst die anderen Roten zogen ihn auf, so schlimm war er, ein richtiger Speichellecker.

Was die Sache noch komischer machte, war die Tatsache, daß Harrison persönlich Lolla-Wossikys Vater erschossen hatte, vor ungefähr fünfzehn Jahren, als Lolla-Wossiky noch ein kleiner Junge gewesen war. Er hatte daneben gestanden und zugesehen. Manchmal erzählte Harrison diese Geschichte sogar in Lolla-Wossikys Gegenwart, und dann lachte der einäugige Trinker und nickte und grinste und tat, als besäße er überhaupt keinen Verstand.

Er war so ziemlich der heruntergekommenste, katzbukkelndste Rote, den Hooch je gesehen hatte. Nicht einmal das Verlangen nach Vergeltung für den Tod seines Vaters konnte ihn anstacheln, solange er nur seinen Branntwein bekam. Nein, Hooch war überhaupt nicht überrascht, Lolla-Wossiky direkt vor Harrisons Büro auf dem Boden liegen zu sehen, wo ihm die Tür bei jedem Öffnen voll gegen das Gesäß prallte. Und was völlig unglaublich erschien: Sogar jetzt noch, da Carthage City schon vier Monate lang keinen Branntwein mehr bekommen hatte, war Lolla-Wossiky völlig betrunken. Er sah Hooch entgegen, stemmte sich auf einen Ellenbogen, winkte ihm zur Begrüßung mit einem Arm zu und ließ sich dann ohne das leiseste Geräusch wieder zu Boden sinken. Das Taschentuch, das er normalerweise über sein fehlendes Auge gebunden hatte, war verrutscht, so daß die leere Augenhöhle mit den eingesaugten Augenlidern klar zu sehen war. Hooch hatte das Gefühl, daß dieses leere Auge ihn anstarrte.

Dieses Gefühl gefiel ihm nicht. Lolla-Wossiky gefiel ihm nicht. Harrison war ein Mann, der es liebte, solche heruntergekommenen Kreaturen um sich zu scharen – wahrscheinlich fühlte er sich dann im Vergleich zu ihnen richtig gut, überlegte Hooch –, aber Hooch mochte solche erbärmliche Exemplare der Menschheit nicht mitansehen. Warum war Lolla-Wossiky noch nicht gestorben?

Als er gerade Harrisons Tür öffnen wollte, fuhr Hoochs Blick von dem einäugigen, betrunkenen Roten zu einem anderen Mann hinüber. Merkwürdig. Für einen Augenblick dachte er, schon wieder Lolla-Wossiky zu sehen, so sehr glichen sie sich. Nur, daß es ein Lolla-Wossiky mit zwei gesunden Augen war und alles andere als ein Trinker. Dieser Rote mußte vom Skalp bis zur Sohle mindestens sechs Fuß messen, wie er da gegen die Wand lehnte, den Kopf kahlrasiert bis auf die Skalplocke. Er blickte *geradeaus,* wie ein Soldat in Habtachtstellung, und er sah Hooch nicht einmal flüchtig an. Seine Augen starrten direkt ins Leere.

Und doch wußte Hooch, dieser Rote sah *alles*, auch wenn er sich auf nichts konzentrierte.

Doch sagte er nichts über diesen Roten. Es wäre nicht ratsam gewesen, Harrison erfahren zu lassen, wie sehr ihn dieser eine stolze Shaw-Nee beunruhigte, ja wütend machte. Denn dort hinter einem großen alten Tisch wie Gott auf seinem Thron saß Gouverneur Bill. Und Hooch begriff, daß sich hier einiges geändert hatte. Nicht nur das Fort war gewachsen, Bill Harrisons Eitelkeit auch. Und wenn Hooch tatsächlich den Gewinn machen wollte, mit dem er auf dieser Reise rechnete, so würde er dafür sorgen müssen, daß Gouverneur Bill um ein oder zwei Stufen zurückgestutzt wurde, damit sie als Gleichberechtigte und nicht als Händler und Gouverneur miteinander reden konnten.

»Habe Eure Kanonen bemerkt«, sagte Hooch, ohne sich auch nur die Mühe zu machen, sein Gegenüber zu begrüßen. »Wozu die ganze Artillerie – gegen die Franzosen aus Detroit, die Spanier aus Florida oder gegen die Roten?«

»Egal, wer die Skalps kauft, so oder so sind immer Rote mit im Spiel«, erwiderte Harrison. »Und nun setzt Euch und ruht Euch aus, Hooch. Wenn die Tür geschlossen ist, gibt es zwischen uns keine Formalitäten mehr.« Ja, ganz der Gouverneur Bill, der seine Spielchen liebte. Den Leuten das Gefühl geben, man würde ihnen schon einen Gefallen tun, wenn sie nur in der eigenen Gegenwart Platz nehmen durften; ihnen so lange schmeicheln, bis sie sich wie richtige *Kumpel* vorkamen, bevor man schließlich ihre Taschen plünderte. Na, dachte Hooch, da kenne ich aber auch ein paar Spiele, und wir werden schon sehen, wer von uns am Ende Sieger bleibt.

Hooch nahm Platz und legte die Füße auf Gouverneur Bills Schreibtisch. Er holte einen Brocken Tabak hervor und stopfte ihn sich hinter die Zähne. Er sah, wie Bill zusammenzuckte. Das war ein sicheres Zeichen dafür, daß seine Frau ihm einige besondere Angewohnheiten abgewöhnt hatte. »Auch ein Stück?« fragte Hooch.

Es dauerte fast eine Minute, bevor Harrison zugab, daß er nicht abgeneigt war. »Habe dem Zeug weitgehend abgeschworen«, bemerkte er wehmütig.

Harrison trauerte also noch seinem Junggesellenleben nach. Nun, das war für Hooch gute Nachricht. So hatte er einen Hebelpunkt gefunden, mit dem er den Gouverneur aus dem Gleichgewicht bringen konnte. »Habe gehört, daß Ihr Euch einen weißen Bettwärmer aus Manhattan geholt habt«, bemerkte Hooch.

Es funktionierte: Harrison errötete. »Ich habe eine *Lady* aus New Amsterdam geheiratet«, antwortete er. Seine Stimme war ruhig und kalt. Was Hooch jedoch nicht das geringste ausmachte – genau das hatte er ja gewollt.

»Eine *Ehefrau*!« sagte er. »Na, wenn das keine Neuigkeit ist! Ich bitte um Entschuldigung, Gouverneur, ich hatte etwas anderes gehört. Ihr müßt mir verzeihen. All diese Jahre habt Ihr doch das Andenken Eurer ersten Frau heiliggehalten, und wenn ich wirklich Euer Freund gewesen wäre, hätte ich eigentlich wissen müssen, daß jede Frau, die Ihr in Eurem Haus aufnehmt, eine Dame sein würde und eine ordentlich getraute Ehefrau dazu.«

»Was ich wissen möchte, ist«, erwiderte Harrison, »wer Euch gesagt hat, daß sie etwas *anderes* sei?«

»Ach, Bill, das war doch nur Soldatenklatsch. Ich möchte nicht, daß irgend jemand Schwierigkeiten bekommt, nur weil er seine Zunge nicht zügeln kann. Um Himmels willen, Bill, soeben ist doch eine Branntweinlieferung eingetroffen! Da werdet Ihr es ihnen doch nicht verübeln, wo denen der ganze Sinn doch nur nach Whisky stand. Nein, nehmt nur ein Stück von diesem köstlichen Tabak und vergeßt nicht, daß Eure Jungs Euch alle mögen.«

Harrison nahm einen ordentlichen Brocken aus dem ihm dargebotenen Tabaksbeutel und stopfte ihn sich hinter die Zähne. »Ach, ich weiß schon, die machen mir ja auch keine Sorgen.« Doch Hooch wußte, daß sie ihm sehr wohl Sorgen machten, daß Harrison so zornig war, daß er nicht einmal mehr gerade spucken konnte, was er auch bewies, indem er den Spucknapf verfehlte. Ein Spucknapf, wie Hooch bemerkte, der glitzernd rein gewesen war. Spuckte denn hier überhaupt niemand mehr außer Hooch?

»Ihr werdet zivilisiert«, sagte Hooch. »Das nächste sind dann die Spitzenvorhänge.«

»Oh, die habe ich schon«, erwiderte Harrison. »Zu Hause.«

»Ach ja? Und auch kleine Nachttöpfe aus Porzellan?«

»Hooch, Ihr habt einen Verstand wie eine Schlange und ein Mundwerk wie ein Schwein!«

»Deshalb liebt Ihr mich ja auch, Bill – weil Ihr einen Verstand wie ein Schwein habt und ein Mundwerk wie eine Schlange.«

»Vergeßt es nur nicht«, sagte Harrison. »Vergeßt nur nicht, daß ich auch mal zubeißen könnte, und zwar mit scharfen Giftzähnen. Denkt daran, bevor Ihr versucht, mit mir Eure kindischen Spiele zu spielen.«

»Kindische Spiele!« rief Hooch. »Was meint Ihr damit, Bill Harrison! Wessen bezichtigt Ihr mich?«

»Ich bezichtige Euch, dafür gesorgt zu haben, daß wir vier lange Frühlingsmonate keinen Branntwein mehr hatten, bis ich drei Rote aufknüpfen lassen mußte, weil sie in militärische Vorratslager eingebrochen sind. Und selbst meine Soldaten hatten nichts mehr zu trinken!«

»Ich! Ich habe diese Ladung doch so schnell hergebracht, wie ich nur konnte!«

Harrison lächelte nur.

Hooch behielt seine Miene gequälter Entrüstung bei – es war eine seiner besten Mienen, und außerdem war sie sogar teilweise wahr. Wenn auch nur einer der anderen Whiskyhändler halb so schlau wie er gewesen wäre, hätte er trotz Hoochs gegenteiliger Bemühungen schon einen Weg flußabwärts gefunden.

Es war schließlich nicht Hoochs Schuld, wenn er zufällig das hinterhältigste, bösartigste, niederträchtigste, kompetenteste Stinktier in einem Geschäft war, das ohnehin nicht eben vor Sauberkeit strahlte.

Hoochs Miene verletzter Unschuld hielt länger vor als Harrisons Lächeln, womit Hooch auch gerechnet hatte.

»Hört mal, Hooch«, sagte Harrison.

»Vielleicht solltet Ihr mich ab nun besser Mr. Ulysses Palmer nennen«, erwiderte Hooch. »Nur meine *Freunde* nennen mich Hooch.«

Aber Harrison schluckte den Köder nicht. Er begann nicht damit, den anderen weitschweifig seiner innewohnenden Freundschaft zu versichern. »Hört mir zu, *Mr.* Palmer«, erwiderte Harrison statt dessen. »Ihr wißt es, und ich weiß es, daß diese Sache nicht das geringste mit Freundschaft zu tun hat. Ihr wollt reich werden, und ich will Gouverneur eines richtigen Staates werden. Ich brauche Euren Branntwein, um Gouverneur zu werden, und Ihr braucht meine Protektion, um reich zu werden. Aber diesmal seid Ihr zu weit gegangen. Versteht Ihr mich? Von mir aus könnt Ihr gern ein Monopol haben, aber wenn ich von Euch nicht regelmäßig mit Whisky beliefert werde, werde ich ihn mir von jemand anderem holen.«

»Also Gouverneur Harrison, ich verstehe ja, daß Euch das unruhig gemacht hat, und das möchte ich auch wieder gutmachen. Was, wenn ich Euch sechs Fässer des allerbesten Whiskys gäbe, ganz allein für Euch ...«

Doch Harrison war auch nicht in der Laune, sich bestechen zu lassen. »Was Ihr vergeßt, Mr. Palmer, ist die Tatsache, daß ich auch den *ganzen* Whisky haben könnte, wenn ich ihn wollte.«

Nun, wenn Harrison schon grob werden konnte, dann konnte Hooch es erst recht, obwohl er es sich zur Angewohnheit gemacht hatte, derlei Dinge stetes mit einem Lächeln zu sagen. »Mr. Gouverneur, meinen ganzen Whisky könnt Ihr mir zwar *einmal* nehmen. Aber welcher Händler wird dann noch mit Euch Geschäfte machen wollen?«

Harrison lachte und lachte. »Jeder Händler, Hooch Palmer, und das wißt Ihr auch!«

Hooch wußte, wann er geschlagen waar. Er stimmte sofort in das Gelächter ein. Da klopfte es an der Tür. »Herein«, sagte Harrison. Gleichzeitig bedeutete er Hooch mit einem Winken, daß er Platz behalten sollte. Ein Soldat trat ein, salutierte und sagte: »Ein Mr. Andrew Jackson möchte Euch sprechen, Sir. Von Tennizy, wie er sagt.«

»Um Tage zu früh«, meinte Harrison. »Aber ich bin entzückt, könnte gar nicht erfreuter sein, führt ihn herein.«

Andrew Jackson. Das mußte dieser Juristenbursche sein, den sie Mr. Hickory nannten. Damals, als Hooch noch im Tennizy-Land arbeitete, war Hickory Jackson ein echter Junge vom Land gewesen – er hatte einen Mann in einem Duell getötet, seine Fäuste gelegentlich in das eine oder andere Gesicht gerammt, war dafür bekannt, daß er Wort hielt, und es hieß auch, daß er nicht so ganz richtig mit seiner Frau verheiratet sei, die womöglich einen anderen Ehemann besaß, der noch nicht einmal tot war. Das war der Unterschied zwischen Hickory und Hooch – Hooch hätte schon lange vorher dafür Sorge getragen, daß der Ehemann tot und begraben gewesen wäre. Daher war Hooch etwas überrascht, daß dieser Jackson inzwischen groß genug geworden sein mußte, um Geschäfte zu leiten, die ihn von Tennizy bis nach Carthage City führten.

Doch das war nichts, verglichen mit seiner Überraschung, als Jackson durch die Tür trat, kerzengrade und mit Augen, die glühenden Kohlen glichen. Er schritt durchs Zimmer und streckte Gouverneur Harrison die Hand entgegen.

»Ihr habt zu viele Rote hier«, meinte Jackson. »Dieser einäugige Betrunkene vor der Tür läßt einem ja speiübel werden.«

»Na ja«, erwiderte Harrison, »für mich ist er eine Art Haustier. Mein eigener Hausroter.«

»Lolla-Wossiky«, warf Hooch hilfsbereit ein. Nein, nicht wirklich hilfsbereit. Ihm gefiel nur die Art nicht, wie Jackson ihn gar nicht beachtet hatte, und Harrison hatte sich nicht die Mühe gemacht, ihn vorzustellen.

Jackson drehte sich um, sah ihn an. »Was habt Ihr gesagt?«

»Lolla-Wossiky«, wiederholte Hooch.

»Der Name des einäugigen Roten«, erklärte Harrison.

Jackson musterte Hooch kalt. »Den Namen eines Pferdes will ich immer erst dann erfahren«, sagte er, »wenn ich vorhabe, darauf zu reiten.«

»Mein Name ist Hooch Palmer«, sagte Hooch. Er streckte die Hand aus.

Doch Jackson nahm sie nicht. »Euer Name ist Ulysses Brock«, erwiderte er, »und in Nashville habt Ihr noch über zehn Pfund ungetilgte Schulden. Jetzt, da Appalachee die US-Währung übernommen hat, heißt das, daß Ihr noch zweihundertzwanzig Dollar in Gold schuldig seid. Ich habe diese Schulden aufgekauft, und zufällig habe ich auch die Papiere bei mir, da ich gehört hatte, daß Ihr hier oben mit Whisky handeln würdet. Und daher werde ich Euch jetzt wohl festnehmen.«

Hooch wäre nie auf den Gedanken gekommen, daß Jackson ein solches Gedächtnis haben könnte oder daß er ein derartiges Stinktier hätte sein können, um die Wechsel eines Mannes aufzukaufen, die sieben Jahre alt waren und eigentlich längst hätten vergessen sein müssen. Doch tatsächlich holte Jackson einen Schein aus seiner Rocktasche und legte ihn auf Gouverneur Harrisons Schreibtisch.

»Da ich es zu schätzen weiß, daß Ihr diesen Mann bereits in Haft genommen habt, als ich eintraf«, sagte Jackson, »ist es mir eine Freude, Euch mitzuteilen, daß nach dem Gesetz von Appalachee der verhaftende Beamte Anspruch auf zehn Prozent der beschlagnahmten Güter hat.«

Harrison lehnte sich in seinem Stuhl zurück und grinste Hooch an. »Nun, Hooch, vielleicht solltet Ihr besser Platz nehmen, damit wir einander alle besser kennenlernen. Aber vielleicht brauchen wir das ja gar nicht, da Mr. Jackson Euch besser zu kennen scheint als ich.«

»Oh, Ulysses Brock kenne ich gut«, warf Jackson ein. »Das ist genau die Art von Stinktier, die wir in Tennizy erst vertreiben mußten, bevor wir uns zivilisiert nennen durften. Und ich schätze, daß Ihr hier auch schon recht bald von seiner Sorte befreit sein werdet, wenn Ihr das Wobbish-

Land darauf vorbereitet, den Antrag auf Eingliederung in die Vereinigten Staaten zu beantragen.«

»Da setzt Ihr aber viel voraus«, meinte Harrison. »Vielleicht versuchen wir es hier ja lieber im Alleingang.«

»Wenn Appalachee keinen Alleingang schaffte, nicht einmal mit Tom Jefferson als Präsident, dann werdet Ihr hier, glaube ich, auch nicht besser zurechtkommen.«

»Vielleicht«, erwiderte Harrison, »ganz vielleicht werden wir aber etwas tun, das zu tun Tom Jefferson der Mumm gefehlt hat. Und vielleicht brauchen wir dazu auch Männer wie Hooch hier.«

»Was Ihr braucht, das sind Soldaten«, widersprach Jackson. »Keine Branntweinhändler.«

Harrison schüttelte den Kopf. »Ihr seid ein Mann, der mich dazu zwingt, die Dinge auf den Punkt zu bringen, Mr. Jackson, und ich kann mir jetzt schon sehr genau vorstellen, weshalb die Leute am Tennizy Euch hierher geschickt haben, um mit mir zu sprechen. Also werde ich zur Sache kommen. Wir haben hier oben das gleiche Problem, das Ihr dort unten habt, und dieses Problem läßt sich mit einem Wort zusammenfassen: Rote.«

»Weshalb ich auch verwundert darüber bin, daß Ihr es zulaßt, wenn betrunkene Rote hier in Eurem Hauptquartier herumlungern. Die gehören alle ins Land westlich des Mizzipy. Bevor wir das nicht erreicht haben, wird es hier weder Frieden noch Zivilisation geben. Und da Appalachee und die Vereinigten Staaten gleichermaßen davon überzeugt sind, daß man Rote behandeln sollte wie Menschen, müssen wir unser Problem lösen,, noch *bevor* wir uns der Union anschließen. So einfach ist das.«

»Na, sehr Ihr?« machte Harrison. »Wir sind schon völlig einer Meinung.«

»Warum laßt Ihr es dann zu, daß man in Eurem Hauptquartier ebenso viele Rote sieht wie in Washington City auf der Independence Street? In Appalachee gibt es Cherriky, die als Beamte arbeiten und sogar Regierungsämter innehaben, mitten in der Hauptstadt! Posten, die eigentlich an

Weiße hätten gehen sollen, und dann komme ich hierher und stelle fest, daß auch Ihr Euch mit Roten umgebt.«

»Beruhigt Euch, Mr. Jackson, beruhigt Euch. Hält der König in Virginia seine Schwarzen nicht auch im Palast?«

»Seine Schwarzen sind Sklaven. Jedermann weiß, daß man aus Roten keine Sklaven machen kann. Sie sind nicht intelligent genug, um sie anständig zu schulen.«

»Nun, dann setzt Euch doch einfach mal auf diesen Stuhl, Mr. Jackson, dann werde ich Euch meine Pointe auf die beste Weise präsentieren, die ich kenne, indem ich Euch nämlich zwei Prachtexemplare der Shaw-Nee vorführe. Nehmt nur Platz.«

Jackson hob den Stuhl auf und trug ihn zur Hooch gegenüberliegenden Seite des Raumes. Jacksons Verhalten störte Hooch zutiefst. Männer wie Jackson waren ach so aufrecht und scheinbar ehrlich, doch Hooch wußte, daß es keinen guten Mann gab, der noch nicht gekauft worden war oder der nicht den Mut hatte, um die Hand auszustrecken und sich zu nehmen, was er haben wollte. Darauf lief doch alle Tugend nur hinaus, soweit Hooch das in seinem Leben hatte beobachten können. Aber was tat Jackson? Er legte Allüren an den Tag und forderte Bill Harrison dazu auf, ihn festzunehmen! Das sollte man sich einmal vorstellen: ein Fremder, der von Tennizy kam, mit dem Haftbefehl eines Richters aus Appalachee – ausgerechnet! – herumwedelte, der im Wobbish genauso viel galt, als wäre er vom König von Äthiopien ausgestellt worden. Nun, Mr. Jackson, von hier bis nach Hause ist es ein weiter Weg, und wir wollen doch mal sehen, ob Euch unterwegs kein Unfall zustößt.

Nein, sagte Hooch stumm bei sich. Rache hatte in dieser Welt keine Bedeutung. Die beste Rache war es, reich genug zu werden, damit alle einen ›Sir‹ nannten. Nur *so* konnte man es diesen Leuten heimzahlen. Keine Hinterhalte im Busch. Wenn du jemals in den Ruf geraten solltest, Hinterhalte im Busch zu organisieren, wird das dein Ende sein, Hooch Palmer.

Also saß Hooch da und lächelte, während Harrison nach seinem Adjutanten rief. »Warum bittet Ihr Lolla-Wossiky nicht herein? Und wenn Ihr schon dabei seid, teilt seinem Bruder mit, daß er auch hereinkommen kann.«

Lolla-Wossikys Bruder – das mußte der herausfordernde Rote sein, der an der Wand gelehnt hatte. Merkwürdig, wie verschieden zwei Äpfel vom selben Stamm doch sein konnten.

Lolla-Wossiky trat unterwürfig lächelnd ein, ließ den Blick vom Antlitz eines Weißen zum anderen huschen, fragte sich, was sie wohl wollten, wie er sie glücklich machen konnte, damit sie ihn mit Whisky belohnten. Es stand ihm ins Gesicht geschrieben, wie durstig er war, auch wenn er bereits viel zu betrunken war, um noch aufrecht gehen zu können. Oder hatte er bereits soviel Branntwein getrunken, daß er nicht einmal mehr dann aufrecht gehen konnte, wenn er nüchtern war? Hooch dachte darüber nach – doch schon bald erhielt er die Antwort. Harrison griff hinter sich in den Schrank und holte einen Krug und einen Becher hervor. Lolla-Wossiky sah zu, wie die braune Flüssigkeit in den Becher spritzte. Sein Auge hatte einen solch intensiven Ausdruck, daß es den Anschein hatte, als könnte er den Branntwein schon durch bloßes Anschauen schmecken. Doch er machte nicht einen einzigen Schritt auf den Becher zu. Harrison streckte den Arm aus und stellte den Becher auf den Tisch neben dem Roten, doch noch immer stand der Mann da, lächelnd, blickte mal den Becher an, mal Harrison.

Harrison wandte sich zu Jackson um und lächelte. »Lolla-Wossiky ist so ziemlich der zivilisierteste Rote im ganzen Wobbish-Land, Mr. Jackson. Er nimmt niemals Dinge, die ihm nicht gehören. Er spricht niemals, wenn er nicht angesprochen wird. Er gehorcht und tut alles, was ich ihm sage. Und alles, was er dafür bekommen will, ist nur ein Becher Flüssigkeit. Es muß nicht einmal guter Branntwein sein. Maiswhisky oder schlechter spanischer Rum stellen ihn genauso zufrieden, nicht wahr, Lolla-Wossiky?«

»Das stimmt vollkommen, Mr. Exzellenz«, antwortete Lolla-Wossiky. Seine Sprache klang überraschend deutlich für einen Roten. Vor allem für einen betrunkenen Roten.

Hooch sah, wie Jackson den einäugigen Roten angewidert musterte. Dann schwenkte der Blick des Rechtsanwalts aus Tennizy zur Tür hinüber, wo der hochgewachsene, kräftige, trotzige Rote stand. Hooch genoß den Anblick von Jacksons Gesicht. Seine Miene verwandelte sich von Ekel in eindeutigen Zorn und – Furcht. O ja, Ihr seid nicht furchtlos, Mr. Jackson. Ihr wißt genau, was Lolla-Wossikys Bruder ist. Er ist Euer Feind, der Feind eines jeden weißen Mannes, der dieses Land haben will, denn eines Tages wird dieser hochnäsige Rote seinen Tommy-hawk in Euren Kopf senken und Euch ganz langsam den Skalp abpellen, und den wird er auch keinem Franzosen verscherbeln, Mr. Jackson, den wird er behalten und seinen Kindern geben und zu ihnen sagen: »Das ist der einzige gute Weiße Mann. Das ist der einzige Weiße Mann, der sein Wort nicht bricht. Das ist es, was man mit Weißen Männern tut.« Hooch wußte es. Harrison wußte es, und Jackson wußte es auch. Dieser junge Hirsch an der Tür war der Tod.

»Wie ich sehe, habt Ihr Ta-Kumsaw bemerkt. Lolla-Wossikys älterer Bruder und mein sehr, sehr teurer Freund. Ja, ich kannte diesen Jungen sogar schon, bevor sein Vater starb. Schaut Euch nur an, welch ein kräftiger Hirsch aus ihm geworden ist!«

Wenn Ta-Kumsaw wahrnahm, wie man sich über ihn lustig gemacht hatte, so ließ er es sich jedenfalls nicht anmerken. Er sah niemanden im Raum an. Statt dessen blickte er aus dem Fenster an der Wand hinter dem Gouverneur. Hooch konnte er allerdings nichts vormachen. Hooch wußte, was er dort sah, und er konnte sich auch ziemlich genau vorstellen, was Ta-Kumsaw empfand. Diese Roten nahmen die Familie wirklich ernst. Ta-Kumsaw war damit beschäftigt, heimlich seinen Bruder zu beobachten, und wenn Lolla-Wossiky schon zu betrunken sein sollte, um noch irgendwelche Scham zu empfinden, so bedeutete dies, daß Ta-Kumsaw sie nur um so stärker empfinden würde.

»Ta-Kumsaw«, sagte Harrison, »Ihr seht, daß ich Euch einen Drink eingeschenkt habe. Kommt, nehmt Platz und trinkt, dann können wir uns unterhalten.«

Als er Harrisons Worte vernahm, versteifte sich Lolla-Wossiky. War es möglich, daß der Drink doch nicht für ihn war? Ta-Kumsaw aber rühte keinen Muskel, machte kein Anzeichen, daß er etwas gehört hatte.

»Seht Ihr?« sagte Harrison zu Jackson. »Ta-Kumsaw ist nicht einmal zivilisiert genug, um Platz zu nehmen und freundlich mit Freunden etwas zu trinken. Aber sein jüngerer Bruder ist zivilisiert, nicht wahr? Seid Ihr das nicht, Lolly? Es tut mir leid, daß ich keinen Stuhl für Euch habe, mein Freund, aber Ihr könnte Euch hier unter meinem Tisch auf den Boden setzen, direkt zu meinen Füßen, und diesen Rum trinken.«

»Ihr seid bemerkenswert gütig«, erwiderte Lolla-Wossiky in seiner klaren, präzisen Sprache. Zu Hocchs Überraschung stürzte der einäugige Rote sich nicht auf den Becher, statt dessen trat er sehr sorgsam vor, jeder Schritt mühsamste Präzisionsarbeit, und nahm den Becher in seine nur ganz schwach zitternden Hände. Dann kniete er vor Harrisons Tisch nieder und ging, den Becher immer noch balancierend, mit gekreuzten Beinen in die Sitzstellung. Doch saß er noch immer vor dem Tisch und nicht darunter, worauf Harrison ihn auch hinwies. »Ich hätte gern, daß Ihr unter meinem Tisch sitzt«, sagte der Gouverneur. »Das würde ich als äußerst freundliche Geste ansehen.«

Also legte Lolla-Wossiky den Kopf fast in den Schoß und rutschte unter den Tisch. Es fiel ihm sehr schwer, in dieser Stellung zu trinken, da er den Kopf nicht aufrichten und schon gar nicht zurücklegen konnte, um den Becher zu leeren. Doch es gelang ihm trotzdem.

Die ganze Zeit sprach Ta-Kumsaw kein einziges Wort. Er ließ sich nicht einmal anmerken, daß er mitansah, wie sein

Bruder gedemütigt wurde. Oh, dachte Hooch, im Herzen dieses Jungen lodert aber noch das Feuer! Harrison geht ein großes Risiko ein. Und wenn er Lolla-Wossikys Bruder ist, dann muß er doch auch wissen, daß Harrison seinen Vater irgendwann während der Rotenaufstände erschossen hat, als General Wayne gegen die Franzosen kämpfte. So etwas vergißt ein Roter nicht, und jetzt ist Harrison dabei, ihn auf eine gewagte Probe zu stellen.

»So. Jetzt, da es sich alle gemütlich gemacht haben«, sagte Harrison, »setzt Euch doch und sagt uns, weshalb Ihr gekommen seid, Ta-Kumsaw.«

Ta-Kumsaw setzte sich nicht. Er schloß die Tür nicht, trat keinen weiteren Schritt ins Zimmer. »Ich spreche für Shaw-Nee, Caska-Skeeaw, Pee-Orawa, Winny-Baygo.«

»Also Ta-Kumsaw, Ihr wißt doch genau, daß Ihr nicht einmal für alle Shaw-Nee sprecht und für die anderen ganz bestimmt nicht.«

»Alle Stämme, die General Waynes Vertrag unterschrieben.« Ta-Kumsaw fuhr fort, als hätte Harrison überhaupt nichts gesagt. »Vertrag besagt, Weiße nicht verkaufen Whisky an Rote.«

»Das stimmt«, erwiderte Harrison. »Und diesen Vertrag halten wir auch ein.«

Ta-Kumsaw blickte Hooch nicht an, hob aber die Hand und deutete auf ihn. Hooch spürte die Geste, als hätte ihn Ta-Kumsaw mit dem Finger körperlich berührt. Diesmal machte es ihn nicht wütend, es jagte ihm einfach nur Angst ein. Er hatte gehört, daß manche Rote einen derart starken Anziehungszauber besaßen, daß kein Amulett einen davor schützen konnte, und so konnten sie einen ganz allein in die Wälder locken und mit ihren Messern in Stücke schneiden, einfach nur, um einen brüllen zu hören. Daran mußte Hooch denken, als er spürte, wie Ta-Kumsaw voller Haß auf ihn zeigte.

»Warum zeigt Ihr auf meinen alten Freund Hooch Palmer?« fragte Harrison.

»Ach, ich schätze, heute mag mich wohl niemand«, warf

Hooch ein. Er lachte, konnte aber seine Angst nicht vertreiben.

»Er bringen Flachboot mit Whisky«, sagte Ta-Kumsaw.

»Na ja, er hat sehr viele verschiedene Dinge mitgebracht«, erwiderte Harrison. »Aber wenn er Whisky mitgebracht haben sollte, dann geht der natürlich an den Marketender im Fort, und kein einziger Tropfen davon wird an die Roten hier verkauft, da könnt Ihr ganz sicher sein. Wir halten uns an das Abkommen, Ta-Kumsaw, auch wenn Ihr Roten es in letzter Zeit damit nicht allzu genau nehmt. Inzwischen ist es soweit, daß keine Flachboote mehr den Hio herunterkommen, mein Freund, und ich schätze, wenn sich das nicht bald bessert, wird die Armee wohl eingreifen müssen.«

»Ein Dorf abbrennen?« fragte Ta-Kumsaw. »Unsere Säuglinge erschießen? Unsere Alten? Unsere Frauen?«

»Wie kommt Ihr denn auf solche Gedanken?« fragte Harrison. Er klang richtig beleidigt, obwohl Hooch genau wußte, daß Ta-Kumsaw nur die gewöhnlichen Methoden der Armee beschrieben hatte.

Plötzlich ergriff Hooch sogar selbst das Wort.

»Ihr Roten verbrennt ja auch wehrlose Farmer in ihren Blockhäusern und Pioniere auf ihren Flachbooten, nicht wahr? Dann sagt mir nur, weshalb es euren Dörfern besser ergehen sollte!«

Ta-Kumsaw würdigte ihn noch immer keines Blickes. »Englisches Gesetz sagt, töte den Mann, der dein Land stiehlt, und du bist nicht böse. Töte einen Mann, um sein Land zu stehlen, dann bist du sehr böse. Wenn wir weiße Farmer töten, sind wir nicht böse. Wenn Ihr rote Menschen tötet, die hier schon tausend Jahre leben, dann seid Ihr sehr böse. Vertrag sagt, bleibt auf der Ostseite des My-Ammy River, aber sie bleiben nicht, und Ihr helft ihnen.«

»Mr. Palmer war etwas vorlaut«, wandte Harrison ein. »Gleichgültig, was Ihr Wilden unseren Leuten antut, die Männer zu foltern, die Frauen zu vergewaltigen, die Kinder in die Sklaverei entführen – wir führen jedenfalls keinen Krieg gegen Wehrlose. Wir sind zivilisiert, daher verhalten wir uns auch zivilisiert.«

»Dieser Mann wird seinen Whisky an rote Männer verkaufen. Wird sie im Dreck liegen lassen wie Würmer. Wird seinen Whisky an rote Frauen geben. Sie schwach machen wie ein verblutendes Reh, damit sie alles tun, was er sagt.«

»Wenn er das tun sollte, werden wir ihn festnehmen«, erwiderte Harrison. »Dann kommt er vor ein Gericht und wird bestraft.«

»Wenn er es tut, werdet Ihr ihn eben *nicht* festnehmen«, entgegnete Tu-Kumsaw. »Ihr werdet Pelze mit ihm teilen. Ihr werdet ihn beschützen.«

»Heißt mich keinen Lügner«, antwortete Harrison.

»Dann lügt auch nicht«, erwiderte Ta-Kumsaw.

»Wenn Ihr weiterhin umhergeht und so mit den Weißen redet, Ta-Kumsaw, alter Knabe, dann wird einer eines Tages bestimmt fürchterlich wütend werden und Euch den Kopf wegpusten.«

»Dann weiß ich, daß Ihr ihn festnehmt. Ich weiß, Ihr werdet Ihn vor Gericht stellen und wegen Gesetzesbruch bestrafen.« Ta-Kumsaw sagte es ohne das leiseste Lächeln, doch Hooch hatte lange genug Handel mit den Roten getrieben, um ihre Art von Humor zu kennen.

Harrison nickte ernst. Hooch fiel ein, daß Harrison möglicherweise gar nicht erkannt hatte, daß es Ironie gewesen war. Er mochte vielleicht denken, daß Ta-Kumsaw tatsächlich an seine Worte glaubte. Aber nein, Harrison wußte genau, daß er und Ta-Kumsaw einander anlogen; und bei diesem Gedanken fiel Hooch ein, daß es, wenn beide Parteien logen und jeder auch wußte, daß der andere log, fast dasselbe war, wie einander die Wahrheit zu sagen.

Richtig komisch war nur, daß Jackson das ganze Zeug *tatsächlich* glaubte. »Das stimmt«, meinte der Rechtsanwalt von Tennizy. »Die Herrschaft des Gesetzes ist es, was die zivilisierten Menschen von den Wilden trennt. Der rote Mann ist einfach noch nicht weit genug entwickelt, und wenn Ihr nicht dem Gesetz des weißen Mannes unterworfen werden wollt, dann müßt Ihr Euch eben anderes behelfen.«

Zum ersten Mal blickte Ta-Kumsaw einem von ihnen in die Augen. Kalt musterte er Jackson und sagte: »Diese Männer sind Lügner. Sie wissen, was wahr ist, aber sie sagen, daß es nicht wahr sei. Ihr seid kein Lügner. Ihr glaubt, was Ihr sagt.«

Jackson nickte feierlich. Er sah so eitel und aufrecht aus, daß Hooch der Versuchung nicht widerstehen konnte. Er heizte Jacksons Stuhl ein kleines bißchen auf, gerade genug, daß Jackson ein wenig unruhig wurde. Das nahm ihm etwas von seiner Erhabenheit. Doch Jackson behielt seine Allüren. »Ich glaube, was ich sage, weil ich die Wahrheit spreche.«

»Ihr sagt, was Ihr glaubt. Aber es ist trotzdem nicht wahr. Wie lautet Euer Name?«

»Andrew Jackson.«

Ta-Kumsaw nickte. »Hickory.«

Jackson wirkte regelrecht überrascht und erfreut darüber, daß Ta-Kumsaw von ihm gehört hatte. »Manche Leute nennen mich so.« Hooch heizte seinen Stuhl noch ein wenig mehr auf.

»Blue Jacket sagt, Hickory guter Mann.«

Jackson hatte zwar immer noch keine Ahnung, weshalb ihm sein Stuhl plötzlich so ungemütlich vorkam, aber es war zuviel für ihn. Er schoß in die Höhe, trat vom Stuhl fort, schüttelte mit jedem Schritt die Beine regelrecht aus, um sich abzukühlen. Und dennoch sprach er mit aller nur erdenklichen Würde weiter. »Ich bin froh, daß Blue Jacket das so sieht. Er ist doch Häuptling der Shaw-Nee unten in Tennizy, nicht wahr?«

»Manchmal«, erwiderte Ta-Kumsaw.

»Was soll das heißen, manchmal?« wollte Harrison wissen. »Entweder ist er ein Häuptling, oder er ist keiner.«

»Wenn er gerade spricht, ist der Häuptling«, erklärte Ta-Kumsaw.

»Nun, ich bin jedenfalls froh zu wissen, daß er mir vertraut«, meinte Jackson. Doch sein Lächeln wirkte etwas matt, weil Hooch emsig damit beschäftigt war, den Boden unter seinen Füßen so heiß zu machen, daß der alte Hikkory schon hätte fliegen müssen, um der Hitze zu entkommen. Hooch hatte nicht vor, ihn lange zu quälen. Nur so lange, bis er Jackson ein paar kleine Hopser machen sah und bis er mitansehen konnte, wie er versuchte, zu erklären, weshalb er ausgerechnet hier vor einem jungen Krieger der Shaw-Nee und dem Gouverneur William Henry Harrison einen Tanz vollführte.

Lolla-Wossiky erwies sich jedoch als Spielverderber, weil er im selben Augenblick vorn überkippte und unter dem Tisch hervorrollte. Er hatte ein idiotisches Grinsen im Gesicht, und seine Augen waren geschlossen. »Blue Jakket!« rief er. Hooch merkte, daß er nun doch ein wenig lallte. »Hickory!« rief der einäugige Rote.

»Ihr seid mein Feind«, sagte Ta-Kumsaw, ohne seinen Bruder zu beachten.

»Da irrt Ihr Euch«, antwortete Harrison. »Ich bin Euer Freund. Euer Feind befindet sich nördlich von hier, in der Stadt Vigor Church. Euer Feind ist dieser Renegat Brustwehr-Gottes Weaver.«

»Brustwehr Weaver verkauft keinen Whisky an Rote.«

»Ich auch nicht«, konterte Harrison. »Aber er ist es, der Landkarten des ganzen Gebiets westlich des Wobbish anlegt. Damit er alles parzellieren und verkaufen kann, nachdem er die Roten getötet hat.«

Ta-Kumsaw ging auf Harrisons Versuch, ihn gegen seinen Rivalen im Norden aufzuwiegeln, nicht weiter ein. »Ich bin gekommen, um Euch zu warnen«, sagte Ta-Kumsaw.

»Um mich zu warnen?« fragte Harrison. »Ihr, ein Shaw-Nee, der in niemandes Namen spricht, Ihr wollt mich *warnen*, hier in meinen eigenen Fort, wo hundert Soldaten bereitstehen, Euch niederzuschießen, sobald ich auch nur ein Wort sage?«

»Haltet den Vertrag ein«, sagte Ta-Kumsaw.

»Wir halten doch den Vertrag ein! *Ihr* seid es, die ständig die Verträge brecht!«

»Haltet den Vertrag ein«, wiederholte Ta-Kumsaw.

»Oder was?« fragte Jackson.

»Oder jeder Rote westlich der Berge wird sich mit den anderen zusammentun und Euch in Stücke schneiden.«

Harrison legte den Kopf zurück und lachte. Ta-Kumsaws Miene blieb ausdruckslos.

»*Jeder* Rote, Ta-Kumsaw?« fragte Harrison. »Ich meine, sogar Lolly hier? Sogar mein Haus-Shaw-Nee, mein zahmer Roter, selbst *der*?«

Zum ersten Mal blickte Ta-Kumsaw auf seinen Bruder, der schnarchend auf dem Boden lag. »Weißer Mann, die Sonne geht jeden Tag wieder auf. Aber ist sie gezähmt? Regen fällt jedesmal wieder auf die Erde. Aber ist er gezähmt?«

»Entschuldigt mich, Ta-Kumsaw, aber dieser einäugige Trunkenbold ist so zahm wie mein Pferd.«

»O ja«, meinte Ta-Kumsaw. »Legt den Sattel auf. Legt Geschirr an. Sitzt auf und reitet. Seht, wohin dieser zahme Rote dann geht. Nicht dorthin, wohin Ihr wollt.«

»Aber doch! Ganz genau dorthin, wo ich hinwill«, widersprach Harrison. »Vergeßt das nicht. Euer Bruder ist immer in meiner Reichweite. Und wenn Ihr jemals aus der Reihe scheren solltet, Junge, dann werde ich ihn als Euren Mitverschwörer verhaften und aufknüpfen lassen.«

Ta-Kumsaw lächelte dünn. »Das meint Ihr. Und Lolla-Wossiky meint es. Aber er wird lernen, mit seinem anderen Auge zu sehen, bevor Ihr jemals Hand an ihn gelegt habt.«

Dann machte Ta-Kumsaw kehrt und verließ den Raum. Ruhig, geschmeidig, ohne zu zögern, ohne wütend zu sein; nicht einmal die Tür schloß er hinter sich. Er bewegte sich mit der Anmut eines gefährlichen Tieres. Hooch hatte einmal vor Jahren einen Cougar gesehen, als er allein in den Bergen gewesen war. Genau das war Ta-Kumsaw: eine Raubkatze.

Harrisons Adjutant schloß die Tür.

Harrison wandte sich an Jackson und lächelte. »Seht Ihr?« fragte er.

»Was soll ich sehen, Mr. Harrison?«

»Muß ich Ihnen die Sache erst buchstabieren, Mr. Jackson?«

»Ich bin Rechtsanwalt. Ich mag es, wenn die Dinge buchstabiert werden. Sofern man überhaupt buchstabieren kann.«

»Ich kann nicht einmal lesen«, meinte Hooch fröhlich.

»Den Mund könnt Ihr auch nicht halten«, warf Harrison ein. »Ich werde es Euch buchstabieren, Jackson. Ihr und Eure Jungs am Tennizy, ihr sprecht davon, die Roten westlich des Mizzipy zu verfrachten. Angenommen, wir tun das. Was wollt Ihr danach tun? Etwa den ganzen Fluß entlang Soldaten aufbauen, die Tag und Nacht Wache schieben? Die kommen doch wieder über diesen Fluß zurück, wann immer sie wollen, und plündern, foltern, töten.«

»Ich bin kein Narr«, erwiderte Jackson. »Wir werden einen großen, blutigen Krieg brauchen, aber wenn wir sie erst einmal über den Fluß getrieben haben, wird ihr Widerstand gebrochen sein. Und Männer wie dieser Ta-Kumsaw – die sind dann entweder tot oder entehrt.«

»Meint Ihr? Nun, während dieses großen, blutigen Kriegs, von dem Ihr sprecht, werden sehr viele Weiße sterben, auch weiße Frauen und Kinder. Aber ich habe eine bessere Idee. Diese Roten schlürfen den Branntwein wie ein Kalb die Milch aus der Zitze seiner Mutter. Vor zwei Jahren lebten östlich des My-Ammy River eintausend Pee-Ankashaw. Dann gerieten sie an den Branntwein. Sie hörten auf zu arbeiten, sie wurden so schwach, daß schon die erste kleine Seuche sie ausradierte. Wenn hier noch ein einziger Pee-Ankashaw am Leben sein sollte, so habe ich jedenfalls noch nie von ihm gehört. Im Norden ist das gleiche mit den Chippy Wa passiert, nur daß es dort die französischen Händler waren. Und das beste am Branntwein ist, daß er die Roten umbringt und kein einziger Weißer dabei sterben muß.«

Jackson erhob sich langsam. »Ich schätze, wenn ich wieder zu Hause bin, muß ich wohl gleich dreimal hintereinander baden«, sagte er, »und selbst danach werde ich mich noch nicht richtig sauber fühlen.«

Hooch war entzückt zu sehen, daß Harrison jetzt wirklich wütend war. Er sprang auf und schrie Jackson so laut an, daß Hooch seinen Stuhl beben spürte. »Ihr Heuchler, nun versucht nur nicht, mich von oben herab zu behandeln! Ihr wollt, daß sie alle sterben, genau wie ich! Zwischen uns beiden besteht kein Unterschied.«

Jackson blieb an der Tür stehen und musterte den Gouverneur voller Ekel. »Der Mörder, Mr. Harrison, der *Giftmörder*, kann keinen Unterschied zwischen sich selbst und einem Soldaten erblicken. Aber der Soldat kann es.«

Anders als Ta-Kumsaw, war Jackson sich nicht zu schade, die Tür zuzuschlagen.

Harrison ließ sich wieder auf seinen Stuhl sinken. »Hooch, ich muß sagen, dieser Bursche gefällt mir nicht besonders.«

»Das macht nichts«, erwiderte Hooch. »Er ist auf Eurer Seite.«

Harrison lächelte matt. »Ich weiß. Wenn es zum Krieg kommen sollte, werden wir alle einig sein. Vielleicht mit Ausnahme dieses Kerls da oben in Vigor Church.«

»Auch der wird sich uns anschließen«, meinte Hooch. »Wenn erst einmal ein Krieg ausgebrochen ist, können die Roten doch keinen Weißen mehr vom anderen unterscheiden. Dann werden seine Leute genauso sterben wie unsere. Und dann wird auch Brustwehr Weaver kämpfen.«

»Ja, aber wenn Jackson und Weaver ihre Roten ebenso mit Branntwein vollaufen ließen, wie wir es mit unseren tun, würden wir überhaupt keinen Krieg brauchen.«

Hooch zielte mit einem Mundvoll Speichel auf den Spucknapf und verfehlte ihn nur knapp. »Dieser Rote, dieser Ta-Kumsaw.«

»Was ist mit dem?« fragte Harrison.

»Er macht mir Sorgen.«

»Mir nicht«, widersprach Harrison. »Ich habe seinen Bruder. Ta-Kumsaw wird überhaupt nichts tun.«

»Als er auf mich gezeigt hat, da hatte ich ein Gefühl, als würde mich sein Finger quer durch den Raum hinweg berühren. Ich glaube, vielleicht hat er einen Anziehungszauber. Oder er beherrscht die Fernberührung. Ich glaube, er ist gefährlich.«

»Ihr glaubt doch wohl nicht an diesen ganzen Zauberkram, Hooch? Ihr seid so ein gebildeter Mann; ich hätte gedacht, daß Ihr über einen solchen Aberglauben erhaben seid.«

»Das bin ich nicht, und Ihr seid es auch nicht, Bill Harrison. Ihr habt Euch doch auch von einem Rutengeher sagen lassen, wo der Boden fest genug war, um dieses Staket hier zu erbauen. Und als Eure erste Frau ihre Kinder gebar, da habt Ihr eine Fackel geholt, um festzustellen, wie das Kind im Mutterleib lag.«

»Ich warne Euch«, sagte Harrison, »macht keine Bemerkungen mehr über meine Frau!«

»Über welche, Bill? Über die heiße oder die kalte?«

Nun geriet Harrison wirklich außer sich. Hooch war entzückt. Jawohl, er hatte ein ordentliches Talent, die Dinge anzuheizen, und es machte noch sehr viel mehr Spaß, der Laune eines Menschen Feuer zu geben, weil es dann keine *Flamme* gab, sondern nur sehr viel heiße Luft.

Nun, Hooch ließ den alten Bill Harrison noch eine Weile toben. Dann lächelte er und hob die Hände, als wollte er sich ergeben. »Na, Ihr wißt doch, daß ich es nicht böse gemeint habe, Bill. Ich wußte nur nicht, wie prüde Ihr dieser Tage geworden seid. Ich hatte nur gedacht, daß wir doch beide wissen, wo die Babys wachsen, wie sie dort hineingelangen und heraus, und das tun Eure Frauen nicht anderes als meine. Und wenn sie dann schreiend daliegt, dann wißt Ihr auch, daß eine Hebamme dabei ist, die einen Schlafzauber über sie verhängen kann oder auch einen Schmerzzauber. Und wenn das Baby sich zuviel Zeit läßt, um zu kommen, dann holt Ihr eine Fackel, die feststellen soll, wie es liegt. Also hört mir zu, Bill Harrison. Dieser Ta-Kumsaw besitzt irgendeine Fähigkeit, irgendeine Macht. Hinter dem steckt mehr, als es den Anschein hat.«

»Tatsächlich, Hooch? Nun, vielleicht ist es so, vielleicht aber auch nicht. Aber er hat gesagt, daß Lolla-Wossiky mit seinem anderen Auge sehen würde, bevor ich Hand an ihn legte, und da wird es nicht lange dauern, bis ich bewiesen habe, daß er kein guter Prophet ist.«

»Da wir schon gerade von dem alten Einauge hier reden: Der fängt langsam an, fürchterlich zu furzen.«

Harrison rief nach seinem Adjutanten. »Schicken Sie Korporal Withers und vier Soldaten herein, und zwar sofort.«

Hooch bewunderte es, wie Harrison die Militärdisziplin aufrechterhielt. Es dauerte keine dreißig Sekunden, bis die Soldaten eingetroffen waren. Korporal Withers salutierte und sagte: »Jawohl, Sir, General Harrison.«

»Laßt dieses Tier von dreien Eurer Leute hinaus in den Stall schaffen.«

Korporal Withers gehorchte sofort, nur kurz hielt er inne, um zu sagen: »Jawohl, Sir, General Harrison.«

General Harrison. Hooch lächelte. Er wußte, daß Harrison lediglich ein Patent als Oberst unter General Wayne im letzten Französischen Krieg gehabt hatte, und selbst damals war er keine Leuchte gewesen. General. Gouverneur. Was für ein pompöser …

Doch inzwischen sprach Harrison wieder zu Withers und blickte dabei Hooch an. »Und nun werdet Ihr und der Gefreite Dickey so freundlich sein, Mr. Palmer hier festzunehmen und einzusperren.«

»Mich festnehmen!« rief Hooch. »Wovon redet Ihr da!«

»Er trägt mehrere Waffen bei sich, deshalb werdet Ihr ihn gründlich durchsuchen müssen«, sagte Harrison. »Ich empfehle, ihn hier zu entkleiden, bevor Ihr ihn in die Zelle bringt, und ihn auch entkleidet zu lassen. Wir wollen doch nicht, daß dieser gewandte alte Knabe uns noch entkommt.«

»Weshalb nehmt Ihr mich fest?«

»Oh, wir haben doch einen Haftbefehl gegen Euch wegen unbezahlter Schulden vorliegen«, sagte Harrison. »Und außerdem seid Ihr beschuldigt worden, Whisky an die Roten zu verkaufen. Da werden wir natürlich Eure gesamte Habe beschlagnahmen müssen – diese verdächtig aussehenden Fässer, die meine Jungs schon den ganzen Tag ins Staket schleppen – und sie verkaufen, um für Eure Schulden aufzukommen. Wenn wir dafür genug bekommen und Ihr die häßlichen Vorwürfe widerlegen könnt, die Roten mit Fusel zu vergiften, nun, dann werden wir Euch auch wieder freilassen.«

Worauf Harrison aus seinem Office stolzierte. Hooch fluchte und spuckte und machte einige deftige Bemerkungen über Harrisons Frau und seine Mutter, doch der Gefreite Dickey hielt eine Muskete in der Hand. Daher ergab sich Hooch der Entkleidung und Durchsuchung. Schlimmer wurde es allerdings, und da fluchte er auch wieder mächtig, als Withers ihn splitternackt durch das Fort führte, ohne ihm auch nur eine einzige Decke zu geben, und ihn in einem Lagerraum einsperrte. Ein Lagerraum, der noch mit den leeren Fässern der *letzten* Branntweinlieferung gefüllt war. Zwei Tage lang saß er in diesem verriegelten Lagerraum, bevor sein Prozeß begann, und die erste Zeit bewegten ihn Mordgedanken. O ja, er hatte viele Racheeinfälle. Er dachte daran, die Spitzenvorhänge in Harrisons Haus in Brand zu setzen oder den Schuppen, wo der Whisky gelagert wurde, daran, alle nur erdenklichen Feuer zu entzünden. Denn was nützte es schon, ein Funke zu sein, wenn man seine Fähigkeit nicht dazu einsetzen konnte, um es Leuten heimzuzahlen, die sich erst als Freunde ausgaben und einen dann ins Gefängnis sperrten?

Doch Hooch legte keine Feuer, weil er kein Narr war. Zum einen wußte er, daß jedes Feuer im Staket sich höchstwahrscheinlich binnen einer halben Stunde über die ganze Befestigungsanlage ausgebreitet hätte. Und da hätte es gut passieren können, daß man in dem allgemeinen Durcheinander zwar Frauen, Kinder, Branntwein und Schießpulver rettete, dabei aber einen gewissen Whiskyhändler vergaß, der in einem Lagerraum eingesperrt war. Hooch war nicht begierig darauf, in einem Feuer zu enden, das er selbst gelegt hatte – so etwas war doch keine richtige Rache! Zum Feuerlegen blieb noch Zeit genug, wenn sich ihm eines Tages eine Schlinge um den Hals legen sollte, doch würde er nicht das Risiko eines Feuertods eingehen, nur um wegen einer Angelegenheit wie dieser Genugtuung zu bekommen.

Der eigentliche Grund aber, weshalb er kein Feuer legte, war nicht die Furcht, sondern der blanke Geschäftssinn. Harrison war so verfahren, wie er es getan hatte, um Hooch zu zeigen, daß ihm die Art und Weise nicht gefiel, in der Hooch die Branntweinlieferungen verzögert hatte. Harrison zeigte ihm damit, daß der Macht besaß, Hooch dagegen nur Geld. Nun gut, sollte Harrison doch den mächtigen Mann spielen. Hooch wußte auch einige Dinge. Er wußte beispielsweise, daß das Wobbish-Land eines Tages den US-Kongreß in Philadelphia um den Staatsstatus angehen würde. Und wenn es das tat, würde ein gewisser William Henry Harrison es darauf abgesehen haben, Gouverneur zu werden. Und Hooch hatte in Suskwahenny, Pennsylvania und Appalachee schon genügend Wahlen miterlebt, um zu wissen, daß man keine Stimmen bekam, wenn man nicht auch Silberdollar in Umlauf brachte. Hooch würde diese Silberdollar haben. Und wenn die Zeit gekommen war, mochte er diese Silberdollar vielleicht an Harrisons Wähler verteilen; vielleicht aber auch nicht. Vielleicht half er dann nämlich einem anderen Mann auf den Gouverneurssitz, eines Tages, wenn Carthage zu einer richtigen Stadt und Wobbish zu einem richtigen Staat geworden waren. Dann würde Harrison den Rest seines Lebens dort hocken bleiben und sich daran erinnern müssen, wie es gewesen war, als er noch Leute einsperren konnte, und er würde vor Wut mit den Zähnen knirschen, wenn er daran dachte, wie Männer wie Hooch ihm all dies weggenommen hatten.

So unterhielt Hooch sich, während er zwei lange Tage und Nächte in dem Lagerraum saß.

Dann holte man ihn heraus und führte ihn vor Gericht – unrasiert und schmutzig, mit wirrem Haar und völlig zerknitterter Kleidung. General Harrison war der Richter, sämtliche Geschworenen trugen Uniform, und der Verteidiger war – ausgerechnet Andrew Jackson! Offenbar hatte Gouverneur Bill vor, Hooch auf die Palme zu bringen, aber Hooch war auch nicht von gestern. Egal, was Harrison vorhaben mochte, soviel war klar, daß es Hooch nichts nützen würde, lauthals dagegen zu protestieren. Also war es besser, stillzusitzen und die Sache über sich ergehen zu lassen.

Es dauerte nur wenige Minuten.

Hooch hörte mit unbewegter Miene zu, wie ein junger Leutnant bezeugte, daß sein ganzer Whisky genau zum selben Preis an den Marketender verkauft worden war wie beim letzten Mal. Den amtlichen Unterlagen zufolge hatte Hooch also keinen einzigen Penny mehr daran verdient, daß er sie zwischen zwei Lieferungen vier Monate lang hatte warten lassen. Nun, dachte Hooch, das ist eigentlich in Ordnung, Harrison will mir damit mitteilen, wie die Sache seiner Meinung nach zu laufen hat. Also sagte er kein einziges Wort. Hinter seiner magistralen Feierlichkeit wirkte Harrison äußerst fröhlich. Vergnüg dich nur, dachte Hooch. Mich bringst du nicht zur Weißglut.

Aber er schaffte es schließlich doch. Von dem Betrag wurden 220 Dollar abgehalten und Andrew Jackson noch während der Verhandlung überreicht. Elf goldene Zwanzig-Dollar-Münzen. Es tat Hooch richtig körperlich weh, mitansehen zu müssen, wie das funkelnde Metall in Jacksons geöffnete Hände fiel. Nun konnte er nicht mehr schweigen. Immerhin gelang es ihm aber, leise zu sprechen und dabei milde zu klingen. »Das erscheint mir nicht sonderlich ordnungsgemäß«, sagte er, »daß ausgerechnet der Kläger auch den Verteidiger abgibt.«

»Oh, was die Schulden anbelangt, ist er ja gar nicht Euer Verteidiger«, sagte Seine Ehrwürden Richter Harrison.

»Euer Verteidiger ist er nur in Sachen Alkoholausschank.« Dann grinste Harrison und erklärte die Angelegenheit für entschieden.

Die Branntweinsache dauerte auch nicht viel länger. Sorgfältig präsentierte Jackson genau dieselben Lieferscheine und Quittungen, um zu beweisen, daß sämtliche Whiskyfässer an den Marketender des Forts von Carthage und kein einziger Tropfen an die Roten verkauft worden waren. »Allerdings will ich zugeben«, sagte Jackson, »daß mir die hier ausgewiesene Whiskymenge ausreichend erscheint, um eine zehnmal so große Armee wie diese hier drei Jahre lang zu versorgen.«

»Wir haben hier eben Soldaten, die starke Trinker sind«, meinte Richter Harrison. »Und ich schätze, daß dieser Branntwein keine sechs Monate reichen wird. Aber kein Tropfen an die Roten, Mr. Jackson, da könnt Ihr ganz sicher sein!«

Dann wies er sämtliche Vorwürfe gegen Hooch Palmer alias Ulysses Brock zurück. »Aber laßt Euch das eine Lektion sein, Mr. Palmer«, sagte Harrison mit seiner besten Richterstimme. »Die Justiz hier draußen handelt zügig und zuverlässig. Achtet darauf, daß Ihr stets Eure Schulden begleicht. Und laßt nicht einmal den Ruch des Bösen an Euch herankommen.«

»Natürlich«, erwiderte Hooch fröhlich. Harrison hatte ihm ordentlich zugesetzt, aber zum Schluß war alles doch noch sehr gut gelaufen. Gewiß, die 220 Dollar machten ihm zu schaffen, ebenso die beiden Tage im Gefängnis, doch Harrison hatte Hooch nicht allzusehr leiden lassen wollen. Denn was Jackson nicht wußte, und was niemand sonst zu erwähnen für richtig hielt, war die Tatsache, daß Hooch Palmer zufälligerweise einen Marketenderkontrakt mit der US-Armee in Wobbish Territory hatte. Alle diese Dokumente, die bewiesen, daß er den Branntwein nicht an die Roten verkauft hatte, bewiesen *in Wirklichkeit* nur, daß er ihn vielmehr an sich selbst verkauft hatte – noch dazu mit Profit. Nun würde Jackson nach Hause zurückkehren, und Hooch würde sich im Marketenderladen niederlassen, um den Roten den Branntwein zu exorbitanten Preisen zu verkaufen, die Profite mit Gouverneur Bill zu teilen und mitanzusehen, wie die Roten starben wie die Fliegen. Harrison hatte Hooch einen kleinen Streich gespielt, das war wahr, aber dem alten Hickory hatte er einen noch viel größeren gespielt.

Hooch achtete darauf, am Bootssteg zu sein, als man Jackson mit der Fähre wieder über den Hio brachte. Jackson hatte tatsächlich zwei große, alte Bergjungen mit Gewehren dabei. Hooch bemerkte, daß einer davon selbst aussah wie ein Halbindianer, wahrscheinlich ein Cherriky-Halbblut – davon gab es in Appalachee recht viele, wo die weißen Männer die Squaws tatsächlich *heirateten*, als wären es richtige Frauen. Und beide Gewehre trugen den Stempel ›Eli Whitney‹ auf ihrem Lauf, was wiederum bedeutete, daß sie im Staat Irrakwa fabriziert worden waren, wo dieser Whitney sich niedergelassen hatte, um so schnell Gewehre herzustellen, daß er auf diese Weise die Preise gedrückt hatte; und man erzählte sich, daß alle seine Arbeiter tatsächlich *Frauen* waren, Irrakwa-*Squaws*, ganz unglaublich! Jackson konnte soviel darüber reden, wie er wollte, die Roten ans Westufer des Mizzipy zurückzudrängen, tatsächlich war es dafür schon viel zu spät. Ben Franklin sorgte dafür, indem er den Irrakwa ihren eigenen Staat oben im Norden gewährte, und Tom Jefferson hatte die Sache noch verschlimmert, indem er den Cherriky den Status wahlberechtigter Bürger in Appalachee zugestanden hatte, als sie ihre Revolution gegen den König durchführten. Wenn man diese Roten wie Bürger behandelte, dann fingen die doch an zu glauben, sie hätten dieselben Rechte wie ein Weißer. Wenn *das* erst Schule machte, würden sie nie eine gesellschaftliche Ordnung bekommen. Ja, dann würden wahrscheinlich als nächstes die Schwarzen ihre Sklaverei abschütteln wollen, und dann würde man, ehe man sich's versah, eines Tages an einer Bar im Salon Platz nehmen, um links von sich einen *Roten* und zur rechten einen *Schwarzen* zu erblicken, und das war doch schlichtweg gegen alle Natur.

Da fuhr Jackson nun fort in dem Glauben, daß er den weißen Mann vor den Roten würde retten können, in Begleitung eines Halbbluts und mit von Roten hergestellten Gewehren bewaffnet. Und was das schlimmste war – Jackson hatte elf Goldmünzen in seiner Satteltasche, Münzen, die eigentlich Hooch Palmer gehörten.

Also heizte Hooch diese Satteltasche auf, und zwar genau dort, wo der Metallstift sie am Sattel festhielt. Er spürte, wie das Leder ankohlte und um den Stift herum rabenschwarz und steif wurde. Schon bald würde die Tasche abfallen. Zudem sorgte Hooch für zahlreiche weitere heiße Flecken auf diesem Sattel und auch auf den Sätteln der anderen Männer. Als sie das andere Ufer erreichten, saßen sie auf und ritten davon, aber Hooch wußte, daß sie in Nashville ohne Sattel einreiten würden. Er hoffte inständig, daß sich Jacksons Sattel genau zum richtigen Zeitpunkt und auf die richtige Weise zerlegen würde, damit Old Hickory sich voll auf den Hintern setzte oder sich vielleicht sogar einen Arm brach. Schon der bloße Gedanke daran hob Hoochs Laune merklich.

Ein ehrlicher Mann wie Andrew Jackson war einem paar Raffzähnen wie Bill Harrison und Hooch Palmer einfach nicht gewachsen. Es war nur eine Schande, daß die Armee keine Orden an Soldaten verlieh, die ihre Feinde mit Branntwein in den Tod beförderten, anstatt sie zu erschießen. Denn sonst wären Harrison und Palmer beide zu Helden geworden, das wußte Hooch ganz genau.

Doch Hooch schätzte, daß Harrison schon irgendwie eine Möglichkeit finden würde, um ein Held zu werden, während Hooch am Schluß nichts bleiben würde außer Geld. Na ja, so geht das eben, dachte Hooch. Manche Leute kriegen den ganzen Ruhm ab und manche dafür das Geld. Aber das ist mir egal, solange ich nicht zu den Leuten gehöre, die am Schluß überhaupt nichts haben. Von denen will ich nie einer sein. Und sollte es doch jemals soweit kommen, dann werden sie es noch gründlich bedauern.

2 Ta-Kumsaw

Während Hooch zusah, wie Jackson den Fluß überquerte, beobachtete Ta-Kumsaw den weißen Whiskyhändler und erkannte, was er tat. Das erkannte auch jeder andere rote Mann, der sich die Mühe machte hinzusehen – zumindest jeder nüchterne rote Mann. Der weiße Mann tat viele Dinge, die der Rote nicht verstand, aber wenn er mit Feuer, Wasser, Erde und Luft herummachte, konnte er das vor keinem Roten verbergen.

Ta-Kumsaw *sah* zwar nicht, wie das Sattelleder auf Jacksons Pferd brannte. Er spürte auch nicht die Hitze. Statt dessen sah er eine Bewegung, einen winzigen Wirbelwind, der seine Aufmerksamkeit erregte. Eine Krümmung der glatten Oberfläche des Landes. Die meisten roten Männer konnten solche Dinge nicht ebenso scharf wahrnehmen wie Ta-Kumsaw. Sein jüngerer Bruder, Lolla-Wossiky, war der einzige, den Ta-Kumsaw kannte, der so etwas noch intensiver wahrnahm. Sehr viel intensiver. Ta-Kumsaw dachte an ihren Vater, Pucky-Shinwa, wie er von Lolla-Wossiky gesagt hatte, daß er ein Schamane werden würde. Ta-Kumsaw aber ein Kriegshäuptling.

Das war gewesen, bevor Lügenmaul Harrison Pucky-Shinwa vor Lolla-Wossikys Augen erschossen hatte. Ta-Kumsaw war an diesem Tag auf die Jagd gegangen, hatte aber den Mord gespürt, als wäre unmittelbar hinter ihm ein Gewehr abgefeuert worden. Wenn ein weißer Mann einen Zauber oder einen Fluch verhängte oder mit der Rute ging, fühlte sich das für Ta-Kumsaw wie ein Jucken unter der Haut an, aber wenn ein weißer Mann kämpfte, spürte er es wie einen Messerstich.

Er war von einem anderen Bruder begleitet worden, Methowa-Tasky, und hatte ihm zugerufen: »Hast du es gespürt?«

Methowa-Taskys Augen hatten sich geweitet. Er hatte es nicht gespürt. Doch schon damals, schon in diesem Alter –

er war noch keine dreizehn gewesen – hatte Ta-Kumsaw nicht an sich selbst gezweifelt. Er hatte es gespürt. Ein Mord war begangen worden, und er mußte sofort zu dem sterbenden Mann.

Also hatte er sie angeführt und war durch den Wald gelaufen. Wie alle roten Männer damals, war seine Harmonie mit dem Wald vollkommen gewesen. Er brauchte nicht darüber nachzudenken, wohin er den Fuß setzte; er wußte, daß die Zweige unter seinen Füßen weich werden und nachgeben würden, daß das Laub sich befeuchten und nicht rascheln würde, daß die Äste, die er beiseite drückte, sofort wieder an ihren richtigen Ort zurückschnellen und keinerlei Spuren hinterlassen würden. Manche Weiße waren stolz darauf, daß sie sich genauso leise bewegen konnten wie ein Roter – doch das taten sie, indem sie sich langsam, vorsichtig bewegten, sorgfältig den Boden beobachtend und Sträuchern aus dem Weg gehend. Sie erfuhren nie, wie wenig Mühe ein roter Mann sich gab, um kein Geräusch, keine Spur zu hinterlassen.

Ta-Kumsaw dachte nicht etwa an seine Schritte, ja, er dachte überhaupt nicht an sich selbst. Er dachte an das grüne Leben des Waldlands um ihn herum und an den schwarzen Strudel in seiner Mitte, unmittelbar vor seinem Gesicht, der ihn immer kräftiger und schneller in die Tiefe zog, dem Ort entgegen, wo das lebende Grün wie eine Wunde aufgerissen worden war, um einen Mord durchzulassen. Lange bevor sie am Ziel waren, konnte selbst Methowa-Tasky es spüren. Dort auf dem Boden lag ihr Vater, eine Kugel im Gesicht. Und neben ihm, stumm und blicklos, Lolla-Wossiky, zehn Jahre alt.

Ta-Kumsaw trug den Leichnam seines Vaters auf den Schultern nach Hause wie ein totes Reh. Methowa-Tasky führte Lolla-Wossiky an der Hand, sonst hätte der Junge sich nicht von der Stelle bewegt. Mutter empfing sie mit großem Klagegeschrei, denn auch sie hatte den Tod gespürt, hatte aber nicht gewußt, daß es ihr eigener Mann war, bis ihre Söhne ihn zurückgebracht hatten. Mutter band den Leichnam ihres Mannes auf Ta-Kumsaws Rükken; dann erklomm Ta-Kumsaw den höchsten Baum, löste den Leichnam seines Vaters von seinem Rücken und befestigte ihn am höchsten Ast, den er erreichen konnte, der so hoch hing, daß die Sonnenstrahlen den ganzen Tag sein Gesicht berührten. Die Vögel und Insekten würden von ihm essen; die Sonne und die Luft würden ihn trocknen; der Regen würde seine letzten Überreste auf die Erde herabspülen. So hatte Ta-Kumsaw seinen Vater an das Land zurückgegeben.

Doch was sollten sie nun mit Lolla-Wossiky tun? Er sprach nicht, er aß nur, wenn ihn jemand fütterte, und wenn man ihn nicht an die Hand genommen und geführt hätte, wäre er auf alle Zeiten an ein und demselben Ort geblieben. Mutter war erschrocken darüber, was mit ihrem Sohn geschehen war. Mutter liebte Ta-Kumsaw sehr, mehr als irgendeine andere Mutter im Stamm ihren Sohn liebte; und dennoch liebte sie Lolla-Wossiky noch mehr. Oftmals hatte sie ihnen allen erzählt, wie Lolla-Wossiky noch als Säugling geweint hatte, als die Luft jeden Winter plötzlich bitter kalt wurde. Nie konnte sie ihn dazu bringen, damit aufzuhören, so viele Bärenfelle und Büffelumhänge sie auch auf ihn legte. Und eines Winters war er dann alt genug, um zu sprechen, und er sagte ihr, warum er weinte. »Weil die Bienen alle sterben«, sagte er. Das war Lolla-Wossiky – der einzige Shaw-Nee, der jemals den Tod der Bienen gespürt hatte.

Er war es, der neben seinem Vater gestanden hatte, als Colonel Bill Harrison ihn erschoß. Wenn Ta-Kumsaw diesen Mord schon einen halben Tagesmarsch entfernt wie einen Messerstich empfunden hatte, was hatte dann erst Lolla-Wossiky gefühlt? Wenn er schon den Tod der Bienen im Winter beweinte, was mochte er da erst empfinden, als ein weißer Mann vor seinen Augen seinen Vater ermordete?

Ein paar Jahre später begann Lolla-Wossiky schließlich wieder zu reden, doch das Feuer in seinen Augen war erloschen, und er war achtlos geworden. Er verlor sein Auge durch einen Unfall, indem er nämlich stolperte und mit dem Gesicht auf den kurzen, schroffen Stumpf eines Strauchs stürzte. Gestolpert und gestürzt! Welchem roten Mann wäre so etwas passiert? Es war, als hätte Lolla-Wossiky jedes Gespür für das Land verloren; er war so stumpfsinnig geworden wie ein Weißer.

Vielleicht aber, dachte Ta-Kumsaw, vielleicht hallt dieser längst verklungene Gewehrschuß noch immer so laut in seinem Kopf, daß er nichts anderes mehr hören kann; vielleicht ist dieser alte Schmerz immer noch so stechend, daß er das Kitzeln der lebendigen Welt nicht mehr spürt. Schmerz, Schmerz und Schmerz – bis der erste Schluck Whisky Lolla-Wossiky lehrte, wie er ihm die Spitze nehmen konnte.

Deshalb schlug Ta-Kumsaw seinen Bruder Lolla-Wossiky nie, obwohl er jeden anderen Shaw-Nee geschlagen hätte, sogar seine Brüder, ja sogar alte Männer, wenn er sie mit dem Branntwein des weißen Mannes in der Hand angetroffen hätte.

Doch der weiße Mann hatte nie geahnt, was der rote Mann gesehen und gehört und gespürt hatte. Der weiße Mann hatte Tod und Leere hierhergebracht. Der weiße Mann hatte weise alte Bäume gefällt, die noch soviel zu sagen gehabt hätten; junge Schößlinge, denen noch viele Leben bevorgestanden hatten; und der weiße Mann hatte auch nie gefragt: Wäret ihr willig, für mich und meinen Stamm ein Zuhause zu bauen? Fällen und schneiden und sägen und brennen, das war der Weg des weißen Mannes. Nimm vom Wald, nimm vom Land, nimm vom Fluß, aber gib nie wieder etwas zurück. Der weiße Mann tötete Tiere, die er nicht brauchte, Tiere, die ihm nichts taten; aber wenn auch nur ein Bär im Winter hungrig erwachte und auch nur ein einziges junges Ferkel riß, dann jagte der weiße Mann ihn und tötete ihn aus Rache. Er spürte nie das Gleichgewicht des Landes.

Kein Wunder, daß das Land den weißen Mann haßte!

Kein Wunder, daß alles Natürliche des Landes gegen seinen Schritt rebellierte und dem roten Mann zurief: Hier hat der Feind gestanden! Hier ist der Eindringling entlanggekommen, durch dieses Gestrüpp, diesen Hügel hinauf! Der weiße Mann witzelte darüber, daß die Roten einen Mann sogar noch im Wasser verfolgen konnten, sie lachten, als sei es nicht wahr. Doch es *war* wahr, denn wenn ein weißer Mann einen Fluß oder einen See entlangfuhr, dann perlte und schäumte und wogte das Wasser noch Stunden danach.

Und nun steht Hooch Palmer da, ein Giftverkäufer und hinterhältiger Mörder, und legt sein silbernes Feuer auf dem Sattel eines anderen weißen Mannes; glaubt, daß niemand davon weiß. Diese weißen Männer mit ihren schwachen, kleinen Fähigkeiten. Wissen sie denn nicht, daß ihre Zauber nur *unnatürliche* Dinge abwehren können? Wenn ein Dieb kommt und weiß, daß er Unrecht tut, dann läßt ein guter, kräftiger Abwehrzauber seine Furcht so lange wachsen, bis er aufschreit und davonrennt. Doch der rote Mann ist niemals ein Dieb. Der rote Mann gehört immer dorthin, wo immer er gerade auf diesem Land sein mag. Für ihn ist der Zauber nur eine kalte Stelle, ein Beben der Luft und nichts weiter.

Ta-Kumsaw sah, wie Hooch sich abwandte und ins Fort zurückkehrte. Bald wird Hooch sein Gift wieder verkaufen. Die meisten roten Männer, die sich hier versammelt haben, werden dann betrunken sein. Ta-Kumsaw wird bleiben, wird Wache halten. Er braucht mit niemandem zu sprechen. Sie brauchen ihn nur anzusehen, dann wird jeder von ihnen, der noch einen Funken Stolz übrig hat, sich abwenden, ohne vom Branntwein zu trinken. Noch ist Ta-Kumsaw kein Häuptling. Doch mit Ta-Kumsaw muß man rechnen. Ta-Kumsaw ist der Stolz der Shaw-Nee. Alle anderen roten Männer sämtlicher Stämme müssen sich mit ihm messen. Die Whisky-Roten werden innerlich ganz klein, wenn sie diesen großen, kräfitgen roten Mann erblikken.

Er schritt an die Stelle, wo Hooch gestanden hatte, und ließ die Verzerrung, die Hooch dort angerichtet hatte, seiner eigenen Ruhe weichen. Die Witterung des Branntweinmannes verflüchtigte sich. Wieder leckte das Wasserr das Ufer und sang dabei.

Wie leicht es doch war, das Land zu heilen, nachdem der weiße Mann vorbeigezogen war. Wenn alle weißen Männer heute gingen, würde das Land schon morgen wieder zur Ruhe kommen, und bereits ein Jahr später würde es nicht mehr die geringsten Anzeichen dafür geben, daß der weiße Mann jemals eingedrungen war. Selbst die Ruinen ihrer Häuser würden wieder ein Teil des Landes werden, würden für kleine Tiere ein Zuhause abgeben, würden im Griff der hungrigen Schlingpflanzen vergehen. Das Metall des weißen Mannes würde rosten; aus den Steinarbeiten des weißen Mannes würden niedrige Hügel und kleine Höhlen werden; die Morde des weißen Mannes würden sich in wehmütige, wunderschöne Klänge im Gesang des Kardinalvogels verwandeln, denn der Kardinalvogel erinnerte sich an alles und verwandelte es in Güte, wann immer er nur konnte.

Den ganzen Tag stand Ta-Kumsaw draußen vor dem Fort und sah zu, wie rote Männer hineingingen, um ihr Gift zu kaufen. Männer und Frauen aller Stämme, Wee-Aw und Kicky-Poo, Potty-Wottamee und Chippy-Wa, Winny-Baygo und Pee-Orawa – alle gingen mit Fellen und Körben hinein und kamen mit nichts anderem heraus als ein paar Bechern oder Krügen Branntwein, ja manchmal sogar mit nichts mehr als dem, was sie bereits im Bauch hatten. Ta-Kumsaw sagte nichts, spürte aber, wie die Roten, die dieses Gift tranken, vom Land abgeschnitten wurden. Sie verzerrten das Grün des Lebens nicht so, wie es der weiße Mann tat; statt dessen war es, als würden sie überhaupt nicht existieren. Der rote Mann, der Whisky trank, war für das Land so gut wie tot. Nein, nicht einmal tot, denn er gab dem Land ja nichts zurück. Ich stehe hier, um mitanzusehen, wie sie zu Gespenstern werden, dachte Ta-Kumsaw, nicht tot, und nicht am Leben. Er sagte es nur in Gedanken, doch das Land spürte seinen Schmerz und die Brise antwortete ihm, indem sie durch das Laubwerk seufzte. Als die Abenddämmerung kommt, schreitet vor Ta-Kumsaw ein Kardinalvogel auf dem Boden auf und ab.

Erzähl mir eine Geschichte, sagt der Kardinalvogel auf seine stumme Weise, die Augen schräg zu dem roten Mann emporgerichtet.

Du kennst meine Geschichte schon, bevor ich sie dir erzähle, erwiderte Ta-Kumsaw stumm. Du spürst meine Tränen, bevor sie strömen. Du schmeckst mein Blut, bevor es vergessen wird. Warum trauerst du um rote Männer, die nicht vom Stamm der Shaw-Nee sind?

Bevor der weiße Mann kam, erwidert Ta-Kumsaw stumm, haben wir nicht erkannt, daß alle roten Männer gleich sind, Brüder des Landes, weil wir glaubten, daß alle Lebewesen so wären; deshalb haben wir uns mit anderen roten Männern gestritten, wie sich der Bär mit dem Cougar streitet, wie die Moschusratte den Biber zurechtweist. Dann ist der weiße Mann gekommen, und ich habe erkannt, daß alle roten Männer verglichen mit dem weißen Mann Zwillingsbrüder sind.

Was ist der weiße Mann? Was tut er?

Der weiße Mann ist wie ein Menschenwesen, aber er zertrampelt alle anderen Lebewesen unter seinen Füßen.

Warum, o Ta-Kumsaw, sehe ich da in deinem Herzen, daß du dem weißen Mann keinen Schmerz zufügen, daß du den weißen Mann nicht töten willst?

Der weiße Mann weiß nicht, daß er Böses tut. Der weiße Mann spürt den Frieden des Landes nicht. Woher soll er dann von den kleinen Toden wissen, die er verursacht? Ich kann dem weißen Mann keine Schuld geben. Aber ich kann ihn auch nicht hier bleiben lassen. Wenn ich ihn also dazu bringe, dieses Land zu verlassen, werde ich ihn auch nicht hassen.

Wenn du frei von Haß bist, o Ta-Kumsaw, wirst du den weißen Mann mit Sicherheit vertreiben.

Ich werde ihm nicht mehr Schmerz zufügen, als es bedarf, um ihn zum Fortgehen zu bewegen.

Der Kardinalvogel nickt. Einmal, zweimal, dreimal, viermal. Er flattert auf einen Ast, der in Ta-Kumsaws Kopfhöhe hängt. Er singt ein neues Lied. Von diesem Lied vernimmt Ta-Kumsaw zwar keine Worte, aber er hört, wie seine eigene Geschichte erzählt wird. Von nun an findet sich seine Geschichte im Gesang aller Kardinalvögel des Landes, denn was ein Kardinalvogel weiß, das erinnern alle anderen.

Wer immer Ta-Kumsaw die ganze Zeit beobachtet haben mochte, hätte keinerlei Hinweise auf das wahrgenommen, was er tat und sah und hörte. Ta-Kumsaws Miene verriet nichts. Er stand dort, wo er gestanden hatte; ein Kardinalvogel ging vor ihm zu Boden, blieb eine Weile, sang und flog davon.

Und doch veränderte dieser Augenblick Ta-Kumsaws Leben; er merkte es sofort. Bis zu diesem Tag war er ein junger Mann gewesen. Seine Kraft und seine Ruhe, auch sein Mut wurden bewundert, doch hatte er immer nur so gesprochen, wie jeder Shaw-Nee sprechen konnte, und nachdem er gesprochen hatte, war er verstummt und hatte die älteren Männer entscheiden lassen. Nun würde er für sich selbst entscheiden, wie ein echter Häuptling, wie ein Kriegshäuptling, kein Häuptling der Shaw-Nee, ja nicht einmal ein Häuptling der roten Männer dieses Nordlandes, sondern vielmehr der Häuptling *aller* Roten im Krieg gegen den weißen Mann. Schon viele Jahre hatte er gewußt, daß ein solcher Krieg kommen mußte; doch bis zu diesem Augenblick hatte er geglaubt, daß ein anderer Mann ihn anführen würde, ein Häuptling wie Cornstalk oder Blackfish, vielleicht sogar ein Cree-Ek oder Chok-Taw aus dem Süden. Doch der Kardinalvogel war zu *ihm* gekommen und hatte seine Geschichte in sein Lied aufgenommen. Nun würden überall dort im Land, wo man das Lied des Kardinalvogels vernahm, die weisesten der roten Männer seinen Namen kennen. Er war der Kriegshäuptling aller roten Männer, die das Land liebten; das Land hatte ihn auserwählt.

Wie er so am Ufer des Hio stand, hatte er das Gefühl, das Antlitz des Landes zu sein. Das Feuer der Sonne, der Atem der Luft, die Kraft der Erde, der Lauf des Wassers, alle griffen in ihn ein und blickten durch seine Augen auf die Welt hinaus. Ich bin das Land; ich bin die Hände und die Füße und der Mund und die Stimme des Landes, wie es sich darum müht, sich des weißen Mannes zu entledigen.

Das waren seine Gedanken.

Er blieb stehen, bis es gänzlich dunkel geworden war. Die anderen roten Männer waren in ihre Heime zurückgekehrt, um zu schlafen – oder um dort betrunken und so gut wie tot bis zum Morgen liegenzubleiben. Ta-Kumsaw erwachte aus seiner Trance und hörte Gelächter, das vom Dorf der Roten herüberhallte, Gelächter und Gesang der weißen Soldaten im Fort.

Ta-Kumsaw verließ den Platz, an dem er so viele Stunden gestanden hatte. Die Beine waren ihm steif geworden, doch er taumelte nicht; er zwang seine Beine dazu, sich geschmeidig zu bewegen, und sanft gab der Boden unter seinen Füßen nach. Der weiße Mann mußte grobe, schwere Stiefel tragen, um weit in dieses Land hineinzuschreiten, weil das Erdreich seine Füße zerriß und verletzte; der rote Mann konnte jahrelang dieselben Mokassins tragen, weil das Land sanft war und seinen Schritt willkommen hieß. Während er sich bewegte, spürte Ta-Kumsaw, wie sich Boden, Wind, Fluß und Blitz alle zusammen mit ihm bewegten.

Im Inneren des Forts ertönte ein Schrei. Und dann weitere Schreie: »Dieb! Dieb!«

»Haltet ihn!«

»Er hat ein Faß gestohlen!«

Flüche, Geheul. Und dann ein Gewehrschuß. Ta-Kumsaw wartete auf den Messerstich des Todes. Doch er kam nicht.

Eine schattenhafte Männergestalt schob sich über die

Brustwehr. Wer immer der Mann auch sein mochte, er balancierte jedenfalls ein Faß auf den Schultern. Einen Augenblick torkelte er oben auf den Pfählen des Palisadenzauns, dann sprang er in die Tiefe. Ta-Kumsaw wußte, daß es ein roter Mann war, weil er die dreifache Höhe eines ausgewachsenen Mannes im Sprung nehmen konnte.

Vielleicht war es Absicht, vielleicht aber auch nicht, daß der fliehende Dieb sofort auf Ta-Kumsaw zulief und vor ihm stehenblieb. Ta-Kumsaw sah herunter. Im Sternenlicht erkannte er den Mann.

»Lolla-Wossiky«, sagte er.

»Habe ein Faß«, sagte Lolla-Wossiky.

»Das sollte ich eigentlich zerschmettern«, meinte Ta-Kumsaw.

Lolla-Wossiky legte den Kopf schräg wie der Kardinalvogel und musterte seinen Bruder. »Dann muß ich noch eins nehmen.«

Die weißen Männer, die Lolla-Wossiky jagten, kamen am Tor an, riefen den Wachen zu, sie sollten es öffnen. Das muß ich mir merken, dachte Ta-Kumsaw. Auf diese Weise bekomme ich sie dazu, das Tor für mich zu öfnnen. Doch noch während er dies dachte, legte er den Arm um seinen Bruder samt dem Faß. Ta-Kumsaw spürte das grüne Land wie einen zweiten Herzschlag kräftig in senem Inneren pochen, und als er seinen Bruder festhielt, durchströmte dieselbe Kraft des Landes auch Lolla-Wossiky. Ta-Kumsaw hörte ihn keuchen. Die Weißen kamen aus dem Fort gerannt. Obwohl Ta-Kumsaw und Lolla-Wossiky völlig ungeschützt direkt in Sichtweite dastanden, sahen die weißen Soldaten sie nicht. Nein, sie *sahen* schon etwas, doch sie bemerkten die beiden Shaw-Nee einfach nicht. Sie rannten an ihnen vorbei, stießen Schreie aus und feuerten blindlings in den Wald hinein. Sie versammelten sich neben den Brüdern, so dicht neben ihnen, daß sie nur den Arm hätten auszustrecken brauchen, um sie zu berühren. Doch sie hoben die Arme nicht; sie berührten die roten Männer nicht.

Nach einer Weile gaben die Weißen die Suche auf und kehrten fluchend und murrend ins Fort zurück.

»Das war dieser einäugige Rote.«

»Der Shaw-Nee-Trunkenbold.«

»Lolla-Wossiky.«

»Wenn ich den finde, bringe ich ihn um.«

»Den roten Bastard sollte man aufhängen.«

All dies sagten sie, während Lolla-Wossiky dastand, keinen Steinwurf von ihnen entfernt, das Faß auf den Schultern.

Als der letzte weiße Mann wieder im Fort verschwunden war, kicherte Lolla-Wossiky.

»Du lachst mit dem Gift des weißen Mannes auf deiner Schulter«, sagte Ta-Kumsaw.

»Ich lache mit dem Arm meines Bruders auf meinem Rücken«, antwortete Lolla-Wossiky.

»Laß ab von diesem Whisky, Bruder, und komm mit mir«, forderte Ta-Kumsaw ihn auf. »Der Kardinalvogel hat sich meine Geschichte angehört und erinnert sich an mich in seinem Lied.«

»Dann werde ich diesem Lied lauschen und all mein Leben lang froh sein«, sagte Lolla-Wossiky.

»Das Land ist mit mir, Bruder. Ich bin das Gesicht des Landes, das Land ist mein Atem und mein Blut.«

»Dann werde ich deinen Herzschlag im Puls des Windes vernehmen«, sagte Lolla-Wossiky.

»Ich werde den weißen Mann ins Meer zurücktreiben«, verkündete Ta-Kumsaw.

Zur Antwort begann Lolla-Wossiky zu weinen; es war kein trunkenes Weinen, sondern das trockene, schwere Schluchzen eines Mannes, den die Trauer tief drückte. Ta-Kumsaw versuchte, seine Umarmung zu verstärken, doch sein Bruder stieß ihn von sich und taumelte davon, noch immer das Faß auf dem Rücken, hinaus in die Dunkelheit zwischen die Bäume.

Ta-Kumsaw folgte ihm nicht. Er wußte, weshalb sein Bruder trauerte: weil das Land Ta-Kumsaw mit Macht erfüllt hatte, Macht genug, um zwischen betrunkenen Weißen dazustehen und so unsichtbar zu erscheinen wie ein Baum. Und Lolla-Wossiky wußte, daß alle Macht, die Ta-Kumsaw hate, nur ein Zehntel dessen war, was Lolla-Wossiky selbst eigentlich hätte besitzen müssen. Doch der weiße Mann hatte es Lolla-Wossiky durch Morden und Branntwein gestohlen, bis Lolla-Wossiky nicht mehr fähig war, um den Kardinalvogel dazu zu bewegen, sein Lied zu singen, oder um es zuzulassen, daß das Land sein Herz erfüllte.

Mach dir nichts daraus, mach dir nichts daraus, mach dir nichts daraus.

Das Land hat mich auserwählt, seine Stimme zu sein, daher muß ich anfangen zu sprechen. Ich werde nicht länger hierbleiben, um zu versuchen, die erbärmlichen Trunkenbolde zu beschämen, die durch ihren Durst nach dem Gift des weißen Mannes bereits den Tod gefunden haben. Ich werde die weißen Lügner nicht mehr warnen. Ich werde die Roten aufsuchen, die noch lebendig sind, die noch Männer sind, und werde sie versammeln. Als geeintes Volk werden wir den weißen Mann wieder über das Meer zurückjagen.

3 De Maurepas

Frederic, der junge Comte de Maurepas, und Gilbert, der alternde Marquis de La Fayette, standen zusammen an der Reling der Kanalbarkasse und sahen auf Lake Irrakwa hinaus. Das Segel der *Marie-Philippe* war inzwischen deutlich zu sehen; stundenlang hatten sie zugesehen, wie es über diesen kleinsten und seichtesten der großen Seen auf sie zufuhr.

Frederic konnte sich nicht daran erinnern, wann er sich das letzte Mal wegen seines Volkes derartig gedemütigt gefühlt hatte. Vielleicht damals, als der Kardinal Soundso versucht hatte, Königin Marie-Antoinette zu bestechen. Aber damals war Frederic natürlich noch ein Junge gewesen, gerade mal fünfundzwanzig Jahre alt, unreif und jung, ohne Lebenserfahrung. Er hatte geglaubt, daß Frankreich unmöglich eine schlimmere Demütigung hätte widerfahren können als das Bekanntwerden der Tatsache, daß ein Kardinal tatsächlich geglaubt hatte, er könne die Königin mit einem Diamantenhalsband bestechen. Inzwischen wußte er natürlich, daß die eigentliche Demütigung darin bestanden hatte, daß ein französischer Kardinal überhaupt so töricht hatte sein können zu glauben, daß es sich lohnen würde, die Königin zu bestechen; sie hätte doch allerhöchstens versuchen können, den König zu beeinflussen, aber da der alte König Louis selbst auf niemanden Einfluß hatte, wäre es auch schon dabei geblieben.

Ein persönliche Demütigung tat schon weh, doch die Demütigung der eigenen Familie war noch viel schlimmer. Die Demütigung der eigenen gesellschaftlichen Stellung aber war eine schier unerträgliche Qual. Die grauenhafteste aller menschlichen Qualen jedoch war es, die eigene Nation gedemütigt zu sehen.

Und nun stand er hier auf einer armseligen Kanalbarkasse, einer *amerikanischen* Kanalbarkasse, die an der Mündung eines *amerikanischen* Kanals festgemacht war, und erwartete einen französischen General. Warum war dieser Kanal nicht französisch? Warum waren die Franzosen nicht die ersten gewesen, die diese raffinierten Schleusen erfunden und einen Kanal um die kanadische Seite der Wasserfälle gebaut hatten?

»Nun kocht nicht gleich vor Wut, mein lieber Frederic«, murmelte La Fayette.

»Ich koche nicht, mein lieber Gilbert.«

»Dann eben schnauben. Ihr schnaubt unentwegt.«

»Ich schnüffle. Ich habe eine Erkältung.« Kanada war wirklich der Abfallkübel der französischen Gesellschaft, dachte Frederic zum tausendstenmal. Selbst mit dem Adel, den es hierher verschlug, war es nicht weit her. Dieser Marquis de La Fayette, ein Mitglied des – nein, sogar ein *Gründungsmitglied* der Clubs der Feuillants, was praktisch besagte, daß er ein deklarierter Verräter gegen König Charles war. Demokratisiertes Geschwätz. Genausogut hätte er gleich ein Jakobiner sein können wie dieser Terrorist Robespierre. Natürlich hatte man La Fayette ins kanadische Exil geschickt, wo er nur wenig Schaden anrichten konnte. Das bedeutete, nur wenig Schaden außer, Frankreich auf diese ungehörige Weise zu demütigen.

»Unser neuer General hat mehrere Stabsoffiziere mitgebracht«, sagte La Fayette, »mitsamt Gepäck. Es scheint sinnlos, vom Schiff zu gehen und die erbärmliche Reise in Wagen und Kutschen hinter sich zu legen, wenn man auch alles zu Wasser befördern kann. So bekommen wir wenigstens Gelegenheit, einander kennenzulernen.«

Da La Fayette auf sene übliche grobschlächtige Art (eine Schande für die Aristokratie!) darauf bestand, die fragliche Angelegenheit ebenso grobschlächtig zu behandeln, blieb Frederic nichts anderes übrig, als sich auf sein Niveau herunterzubegeben und ebenso deutlich und offen zu reden. »Ein französischer General sollte nicht über fremden Boden reisen müssen, um seinen Posten zu erreichen!«

»Aber mein lieber Frederic, er wird doch keinen einzigen Fuß auf amerikanischen Boden setzen! Nur von Boot zu Boot, er bleibt die ganze Zeit auf dem Wasser.«

La Fayettes Geschwätz war nervtötend. Warum nur hatte Frederics Vater nicht ein kleines Stück länger in der Gunst des Königs bleiben können, damit Frederic lange genug in Frankreich geblieben wäre, um auf irgendeinen eleganten Posten befördert zu werden, beispielsweise zum Herrn des Italienischen Parademarsches oder so ähnlich – gab es überhaupt so etwas? –, jedenfalls irgendwohin, wo es anständiges Essen und Musik und Tanz und Theater gab – ah, Molière! In Europa, wo er einem zivilisierten Feind die Stirn hätte bieten können, den Österreichern etwa oder den Preußen oder sogar – obwohl dies den Begriff *zivilisiert* doch ein wenig überstrapazieren hieß – den Engländern. Statt dessen war er nun hier gestrandet, saß für immer in der Falle – es sei denn, daß Vater sich wieder in die Gunst des Königs einschleichen konnte –, mit armseligen, ungebildeten Engländern konfrontiert, dem Abschaum der englischen Gesellschaft, ganz zu schweigen von den Holländern und Schweden und Deutschen – ach, er konnte es nicht einmal mehr ertragen, auch nur darüber nachzudenken. Und die Verbündeten waren sogar noch schlimmer! Stämme von Roten, die nicht einmal Ketzer waren, von Christen ganz zu schweigen. Das waren richtige *Helden*, und die Hälfte aller militärischen Operationen in Detroit bestand nur daraus, diese widerlichen, blutigen Trophäen aufzukaufen ...

»Aber mein lieber Frederic, Ihr erkältet Euch ja wohl doch noch«, meinte La Fayette.

»Kein bißchen.«

»Ihr habt gezittert.«

»Ich bin *erschauert.*«

»Ihr müßt aufhören zu schmollen und das Beste daraus machen. Die Irrakwa waren sehr kooperativ. Sie haben uns mit der Gouverneursbarkasse versorgt, ohne etwas dafür zu verlangen, als eine Geste des guten Willens.«

»Gouverneursbarkasse! *Gouverneur*? Meint Ihr etwa diese fette, widerliche, rothäutige Heiden*frau*?«

»Für ihre rote Haut kann sie auch nichts, und eine Heidin ist sie auch nicht. Tatsächlich ist sie Baptistin, was fast das gleiche ist wie Christin, nur etwas lauter.«

»Wer soll sich mit diesen ganzen englischen Ketzereien noch auskennen?«

»Mir scheint, daran ist etwas durchaus Elegantes. Eine Frau als Gouverneur des Staats Irrakwa, noch dazu eine Rote, gleichberechtigt mit den Gouverneuren von Sushwahenny, Pennsylvania, New Amsterdam, New Sweden, New Orange, New Holland ...«

»Manchmal glaube ich, daß Ihr diese abscheulichen kleinen Vereinigten Staaten Eurem Heimatland vorzieht.«

»Im Grunde meiner Seele bin ich ein Franzose«, erwiderte La Fayette milde. »Aber ich bewundere den amerikanischen Geist des Egalitarismus.«

Schon wieder dieser Egalitarismus. Der Marquis de La Fayette war wie ein Klavier mit einer einzigen Taste. »Ihr vergeßt wohl, daß unser Feind in Detroit Amerikaner sind.«

»Und *Ihr* vergeßt, daß unser eigentlicher Feind die Horde illegaler Squatter sind, egal aus welchem Volk sie stammen mögen, die sich im Reservat der Roten niedergelassen haben.«

»Das ist spitzfindig. Es sind alles Amerikaner. Alle kommen sie durch New Amsterdam oder Philadelphia auf ihrem Weg nach Westen. Also werden sie von Euch hier im Osten ermutigt – sie wissen ja alle, wie sehr Ihr ihre antimonarchistische Philosophie bewundert. Und ich muß dann für ihre Skalps bezahlen, wenn die Roten sie draußen im Westen massakrieren.«

»Aber, aber, Frederic! Ihr dürft mich nicht einmal im Scherz des Antimonarchismus zeihen. Wer *dessen* überführt wird, den erwartet Mr. Guillotins raffinierte Maschine.«

»Ach, nun seid doch mal ernsthaft, Gilbert. Gegen einen Marquis würde man die doch nie einsetzen. Aristokraten, die diese verrückten demokratischen Ideen verbreiten, werden nicht geköpft. Man schickt sie einfach nur nach Quebec.« Frederic lächelte. »Und jene, die man wirklich verabscheut, schickt man zum Niagara.«

»Was habt denn dann *Ihr* um alles in der Welt angestellt, um nach Detroit geschickt zu werden?« murmelte La Fayette.

Schon wieder eine Demütigung. Hörte das denn niemals auf?

Die *Marie-Philippe* war inzwischen nahe genug herangekommen, um einzelne Seeleute auszumachen und ihre Rufe zu hören, als das Schiff schließlich in Port Irrakwa einfuhr. Irrakwa, der südlichste der Großen Seen, war der einzige, der für größere Schiffe tauglich war, dafür sorgten die Niagarafälle. In den letzten drei Jahren, seit die Irrakwa ihren Kanal fertiggestellt hatten, wurde fast alle Fracht, die an den Fällen vorbei zum Lake Canada verbracht werden sollte, am amerikanischen Ufer angelandet und von dort aus den Niagarakanal emporbefördert. Die französischen Hafenstädte lagen im Sterben. Eine geradezu peinlich große Zahl von Franzosen war ans andere Ufer des Sees gezogen, um auf der amerikanischen Seite zu leben, wo die Irrakwa ihnen nur zu gern Arbeit gaben. Und der Marquis de La Fayette, der doch angeblich der oberste Gouverneur des gesamten Kanada südlich und westlich von Quebec war, schien zu allem Überfluß nicht einmal das geringste dagegen zu haben. Wenn Frederics Vater wieder jemals in die Gunst des König Charles gelangen sollte, würde Frederic schon dafür sorgen, daß La Fayette der erste Aristokrat wurde, der die Schneide der Guillotine zu spüren bekam. Was er hier in Kanada getan hatte, war reiner Hochverrat.

Als könnte er Frederics Gedanken lesen, klopfte La Fayette ihm auf die Schulter und sagte: »Gleich, habt nur Geduld.« Einen Augenblick lang überfiel Frederic der wahnwitziges Gedanke, daß La Fayette soeben in aller Ruhe seine eigene Hinrichtung wegen Hochverrats prophezeite.

Doch La Fayette sprach lediglich über die Tatsache, daß die *Marie-Philippe* inzwischen nahe genug gekommen war, um an der Pier anzulegen. Die Irrakwa-Schauermänner fingen die Leine auf und befestigten sie am Ankerspill. Dann begannen sie einen Singsang in ihrer unaussprechlichen Sprache, während sie das Schiff einholten. Sofort nach dem Anlegen fingen sie damit an, auf der einen Seite die Fracht zu löschen und auf der anderen die Passagiere an Land steigen zu lassen.

»Ist das nicht raffiniert, wie sie das Löschen der Fracht beschleunigen«, meinte La Fayette. »Alles wird einfach auf diese schweren Wagen geladen, die auf Schienen ruhen – auf Schienen, genau wie Bergwerkswagen! Und dann ziehen die Pferde alles hier hinauf, so reibungslos und so leicht, wie man es sich nur wünschen kann. Wißt Ihr, auf Schienen kann man nämlich sehr viel schwerere Lasten bewegen als auf gewöhnlichen Räderwagen. Stephenson hat es mir das letzte Mal erklärt, als ich hier war. Das liegt daran, daß man nicht zu steuern braucht.« Und so plapperte er immer weiter. Und natürlich dauerte es nur kurze Zeit, bis er wieder über Stephensons Dampfmaschine sprach, die nach La Fayettes Überzeugung einmal das Pferd ersetzen würde. Er hatte einige davon in England oder in Schottland oder sonstwo gebaut, doch jetzt lebte er in Amerika. Aber hatte La Fayette Stephenson etwa eingeladen, seine Dampfwagen in Kanada zu bauen?

O nein – La Fayette war es völlig zufrieden, sie für die Irrakwa bauen zu lassen, wobei er irgendwelche idiotischen Ausreden vor sich hinmurmelte. Etwa, daß die Irrakwa bereits Dampfmaschinen für ihre Webstühle benutzten und sich die ganze Kohle auf der amerikanischen Seite befände. Doch Frederic de Maurepas kannte die Wahrheit. La Fayette glaubte, daß die Dampfmaschine den Handel und das Reisen unendlich viel schneller und billiger machen würde. Und er glaubte auch, daß es besser für die Welt sei, wenn man sie in einer *Demokratie* aufbaute! Natürlich glaubte Frederic selbst nicht im entferntesten daran, daß diese Maschinen jemals so schnell werden würden wie Pferde, aber La Fayette glaubte an sie. Daß er sie nicht nach Kanada eingeführt hatte, war also schierer Hochverrat.

Frederic mußte das Wort stumm mit den Lippen geformt haben. Oder La Fayette konnte wirklich die Gedanken anderer lesen – Frederic hatte Gerüchte gehört, daß La Fayette diese Fähigkeit besäße. Vielleicht hatte La Fayette es aber auch nur erraten. Oder der Teufel hatte es ihm eingegeben. Jedenfalls lachte La Fayette laut auf und sagte: »Frederic, wenn ich Stephenson seine Eisenbahn in Kanada hätte bauen lassen, dann hättet Ihr mich wegen Vergeudung von Geldmitteln für reinen Unfug festnehmen lassen. Aber wenn Ihr einen Bericht schreiben solltet, in dem Ihr mich des Hochverrats bezichtigt, weil ich Stephenson dazu ermutigt habe, in Irrakwa zu bleiben, dann wird man Euch nach Hause zurückbeordern und in einer wattierten Zelle einsperren!«

»Ich sollte Euch des Hochverrats bezichtigen?« fragte Frederic. »Nichts läge mir ferner.« Dennoch bekreuzigte er sich für den Fall, daß es doch der Teufel gewesen war, der es La Fayette verraten hatte. »Haben wir jetzt nicht genug davon, die Schauermänner beim Löschen der Fracht zu beobachten? Ich denke, wir sollen uns mit einem Offizier treffen.«

»Warum seid Ihr jetzt so begierig, ihn kennenzulernen?« fragte La Fayete. »Gestern habt Ihr mich noch ständig daran erinnert, daß er von gemeiner Herkunft ist. Ich meine, Ihr hättet sogar gesagt, daß er im Dienstgrad eines Korporals in die Armee eingetreten sei.«

»Inzwischen ist er General geworden, und Seine Majestät hat es für tunlich erachtet, ihn zu uns zu schicken.« Frederic sprach mit steifer Höflichkeit. Dennoch bestand La Fayette darauf, amüsiert zu lächeln. Eines Tages, Gilbert, eines Tages ...

Mehrere Offiziere in voller Ausgehuniform stolzierten die Anlegestelle auf und ab, doch niemand von ihnen besaß Generalsrang. Offensichtlich wartete der Held der Schlacht von Madrid auf einen großen Auftritt. Oder erwartete er etwa, daß ein Marquis und der Sohn eines Comte kommen und ihn in *seiner* Kabine begrüßen würden? Undenkbar.

Und tatsächlich dachte er auch nicht daran. Die Offiziere traten zurück, und von ihrer beider Position an der Reling der Kanalbarkasse konnten de Maurepas und La Fayette zusehen, wie er von der *Marie-Philippe* auf den Pier hinunter stieg.

»Oh, ein sehr großer Mann ist er ja nicht«, meinte Frederic.

»In Südfrankreich werden sie nicht sonderlich groß.«

»Südfrankreich!« erwiderte Frederic abfällig. »Mein lieber Gilbert, er stammt aus Korsika.«

»Er hat die spanische Armee binnen drei Wochen geschlagen, während sein vorgesetzter Offizier wegen Dysenterie indisponiert war«, erinnerte ihn La Fayette.

»Ein Akt der Subordination, für den man ihn hätte kassieren müssen«, meinte Frederic.

»Oh, da bin ich ganz Eurer Meinung«, sagte La Fayette, »nur hat er tatsächlich den Krieg gewonnen, müßt Ihr wissen, und solange König Charles die Krone Spaniens seiner Sammlung von Kopfbekleidungen hinzufügen konnte, hielt er es wohl für unpassend, ausgerechnet jenen Soldaten vor ein Kriegsgericht zu stellen, der sie für ihn gewonnen hatte.«

»Zunächst einmal kommt die Disziplin. Jeder Mann muß seinen Platz kennen und dort bleiben, sonst gibt es ein Chaos.«

»Zweifellos. Nun, man hat ihn ja *tatsächlich* bestraft. Sie haben ihn zum General gemacht, ihn aber auch *hierher* geschickt. Sie wollten ihn nicht b eim Italienfeldzug dabeihaben. Seine Majestät hätte zwar nichts dagegen, Doge von Venedig zu werden, aber dieser General Bonaparte könnte sich vergessen, er könnte noch das Kardinalskollegium festsetzen und König Charles zum Papst ausrufen lassen.«

»Euer Sinn für Humor grenzt schon ans Verbrecherische.«

»Frederic, schaut Euch den Mann doch nur an.«

»Ich schaue ihn mir doch gerade an.«

»Dann schaut ihn eben *nicht* an. Schaut Euch alle anderen an. Schaut Euch seine Offiziere an. Habt Ihr schon jemals Soldaten gesehen, die so viel Liebe für ihren Kommandanten zeigten?«

Zögernd wandte Frederic den Blick von dem korsischen General ab und musterte die Subalternen, die gelassen hinter ihm schritten. Nicht wie Höflinge – niemand schien sich an bestimmte Positionen drängen zu wollen. Es war wie ... Frederic fand nicht die passenden Worte dafür ...

»Es ist, als wüßte jeder Mann, daß Bonaparte ihn liebt und schätzt.«

»Ein lächerliches System, sofern das sein System sein sollte«, meinte Frederic. »Man kann seine Subalternen nicht im Zaum halten, wenn sie nicht ständig darum bangen müssen, ihre Stellung zu verlieren.«

»Gehen wir ihm entgegen, um ihn zu begrüßen.«

»Absurd! Er hat zu uns zu kommen!«

Doch wie üblich ließ La Fayette kein Zögern zwischen Wort und Tat verstreichen – schon befand er sich auf dem Pier, schritt die letzten paar Ellen entlang, um vor Bonaparte stehenzubleiben und seinen Salut abzunehmen. Frederic jedoch kannte seine eigene Stellung im Leben und auch die Bonapartes; Bonaparte würde schon zu *ihm* kommen müssen. Man mochte Bonaparte vielleicht zum General machen, aber einen *Herren* konnte man nie aus ihm machen.

La Fayette strahlte natürlich. »General Bonaparte, es ist uns eine Ehre, Euch hierzuhaben. Ich bedaure nur, daß wir Euch nicht die Bequemlichkeiten von Paris' bieten können ...«

»Mein Herr Gouverneur«, sagte Bonaparte – und brachte natürlich alle Anredefloskeln durcheinander, »ich habe die Bequemlichkeiten von Paris nie kennengelernt. Alle meine glücklichsten Augenblicke im Leben verbrachte ich im Felde.«

»Und es sind auch die glücklichsten Augenblicke Frankreichs, wenn Ihr Euch im Felde befindet. Kommt, laßt mich Euch General de Maurepas vorstellen. Er wird in Detroit Euer vorgesetzter Offizier sein.«

Frederic vernahm die kleine Pause, bevor La Fayette das Wort *Vorgesetzter* ausgesprochen hatte. Frederic wußte, wann man ihn lächerlich machte. Ich werde mir jede Verletzung merken, Gilbert, und ich werde Euch alles zurückzahlen.

Das Löschen der Ladung durch die Irrakwa verlief sehr zügig; es dauerte keine Stunde, bis die Kanalbarkasse sich wieder auf den Weg machte. Natürlich verbrachte La Fayette den ersten Nachmittag damit, Bonaparte alles über Stephensons Dampfmaschine zu erzählen. Bonaparte tat interessiert, stellte alle nur erdenklichen Fragen über die Möglichkeit von Mannschaftstransporten und darüber, wie schnell sich hinter einer vorrückenden Armee Schienen legen ließen und wie leicht diese Schienenstraßen durch Feindestätigkeit gestört werden konnten – doch das war alles so langweilig und ermüdend, daß Frederic sich gar nicht vorstellen konnte, wie Bonaparte es nur aushielt. Natürlich mußte ein Offizier *so tun*, als würde er sich für alles interessieren, was sein Gouverneur sagte, aber Bonaparte trieb die Sache auf die Spitze.

Es dauerte nicht lange, da war Frederic vom Gespräch so gut wie ausgeschlossen, doch das bekümmerte ihn nicht. Er ließ seine Gedanken abschweifen, erinnerte sich an diese Schauspielerin Soundso, die diese eine Rolle so wunderbar gespielt hatte, was war es doch noch gleich gewesen, oder war es doch eine Ballerina? Jedenfalls erinnerte er sich an ihre Beine, welch anmutige Beine! Doch sie hatte sich geweigert, mit ihm nach Kanada zu kommen, trotz seiner Liebesbeteuerungen und seines Versprechens, daß er ihr hier ein Haus bauen und einrichten würde, das noch viel schöner war als jenes, das er für seine Frau erbaut hatte. Wenn sie doch nur mitgekommen wäre. Natürlich hätte sie auch am Fieber sterben können wie seine Frau. So war es vielleicht doch das beste. Ob sie immer noch in Paris auf der Bühne stand? Bonaparte würde das natürlich nicht wissen, aber vielleicht hatte einer seiner jüngeren Offiziere sie gesehen. Er würde Erkundigungen einziehen müssen.

Natürlich speisten sie am Tisch der Gouverneurin Rainbow, da es der einzige Tisch an Bord der Kanalbarkasse war. Die Gouverneurin hatte ihr Bedauern darüber ausrichten lassen, daß sie die erlauchten französischen Gäste leider nicht würde persönlich aufsuchen können, hoffte aber, daß ihr Dienstbotenstab es ihnen bequem machen würde. Frederic, der davon ausgegangen war, daß dies wohl einen

Irrakwa-Chefkoch bedeuten mußte, hatte sich schon auf ein weiteres, langweiliges Rotenmahl aus zähem Hirschfleisch eingestellt – so etwas konnte man ja wohl kaum *Wildbret* nennen! –, doch der Küchenchef hatte sich ausgerechnet als Franzose entpuppt! Ein Hugenotte, oder, genauer, der Enkel von Hugenotten, doch er war nicht nachtragend, und so erwies sich das Essen als ausgezeichnet. Niemand hätte an diesem Ort von gutem französischen Essen zu träumen gewagt – ja nicht einmal von Essen im würzigen amerikanischen Stil.

Beim Essen dann versuchte Frederic sich stärker an dem Gespräch zu beteiligen, nachdem er zuerst auch den letzten Bissen vertilgt hatte. Er tat sein Bestes, um Bonaparte die schier unmögliche militärische Situation im Südwesten zu schildern. Er zählte die Probleme nacheinander auf – die undisziplinierten Roten, die ihre Verbündeten waren, und der nicht abebbende Strom von Einwanderern. »Am schlimmsten allerdings sind unsere eigenen Soldaten. Das ist ein unbeirrbar abergläubischer Haufen, wie es die unteren Klassen ja immer sind. In allem und jedem sehen sie ein Omen. Da braucht ein holländischer oder deutscher Siedler einfach nur einen Zauber an seine Tür zu hängen, und schon muß man unsere Soldaten praktisch dazu prügeln, hineinzugehen.«

Bonaparte nippte an seinem Kaffee (barbarisches Getränk! Doch er schien es ebenso zu genießen wie die Irrakwa), dann lehnte er sich in seinem Stuhl zurück, um Frederic mit seinem steten, bohrenden Blick zu mustern. »Soll das heißen, daß Ihr gemeine Fußsoldaten bei Hausdurchsuchungen begleitet?«

Bonapartes herablassendes Gehabe war empörend, doch bevor Frederic die vernichtende Antwort loswurde, die ihm auf der Zunge lag, lachte La Fayette laut los. »Napoleon«, fragte er, »mein teurer Freund, so steht es also um unseren angeblichen Feind in diesem Krieg! Wenn die größte Stadt in einem Umkreis von fünfzig Meilen aus vier Häusern und einer Schmiede besteht, führt man keine

Hausdurchsuchungen mehr durch. Dann ist jedes Haus vielmehr eine Festung des Feindes.«

Napoleons Stirn legte sich in Falten. »Dann konzentrieren sie ihre Kräfte nicht zu Armeen?«

»Sie haben noch nie eine Armee ins Feld geschickt, nicht seit General Wayne vor Jahren den Häuptling Pontiac niedergeworfen hat, und selbst das war eine englische Armee. Die Vereinigten Staaten besitzen zwar einige Forts, aber die liegen alle am Hio.«

»Warum stehen diese Forts dann noch?«

La Fayette gluckste wieder. »Habt Ihr denn nicht die Berichte darüber gelesen, wie es dem englischen König in seinem Krieg gegen die Rebellen von Appalachee ergangen ist?«

»Ich war anderweitig beschäftigt«, bemerkte Bonaparte.

»Ihr braucht uns nicht daran zu erinnern, daß Ihr in Spanien gekämpft habt«, sagte Frederic. »Wir wären auch alle nur zu gern dort gewesen.«

»Wärt Ihr das?« murmelte Bonaparte.

»Laßt mich zusammenfassen«, sagte La Fayette, »was mit der Armee von Lord Cornwallis geschah, als er sie von Virginia in die Hauptstadt von Appalachee, Franklin, führen wollte, oben am oberen Tennizy.«

»Nein, laßt *mich* es tun«, warf Frderic ein. »Eure Zusammenfassungen sind für gewöhnlich länger als das Original, Gilbert.«

La Fayette wirkte verärgert, weil Frederic ihn unterbrochen hatte, doch schließlich war er selbst es gewesen, der darauf beharrt hatte, daß sie sich als Generalsbrüder beim Vornamen ansprechen sollten. Wenn La Fayette wie en Marquis behandelt werden wollte, mußte er schon aufs Protokoll bestehen. »Nur zu«, sagte La Fayette.

»Cornwallis ist ausgezogen, um die Armee von Appalachee aufzuspüren. Doch er hat sie nie gefunden. Gewiß, er fand eine Menge leere Blockhäuser, die er auch niederbrennen ließ – aber die lassen sich schon an einem Tag durch neue ersetzen. Und jeden Tag starb ein halbes Dutzend seiner Soldaten im Musketenfeuer oder wurde verwundet.«

»Büchsenfeuer«, berichtigte La Fayette.

»Ja, es ist wahr, diese Amerikaner ziehen gezogene Gewehrläufe vor«, warf Frederic ein.

»Mit Büchsen kann man keine richtigen Salven abschießen, und sie lassen sich auch nur sehr langsam laden«, bemerkte Bonaparte.

»Die schießen überhaupt keine Salven ab, es sei denn, sie sind in der Mehrzahl«, erwiderte La Fayette.

»Ich erzähle jetzt die Geschichte«, unterbrach ihn Frederic. »Cornwallis kam nach Franklin und mußte erkennen, daß seine halbe Armee tot war, verwundet oder damit beschäftigt, die Nachschubwege zu sichern. Benedict Arnold – der General von Appalachee – hatte die Stadt befestigt. Erdaushebungen, Balustraden, Gräber, die Hügel hinauf und die Hügel hinunter. Lord Cornwallis versuchte die Stadt zu belagern, doch die Cherriky bewegten sich so leise, daß die Wachposten der Cavaliers sie nie hörten, wie sie nachts Vorräte herbeischafften. Geradezu teuflisch, wie diese Weißen von Appalachee so eng mit den Roten zusammenarbeiteten – sie haben sie von Anfang an zu Bürgern gemacht und es hat sich für sie tatsächlich ausgezahlt. Truppen aus Appalachee überfielen Cornwallis' Nachschubwege so häufig, daß es keinen Monat dauerte, bis deutlich wurde, daß Cornwallis selbst der Belagerte war und nicht etwa der Belagerer. So kapitulierte er schließlich mit seiner gesamten Armee, und der englische König mußte Appalachee die Unabhängigkeit gewähren.«

Bonaparte nickte feierlich.

»Und jetzt kommt das Raffinierteste dabei«, sagte La Fayette. »Nachdem er kapituliert hatte, wurde Cornwallis in Franklin City eingelassen und mußte feststellen, daß man schon lange vor seiner Ankunft sämtliche Familien evakuiert hatte. Das ist das Besondere dieser Amerikaner hier draußen an der Grenze der Wildnis. Die können jederzeit aufbrechen und sich irgendwoanders hinbegeben. Man kann sie nicht festnageln.«

»Aber man kann sie töten«, meinte Bonaparte.

»Dazu muß man sie aber erst einmal fangen«, erwiderte La Fayette.

»Sie besitzen Äcker und Höfe«, wandte Bonaparte ein.

»Ja, man könnte versuchen, jeden Hof ausfindig zu machen«, räumte La Fayette ein, »aber wenn man dann dort eintrifft, ist entweder niemand zu Hause oder nur eine schlichte Bauernfamilie. Kein einziger Soldat. Es gibt einfach keine Armee. Sobald man aber wieder abzieht, wird man aus dem Hinterhalt aus dem Wald beschossen. Das ist dann vielleicht derselbe bescheidene Bauer, vielleicht aber auch nicht.«

»Ein interessantes Problem«, antwortete Bonaparte. »Man weiß also nie, wer der Feind ist. Er konzentriert seine Kräfte nicht.«

»Weshalb wir auch mit den Roten arbeiten«, erklärte Frederic. »Schließlich können wir ja schlecht selbst herumgehen und unschuldige Bauernfamilien ermorden, oder?«

»Also bezahlt Ihr die Roten dafür, daß sie sie für Euch töten.«

»Ja. Es funktioniert recht gut«, bestätigte Frederic, »und wir hegen auch keine Absichten, etwas anderes zu tun.«

»*Gut*? Es funktioniert *gut*?« versetzte Bonaparte abfällig. »Vor zehn Jahren gab es westlich der Appalachee Mountains keine fünfhundert amerikanische Haushalte. Inzwischen gibt es zwischen den Appalachees und dem My-Ammy zehntausend Haushalte, und immer noch ziehen immer mehr gen Westen.«

La Fayette zwinkerte Frederic zu. Frederic haßte es, wenn er sich so gab. »Napoleon hat unsere Depeschen gelesen«, warf La Fayette fröhlich ein. »Er hat unsere Einschätzungen der amerikanischen Siedlertätigkeit im Reservat auswendig gelernt.«

»Der König wünscht, daß dieses amerikanische Eindringen auf französisches Gebiet aufhört, und zwar sofort«, sagte Bonaparte.

»Ach, tut er das?« konterte La Fayette. »Auf welch seltsame Weise er es dann doch zeigt!«

»Seltsam? Immerhin hat er *mich* geschickt«, antwortete Bonaparte. »Das bedeutet, daß er einen Sieg erwartet.«

»Aber Ihr seid doch ein General«, wandte La Fayette ein. »Generäle haben wir hier bereits.«

»Und außerdem«, warf Frederic ein, »führt nicht Ihr das Kommando. *Ich* führe das Kommando.«

»Die oberste militärische Verfügungsgewalt hat hier der Marquis«, wandte Bonaparte ein.

Frederic begriff ganz und gar: La Fayette besaß auch die Verfügungsgewalt, Frederic unter Bonapartes Befehl zu stellen, wenn er das wünschte. Er warf La Fayette einen besorgten Blick zu, doch der strich sich gerade in aller Ruhe Gänseleberpastete auf sein Brot. La Fayette lächelte gütig. »General Bonaparte steht unter Eurem Kommando, Frederic. Das wird sich nicht ändern. Niemals. Ich hoffe, daß das klar ist, mein lieber Napoleon.«

»Selbstverständlich«, erwiderte Napoleon. »Ich würde nicht im Traum daran denken, das zu ändern. Ihr müßt wissen, daß der König auch noch mehr als nur Generäle nach Kanada schickt. Im Frühling treffen tausend Soldaten hier ein.«

»Ja, schön, ich bin sehr beeindruckt zu erfahren, daß er versprochen hat, wieder zusätzliche Truppen zu schicken – haben wir solche Versprechen nicht schon Dutzende Male gehört, Frederic? Es ist mir stets ein Trost, wieder ein Versprechen des Königs zu vernehmen.« La Fayette leerte sein Weinglas. »Aber Tatsache ist, mein teurer Napoleon, daß wir bereits Soldaten haben, die nichts anderes tun, als in den Garnisonen von Fort Detroit und Fort Chicago herumzusitzen und mit Bourbon Skalps einzukaufen. Welch eine Verschwendung von Bourbon! Die Roten trinken ihn wie Wasser, und er bringt sie um.«

»Wenn wir keine Generäle brauchen und keine Soldaten«, fragte Bonaparte herablassend, »was brauchen wir denn dann Eurer Meinung nach, um diesen Krieg zu gewinnen?«

Frederic konnte sich nicht entscheiden, ob er Bonaparte

dafür verabscheute, daß er in einem solch beleidigenden Ton mit einem Aristokraten sprach, oder ob er ihn dafür schätzte, daß er in einem solch ungehobelten Ton mit dem verabscheuungswürdigen Marquis de La Fayette redete.

»Um zu siegen? Zehntausend französische Siedler«, erwiderte La Fayette. »Den Amerikanern ein Gegengewicht schaffen, Mann um Mann, Frau um Frau, Kind um Kind. Wir müssen es in diesem Teil des Landes unmöglich machen, irgendwelche Geschäfte abzuwickeln, ohne Französisch zu sprechen. Wir müssen sie zahlenmäßig besiegen.«

»Niemand kommt hierher, um in einem derart wilden Land zu leben«, sagte Frederic, wie er es schon viele Male zuvor getan hatte.

»Bietet ihnen freien Grund und Boden an, und sie werden kommen«, widersprach La Fayette.

»Pöbel«, höhnte Frederic. »Noch mehr Pöbel brauchen wir ja hier wohl kaum.«

Bonaparte musterte La Fayettes Gesicht einen Augenblick, ohne etwas zu sagen. »Der wirtschaftliche Wert dieser Ländereien liegt im Pelzhandel«, sagte er dann ruhig. »Der König hat sich in diesem Punkt sehr deutlich ausgedrückt. Er wünscht keine europäischen Siedlungen außerhalb der Forts.«

»Dann wird der König diesen Krieg eben verlieren«, meinte La Fayette fröhlich, »egal, wie viele Generäle er uns schickt. Und damit, meine Herren, wäre dieses Essen wohl beendet.«

La Fayette erhob sich und verließ sofort den Tisch.

Bonaparte drehte sich zu Frederic um, der sich ebenfalls gerade erheben wollte. Er streckte die Hand vor und berührte Frederics Handgelenk. »Bleibt, bitte«, sagte er. Nein, tatsächlich hatte er nur ›Bleibt‹ gesagt, doch für Frederic fühlte es sich so an, als würder er *bitte* sagen, als *wollte* er tatsächlich, daß Frederic bei ihm blieb, daß er Frederic schätzte und verehrte …

»Mein Herr de Maurepas«, murmelte der korsische Korporal. Oder sagte er lediglich Maurepas, während Frederic sich den Rest einfach einbildete? Was er auch sagte, seine Stimme klang voller Respekt, Vertrauen, Hoffnung …

Also blieb Frederic.

Bonaparte sagte fast nichts. Nur die üblichen Artigkeiten. Wir sollten gut zusammenarbeiten. Wir können dem König auf geeignete Weise dienen. Ich werde Euch helfen, wo ich nur kann.

Doch für Frederic waren es viel mehr als bloße Worte. Die Verheißung zukünftiger Ehrungen, der triumphalen Rückkehr nach Paris. Sieg über die Amerikaner, und vor allem die Zurechtweisung La Fayettes, ein Triumph über den demokratischen, verräterischen Marquis. Er und dieser Bonaparte würden es gemeinsam schaffen. Einige wenige Jahre Geduld, das Aufbauen einer solch großen Armee von Roten, daß es die Amerikaner provozierte, ebenfalls eine Armee zusammenzustellen; und dann könnten sie diese amerikanische Armee besiegen und nach Hause zurückkehren. Mehr brauchte es nicht. Es war fast ein Fieber der Hoffnung und des Vertrauens, das Frederics Herz erfüllte, bis …

Bis Bonaparte die Hand von Frederics Handgelenk nahm.

Es war, als hätte Bonapartes Hand die Verbindung zu einer gewaltigen Quelle der Lebenskraft und der Wärme hergestellt, sobald die Berührung endete, wurde ihm kalt und matt. Doch Bonaparte lächelte immer noch, und Frederic sah ihn an und erinnerte sich an dieses Gefühl der Verheißung, das er soeben empfunden hatte. Wie hatte er nur jemals glauben können, daß die Zusammenarbeit mit Bonaparte etwas anderes sein könnte als gedeihlich? Der Mann kannte seinen Platz, soviel war sicher. Frederic würde Bonapartes unbestreitbare militärische Fähigkeiten *benutzen*, und gemeinsam würden sie siegen und im Triumph nach Frankreich zurückkehren …

Bonapartes Lächeln verblaßte, und wieder empfand Frederic das vage Gefühl eines Verlusts.

»Ich wünsche Euch einen guten Abend«, sagte Bonaparte. »Wir werden uns am Morgen sehen, mein Herr.«

Der Korse verließ den Raum.

Hätte Frederic seine eigene Miene sehen können, so hätte er darin vielleicht etwas wiedererkannt: In seinem Gesicht spiegelte sich jener Ausdruck der Liebe und Hingabe, den alle jüngeren Offiziere Bonapartes aufwiesen. Doch er konnte sein eigenes Gesicht nicht sehen. In dieser Nacht legte er sich mit einem größeren Gefühl des Friedens und der Zuversicht, der Hoffnung und der Aufregung zu Bett als jemals zuvor in seinen langen Jahren in Kanada. Er fühlte sich sogar ... Was, was für ein Gefühl ist das nur, fragte er sich – ah, ja. Intelligent. Er fühlte sich sogar intelligent.

Es war tiefe Nacht, aber die Kanalarbeiter waren fleißig, pumpten mit ihrer lärmenden Dampfmaschine Wasser in die Schleuse. Es war ein Wunderwerk der Ingenieurkunst, das steilste Schleusensystem aller Kanäle der Welt. Der Rest der Welt wußte nichts davon. Europa hielt Amerika noch immer für ein Land von Wilden. Doch der unternehmerische Geist der Vereinigten Staaten von Amerika, vom Beispiel des alten Zauberers Ben Franklin inspiriert, ermunterte Erfindungen und Fleiß. Gerüchten zufolge hatte ein Mann namens Fulton ein dampfgetriebenes Schiff gebaut, das den Hudson hinauf und hinunter fuhr – ein Dampfboot, das man König Charles angeboten und das zu finanzieren er sich geweigert hatte! In Suskwahenny und Appalachee bohrten sich Kohlenzechen ins Erdreich. Und hier im Staate Irrakwa übertrumpften die Roten die Weißen noch bei ihrem eigenen Spiel, indem sie Kanäle bauten, dampfgetriebene Wagen, die auf Schienenstraßen fuhren, dampfgetriebene Webstühle, die die Baumwolle der Kronkolonien ausspien und sie in feine Garne verwandelten, die allen Produkten Europas standhalten konnten – zum halben Preis. Diese Entwicklung stand erst an ihrem Beginn, doch schon jetzt steuerte bereits über die Hälfte aller Schiffe, die den St. Lawrence River hinaufkamen, Irrakwa an und nicht etwa Kanada.

La Fayette stand an der Reling, bis die Schleuse gefüllt war und man es den Feuern der Dampfmaschine gestattete, zu verlöschen. Dann ertönte das *Klappklappklapp* der Kanalpferde, und das Boot glitt wieder durch das Wasser. La Fayette wandte sich von der Reling ab und ging ruhig die Treppen zu seiner Kabine hinauf. Bei Tagesanbruch würden sie in Port Buffalo sein. De Maurepas und Bonaparte würden gen Westen nach Detroit reisen. La Fayette würde ins Gouverneursgebäude in Niagara zurückkehren. Dort würde er sitzen, Befehle erteilen und zusehen, wie die Politik von Paris' jede Zukunft der Franzosen in Kanada zunichte machte. La Fayette konnte nicht das geringste tun, um die Amerikaner, die Roten wie die Weißen, daran zu hindern, Kanada zu übertreffen und es abzuhängen. Aber er *konnte* einige wenige Dinge tun, die dabei halfen, Frankreich zu einem Staat zu machen, der ebenso kühn wie Amerika nach der Zukunft greifen würde.

In seinen Gemächern legte sich La Fayette aufs Bett und lächelte. Er konnte sich vorstellen, was Bonaparte heute nacht mit dem armen, hohlköpfigen Freddie getan hatte. Der junge Comte de Maurepas war zweifellos seinem Charme erlegen. La Fayette hätte Ähnliches passieres können, doch hatte man ihn vorgewarnt, wozu Bonaparte fähig war, wie er die Leute dazu brachte, ihm ihr Leben anzuvertrauen. Für einen General war es ein sehr brauchbares Talent, solange er es nur auf seine Soldaten anwandte, damit diese gern für ihn starben. Doch Bonaparte setzte es gegen jedermann ein, solange er glaubte, daß er damit davonkommen konnte. Deshalb hatte La Fayettes guter Freund Robespierre ihm auch ein bestimmtes, juwelenbesetztes Amulett geschickt. Der Gegenzauber gegen Bonapartes Charme. Und auch ein Fläschchen Pulver – das endgültige Mittel gegen Bonaparte, falls er sich auf keine andere Weise beherrschen lassen sollte.

Keine Sorge, Robespierre, mein guter Freund, dachte La Fayette, Bonaparte wird schon am Leben bleiben. Er glaubt, daß er Kanada zu seinen eigenen Zwecken manipuliert, aber *ich* werde *ihn* manipulieren, um den Zielen der Demokratie zu dienen. Bonaparte ahnt es zwar noch nicht, aber wenn nach Frankreich zurückkehrt, wird er bereit sein, das Kommando einer Revolutionsarmee zu übernehmen, um mit seinen Fähigkeiten die Tyrannei der herrschenden Klasse zu beenden, anstatt sie dazu zu benutzen, das allerunwürdigste Haupt des König Charles mit weiteren bedeutungslosen Kronen zu schmücken.

Denn La Fayettes Talent bestand nicht darin, die Gedanken anderer Menschen zu lesen, wie de Maurepas argwöhnte, aber es kam dem schon sehr nahe. La Fayette wußte schon bei der allerersten Begegnung, was andere Männer und Frauen am meisten begehrten. Und wenn man das wußte, ließ sich alles andere erraten. La Fayette kannte Napoleon bereits besser als Napoleon sich selbst. Er wußte, daß Napoleon Bonaparte die Welt regieren wollte. Und vielleicht würde er das sogar erreichen. Doch hier in Kanada würde La Fayette erst einmal Napoleon Bonaparte regieren. Er schlief ein, das Amulett in der Hand, das ihm Sicherheit gewährte.

4 Lolla-Wossiky

Als Lolla-Wossiky Ta-Kumsaw am Tor von Fort Carthage zurückließ, wußte er, was sein Bruder dachte. Ta-Kumsaw glaubte, daß er mit seinem Faß davongehen würde, um zu trinken und zu trinken und zu trinken.

Doch Ta-Kumsaw wußte es nicht wirklich. Der weiße Mörder Harrison wußte es auch nicht. Niemand wußte etwas über Lolla-Wossiky. Dieses Faß würde ihm wahrscheinlich zwei Monate reichen. Mal hier ein kleines bißchen, mal da ein kleines bißchen. Vorsichtig, vorsichtig, nie einen Tropfen verschütten, immer nur ein wenig trinken, und das Faß dann dicht verschließen. Vielleicht reichte es sogar drei Monate lang.

Bisher hatte er sich immer in der Nähe des Forts des weißen Mörders Harrison aufhalten müssen, um etwas von dem Branntwein abzubekommen, der aus dem dunkelbraunen Krug strömte. Jetzt aber hatte er alles, was sein Herz begehrte, um seine Reise antreten zu können, seine große Reise in den Norden, wo er seinem Traumtier begegnen wollte.

Niemand wußte, daß Lolla-Wossiky ein Traumtier besaß. Der weiße Mann wußte es nicht, weil der weiße Mann keine Traumtiere hatte, denn der weiße Mann schlief die ganze Zeit und wachte nie auf. Der rote Mann wußte es nicht, weil der rote Mann Lolla-Wossiky ansah und dachte, er sei ein Whisky-Roter, der bald sterben würde, einer, der kein Traumtier hatte und nie mehr aufwachte.

Lolla-Wossiky hingegen wußte es. Er wußte um das Licht oben im Norden, er hatte es vor fünf Jahren kommen sehen. Er wußte, daß es sein Traumtier war, das nach ihm rief, doch er hatte nie losgehen können. Fünf-, sechs-, zwölfmal war er nach Norden aufgebrochen, doch dann war der Branntwein in seinem Blut versickert und das Geräusch war zurückgekehrt, dieses schreckliche, schwarze Geräusch, das ihm ständig so weh tat. Wenn das schwarze Geräusch kam, war es, als bohrten sich hundert winzige Messer in seinen Kopf, bis er das Land nicht mehr spüren, ja, nicht einmal das Licht eines Traumtiers wahrnehmen konnte und zurückkehren mußte, um den Branntwein zu suchen und das Geräusch zu betäuben, damit er überhaupt *denken* konnte.

Das letzte Mal war es besonders schlimm gewesen. Lange, lange Zeit war kein Branntwein mehr eingetroffen, und zum Schluß hatte selbst der weiße Mörder Harrison zwei Monate lang nicht mehr sehr viel davon für ihn übrig gehabt, vielleicht einen Becher in der Woche, nie genug, um mehr als ein paar Stunden vorzuhalten, vielleicht auch mal einen Tag lang. Zwei lange Monate das ständige schwarze Geräusch.

Das schwarze Geräusch machte, daß Lolla-Wossiky nicht richtig gehen konnte. Alles zappelte, der Boden wogte auf und ab, wie konnte man gerade gehen, wenn das Land wie Wasser aussah? Also dachten alle, daß Lolla-Wossiky betrunken wäre, daß er taumelte wie ein Whisky-Roter, daß er die ganze Zeit zu Boden stürzte. Wo bekommt der Kerl nur den Branntwein her? fragten sie sich alle. Keiner hat mehr Branntwein, aber Lolla-Wossiky betrinkt sich immer noch, wie macht er das bloß? Nicht einer hatte Augen, um zu sehen, daß Lolla-Wossiky gar nicht betrunken war. Hörten sie denn nicht, wie er sprach, ganz klar sprach, überhaupt nicht wie ein Betrunkener? Rochen sie denn nicht, daß er gar nicht nach Branntwein stank? Niemand erriet es, niemand dachte darüber nach. Sie wußten nur, Lolla-Wossiky braucht immer Branntwein. Nie kam jemand darauf, daß Lolla-Wossiky vielleicht unter Schmerzen litt, die so schlimm waren, daß er hoffte, er würde sterben.

Und wenn er dann die Augen schloß, um die Welt daran zu hindern, zu wogen wie der Fluß, meinten alle, daß er am Schlafen sei, und dann sagten sie alle möglichen Dinge. Ach, Dinge sagten sie, die eigentlich kein Roter hören sollte. Das hatte Lolla-Wossiky sehr schnell herausbekommen, und wenn das schwarze Geräusch so schlimm wurde, daß er sich am liebsten auf den Grund des Flusses gelegt hätte, um das Geräusch für immer abzuhalten, torkelte er statt dessen zum Büro des weißen Mörders Harrison und stürzte an der Tür zu Boden, um zu lauschen. Das schwarze Geräusch war zwar sehr laut, aber es war kein Ohrengeräusch, so daß er trotzdem noch die Stimmen hören konnte, auch wenn das schwarze Geräusch in seinem Kopf brüllte. Er strengte sich sehr an, um jedes Wort unter der Tür hindurch zu hören. Er wußte alles, was der weiße Mörder Harrison zu allen sagte.

Lolla-Wossiky erzählte niemandem, was er hörte.

Lolla-Wossiky erzählte niemandem jemals die Wahrheit. Sie glaubten ihm ohnehin nicht. Du bist betrunken, Lolla-Wossiky. Schäm dich, Lolly-Wossiky. Und Ta-Kumsaw, der dastand und nie etwas sagte, oder wenn er es doch tat, so kraftvoll war und so sehr im Recht, wo Lolla-Wossiky doch so schwach war und so sehr im Unrecht.

Nach Norden ging Lolla-Wossiky, immer weiter nach Norden. Tausend Schritte nach Norden, bevor ich eine Kleinigkeit trinke. Nach Norden, während das schwarze Geräusch so laut ist, daß ich schon gar nicht mehr weiß, wo Norden ist, aber dennoch nach Norden, weil ich nicht wage stehenzubleiben.

Tiefdunkle Nacht. Das schwarze Geräusch so schlimm, daß das Land mit Lolla-Wossiky nicht spricht. Sogar das weiße Licht des Traumtiers ist weit entfernt und schein von überallher gleichzeitig zu kommen. Das eine Auge sieht die Nacht, das andere sieht schwarzes Geräusch. Muß stehenbleiben. Muß stehenbleiben.

Ganz vorsichtig fand Lolla-Wossiky einen Baum, setzte das Faß ab, nahm Platz und lehnte sich gegen den Baum, das Faß zwischen den Beinen. Ganz langsam, weil er nichts sehen konnte, befühlte er das ganze Faß, bis er den Spund gefunden hatte. Klopf, klopf, klopf mit dem Tommy-hawk, klopf, klopf, klopf, bis der Spundzapfen locker war. Bedächtig zupfte er ihn mit den Fingern hervor. Dann beugte er sich vor und legte den Mund über das Spundloch, eng wie ein Kuß, so eng wie ein Säugling am Nippel der Brust; und dann hoch mit dem Faß, ganz langsam, ganz langsam, nicht sehr hoch, da ist schon der Geschmack, der Branntwein, ein Schluck, zwei Schlucke, drei Schlucke, vier.

Nur vier. Vier ist das Ende. Vier ist die wahre Zahl, die ganze Zahl, die quadratische Zahl. Vier Schlucke.

Er schob den Spund wieder ins Loch und klopfte ihn ganz fest. Schon steigt ihm der Branntwein zu Kopf. Schon verstummt das schwarze Geräusch.

Es wird still. Eine wunderschöne, grüne Stille.

Doch das Grün verschwindet ebenfalls, zusammen mit dem Schwarz. Jedesmal geht das so. Das Landgespür, die grüne Vision, die jeder Rote hat, niemand hat sie jemals klarer gesehen als Lolla-Wossiky. Doch nun folgt ihr jedesmal, wenn sie kommt, sofort das schwarze Geräusch. Und wenn das schwarze Geräusch verstummt, wenn der Branntwein vertreibt, folgt darauf jedesmal das Verblassen des grünen, lebendigen Schweigens.

Dann bleibt Lolla-Wossiky zurück wie ein Weißer. Vom Land abgeschnitten. Mit krachendem Unterholz unter seinen Füßen. Mit abknickenden Ästen. Mit Stolperwurzeln. Mit Tieren, die davonlaufen.

Lolla-Wossiky hoffte, hoffte jahrelang, genau die richtige Menge Branntwein ausfindig zu machen, die das schwarze Geräusch ertränkte und die grüne Vision dennoch aufrechterhielt. Vier Schlucke, näher war er der Sache nie gekommen. Damit war das schwarze Geräusch gerade außer Reichweite, gerade hinter dem nächstgelegenen Baum. Zugleich aber blieb das Grün dort, wo er es gerade noch berühren konnte. Gerade eben. So daß er so tun konnte, als wäre er ein wahrer Roter anstatt eines Whisky-Roten, der ja in Wirklichkeit nur ein Weißer war.

Doch heute nacht war es anders, zwei Monate lang war er ohne Branntwein gewesen, bis auf einen gelegentlichen Becher dann und wann, so daß vier Schlucke für ihn zu kräftig waren. Das Grün verschwand zusammen mit dem Schwarz. Doch das bekümmerte ihn nicht, heute nicht. Es bekümmerte ihn nicht, denn er mußte schlafen.

Als er am Morgen erwachte, kehrte das schwarze Geräusch gerade zurück. Er war sich nicht sicher, ob es die Sonne gewesen war oder das Geräusch, was ihn geweckt hatte, und es war ihm auch gleichgültig. Einmal gegen den Spund klopfen, vier Schlucke, nicht mehr. Diesmal hielt sich das Landgespür in der Nähe, er konnte es ein wenig fühlen. Genug, um den Hasen in seinem Loch ausfindig zu machen.

Ein dicker alter Stock. Hier ein Stück schneiden, dort anschneiden, damit in alle Richtungen splittrige Holzspitzen hervorragen.

Lolla-Wossiky kniete sich vor dem Hasenbau nieder.

»Ich bin sehr hungrig«, flüsterte er. »Und ich bin nicht sehr stark. Wirst du mir Fleisch geben?«

Er strengte sich an, um die Antwort zu vernehmen, strengte sich an, um zu wissen, ob er im Recht war. Doch alles war zu weit weg, und die Landstimme der Hasen war zu leise. Früher einmal konnte er alle Stimmen hören, erinnerte er sich, viele, viele Meilen entfernt. Wenn das schwarze Geräusch jemals verschwinden sollte, würde er vielleicht wieder hören können. Doch jetzt hatte er keine Möglichkeit festzustellen, ob die Hasen einwilligten oder nicht.

Daher wußte er auch nicht, ob er ein Recht darauf hatte. Er wußte nicht, ob er nahm wie ein roter Mann, gerade nur das, was das Land anbot, oder ob er stahl wie ein weißer Mann, der alles tötete, was er zu töten beliebte. Er hatte keine Wahl. Er schob den Stock in den Bau, drehte ihn. Er spürte, wie er erzitterte, hörte das Quieken, und zog ihn hervor, immer noch zuckend. Ein kleiner Hase, kein großer, nur ein kleiner Hase, der zappelte, um den Splittern zu entkommen, doch Lolla-Wossiky war schnell, kaum war der Hase am Ausgang erschienen, bereit, sich loszureißen und davonzuhuschen, als Lolla-Wossiky auch schon die Hand vorgeschoben hatte, den Hasen am Kopf festhielt, ihn ganz schnell in die Luft hob und herumwirbelte und ihn schüttelte. Als er ihn wieder senkte, war der kleine Hase tot, und Lolla-Wossiky trug ihn fort von dem Bau, zurück zum Faß, weil es sehr schlimm war, weil es eine leere Stelle im Land erzeugte, wenn man ein junges Tier häutete, während seine Verwandten einen sehen oder hören konnten.

Er machte kein Feuer. Das war zu gefährlich, und er

hatte auch nicht genug Zeit, um das Fleisch zu räuchern, nicht so nahe bei dem Fort des weißen Mörders Harrison. Es war ohnehin nicht sehr viel Fleisch; er aß es auf, roh, so daß er sehr viel kauen mußte, aber der Geschmack war kräftig und gut. Wenn man kein Fleisch räuchern konnte, das wußte der rote Mann, mußte man soviel davon im Bauch mit sich herumtragen, wie es nur ging. Er stopfte das Fell in die Hüfte seines Lendenschurzes, hob sich das Faß auf die Schultern und setzte sich gen Norden in Bewegung. Vor ihm leuchtete das weiße Licht, rief das Traumtier nach ihm und drängte ihn weiter. Ich werde dich aufwekken, sagte das Traumtier, ich werde deinem Traum ein Ende setzen.

Der weiße Mann hatte von Traumtieren gehört. Der weiße Mann dachte, der rote Mann würde in den Wald hinausgehen und dort träumen. Dummer weißer Mann, er verstand nie etwas. Das ganze Leben war zunächst ein einziger langer Schlaf, ein einziger langer Traum. Im Augenblick der Geburt schlief man ein und wachte nicht mehr auf, wachte überhaupt nicht mehr auf, bis einen schließlich eines Tages das Traumtier rief. Dann ging man in den Wald, manchmal nur wenige Schritte weit, manchmal bis zum Ende der Welt. Man ging, bis man auf das Tief traf, das nach einem rief. Das Tier existierte nicht im Traum. Das Tier erweckte einen aus dem Traum. Das Tier zeigte einem, wer man war, lehrte einen, wo man im Land hingehörte. Dann kehrte man nach Hause zurück, endlich erwacht, und erzählte dem Schamanen und der Mutter und den Schwestern, wer das Traumtier war. Ein Bär? Ein Dachs? Ein Vogel? Ein Fisch? Ein Falke oder ein Adler? Eine Biene oder eine Wespe? Der Schamane erzählte einem Geschichten und half dabei, den eigenen Aufwachnamen auszuwählen. Die Mutter und die Schwestern gaben nun den Kindern des Aufgewachten Namen, ob sie schon geboren worden waren oder nicht.

Lolla-Wossikys sämtliche Brüder waren schon vor langer Zeit ihren Traumtieren begegnet. Nun war seine Mutter tot, seine beiden Schwestern waren fort und lebten bei einem anderen Stamm. Wer sollte seinen Kindern da Namen geben?

Ich weiß es, sagte Lolla-Wossiky. Ich weiß es. Lolla-Wossiky wird niemals Kinder haben, dieser alte, einäugige Whisky-Rote. Aber Lolla-Wossiky wird sein Traumtier finden. Lolla-Wossiky wird aufwachen. Lolla-Wossiky wird seinen Aufwachnamen haben.

Dann wird Lolla-Wossiky sehen, ob er leben oder sterben soll. Wenn das schwarze Geräusch fortfährt und wenn das Aufwachen ihm nichts Neues beibringt, was er nicht schon weiß, wird Lolla-Wossiky sich im Fluß schlafen legen und sich von ihm ins Meer spülen lassen, weit weg von dem Land und dem schwarzen Geräusch. Wenn das Aufwachen ihn aber einen Grund lehrt, um weiterzuleben, dann wird Lolla-Wossiky weiterleben, ob es ein schwarzes Geräusch gibt oder nicht, wird viele lange Jahre des Trinkens und des Schmerzes durchleben, des Schmerzes und des Trinkens.

Lolla-Wossiky trank jeden Morgen vier Schlucke, vier Schlucke jede Nacht, und legte sich dann in der Hoffnung schlafen, er würde sterben können, wenn das Traumtier ihn aufweckte.

Eines Tages stand er am Ufer eines klaren Stroms, das schwarze Geräusch dicht in seinem Sehen und laut in seinem Gehör. Im Wasser stand ein großer brauner Bär. Er klatschte mit den Tatzen auf das Wasser ein und ein Fisch schoß durch die Luft. Der Bär packte ihn mit den Zähnen, biß zweimal zu und verschlang ihn. Nicht seine Gier erweckten Lolla-Wossikys Aufmerksamkeit, sondern die Augen des Bären.

Dem Bär fehlte ein Auge, genau wie Lolla-Wossiky. So überlegte sich Lolla-Wossiky, ob der Bär möglicherweise sein Traumtier war. Doch das konnte nicht sein. Das weiße Licht, das nach ihm rief, leuchtete immer noch im Norden.

Der Bär war also nicht sein Traumtier, er war ein Teil des Traums.

Dennoch konnte er vielleicht eine Botschaft für Lolla-Wossiky haben. Dieser Bär war vielleicht hier, weil das Land Lolla-Wossiky eine Geschichte erzählen wollte.

Dies war das erste, was Lolla-Wossiky auffiel: Als der Bär den Fisch mit der Schnauze fing, sah er mit seinem gesunden Auge hin und erblickte die Spiegelung des Sonnenlichts auf dem Fisch. Davon verstand Lolla-Wossiky etwas, weil er den Kopf schrägt legte, genau wie der Bär.

Dies war das zweite, was Lolla-Wossiky auffiel: Als der Bär ins Wasser blickte, um den schwimmenden Fisch auszumachen, damit er nach ihm schlagen konnte, blickte er mit dem anderen Auge hin, mit dem Auge, das nicht da war. Das verstand Lolla-Wossiky nicht. Es war sehr seltsam.

Dies war das letzte, was Lolla-Wossiky auffiel: Während er den Bären beobachtete, war sein gesundes Auge geschlossen. Und als er das Auge öffnete, war der Fluß noch da, das Sonnenlicht war noch da, die Fische tanzten noch immer durch die Luft und verschwanden wieder, doch der Bär war verschwunden. Lolla-Wossiky konnte den Bären nur sehen, wenn er sein gesundes Auge schloß.

Lolla-Wossiky trank zwei Schlucke aus dem Faß, und der Bär verschwand.

Eines Tages traf Lolla-Wossiky auf eine Straße des weißen Mannes, und unter seinen Füßen fühlte sie sich an wie ein wogender Fluß. Die Strömung des Flusses riß ihn mit sich. Er taumelte weiter, dann spürte er den Rhythmus und lief dahin, das Faß auf der Schulter. Nie schritt ein roter Mann auf den Wegen des weißen Mannes – bei trockenem Wetter war das Erdreich viel zu hart, bei Regen war der Schlamm zu tief, und die Furchen der Wagenräder griffen nach ihm wie Hände des weißen Mannes, um den roten Mann stolpern und stürzen zu lassen. Diesmal jedoch war der Boden so weich wie Frühlingsgras an einem Flußufer, solange Lolla-Wossiky in die richtige Richtung lief. Doch nicht mehr dem Licht entgegen, denn das Licht umgab ihn ganz sanft auf allen Seiten, und er wußte, daß das Traumtier sehr, sehr nahe war.

Dreimal führte der Weg über Wasser – über zwei kleine Ströme und einen großen –, und jedesmal gab es dort eine Brücke, aus schweren, großen Stämmen und kräftigen Brettern gefertigt, mit einem Dach, wie bei einem Haus des weißen Mannes. Lolla-Wossiky blieb sehr lange auf der ersten Brücke stehen. Von so etwas hatte er noch nie gehört. Hier stand er an einer Stelle, wo eigentlich Wasser hätte sein sollen, und doch war die Brücke so kräftig und schwer, die Wände so dick, daß er das Wasser überhaupt nicht mehr sehen oder hören konnte.

Und der Fluß verabscheute es. Lolla-Wossiky konnte nun hören, wie zornig er war, wie begierig, nach der Brücke zu greifen und sie niederzureißen. Der Weg des weißen Mannes, dachte Lolla-Wossiky, der weiße Mann muß erobern, muß dem Land die Dinge entreißen.

Und doch fiel ihm auf der Brücke noch etwas anderes auf. Obwohl in seinem Körper fast gar kein Branntwein mehr war, war das schwarze Geräusch auf der Brücke ruhiger geworden. Er konnte so viel von dem grünen Schweigen vernehmen, wie schon seit langem nicht mehr. Als wenn das schwarze Geräusch teilweise vom Fluß käme. Wie konnte das sein? Der Fluß hegte doch keinen Groll gegen den roten Mann. Und kein vom weißen Mann erbautes Ding konnte den roten Mann näher an das Land heranführen. Und doch war es genau dies, was hier geschah. Lolla-Wossiky eilte den Weg weiter; vielleicht würde er die Sache verstehen, nachdem sein Traumtier ihn aufgeweckt hatte.

Der Weg mündete in einen Ort, der aus ein paar Weiden und einigen Gebäuden des weißen Mannes bestand. Zahlreiche Wagen. Angepflockte Pferde, die Weidegras fraßen. Das Geräusch von hallenden Metallhämmern, von schlagenden Äxten im Wald, das Kreischen von Sägen. Eine Stadt des weißen Mannes.

Und *doch* keine richtige Stadt des weißen Mannes. Am Rande der Lichtung blieb Lolla-Wossiky stehen. Warum ist diese Stadt des weißen Mannes anders, was fehlt hier, was habe ich eigentlich erwartet?

Der Palisadenzaun. Es gab keinen Palisadenzaun.

Wo versteckten die weißen Männer sich dann? Wo sperrten sie betrunkene rote und weiße Diebe ein? Wo verbargen sie ihre Gewehre?

»Hebt an!« Die Stimme eines weißen Mannes, laut hallend wie eine Glocke in der dichten Luft eines Sommernachmittags.

Auf einem grasbewachsenen Hügel, vielleicht eine halbe Meile entfernt, erhob sich gerade ein seltsames Holzding. Lolla-Wossiky konnte die Männer nicht sehen, die es in die Höhe hoben; sie waren alle hinter der Hügelkuppe verborgen. Doch er sah, wie ein frischer Holzrahmen sich erhob, am oberen Ende waren Stangen zu sehen, mit denen er in Stellung gebracht wurde.

»Und jetzt die Seitenwand! Hebt an! Hebt an! Hebt an!«

Nun erhob sich ein weiterer Rahmen, langsam, ganz langsam, etwas seitlich vom ersten. Als beide Rahmen aufrecht standen, trafen sie an einer Kante aufeinander. Zum ersten Mal erblickte Lolla-Wossiky nun die Männer. Weiße Jungen krabbelten an den Rahmen hoch und hoben ihre Hämmer, um sie wie Tommy-hawks herabsausen zu lassen und sich das Holz zu unterwerfen. Nachdem sie eine Weile zugeschlagen hatten, richteten sie sich auf, alle drei, standen oben auf den Wandrahmen, die Hämmer wie Speere in der Hand, die sie gerade aus dem Körper eines Büffels herausgezogen hatten. Die Stangen, mit denen die Wände aufgerichtet worden waren, wurden abgezogen. Die Wände blieben stehen, stützten einander. Lolla-Wossiky hörte ein Jubeln.

Dann erschienen plötzlich die weißen Männer alle oben auf der Hügelkuppe. Haben sie mich gesehen? Werden sie jetzt kommen, um mich zu verjagen oder einzusperren? Nein, sie gingen einfach nur den Hügel hinunter zu ihren Pferden und Wagen. Lolla-Wossiky verschmolz wieder mit dem Wald.

Er trank vier Schlucke aus dem Faß, dann erkletterte er einen Baum und setzte das Faß an einer Stelle ab, wo drei dicke Äste sich gabelten. Schön fest und sicher. Schönes, dichtes Laubwerk; niemand konnte das Faß vom Boden aus sehen, nicht einmal ein roter Mann.

Lolla-Wossiky nahm den längeren Weg, doch schon bald war er oben auf dem Hügel, wo die neuen Wände standen. Lolla-Wossiky sah lange hin, verstand aber nicht, was das für ein Gebäude werden sollte. Das Haus war sehr groß. Größer als alles, was Lolla-Wossiky je von weißer Hand erbaut gesehen hatte, höher als das Staket.

Erst die seltsamen Brücken, so stabil wie Häuser. Und nun dieses seltsame Gebäude, so hoch wie die Bäume. Lolla-Wossiky trat aus dem schützenden Wald hinaus auf die offene Weide, vor und zurück schwankend, weil der Boden nie eben blieb, wenn er Branntwein getrunken hatte. Als er das Gebäude erreicht hatte, stieg er auf den hölzernen Boden. Der Boden des weißen Mannes, die Wände des Mannes, doch es fühlte sich überhaupt nicht wie irgendein anderes Gebäude des weißen Mannes an, das Lolla-Wossiky jemals erblickt hatte. Großer, offener Raum im Inneren. ganz hohe Wände. Das erste Mal, daß der weiße Mann etwas erbaute, das nicht finster war. An diesem Ort mochte sich sogar ein roter Mann wohl fühlen.

»Wer ist da? Wer seid Ihr?«

Lolla-Wossiky drehte sich so schnell um, daß er beinahe gestürzt wäre. Ein großer weißer Mann stand am Rande des Gebäudes. Der Boden war so hoch, daß er dem Mann bis zur Hüfte reichte. Er trug keine Hirschlederkleidung wie ein Jäger und auch keine Uniform wie ein Soldat. Er war eher wie ein Farmer gekleidet, nur daß er sauber war. Tatsächlich hatte Lolla-Wossiky in Carthage City noch nie einen solchen Mann gesehen.

»Wer seid Ihr?« wollte der Mann wieder wissen.

»Roter Mann«, sagte Lolla-Wossiky.

»Es dämmert zwar langsam, aber Nacht ist es noch lange nicht. Ich müßte blind sein, um nicht zu sehen, daß Ihr ein Roter seid. Aber ich kenne die Roten in der Nähe, und Ihr seid nicht von hier.«

Lolla-Wossiky lachte. Wann hätte ein weißer Mann jemals einen Roten so genau vom anderen unterscheiden können, um zu sagen, wer aus der Nähe stammte und wer von weit her kam?

»Habt Ihr auch einen Namen, roter Mann?«

»Lolla-Wossiky.«

»Ihr habt Branntwein getrunken, nicht wahr? Ich kann es riechen, und Ihr seid auch nicht allzu gut zu Fuß.«

»Viel Branntwein. Whisky-Roter.«

»Wer hat Euch diesen Branntwein gegeben! Sagt es mir! Wo habt Ihr diesen Branntwein her?«

Lolla-Wossiky war verwirrt. Noch nie hatte ein weißer Mann ihn gefragt, wo er seinen Branntwein herbekam. »Vom weißen Mörder Harrison«, erwiderte er.

»Harrison befindet sich zweihundert Meilen südöstlich von hier. Wie habt Ihr ihn genannt?«

»Gouverneur Bill Harrison.«

»Ihr habt ihn weißer Mörder Harrison genannt.«

»Dieser Rote *sehr* betrunken.«

»*Das* sehe ich selbst. Aber Ihr habt Euch mit Sicherheit nicht in Fort Carthage betrunken, um die ganze Strecke hierher zu Fuß zu laufen, ohne dabei nüchtern zu werden. Also, woher habt Ihr den Branntwein?«

»Werdet Ihr mich einsperren?«

»Euch einsperren – wo sollte ich Euch denn nur einsperren, könnt Ihr mit das vielleicht mal sagen? Ihr seid wohl *wirklich* aus Fort Carthage, wie? Nun, ich kann Euch eins sagen, Mr. Lolla-Wossiky, wir haben hier nichts, worin wir trunkene Rote einsperren könnten, weil die Roten hier sich nicht betrinken. Und wenn sie es doch tun, dann suchen wir den weißen Mann, der ihnen den Branntwein gegeben hat, und dann wird dieser weiße Mann ausgepeitscht. Also sagt mir jetzt, woher Ihr den Branntwein habt.«

»Mein Whisky«, antwortete Lolla-Wossiky.

»Vielleicht solltet Ihr besser mit mir kommen.«

»Mich einsperren?«

»Ich habe Euch doch gesagt, daß wir nicht ... Hört mal, habt Ihr Hunger?«

»Denke schon«, antwortete Lolla-Wossiky.

»Habt Ihr einen Ort, wo Ihr essen könnt?«

»Esse, wo ich bin.«

»Gut, dann kommt heute abend nach unten und eßt bei mir zu Hause.«

Lolla-Wossiky wußte nicht, was er sagen sollte. Machte der weiße Mann Witze? Die Scherze des weißen Mannes waren immer schwer zu verstehen.

»Habt Ihr doch keinen Hunger?«

»Denke doch«, widerholte Lolla-Wossiky.

»Nun, dann kommt schon!«

Ein weiterer weißer Mann kam den Hügel empor.

»Brustwehr-Gottes!« rief er. »Eure gute Frau hat sich schon gefragt, wo Ihr seid.«

»Nur noch einen Augenblick, Reverend Thrower. Ich denke, daß wir heute zum Abendessen einen Gast haben werden.«

»Wer ist das? Oh, Brustwehr-Gottes, das ist ja ein Roter.«

»Sein Name ist Lolla-Wossiky. Er ist ein Shaw-Nee. Und außerdem ist er betrunken wie ein Stinktier.«

Lolla-Wossiky war sehr überrascht. Dieser weiße Mann wußte, daß er ein Shaw-Nee war, ohne ihn danach gefragt zu haben. Woher? Hatte er es an seinem Haar erkannt, das bis auf den hohen Streifen in der Mitte ausgerissen war? Nein, das taten andere Rote auch. Am Rand seines Lendenschurzes? Aber weiße Männer bemerkten solche Dinge doch nie.

»Ein Shaw-Nee«, sagte der andere weiße Mann. »Ist das nicht ein besonders wilder Stamm?«

»Ach, ich weiß nicht, Reverend Thrower«, meinte Brustwehr-Gottes. »Vor allem ist es ein ganz besonders *nüchterner* Stamm. Damit meine ich, daß sie sich nicht ganz so stark betrinken wie einige der anderen. Manche Leute glauben, daß der einzig harmlose Rote ein Whisky-Roter ist, und wenn sie dann alle diese nüchternen Shaw-Nee sehen, glauben sie, daß sie gefährlich wären.«

»Dieses Problem scheint der hier nicht zu haben.«

»Ich weiß. Ich versuchte gerade herauszubekommen, wer ihm seinen Whisky gegeben hat, aber er will es mir nicht sagen.«

Reverend Thrower wandte sich an Lolla-Wossiky. »Wißt Ihr denn nicht, daß der Whisky ein Werkzeug des Teufel ist und der Untergang des roten Mannes?«

»Ich glaube kaum, daß er genug Englisch spricht, um zu verstehen, was Ihr sagt, Reverend.«

»Whisky sehr schlecht für roten Mann«, bemerkte Lolla-Wossiky.

»Hm, vielleicht versteht er es *doch*«, meinte Brustwehr-Gottes lachend. »Lolla-Wossiky, wenn Ihr doch genau wißt, wie schlimm der Branntwein ist, wie kommt es dann, daß Ihr nach billigem Whisky stinkt wie eine irische Bar?«

»Branntwein sehr schlimm für roten Mann«, bemerkte Lolla-Wossiky, »aber roter Mann ständig durstig.«

»Dafür gibt es eine ganz einfache, wissenschaftliche Erklärung«, warf Reverend Thrower ein. »Die Europäer kennen alkoholische Getränke schon so lange, daß sie eine gewisse Widerstandsfähigkeit dagegen aufgebaut haben. Europäer, die verzweifelt nach Alkohol gieren, sterben in der Regel jünger, bekommen weniger Kinder, sorgen schlechter für die Kinder, die sie haben. Deshalb haben die meisten Europäer einen Widerstand gegen Alkohol entwikkelt. Aber ihr Roten habt diese Toleranz nie aufgebaut.«

»Verdammt, das stimmt«, sagte Lolla-Wossiky. »Weißer Mann sagt Wahrheit. Wie kommt es, daß weißer Mörder Harrison Euch noch nicht getötet hat?«

»Also hör sich das mal einer an«, kommentierte Brustwehr-Gottes. »Das ist schon das zweite Mal, daß er Harrison einen Mörder nennt!«

»Geflucht hat er dabei aber auch, was ich nicht sonderlich schätze.«

»Wenn er aus Carthage stammt, dann hat er sein Englisch von einer Klasse Weißer gelernt, die Ausdrücke wie ›verdammt‹ für eine Art Zeichensetzung halten, falls Ihr versteht, was ich meine, Reverend. Aber hört mal, Lolla-Wossiky. Dieser Mann hier, das ist der Reverend Philadelphia Thrower, und er ist ein Geistlicher des Herrn Jesus Christus, also solltet Ihr in seiner Gegenwart schlechte Ausdrücke vermeiden.«

Lolla-Wossiky hatte nicht die leiseste Vorstellung, was ein Geistlicher war – in Carthage City gab es so etwas nicht. Er konnte sich nur vorstellen, daß ein Geistlicher eine Art Gouverneur war, nur netter.

»Werdet Ihr in diesem großen Haus wohnen?«

»Hier wohnen?« fragte Thrower. »Oh, nein. Das ist das Haus des Herrn.«

»Wessen Haus?«

»Des Herrn Jesus Christus.«

Lolla-Wossiky hatte von Jesus Christus gehört. Weiße Männer sprachen den Namen ständig aus, vor allem dann, wenn sie wütend waren oder logen. »Sehr zorniger Mann«, meinte Lolla-Wossiky. »Er wohnt hier?«

»Jesus Christus ist ein liebevoller und alles verzeihender Herr«, widersprach Reverend Thrower. »Nein, er wird nicht hier wohnen, wie ein weißer Mann in seinem Haus wohnt. Aber wenn gute Christen zum Gottesdienst wollen – um zu singen und das Wort des Herrn zu vernehmen –, dann versammeln wir uns an diesem Ort. Das ist eine Kirche. Das heißt, es wird einmal eine werden.«

»Jesus Christus spricht hier?« Lolla-Wossiky dachte, daß es interessant sein könnte, diesem wichtigen weißen Mann einmal von Angesicht zu Angesicht zu begegnen.

»Oh, nein, nicht persönlich. Ich spreche *für* ihn.«

Unten am Fluß des Hügels ertönte eine Frauenstimme. »Brustwehr! Brustwehr Weaver!«

Brustwehr-Gottes riß sich aus seinen Gedanken. »Das

Abendessen ist fertig, und sie ruft schon. Kommt schon, Lolla-Wossiky. Betrunken oder nicht, wenn Ihr etwas zu essen wollt, könnt Ihr mitkommen und werdet etwas bekommen.«

»Ich hoffe, daß Ihr das tut«, sagte Reverend Thrower. »Und wenn wir mit dem Abendessen fertig sind, hoffe ich, Euch die Worte des Herrn Jesus näherbringen zu können.«

»Als allererstes«, sagte Lolla-Wossiky, »müßt Ihr versprechen, mich nicht einzusperren. Ich will nicht eingesperrt werden, ich muß mein Traumtier finden.«

»Wir werden Euch nicht einsperren. Ihr könnt mein Haus jederzeit verlassen.« Brustwehr-Gottes wandte sich an Reverend Thrower. »Da seht Ihr, was diese Roten von William Henry Harrison über die Weißen lernen. Branntwein und Gefängnis.«

»Was mich noch mehr bewegt, das ist sein heidnischer Glaube. Ein Traumtier! Sind Traumtiere für sie eine Art Götter?«

»Das Traumtier ist nicht Gott, es ist ein Tier, von dem sie träumen und das ihnen Dinge beibringt«, erklärte Brustwehr. »Sie ziehen immer auf eine lange Reise aus, bis sie den Traum erhalten, dann kommen sie wieder nach Hause. Das erklärt auch, was er hier zweihundert Meilen entfernt von den Hauptsiedlungen der Shaw-Nee am unteren My-Ammy zu suchen hat.«

»Traumtier ist *wirklich*«, sagte Lolla-Wossiky.

»Richtig«, meinte Brustwehr-Gottes. Aber Lolla-Wossiky merkte, daß er das nur sagte, um ihn nicht zu verletzen.

»Dieses arme Geschöpf bedarf ganz offensichtlich des Evangeliums Jesu«, meinte Thrower.

»Mir scheint, im Augenblick bedarf er wohl eher eines Abendessens. Mit vollem Bauch lernt sich das Evangelium am besten, meint Ihr nicht auch?«

Thrower gluckste. »Ich glaube zwar nicht, daß das irgendwo in der Bibel steht, Brustwehr-Gottes, aber ich möchte meinen, daß Ihr wohl recht habt.«

Brustwehr-Gottes stemmte die Hände in die Hüften und

fragte Lolla-Wossiky wieder: »Kommt Ihr nun mit oder nicht?«

»Denke schon«, erwiderte Lolla-Wossiky.

Lolla-Wossikys Bauch war zwar voll, aber die Nahrung des weißen Mannes, weich und glatt und verkocht, grollte in seinem Inneren. Thrower redete und redete seltsame Worte. Die Geschichten waren zwar gut, doch Thrower sprach auch ständig über Erbsünde und Erlösung. Einmal, als Lolla-Wossiky glaubte, verstanden zu haben, sagte er: »Was für ein alberner Gott, läßt alle Menschen böse geboren werden, damit sie in Hölle kommen! Warum so verrückt! Alles seine Schuld!« Doch das erzürnte Thrower sehr, so daß er noch länger und noch schneller redete, bis Lolla-Wossiky seine eigenen Gedanken dazu lieber nicht mehr preisgab.

Das schwarze Geräusch kehrte zurück, lauter und lauter, je länger Thrower redete. Ließ die Wirkung des Whiskys nach? Das wäre aber sehr schnell gewesen. Und als Thrower einmal hinausging, um sich zu erleichtern, beruhigte sich das schwarze Geräusch wieder. Sehr seltsam – Lolla-Wossiky hatte noch nie bemerkt, daß jemand das schwarze Geräusch durch sein Kommen oder Gehen lauter oder leiser machen konnte.

Aber vielleicht lag das ja daran, daß er hier am Ort des Traumtiers war. Er wußte, daß es der Ort war, weil das weiße Licht ihn überall umgab, wenn er hinsah, und weil er nicht mehr sehen konnte, wohin er sonst hätte gehen sollen. Wundere dich nicht über Brücken, die das schwarze Geräusch leiser werden lassen, und über weiße Geistliche, die das schwarze Geräusch lauter machen. Wundere dich nicht über Brustwehr-Gottes mit seinem Erdgesicht, der einen roten Mann Nahrung gibt und keinen Branntwein verkauft.

Als Thrower draußen war, zeigte Brustwehr-Gottes ihm die Landkarte. »Das ist ein Bild von dem ganzen Land hier in der Gegend. Oben im Nordwesten ist der große See – die Kicky-Poo nennen ihn Fat Water. Und hier ist Fort Chicago, das ist ein Außenposten der Franzosen.«

»Franzosen. Einen Becher Whisky für einen weißen Skalp.«

»Ja, das ist im Augenblick der Preis«, meinte Brustwehr-Gottes. »Aber die Roten hier nehmen keine Skalps. Die betreiben ehrlichen Handel mit mir, und ich betreibe ehrlichen Handel mit ihnen. Und wir erschießen keine Roten, und sie töten dafür keine Weißen, um Beute zu machen. Versteht Ihr mich? Wenn Ihr durstig werdet, denkt über folgendes nach: Vor vier Jahren war hier draußen ein Whisky-Roter vom Stamme der Wee-Aw, der hat draußen im Wald einen kleinen Dänenjungen getötet. Aber glaubt Ihr, daß die Weißen ihn aufgespürt hätten? Wohl kaum; Ihr wißt genau, daß die Weißen keinen Roten in diesen Wäldern aufspüren können, schon gar nicht Farmer und Leute wie wir. Nein, es waren die Shaw-Nee und die Otty-Wa, die ihn zwei Stunden, nachdem man den Jungen vermißte, entdeckt hatten. Und meint Ihr etwa, daß die Weißen diesen Whisky-Roten bestraft hätten? O nein; sie haben diesen Wee-Aw auf den Boden gesetzt und ihn gefragt: ›Willst du dich als tapferer Krieger beweisen?‹ und als er ja sagte, haben sie sechs Stunden gebraucht, um ihn zu töten.«

»Sehr gütig«, meinte Lolla-Wossiky.

»*Gütig*? Das glaube ich kaum«, widersprach Brustwehr-Gottes.

»Wenn roter Mann weißen Jungen wegen Whisky tötet, lasse ich ihn nie zeigen, daß er tapferer Krieger ist. Er stirbt – pfui! Einfach so, schnell wie eine Klapperschlange, denn er ist kein Mann.«

»Ich muß schon sagen, daß ihr Roten eine seltsame Denkweise habt«, bemerkte Brustwehr. »Meint Ihr etwa, daß Ihr jemandem einen Gefallen tut, wenn Ihr ihn zu Tode foltert?«

»Nicht *jemanden*. Den Feind. Fängt man den Feind, und zeigt er vor dem Sterben, daß er ein tapferer Krieger ist, dann fliegt sein Geist zurück nach Hause. Erzählt seiner Mutter und seinen Schwestern, daß er tapfer gestorben ist, dann singen sie Lieder und klagen um ihn. Beweist er sich nicht als tapferer Krieger, dann fällt sein Geist flach auf den Boden und man tritt auf ihn, stampft ihn ein, er kehrt niemals mehr nach Hause, niemand erinnert sich an seinen Namen.«

»Es ist wirklich gut, daß Thrower gerade draußen ist, sonst würde er sich wohl in die Hosen machen, wenn er *das* gehört hätte.« Brustwehr blinzelte Lolla-Wossiky an. »Soll das heißen, daß sie diesen Wee-Aw, der den kleinen Jungen getötet hat, *geehrt* haben?«

»Sehr böse Sache, einen kleinen Jungen zu töten. Aber vielleicht weiß roter Mann über Whisky-Rote. Sehr durstig, ganz verrückt. Nicht wie Mann zu töten, um sein Haus zu nehmen oder seine Frau oder sein Land, wie weißer Mann es die ganze Zeit tut.«

»Ich muß schon sagen, je mehr ich über Rote erfahre, um so einleuchtender wird es. Ich schätze, ich sollte wohl jeden Abend noch länger in der Bibel lesen, sonst werde ich noch selbst zum Roten.«

Lolla-Wossiky lachte und lachte.

»Was ist daran so komisch?«

»Viele rote Männer werden zu Weißen und sterben dann. Aber nie wird ein weißer Mann zu einem Roten. Wenn ich diese Geschichte erzähle, werden alle lachen.«

»Ihr Roten habt einen Sinn für Humor, den ich einfach nicht verstehe.« Brustwehr klopfte mit der Hand auf die Landkarte. »Hier sind wir, unmittelbar flußabwärts von der Stelle, wo der Tippy-Canoe in den Wobbish fließt. Diese Punkte hier sind die Farmen der Weißen. Und die Kreise stellen die Dörfer der Roten dar. Das hier sind die Shaw-Nee, das hier die Winny-Baygo, versteht Ihr das?« Dann zeigte Brustwehr auf eine andere Stelle. »Hier unten ist Fort Carthage, das ist ein Viereck, weil es eine Stadt ist. Für uns habe ich auch ein Viereck eingetragen, obwohl wir eigentlich noch keine richtige Stadt sind. Wir nennen sie

Vigor Church, wegen der Kirche, die wir gerade bauen.«

»Kirche ist das Gebäude. Aber warum Vigor?«

»Wegen der ersten Leute, die hier gesiedelt haben, die die Straße und die Brücken gebaut haben, die Familie Miller. Sie lebt ein Stückchen weiter oben hinter der Kirche. Meine Frau ist ihre älteste Tochter. Sie haben diesen Ort Vigor genannt, weil ihr Ältester so hieß. Der ist im Hatrack River in der Nähe von Suskwahenny auf dem Weg hierher ertrunken.«

»Eure Frau sehr hübsch«, meinte Lolla-Wossiky.

Es dauerte einige Momente, bevor Brustwehr etwas darauf erwidern konnte, so überrascht sah er aus. Und im hinteren Teil des Geschäfts, wo sie die Mahlzeit zu sich genommen hatten, mußte seine Frau Eleanor zugehört haben, denn plötzlich stand sie in der Tür.

»Mich hat noch nie jemand hübsch genannt«, sagte sie leise.

Lolla-Wossiky war verblüfft. Die meisten Frauen der Weißen hatten schmale Gesichter, keine Wangenknochen, eine kränklich wirkende Haut. Eleanor war dunkler, breitgesichtiger, mit hohen Wangenknochen.

»Ich finde auch, daß du hübsch bist«, meinte Brustwehr. »Das glaube ich wirklich.«

Lolla-Wossiky glaubte ihm nicht, und Eleanor auch nicht, obwohl sie lächelte und sich von der Tür abwandte. Er hatte sie nie für hübsch gehalten, soviel war klar. Und schon bald verstand Lolla-Wossiky warum. Sie war hübsch wie eine *rote* Frau. Daher hielten die weißen Männer, die sie nie richtig sahen, ihre Schönheit natürlich für Häßlichkeit.

Das bedeutete aber auch, daß Brustwehr-Gottes mit einer Frau verheiratet war, die er für häßlich hielt. Aber er schrie sie nicht an oder schlug sie, wie es ein roter Mann mit einer häßlichen Squaw getan hätte. Das war eine gute Sache, entschied Lolla-Wossiky.

»Ihr seid glücklich«, sagte er.

»Das liegt daran, daß wir Christen sind«, meinte Brustwehr-Gottes. »Ihr wärt auch glücklich, wenn Ihr Christ wärt.«

»Ich werde nie glücklich sein«, erwiderte Lolla-Wossiky. Eigentlich hatte er sagen wollen: Bevor ich wieder die grüne Stille höre, bevor das schwarze Geräusch weggegangen ist. Aber es hatte keinen Zweck, einem Weißen so etwas zu sagen, die wußten ja nicht, daß die meisten Sachen, die auf der Welt geschahen, für sie völlig unsichtbar waren.

»Doch, das werdet Ihr«, widersprach Thrower. Und energisch schritt er in die Zimmermitte, bereit, diesen Heiden auf den richtigen Weg zu führen. »Wenn Ihr Jesus Christus als Euren Erlöser annehmt, werdet Ihr das wahre Glück finden.«

Das war ein Versprechen, dem es sich lohnte nachzugehen. Ein guter Grund auch, um über diesen Jesus Christus zu sprechen. Vielleicht war Jesus Christus ja Lolla-Wossikys Traumtier. Vielleicht würde er dafür sorgen, daß das schwarze Geräusch verschwand, so daß Lolla-Wossiky wieder so glücklich war, wie er es gewesen war, bevor der weiße Mörder Harrison mit dem schwarzen Geräusch aus seiner Gewehrmündung die Welt gesprengt hatte.

»Jesus Christus weckt mich auf? Macht mich glücklich?« fragte Lolla-Wossiky.

»Ewige Freude im Schoße des Himmlischen Vaters«, erwiderte Thrower.

Das verstand Lolla-Wossiky zwar nicht, aber er entschied, trotzdem weiterzumachen, vielleicht würde er ja aufwachen und *danach* verstehen, was Thrower meinte. Auch wenn Thrower das schwarze Geräusch lauter werden ließ, konnte er vielleicht doch ein Heilmittel dagegen besitzen.

Also verbrachte Lolla-Wossiky diese Nacht draußen im Wald, nahm am Morgen seine vier Schlucke Whisky zu sich und taumelte zur Kirche hinauf. Thrower war verärgert darüber, daß Lolla-Wossiky betrunken war, und Brustwehr wollte wieder wissen, wer ihm den Branntwein gegeben hatte. Da all die anderen Männer, die mit dem Bau der Kirche beschäftigt waren, sich versammelt hatten, hielt Brustwehr eine Rede voller Drohungen. »Wenn ich herausbekomme, wer diesen Roten mit Branntwein versorgt ... Ich schwöre, daß ich sein Haus niederbrennen und ihn zu Harrison unten am Hio verjagen werde. Wir hier oben sind Christenmenschen. Ich kann euch zwar nicht daran hindern, in euren Häusern diese ganzen Zauber aufzuhängen und Beschwörungen durchzuführen, auch wenn sie einen Mangel an Glauben an den Herrn beweisen, aber *mit Sicherheit* kann ich euch daran hindern, die Menschen zu vergiften, die der Herr in dieses Land geführt hat. Habt ihr mich verstanden?«

Alle Weißen nickten und sagten ja und das sei schon in Ordnung.

»Niemand hier hat mir Whisky gegeben«, sagte Lolla-Wossiky.

»Vielleicht hat er ja einen Becher voll mitgebracht!« meinte einer der Männer.

»Vielleicht hat er auch eine Destille im Wald!« rief ein anderer.

Alle lachten.

»Bitte bleibt andächtig«, warf Thrower ein. »Dieser Heide hier nimmt den Herrn Jesus Christus an. Er wird mit dem Wasser der Taufe benetzt werden, wie es Jesus selbst wurde. Möge dieses Zeichen der Anfang großer Missionsarbeit unter den roten Menschen des amerikanischen Waldes sein!«

Amen, murmelten die Männer.

Nun, das Wasser war kalt, und das war auch so ziemlich alles, was Lolla-Wossiky bemerkte, nur daß das schwarze Geräusch immer lauter wurde, als Thrower es auf ihn sprenkelte. Jesus Christus erschien nirgendwo, also war er doch nicht das Traumtier. Lolla-Wossiky war enttäuscht.

Reverend Thrower aber war es nicht. Das war das seltsame am weißen Mann. Er schien nie zu bemerken, was um ihn herum geschah. Da hatte Thrower nun eine Taufe durchgeführt, die nicht das geringste bewirkt hatte, doch er stolzierte den ganzen Tag herum, als hätte er soeben mitten im Winter einen Büffel in sein hungerndes Dorf gelockt.

Brustwehr-Gottes verhielt sich genauso blind. Als Eleanor den Arbeitern auf dem Hügel das Mittagessen brachte, durfte Lolla-Wossiky mit ihnen zusammen essen. »Können ja wohl schlecht einen Christen abweisen, nicht?« fragte einer. Aber keiner von ihnen wollte allzu gern neben Lolla-Wossiky sitzen, wahrscheinlich weil er nach Branntwein stank und nach Schweiß, und weil er immer torkelte, wenn er ging. Und so saß schließlich Brustwehr-Gottes mit Lolla-Wossiky abseits von den anderen, und sie sprachen über dieses und jenes.

Bis Lolla-Wossiky ihn fragte: »Jesus Christus, der mag keine Zauber?«

»Das stimmt. *Er* ist selbst der Weg, und all diese Beschwörungen sind Blasphemie.«

Lolla-Wossiky nickte ernst. »Gemalter Zauber nützt nichts. Farbe war nie lebendig.«

»Gemalt, geschnitzt, das ist doch alles das gleiche.«

»Hölzerner Zauber ein bißchen stärker. Baum war mal lebendig.«

»Das ist mir gleich, ob er aus Holz ist oder aufgemalt. In meinem Haus dulde ich jedenfalls keine Zauber. Keine Beschwörungen, keine Fetschesie, keine Abwehrmagie, überhaupt nichts dergleichen. Ein guter Christ verläßt sich auf das Gebet, und das genügt auch. Der Herr ist mein Hirte, mir soll es an nichts mangeln.«

Da erkannte Lolla-Wossiky, daß Brustwehr-Gottes ebenso blind war wie Thrower. Denn das Haus von Brustwehr-Gottes war das am stärksten mit Zauber geschützte Haus, das Lolla-Wossiky jemals gesehen hatte. Ja, das war auch einer der Gründe, weshalb Brustwehr ihn beeindruckt hatte, denn er schien genug zu wissen, um seine Zauber aus lebenden Dingen herzustellen. Lebende Pflanzen, die auf bestimmte Weise auf der Veranda angeordnet waren, lebendige Keime, die in sorgfältig arrangierten Gläsern lagen, Knoblauch, Beerensaftflecken, alles so kraftvoll angeordnet, daß Lolla-Wossiky sogar trotz des Branntweins den Zauber spürte. Und doch wußte Brustwehr-Gottes nicht einmal, daß sein Haus überhaupt irgendwelche Zauber besaß. »Meine Frau Eleanor, deren Familie hat schon immer Zauber besessen. Ihr kleiner Bruder Al Junior, das ist der Sechsjährige, der dort hinten mit dem blonden Schwedenjungen ringt – seht Ihr ihn? Das ist ein richtiger Zauberschnitzer, sagt man.«

Lolla-Wossiky sah zu dem Jungen hinüber, konnte ihn aber nicht genau erkennen. Zwar sah er den blondhaarigen Jungen, mit dem er gerade raufte, aber die Umrisse des anderen wurden einfach nicht deutlich, und er wußte auch nicht warum.

Brustwehr redete immer noch. »Ist das nicht scheußlich? So jung, und schon wird er von Jesus Christus fortgeführt. Jedenfalls ist es Eleanor wirklich schwergefallen, diese ganze Zauberei aufzugeben. Aber sie hat es getan. Sie hat es mir feierlich versprochen, sonst hätten wir auch nie geheiratet.«

In diesem Augenblick kam Eleanor, die schöne Frau, die die weißen Männer für häßlich hielten, zu ihnen, um den Eßkorb wieder abzuholen. Sie hörte die letzten Sätze ihres Mannes, ließ sich aber nicht anmerken, daß sie ihr etwas bedeuteten. Doch als sie Lolla-Wossikys Schale entgegennahm und ihm in die Augen sah, da hatte er das Gefühl, als würde sie ihn fragen. Hast du diesen Zauber gesehen?

Lolla lächelte sie an, sein gewaltigstes Lächeln, damit sie wußte, daß er nicht vorhatte, ihrem Mann etwas davon zu erzählen.

Sie erwiderte sein Lächeln, zögernd, mißtrauisch. »Hat Euch das Essen geschmeckt?« fragte sie.

»Alles zu verkocht«, meinte Lolla-Wossiky. »Blutgeschmack ganz weg.«

Ihre Augen weiteten sich. Brustwehr lachte nur und schlug Lolla-Wossiky auf die Schulter. »Nun, so ist das eben, wenn man zivilisiert ist. Dann trinkt man kein Blut mehr. Ich hoffe, daß Eure Taufe Euch auf den rechten Weg führt – es ist ganz offensichtlich, daß Ihr schon lange auf dem falschen wart.«

»Ich habe mich schon gefragt ...«, sagte Eleanor – und dann hielt sie inne, sah zuerst auf Lolla-Wossikys Lendenschurz und blickte dann ihren Mann an.

»Ach ja, darüber haben wir gestern abend noch gesprochen. Ich habe ein paar alte Hosen und ein Hemd, das ich nicht mehr anziehe, und Eleanor macht mir sowieso neue Kleider, da dachte ich mir, daß Ihr nun, da Ihr ja getauft seid, Euch wirklich endlich mal wie ein Christ kleiden solltet.«

»Sehr heißer Tag«, meinte Lolla-Wossiky.

»Ja, nun, Christen halten eben etwas von züchtiger Bekleidung, Lolla-Wossiky.« Brustwehr lachte und schlug ihm erneut auf die Schulter.

»Ich kann die Kleider heute nachmittag herbringen«, sagte Eleanor.

Lolla-Wossiky hielt das für einen sehr dummen Gedanken. Rote Männer sahen immer lächerlich aus, wenn sie in der Kleidung der Weißen steckten. Aber er wollte nicht widersprechen, weil sie versuchten, sehr freundlich zu ihm zu sein. Und vielleicht würde die Taufe ja doch noch funktionieren, wenn er die Kleider des weißen Mannes anzog. Vielleicht würde dann das schwarze Geräusch verschwinden.

Also antwortete er nicht. Statt dessen sah er zu der Stelle hinüber, wo der blonde Junge in Kreisen umherlief und dabei rief: »Alvin! Ally!« Lolla-Wossiky bemühte sich sehr, den Jungen zu erkennen, den der andere verfolgte. Er sah einen Fuß, der den Boden berührte und Staub aufwirbelte, eine Hand, die durch die Luft fuhr, doch den Jungen selbst erblickte er nie so richtig. Sehr seltsam.

Eleanor wartete auf seine Antwort. Lolla-Wossiky sagte nichts, da er gerade den Jungen beobachtete, der gar nicht da war. Schließlich lachte Brustwehr-Gottes laut auf und sagte: »Bring uns ruhig die Kleider, Eleanor. Wir werden ihn schon wie einen Christen anziehen, und vielleicht kann er uns morgen beim Kirchenbau helfen, kann damit beginnen, ein christliches Handwerk zu erlernen. Dann geben wir ihm mal eine Säge in die Hand.«

Lolla-Wossiky hörte den letzten Satz nicht, sonst wäre er vielleicht sofort in den Wäldern verschwunden. Er hatte gesehen, was mit den roten Männern geschah, die damit begannen, die Werkzeuge des Weißen zu benutzen. Wie es ihre Verbindung zum Land abschnitt, Stück um Stück, jedesmal, wenn sie dieses Metall aufnahmen. Sogar Gewehre. Wenn ein roter Mann damit begann, mit Gewehren zu jagen, dann war er schon ein halber Weißer geworden, sobald er das erste Mal den Abzug betätigte; das einzige, wofür ein roter Mann ein Gewehr benutzen konnte, war, um weiße Männer zu töten, pflegte Ta-Kumsaw immer zu sagen, und er hatte recht. Doch Lolla-Wossiky hörte Brustwehr gar nicht, weil er soeben eine höchst bemerkenswerte Entdeckung gemacht hatte. Wenn er sein gesundes Auge schloß, konnte er den Jungen nämlich sehen. Genau wie den einäugigen Bären im Fluß. Öffnete er das heile Auge wieder, sah er nur den blonden Jungen, der hinter dem anderen herjagte und schrie, aber keinen Alvin Miller Junior. Wenn er es schloß, war da nichts als das schwarze Geräusch und die Spuren des Grün – und dann, direkt in der Mitte, war da der Junge, hell und leuchtend von einem Licht, als trüge er eine Sonne in seiner Gesäßtasche, lachend und spielend, mit einer Stimme, die wie Musik klang.

Und dann sah er ihn überhaupt nicht mehr.

Lolla-Wossiky öffnete das Auge. Da stand Reverend Thrower. Brustwehr und Eleanor waren fort – alle Männer hatten sich wieder an den Kirchenbau gemacht. Soviel war klar – es war Thrower, der den Jungen hatte verschwinden lassen. Vielleicht aber auch nicht, denn nun, da Thrower neben ihm stand, konnte Lolla-Wossiky den Jungen mit seinem gesunden Auge sehen. Genau wie jedes andere Kind.

»Lolla-Wossiky, mir ist eingefallen, daß Ihr wirklich einen christlichen Namen annehmen solltet. Ich habe noch nie einen roten Mann getauft, daher habe ich ohne nachzudenken Euren unzivilisierten Namen benutzt. Ihr solltet einen neuen Namen annehmen, einen christlichen Namen. Nicht unbedingt den Namen eines Heiligen – wir sind schließlich keine Papisten –, aber einen, der Eure Verpflichtung gegenüber Christus dokumentiert.«

Lolla-Wossiky nickte. Er wußte, daß er einen neuen Namen brauchen würde, wenn die Taufe überhaupt wirksam werden sollte. Wenn er erst seinem Traumtier begegnet und nach Hause zurückgekehrt war, würde er einen neuen Namen bekommen. Das versuchte er Thrower zu erklären, doch der weiße Prediger verstand ihn nicht richtig. Doch endlich begriff er, daß Lolla-Wossiky einen neuen Namen haben *wollte,* und zwar möglichst bald, was ihn wieder besänftigte.

»Da wir schon gerade hier sind«, warf Thrower ein, »würde ich ganz gern einmal Euren Kopf untersuchen. Ich arbeite nämlich daran, ein paar Grundklassifikationen der noch jungen Wissenschaft der Phrenologie zu entwickeln. Dahinter steht die Annahme, daß bestimmte Talente und Eigenschaften der menschlichen Seele sich in Höckern und Mulden des menschlichen Schädels widerspiegeln oder von diesen vielleicht sogar verursacht werden.«

Lolla-Wossiky hatte nicht die geringste Vorstellung, wovon Thrower da sprach, daher nickte er nur stumm. Das funktionierte normalerweise gut bei Weißen, die Unfug redeten, und Thrower war keine Ausnahme. Und so endete es damit, daß Thrower Lolla-Wossikys Kopf überall befühlte, gelegentlich aufhörte, um auf einem Stück Papier Notizen und Skizzen zu machen, und Dinge murmelte wie: »Interessant«, »ha« und »Na, *diese* Theorie hätten wir widerlegt.« Als alles vorbei war, bedankte sich Thrower bei ihm. »Ihr habt der Wissenschaft einen großen Dienst erwiesen, Mr. Wossiky. Ihr seid ein lebender Beweis dafür, daß der rote Mann nicht unbedingt die Höcker der Wildheit und des Kannibalismus aufweisen muß. Statt dessen besitzt Ihr eine ganz normale Reihe von Fähigkeiten und Mängeln, wie sie jeder Mensch hat. Rote Männer sind nicht grundlegend verschieden von weißen Männern, zumindest nicht auf irgendeine leicht kategorisierbare Weise. Tatsächlich weist Ihr alle Anzeichen eines bemerkenswerten Redners auf, mit einem hochentwickelten Sinn für Religion. Es ist kein Zufall, daß Ihr der erste rote Mann seid, der in meiner Pfarrei hier in Amerika das Evangelium annimmt. Ich muß sagen, daß Euer phrenologisches Muster große Ähnlichkeit mit meinem eigenen aufweist. Kurzum, mein lieber, neugetaufter Christ, es würde mich nicht überraschen, wenn Ihr einmal selbst zu einem Missionar des Evangeliums werden würdet. Wenn Ihr zu großen Scharen roter Männer und Frauen sprecht und ihnen das Verständnis des Himmels nahebrächtet. Denkt einmal über diese Vision nach, Mr. Wossiky. Wenn ich mich nicht irre, dürfte das Eure Zukunft sein.«

Lolla-Wossiky verstand kaum, was Thrower sagte. Irgend etwas über ihn als Prediger. Irgend etwas über Zukunftsschau. Lolla-Wossiky versuchte, darin einen Sinn zu erkennen, doch es gelang ihm nicht.

Bis zum Nachteinbruch hatte man Lolla-Wossiky in die Kleider des weißen Mannes gehüllt, und nun sah er aus wie Narr. Sein Branntwein hatte seine Wirkung verloren, und er hatte keine Gelegenheit gehabt, schnell in den Wald zu huschen, um sich seine vier Schlucke zu holen, daher war das schwarze Geräusch sehr schlimm. Was noch schlimmer war – es sah so aus, als würde es in der Nacht regnen, so daß er mit seinem gesunden Auge nichts würde sehen können, und so schlimm, wie das schwarze Geräusch jetzt war, würde sein Landsinn ihn auch nicht mehr zu dem Faß führen.

So taumelte er noch schlimmer, als hätte er Branntwein getrunken, so sehr wogte und bebte der Boden unter ihm. Beim Versuch, an Brustwehrs Eßtisch vom Stuhl aufzustehen, stürzte er zu Boden. Eleanor beharrte darauf, daß er die Nacht im Haus verbringen solle. »Wir können ihn doch nicht im Wald schlafen lassen, nicht im Regen«, sagte sie, und wie um ihre Worte zu unterstreichen, ertönte plötzlich ein Donnerschlag und der Regen begann auf Dach und Mauern zu prasseln. Eleanor bereitete ihm ein Bett auf dem Küchenboden, während Thrower und Brustwehr im Haus umhergingen, um die Fensterläden zu schließen. Dankbar kroch Lolla-Wossiky ins Bett, ja, er zog nicht einmal die steife, unbequeme Hose und das Hemd aus, legte sich mit geschlossenen Augen nieder, versuchte, das Stechen im Kopf zu ertragen, den Schmerz des schwarzen Geräusches, das sein Gehirn wie ein Messer Scheibe um Scheibe zerschnitt.

Wie üblich glaubten sie, daß er schliefe.

»Er wirkt betrunkener als heute morgen«, meinte Thrower.

»Ich weiß genau, daß er den Hügel nicht verlassen hat«, antwortete Brustwehr. »Er kann unmöglich irgendwo etwas zu trinken bekommen haben.«

»Ich habe einmal gehört, daß ein Betrunkener, wenn er nüchtern wird«, warf Thrower ein, »sich zu Anfang betrunkener benimmt, als wenn er Alkohol in sich hätte.«

»Ich hoffe, daß das alles ist«, erwiderte Brustwehr.

»Ich vermute, daß die Taufe heute für ihn etwas enttäuschend war«, bemerkte Thrower. »Natürlich ist es unmöglich, sich in einen Wilden hineinzufühlen, aber ...«

»Ich würde ihn keinen Wilden nennen, Reverend Thrower«, widersprach Eleanor. »Ich glaube, daß er auf seine Weise durchaus zivilisiert ist.«

»Ebensogut könntet Ihr auch einen Dachs zivilisiert heißen«, konterte Thrower. »Zumindest auf *seine* Weise.«

»Ich will damit sagen«, sagte Eleanor, und ihre Stimme klang noch leiser und milder, darum aber um so gewichtiger, »daß ich gesehen habe, wie er gelesen hat.«

»Ihr meint, er hat Seiten umgeblättert«, sagte Thrower. »Er kann unmöglich *gelesen* haben.«

»Nein. Er hat gelesen, und seine Lippen haben dabei die

Worte geformt«, widersprach sie. »Die Schilder an der Wand im vorderen Raum, wo wir die Kunden bedienen. Er hat die Worte gelesen.«

»Das ist durchaus möglich«, warf Brustwehr ein. »Ich weiß zum Beispiel genau, daß die Irrakwa genauso gut lesen wie jeder Weiße. Ich war häufig geschäftlich bei ihnen, und eins könnt Ihr mir glauben: Das Kleingedruckte ihrer Verträge darf man nicht außer acht lassen. Die Roten können durchaus das Lesen lernen, soviel ist sicher.«

»Aber dieser hier, dieser Betrunkene ...«

»Wer weiß denn schon, was aus ihm werden könnte, wenn er keinen Branntwein in sich hätte?« fragte Eleanor.

Dann gingen sie fort, und Lolla-Wossiky versuchte, sich das Gehörte zusammenzureimen. Die Taufe hatte ihn nicht aus seinem Traum erweckt. Die Kleidung des weißen Mannes auch nicht. Vielleicht würde es dadurch geschehen, daß er eine Nacht lang keinen Branntwein trank, wie Eleanor gemeint hatte, obwohl der Schmerz ihn schier verrückt machte, so daß er nicht schlafen konnte.

Was immer auch geschehen mochte, auf jeden Fall wußte er, daß das Traumtier ihn irgendwo hier in der Nähe erwartete. Dies war für Lolla-Wossiky der Platz des Erwachens. Eins war sicher: Er würde keine weitere Nacht ohne Whisky verbringen. Nicht, solange er oben in einem Baum ein Faß verstaut hatte, das sein schwarzes Geräusch vertreiben und ihn schlafen machen konnte.

Lolla-Wossiky streunte durch den ganzen Wald. Er bekam viele Tiere zu sehen, doch alle rannten sie vor ihm weg; er war entweder so betrunken oder so sehr vom schwarzen Geräusch benommen, daß er niemals Teil des Landes war, so daß sie vor ihm flohen, als wäre er ein Weißer.

Entmutigt begann er, mehr als vier Schlucke zu sich zu nehmen, obwohl er genau wußte, daß sein Whiskyvorrat dann viel zu schnell zur Neige gehen würde. Immer seltener durchstreifte er den Wald und schlenderte statt dessen die Pfade und Wege des weißen Mannes entlang, tauchte bei hellichtem Tag auf Gehöften auf. Die Frauen schrien manchmal und rannten davon, einen Säugling im Arm, andere Kinder in den Wald führend. Andere wiederum richteten Gewehre auf ihn und verjagten ihn. Manche speisten ihn und sprachen von Jesus Christus. Schließlich forderte Brustwehr-Gottes ihn dazu auf, die Farmen nicht aufzusuchen, solange die Männer an der Kirche arbeiteten und nicht zu Hause waren.

So hatte Lolla-Wossiky nichts mehr zu tun. Er wußte, daß das Traumtier nahe war, doch er konnte es nicht ausfindig machen. Also legte er sich auf die Gemeindewiese, schlief betrunken ein oder versuchte, den Schmerz des schwarzen Geräusches zu ertragen.

Manchmal nahm er seine Kräfte zusammen und stieg den Hügel hinauf, um den Männern bei der Arbeit zuzusehen. Immer, wenn er dort erschien, pflegte einer der Männer zu rufen: »Da kommt der rote Christ!« und Lolla-Wossiky wußte, daß Bösartigkeit und Spott aus diesen Stimmen sprachen.

Am Tag, als der Dachbalken stürzte, war er nicht an der Kirche. Er schlief gerade auf der Gemeindewiese, in der Nähe der Veranda von Brustwehrs Haus, als er den Aufprall hörte. Erschrocken erwachte er, und das schwarze Geräusch kehrte schärfer denn je zu ihm zurück, obwohl er an diesem Morgen acht Schlucke Whisky getrunken hatte und eigentlich bis zum Mittag hätte betrunken sein müssen. Er lag da und hielt sich den Kopf, bis die Männer den Hügel herunterkamen und sich fluchend und murrend über das seltsame Ereignis unterhielten.

»Was ist geschehen?« fragte Lolla-Wossiky. Er mußte es unbedingt wissen, denn was immer es sein mochte, es hatte das schwarze Geräusch schlimmer gemacht denn je. »Ist jemand umgekommen?« Er wußte, daß das schwarze Geräusch ursprünglich von einem Gewehrschuß ausgelöst worden war. »Hat der weiße Mörder Harrison jemanden erschossen?«

Zuerst beachteten sie ihn nicht, weil sie ihn natürlich für betrunken hielten. Doch schließlich erzählte ihm jemand, was vorgefallen war.

Sie hatten gerade den ersten Dachbalken aufgelegt, hoch oben auf dem Gebäude, als der mittlere Stützpfahl zu zittern begonnen und den Balken hoch in die Luft geschleudert hatte. »Glatt heruntergefallen ist er, wie der Fuß Gottes, der auf die Erde stampft, und der kleine Alvin Junior, der Junge von Al Miller, stand direkt unter dem Balken. Na, wir haben geglaubt, daß er tot wäre. Der Junge ist einfach dagestanden, der Balken ist voll auf ihn herabgestürzt, aber das glaubt Ihr nicht: Der Dachbalken ist einfach entzweigebrochen, genau an der Stelle, wo Alvin stand, in zwei Teile, die rechts und links von ihm auf den Boden prallten, ohne ihm auch nur ein Haar zu krümmen!«

»Merkwürdig, dieser Junge«, meinte ein Mann.

»Der hat einen Schutzengel, das ist es«, meinte ein anderer.

Alvin Junior. Der Junge, den er nicht mit offenem Auge sehen konnte.

Als Lolla-Wossiky zur Kirche kam, war niemand mehr da. Auch der Dachbalken war verschwunden, man hatte alle Spuren des Unfalls beseitigt. Doch Lolla-Wossiky sah auch nicht mit seinem gesunden Auge hin. Er konnte es spüren, als er in die Nähe der Kirche gekommen war. Ein Strudel, der an den Rändern zwar nicht sehr schnell war, dafür aber immer stärker und stärker wurde, je näher er ihm kam. Ein Wirbelwind aus Licht, und je mehr er sich ihm näherte, um so schwächer wurde das schwarze Geräusch. Bis er schließlich auf dem Boden der Kirche stand, an der Stelle, von der er wußte, daß hier der Junge gestanden hatte. Woher wußte er das? Das schwarze Geräusch war leiser geworden. Nicht verschwunden, der Schmerz war nicht geheilt, aber Lolla-Wossiky konnte das grüne Land wieder spüren, nur ein wenig, nicht so wie früher, aber konnte die Kleinlebewesen unter dem Boden spüren, ein Eichhörnchen, nicht weit entfernt auf der Weide,

Dinge, die er in all den Jahren, seit das Gewehr ihm das schwarze Geräusch in den Kopf getrieben hatte, weder in nüchternem noch im betrunkenen Zustand hatte wahrnehmen können.

Lolla-Wossiky drehte und drehte sich um die eigene Achse, ohne etwas anderes zu sehen als die Wände der Kirche. Bis er das Auge schloß. Dann erblickte er den Wirbelwind; ja, weißes Licht, das sich immer und immer wieder um ihn drehte, während das schwarze Geräusch zurückwich. Nun war er am Ende seines eigenen Traums angelangt. Und er konnte mit geschlossenem Auge sehen, konnte deutlich sehen. Vor ihm lag ein leuchtender Pfad, ein Weg, so hell wie der Mittagshimmel, blendend wie Weidenschnee an einem klaren Tag. Ohne das Auge zu öffnen, wußte er bereits, wohin der Weg führen würde. Den Hügel hinauf, auf der anderen Seite hinunter, einen noch höheren Berg empor, einem Haus unweit eines Stromes entgegen, einem Haus, wo ein weißer Junge lebte, der für Lolla-Wossiky nur sichtbar war, wenn er sein Auge geschlossen hielt.

Nun, da das schwarze Geräusch ein wenig zurückgewichen war, konnte er sich wieder lautlos bewegen. Er ging um das Haus herum, immer und immer wieder. Niemand hörte ihn. Im Inneren des Hauses: Gelächter, Rufe, Geschrei. Glückliche Kinder, zankende Kinder. Strenge Elternstimmen. Bis auf die andere Sprache hätte es sein eigenes Dorf sein können. Seine eigenen Schwestern und Brüder in jenen glücklichen Tagen, bevor der weiße Mörder Harrison seinen Vater getötet hatte.

Der weiße Vater, Alvin Miller, trat hinaus, um zum Abort zu gehen. Kurz danach kam der Junge selbst, lief, als würde er sich fürchten. Er schrie auf die Tür des Aborts ein. Mit offenem Auge sah Lolla-Wossiky nur, daß dort irgend jemand stand und schrie. Mit geschlossenem Auge jedoch erblickte er den Jungen, und vernahm seine Stimme wie Vogelgesang über einem Fluß, alles Musik, auch wenn das, was er sagte, albern war, töricht, eben das Gerede eines Kindes.

»Wenn du nicht sofort rauskommst, dann mache ich hier vor die Tür, dann trittst du hinein, wenn du rauskommst!«

Und dann Schweigen, während der Junge immer unruhiger wurde, sich mit der Faust plötzlich gegen den Kopf schlug, als wollte er sagen: Dumm, dumm, dumm. Irgend etwas veränderte sich in Al Juniors Miene; Lolla-Wossiky öffnete das Auge und sah, daß der Vater herausgkommen war und etwas sagte.

Der Junge antwortete ihm beschämt. Der Vater berichtigte ihn. Lolla-Wossiky schloß das Auge.

»Jawohl, Herr Papa.«

Wieder mußte der Vater etwas sagen, doch mit geschlossenem Auge konnte Lolla-Wossiky ihn nicht hören.

»Tut mir leid, Papa.«

Dann mußte der Vater fortgegangen sein, denn nun betrat der kleine Alvin das Örtchen. Brummend, doch so leise, daß keiner ihn hören konnte. Außer Lolla-Wossiky. »Na ja, wenn du einfach noch ein zweites Örtchen bauen würdest, hätte ich keine Schwierigkeiten.«

Lolla-Wossiky lachte. Törichter Junge, törichter Vater, wie alle Jungen, wie alle Väter.

Und wieder sah er das weiße Licht sich sammeln, im Inneren des Hauses, dem Jungen die Treppe hinauffoldgend. Für Lolla-Wossiky gab es keine Wände und Mauern. Er sah, daß der Junge sich sehr vorsichtig verhielt, als hielte er Ausschau nach irgendeinem Feind, als rechnete er mit einem Angriff. Als er ins Schlafzimmer kam, huschte er hinein, schloß schnell die Tür hinter sich. Lolla-Wossiky sah ihn so deutlich, daß er beinahe meinte, seine Gedanken zu hören; und dann, weil er es dachte und weil beinahe schon die Zeit seines Erwachens war, hörte er die Gedanken des Jungen tatsächlich, oder zumindest spürte er seine Gefühle. Er fürchtete sich vor seinen Schwestern. Ein törichter Streit, der mit Neckereien angefangen hatte, aber inzwischen bösartig geworden war – er fürchtete sich vor ihrer Rache.

Und die Rache kam, als er seine Kleidung auszog und sich das Nachthemd über den Kopf streifte. Stechen! Insekten, dachte der Junge. Spinnen, Skorpione, winzige Schlangen! Er riß das Nachthemd ab, schlug auf seine eigene Haut ein, schrie auf vor Schmerz und Furcht.

Doch Lolla-Wossiky spürte das Land gut genug, um zu wissen, daß es dort keine Insekten gab. Nicht an seinem Körper, nicht im Nachthemd. Obwohl es viele Lebewesen im Zimmer gab. Küchenschaben, die zu Hunderten in den Wänden und unter dem Boden lebten.

Doch nicht in *allen* Wänden und Böden. Nur in Alvin Juniors Raum. Alle versammelten sich dort.

Aus Feindschaft? Doch Küchenschaben waren zu klein für den Haß. Diese kleinen Kreaturen kannten nur drei Gefühle: Angst, Hunger und das dritte Gespür, das Landgespür. Das Vertrauen darin, wie die Dinge zu sein hatten. Fütterte der Junge sie etwa? Nein, sie kamen aus einem anderen Grund zu ihm. Lolla-Wossiky konnte es kaum glauben, doch er spürte es in den Küchenschaben und konnte nicht daran zweifeln. Der Junge hatte sie irgendwie gerufen. Der Junge besaß das Landgespür, zumindest genug davon, um diese kleinen Kreaturen zu rufen.

Doch wozu? Wer wollte schon Küchenschaben bei sich haben? Aber er war ja nur ein Junge. Es mußte keinen Sinn ergeben. Einfach nur die Entdeckung, daß das kleine Leben kam, wenn man es rief. Rote Jungen lernten dies, doch stets von ihrem Vater und stets auf ihrer ersten Jagd. Niederknien und stumm zu dem Leben sprechen, das man nehmen mußte, und es fragen, ob dies eine gute Zeit sei und ob es bereit sei, zu sterben, um dein Leben stärker zu machen. Ist es Zeit für dich zu sterben? fragte der rote Junge. Und wenn das Leben einwilligte, kam es auch zu ihnen.

Das hatte der Junge getan. Nur daß es nicht so einfach gewesen war. Er hatte die Küchenschaben nicht gerufen, damit sie zur Erfüllung seiner Bedürfnisse starben, denn er besaß keine Bedürfnisse. Nein, er hatte sie gerufen und in Sicherheit gehalten. Er beschützte sie und hatte mit ihnen eine Abmachung getroffen. Es gab bestimmte Stellen, von denen die Schaben sich fernhielten. Von Alvins Bett. Von der Wiege seines kleinen Bruders Calvin. Von Alvins Kleidung, die zusammengefaltet auf dem Schemel lag. Und als Gegenleistung tötete Alvin sie nie. In seinem Zimmer waren sie sicher. Es war ein Zufluchtsort, ein Unterschlupf. Eine sehr törichte Sache; ein Kind, das mit Dingen spielte, die es nicht verstand.

Erstaunlich aber war, daß es sich um einen weißen Jungen handelte, der etwas tat, was nicht einmal ein Roter vermochte. Wann sagte der rote Mann jemals zum Bären: Komm und wohne bei mir, und ich werde dich beschützen? Wann glaubte der Bär so etwas jemals? Kein Wunder, daß das Licht sich um diesen Jungen bündelte! Das war etwas anderes als die törichten Zauber des weißen Mannes Hooch. Dies war auch nicht die Fähigkeit des roten Mannes, sich ins Gefüge des Landes einzupassen. Nein, Alvin paßte sich an nichts an. Vielmehr paßte sich das Land an ihn an. Wenn er wollte, daß die Schaben auf bestimmte Weise lebten, wenn er einen Handel mit ihnen abschließen wollte, dann ordnete sich das Land eben entsprechend. An diesem kleinen Ort hatte Alvin Junior über diese Zeit und über diese winzigen Wesen befohlen, und das Land hatte gehorcht.

Begriff der Junge überhaupt, wie wunderbar das war?

Nein, er hatte davon nicht die leiseste Ahnung. Woher sollte er es auch wissen? Welcher weiße Mann könnte so etwas auch nur verstehen?

Und nun, weil er es nicht verstand, zerstörte Alvin Junior die empfindliche Sache, die er erschaffen hatte. Die Insekten, die ihn gestochen hatten, waren Metallnadeln, von seinen Schwestern ins Nachthemd eingeschmuggelt. Nun hörte er sie hinter ihrer Wand lachen. Und wel er sehr viel Angst gehabt hatte, wurde er nun auch sehr wütend.

Heimzahlen, es ihnen heimzahlen; Lolla-Wossiky spürte den kindlichen Zorn. Er hatte nur etwas Unbedeutendes getan, um sie zu necken, und sie hatten sich gerächt, indem sie ihm Angst eingejagt hatten. Es galt, es ihnen mit gleicher Münze heimzuzahlen.

Lolla-Wossiky sah, wie Alvin Junior am Bettrand Platz nahm, um wütend die Nadeln aus seinem Nachthemd zu picken. Er spürte, wie der Junge Pläne zu schmieden begann. Dann kniete Alvin sich auf den Boden und erklärte den Schaben alles mit leiser Stimme. Weil er ein weißer Junge war, der niemanden hatte, der ihm etwas anderes hätte beibringen können, meinte Alvin, daß er die Worte laut aussprechen müsse, daß die Küchenschaben seine Sprache irgendwie verstünden. Aber nein – es war vielmehr die Ordnung der Dinge, die Art, wie er die Welt in seinem Geist zusammenstellte.

Und in seinem Geist belog er sie. Hunger, sagte er zu ihnen. Und im anderen Zimmer: Nahrung. Er zeigte ihnen Nahrung, wenn sie unter der Wand hindurch in das Zimmer seiner Schwestern krochen und dort auf die Betten und die Körper. Nahrung, wenn sie sich nur beeilten, Nahrung für alle. Es war eine Lüge, und Lolla-Wossiky wollte ihm schon zurufen, er solle so etwas nicht tun.

Wenn ein roter Mann niederkniete und einem Beutetier zusprach, dessen Fleisch er nicht brauchte, dann durchschaute das Beutetier seine Lüge und kam nicht. Die Lüge selbst würde dem roten Mann den Zugang zum Land abschneiden, so daß er für eine Weile allein gehen mußte. Doch dieser weiße Junge konnte mit solcher Macht und Kraft lügen, daß die Schaben mit ihrem winzigen Verstand ihm glaubten. Und so huschten sie los, Hunderte, Tausende, unter den Wänden hindurch in das andere Zimmer.

Alvin Junior hörte etwas und war entzückt. Doch Lolla-Wossiky war wütend. Er öffnete das Auge, um nicht mitansehen zu müssen, wie Alvin Junior sich über seine eigene Rache freute. Statt dessen hörte er nun die Schwestern kreischen, als die Schaben auf sie schwärmten. Und dann die Eltern und Brüder, die ins Zimmer stürzten. Und das Stampfen und Treten, als die Schaben getötet wurden. Lolla-Wossiky schloß die Augen und spürte die vielen Tode, jeder davon ein Nadelstich. Wie der Tod der Bienen.

Schaben, nutzlose Tiere, die Abfälle fraßen, die schmutzige, scharrende Geräusche in ihren Nestern machten, abstoßend, wenn sie über die Haut krochen; doch sie gehörten zum Land, zum Leben, zur grünen Stille. Und ihr Tod war ein übles Geräusch, es war ein nutzloser Mord, weil sie einer Lüge vertraut hatten.

Deshalb bin ich gekommen, erkannte Lolla-Wossiky. Das Land hat mich hierher geführt, es wußte, daß dieser Junge solche Macht besitzt; daß niemand da ist, um ihm beizubringen, wie er sie nutzen muß; daß niemand ihm beibringt, daß er erst abwarten soll, bis er das Bedürfnis des Landes spürt, bevor er es verändert.

Ich bin nicht um meines eigenen Traumtieres willen gekommen, sondern um das Traumtier für diesen Jungen zu werden.

Der Lärm legte sich wieder. Schwestern, Eltern, Brüder gingen wieder schlafen. Lolla-Wossiky preßte die Finger in die Ritzen zwischen den Holzstämmen, kletterte vorsichtig hinauf, die Augen geschlossen, damit das Land ihn führte und er sich nicht auf sich selbst verlassen mußte. Die Fensterläden des Jungen waren geöffnet, und Lolla-Wossiky schob die Ellenbogen über das Sims und stützte sich dort auf, um hineinzublicken.

Zuerst mit geöffnetem Auge. Er sah ein Bett, einen Schemel mit säuberlich gefalteten Kleidern darauf und am Fuß des Bettes eine Wiege.

Lolla-Wossiky schloß wieder das Auge. Alvin lag im Bett. Er spürte die Aufregung des Jungen wie ein Fieber.

Mit erneut geöffnetem Auge kletterte Lolla-Wossiky über die Fensterbank und schwang sich auf den Boden. Er rechnete damit, daß Alvin ihn bemerken und losschreien würde; doch die Gestalt des Jungen lag reglos im Bett, es herrschte Stille.

Der Junge konnte ihn nicht sehen, solange er das Auge offenhielt, genausowenig wie er den Jungen sehen konnte. Dies war schließlich das Ende des Traumes, und Lolla-Wossiky war das Traumtier des Jungen. Es war seine Pflicht, dem Jungen Visionen zu geben, und nicht als er selbst gesehen zu werden, als Whisky-Roter, dem ein Auge fehlte.

Welche Vision werde ich ihm zeigen?

Lolla-Wossiky griff in seine Weißenhosen, dorthin, wo er noch immer seinen Lendenschurz trug, und holte sein Messer aus der Scheide. Er reckte beide Hände empor, in einer davon hielt er das Messer. Dann schloß er sein Auge.

Der Junge sah ihn immer noch nicht. Er hatte die Augen geschlossen. Also bündelte Lolla-Wossiky das weiße Licht, das er um sich fühlte, zog es zu sich heran, damit er sich immer heller und heller strahlen spürte. Das Licht trat aus seiner Haut hervor, und so riß er die Brust des Weißenhemdes auf, um dann die Hände wieder zu heben. Nun konnte der Junge sogar durch die Augenlider hindurch die Helligkeit wahrnehmen, worauf er die Augen öffnete.

Lolla-Wossiky spürte, wie sehr die Erscheinung, zu der er geworden war, den Jungen entsetzte. Er war zu einem strahlenden und leuchtenden roten Mann geworden, einäugig, mit einem scharfen Messer in der Hand. Doch es war nicht Angst, was Lolla-Wossiky auslösen wollte. Niemand sollte sich vor seinem eigenen Traumtier fürchten. Also sandte er dem Jungen das Licht, um ihn zu umhüllen, und mit dem Licht zusammen schickte er ihm Ruhe.

Der Junge beruhigte sich ein wenig, zappelte aber doch noch in seinem Bett, bis er schließlich aufrecht saß, mit dem Rücken gegen die Wand gelehnt.

Es war Zeit, den Jungen aus seinem Lebensschlaf zu wecken. Ohne nachzudenken, wußte Lolla-Wossiky genau, was er tun mußte. Er nahm das strahlende Messer, führte die Klinge über die andere Handfläche – und stieß zu. Scharf, hart, tief, bis das Blut aus der Wunde hervorschoß und den Unterarm entlangströmte, um sich in seinem Ärmel zu sammeln. Schnell begann es, zu Boden zu tropfen.

Der Schmerz kam plötzlich, schon im nächsten Augenblick. Lolla-Wossiky wußte sofort, wie er aus dem Schmerz ein Bild formen und dieses in den Geist des Jungen einpflanzen konnte. Das Bild vom Zimmer seiner Schwestern, aus der Perspektive einer kleinen, schwachen Kreatur. Einer Kreatur, die in das Zimmer hineinstürzte, hungrig, gierig und gewiß, daß es hier Nahrung gab; auf dem weichen Körper lag die Verheißung, er mußte erklommen, die Nahrung mußte aufgespürt werden. Doch große Hände klatschten wieder und streiften sie, und die kleine Kreatur wurde zu Boden geschleudert. Und plötzlich flog ein Schatten heran und dann der Schmerz des Todes.

Immer wieder, jedes kleine Leben, erst hungernd und vertrauensvoll, dann verraten, zerquetscht, zertrampelt.

Viele überlebten, aber die es taten, versteckten sich ängstlich, huschten davon, flohen. Flohen aus dem Raum der Schwestern, dem Raum des Todes, doch nicht zurück an den alten Ort, nicht zurück an den Ort der Lügen. Diese Vision hatte keine Worte. Es gab keine Worte im Hirn einer Schabe. Aber die Angst vor dem Tod an diesem Ort war nicht so stark wie eine andere Form der Angst, die Angst vor einer verrückt gewordenen Welt, wo alles passieren konnte und wo man niemandem mehr trauen durfte. Ein grauenhafter Ort.

Lolla-Wossiky beendete die Vision. Der Junge hielt die Hände auf die Augen gepreßt, verzweifelt schluchzend. Noch nie hatte Lolla-Wossiky jemanden gesehen, den seine eigene Reue so sehr peinigte. Die Vision, die Lolla-Wossiky ihm gegeben hatte, war stärker als jeder Traum gewesen, den ein Mensch hätte träumen können. Ich bin ein schreckliches Traumtier, dachte Lolla-Wossiky. Er wird sich wünschen, daß ich ihn nicht aufgeweckt hätte. Aus Furcht vor seiner eigenen Kraft öffnete Lolla-Wossiky sein Auge.

Sofort verschwand der Junge, und Lolla-Wossiky wußte,

daß der Junge nun glauben würde, daß Lolla-Wossiky selbst auch verschwunden war. Was nun? dachte er. Bin ich etwa hier, um diesen Jungen in den Wahnsinn zu treiben? Um ihm einen Schrecken einzujagen, der so schlimm ist, wie es das schwarze Geräusch für mich war?

Wieder schickte er dem Jungen Licht. Ruhe, Ruhe.

Das Weinen des Jungen wurde zu einem Wimmern, und er blickte erneut Lolla-Wossiky an, der noch immer von blendendem Licht strahlte.

Lolla-Wossiky wußte nicht, was er tun sollte. Während er schwieg und verunsichert war, fing Alvin an zu sprechen, zu flehen. »Es tut mir leid, ich werde es nie wieder tun. Ich ...«

Er plapperte weiter und weiter. Lolla-Wossiky schickte ihm noch mehr Licht, um ihm beim Sehen zu helfen. Es erreichte den Jungen fast wie eine Frage. *Was* wirst du nie wieder tun?

Alvin konnte es nicht beantworten, er wußte es nicht. Was hatte er eigentlich getan? War es, daß er die Schaben in den Tod geschickt hatte?

Er blickte den leuchtenden Mann an und schaute das Bild eines roten Mannes, der vor einem Reh kniete, es herbeirief, um zu sterben; das Reh näherte sich, zitternd und mit geweiteten Augen, furchtsam; der Rote ließ einen Pfeil hervorschnellen, und im nächsten Moment traf er auch schon die Flanke des Rehs. Die Beine des Tieres bebten. Es war nicht das Sterben oder das Töten, das Alvins Sünde ausmachte, denn Sterben und Töten gehörten zum Leben.

War es die Macht, die er hatte? Die Fähigkeiten, die er besaß, dafür zu sorgen, daß die Dinge genau dort hingingen, wo er sie hinhaben wollte, daß sie genau an der richtigen Stelle zerbrachen oder sich so fest zusammenfügten, daß sie auf alle Zeiten zusammenblieben, ohne Leim oder Nagel? Die Fertigkeit, die er besaß, die Dinge sich so anordnen zu lassen, wie es sich gehörte? War es das?

Wieder schaute er zum leuchtenden Mann hinüber, und wieder hatte er eine Vision. Diesmal sah er sich selbst, wie er gegen einen Stein drückte, der wie Butter unter seinen Händen zerschmolz und genau die Form annahm, die er haben wollte, glatt und rund, eine vollkommene Kugel, die immer größer und größer wurde, bis sie zu einer ganzen Welt geworden war, mit Bäumen und Tieren, die rannten und sprangen, flogen und schwammen, krabbelten und gruben. Nein, er verfügte über keine schreckliche Macht, es war vielmehr eine wunderbare Macht wenn er nur lernte, sie zu nutzen.

Nun, wenn es nicht das Sterben und seine Macht waren, was habe ich denn dann falsch gemacht?

Diesmal zeigte ihm der leuchtende Mann überhaupt nichts. Diesmal mußte er selbst nachdenken. Und da erkannte er es plötzlich.

Verwerflich war, daß alles nur ihm selbst gedient hatte. Er hatte den Schaben weh getan, den Schwestern, jedermann, hatte alle leiden lassen, und wozu? Damit Alvin Miller Junior wütend sein und sich *rächen* konnte ...

Als er den leuchtenden Mann nun anschaute, sah er, wie ein Feuer aus seinem blitzenden Auge hervorsprang und ihn ins Herz traf. »Ich werde es niemals mehr für mich selbst anwenden«, murmelte Alvin Junior, und als er diese Worte aussprach, hatte er das Gefühl, als würde sein Herz brennen, so heiß war es darin. Und dann verschwand der leuchtende Mann wieder.

Keuchend stand Lolla-Wossiky da, ihm schwindelte. Er fühlte sich schwach, matt. Er hatte keine Ahnung, was der Junge denken mochte. Er wußte nur, welche Visionen er ihm schicken mußte, und dann, am Ende, hatte er überhaupt keine Vision mehr, da mußte er einfach nur dastehen, bis er dem Jungen plötzlich einen starken Feuerimpuls schickte und ihn in sein Herz bohrte.

Und nun? Zweimal hatte er sein Auge geschlossen und war dem Jungen erschienen. War er fertig? Nein, er wußte, daß er es nicht war.

Zum dritten Mal schloß Lolla-Wossiky das Auge. Nun konnte er erkennen, daß der Junge sehr viel heller strahlte als er *selbst*. Daß das Licht von ihm in den Jungen übergeströmt war. Ja, daß der Junge aber auch sein Traumtier war. Nun war es Zeit für ihn, aus seinem Traumleben zu erwachen.

Er machte drei Schritte vor und kniete neben dem Bett nieder, sein Gesicht war nur ein kleines Stück von dem kleinen, verängstigten Gesicht des Jungen entfernt, das nun so hell strahlte, daß Lolla-Wossiky kaum bemerkte, daß ihn nur ein Kind und nicht etwa ein erwachsener Mann ansah. Was will ich von ihm? Warum bin ich hier? Was kann er mir geben, dieser mächtige Junge?

»Mach alle Dinge ganz«, flüsterte Lolla-Wossiky. Er sagte es nicht auf Englisch, sondern in Shaw-Nee.

Verstand das Kind ihn? Alvon hob die kleine Hand, streckte sie sanft vor und berührte Lolla-Wossikys Wange unterhalb des gebrochenen Auges. Dann hob er den Finger, bis er das schlaffe Augenlid berührte.

Die Luft knisterte. Lichtfunken. Der Junge stöhnte auf und riß die Hand zurück. Lolla-Wossiky sah ihn jedoch nicht, denn plötzlich war der Junge unsichtbar geworden. Aber Lolla-Wossiky scherte sich nicht um das, was er sah, denn was er *fühlte*, war das Allerunmöglichste:

Stille. Grüne Stille. Das schwarze Geräusch war ganz und gar verschwunden. Sein Landgespür war zurückgekehrt, und die uralte Wunde war geheilt.

Lolla-Wossiky kniete am Boden, als das Land so zu ihm zurückkehrte, wie es früher gewesen war. So viele Jahre waren vergangen; er hatte vergessen, wie stark es war, wie man in alle Richtungen gleichzeitig blicken konnte, wie man den Atem eines jeden Tieres hören, den Duft einer jeden Pflanze riechen konnte. Es war genau das, wonach er sich gesehnt hatte, doch viel zu kräftig, viel zu plötzlich, er konnte es nicht beherrschen, konnte es nicht ertragen …

»Es hat nicht geklappt«, flüsterte der Junge. »Es tut mir leid.«

Lolla-Wossiky öffnete sein gesundes Auge, und nun sah er den Jungen zum ersten Mal als einen natürlichen Menschen. Alvin starrte sein fehlendes Auge an. Lolla-Wossiky fragte sich warum; er berührte es. Noch immer hing das Augenlid über die leere Höhle. Da begriff er. Der Junge hatte geglaubt, daß er das Auge hatte heilen sollen. Nein, sei nicht enttäuscht, Kind, du hast mich von der wirklich *tiefen* Verletzung geheilt, was kümmert mich da diese winzige Wunde? Ich habe mein Augenlicht nie verloren; verloren hatte ich mein Landgespür, und das hast du mir zurückgegeben.

All dies wollte er dem Jungen zurufen, er wollte vor Freude laut jubilieren und singen. Doch alles war zuviel für ihn. Die Worte erreichten nie seine Lippen. Nicht einmal Visionen konnte er ihm noch schicken, denn nun waren sie beide erwacht. Der Traum war zu Ende. Jeder war das Traumtier des anderen gewesen.

Lolla-Wossiky ergriff den Jungen mit beiden Händen, drückte ihn eng an sich, küßte ihn auf die Stirn, hart und fest, wie ein Vater seinen Sohn, oder wie wahre Freunde vor dem Tag, an dem sie sterben werden. Dann lief er zum Fenster, schwang sich über die Fensterbank und verschwand. Die Erde gab seinen Füßen nach, wie sei es bei den anderen roten Männern tat, wie sie es für ihn schon so viele Jahre lang nicht mehr getan hatte; das Gras erhob sich kräftiger, wo er hintrat; die Sträucher teilten sich für ihn, die Blätter wurden weicher und nachgiebiger, als er zwischen den Bäumen dahinlief; und nun endlich begann er wirklich zu jubilieren, schrie er, sang er, war es ihm gleichgültig, wer ihn hörte. Die Tiere liefen nicht mehr vor ihm davon, wie sie es getan hatten; nun kamen sie herbei, um sein Lied zu vernehmen; Vögel erwachten, um mit ihm zusammen zu singen; ein Reh sprang aus dem Wald herbei und lief neben ihm über die Weide, und er ließ dabei die Hand auf seiner Flanke ruhen.

Er lief, bis ihm das Atmen schwer wurde, und die ganze Zeit traf er auf keinen Feind, spürte er keinen Schmerz. Er war wieder ganz geworden, so, wie es wichtig war. Am Ufer des Wobbish River blieb er stehen, gegenüber der Mündung des Tippy-Canoe, er keuchte und lachte.

Erst dann merkte er, daß das Blut noch immer von seiner Hand troff, aus der Wunde, die er sich zugefügt hatte, um dem weißen Jungen Schmerz zu senden. Seine Hosen und das Hemd waren voll von Blut. Kleider der Weißen! Die habe ich nie gebraucht. Er streifte sie ab und warf sie in den Fluß.

Da geschah etwas Merkwürdiges. Die Kleider bewegten sich nicht. Sie legten sich auf die Wasseroberfläche, ohne zu versinken oder mit der Strömung zu treiben.

Wie konnte so etwas sein? War der Traum denn noch nicht vorbei? War er denn noch immer nicht erwacht?

Lolla-Wossiky schloß sein Auge. Sofort erblickte er etwas Entsetzliches und schrie auf vor Furcht. Sobald er sein Auge geschlossen hatte, sah er das schwarze Geräusch wieder, eine große, harte, gefrorene Schicht. Es war der Fluß. Es war das Wasser. Es war der Tod.

Er öffnete das Auge, und da war es wieder Wasser, doch noch immer bewegte sich seine Kleidung nicht.

Er schloß das Auge und sah, daß dort, bei den Kleidern, Licht auf der Oberfläche der Schwärze funkelte. Es sammelte sich, es schimmerte, es blendete. Es war sein eigenes Blut, was da leuchtete.

Nun konnte er erkennen, daß das schwarze Geräusch kein Ding war. Es war Nichts. Leere. Die Stelle, wo das Land endete, und die Leere begann; es war das Ende der Welt. Doch dort, wo sein eigenes Blut funkelte, war es wie eine Brücke über das Nichts. Lolla-Wossiky kniete nieder, das Auge immer noch geschlossen, und berührte mit seiner zerschnittenen und immer noch blutenden Hand das Wasser.

Es war warm und feucht. Er verschmierte sein Blut auf der Oberfläche, und es wurde eine Plattform daraus. Er kroch auf die Plattform hinaus. Sie war glatt und hart wie Eis, aber auch warm und einladend.

Er öffnete das Auge. Wieder war es ein Fluß, nur daß er unter ihm fest war. Überall, wo sein Blut damit in Berührung gekommen war, war das Wasser hart und glatt.

Er kroch hinaus zu der Kleidung, schob sie vor sich hin. Bis zur Mitte des Flusses kroch er weiter und über sie hinaus, hinterließ eine dünne, glühende Blutbrücke, die zur anderen Seite führte.

Was er hier tat, war unmöglich. Der Junge hatte noch sehr viel mehr getan, als ihn zu heilen. Er hatte die Ordnung der Dinge verändert. Es war angsteinflößend und wunderbar zugleich. Lolla-Wossiky sah in das Wasser zwischen seinen Händen hinab. Sein einäugiges Spiegelbild blickte zu ihm auf. Dann schloß er das Auge, und eine völlig neue Vision überkam ihn.

Er sah sich auf einer Lichtung stehen, wie er zu Hunderten von roten Männern sprach, zu Tausenden, zu Roten aller Stämme. Er sah sie eine Stadt bauen, tausend, fünftausend, zehntausend Rote, alle kräftig und gesund, frei vom Branntwein des weißen Mannes, vom Haß der Weißen. In seiner Vision nannten sie ihn den Propheten, doch er beharrte darauf, daß er nichts dergleichen sei. Er war nur das Tor, das geöffnete Tor. Tretet hindurch, sagte er, und seid stark, ein Volk, ein Land.

Das Tor. Tenskwa-Tawa. In seiner Vision erschien das Gesicht seiner Mutter, die dieses Wort zu ihm sagte. Tenskwa-Tawa. Das ist nun dein Name, denn der Träumer ist erwacht.

In dieser Nacht sah er noch sehr viel mehr, wie er in das feste Wasser des Wobbish River hinabstarrte, sah so viel, daß er es niemals alles würde erzählen können; er schaute die ganze Geschichte des Landes, das Leben eines jeden Mannes und einer jeden Frau, ob weiß oder rot oder schwarz, das Leben all jener, die jemals den Fuß darauf gesetzt hatten. Er sah den Anfang, wie er auch das Ende schaute. Große Krieger und kleine Grausamkeiten, all die Menschenmorde, all die Sünden; aber auch all die Güte, all die Schönheit.

Und über alledem eine Vision der Kristallstadt – Crystal City. Die Stadt, die aus Wasser bestand, das so fest und klar war wie Glas, Wasser, das niemals schmelzen würde, zu kristallenen Türmen geformt, so hoch, daß sie sieben Meilen lange Schatten über das Land hätten werfen müssen. Doch weil sie so rein und klar waren, warfen sie überhaupt keine Schatten, drang das Sonnenlicht ungehindert durch jeden Zoll und jede Meile von ihnen. Wo immer ein Mann oder eine Frau stehen mochten, konnten sie tief in den Kristall hineinschauen und alle Visionen erkennen, die Lolla-Wossiky nun schaute. Vollkommenes Verstehen, das war es, was sie besaßen, mit Augen aus reinem Sonnenlicht zu schauen und mit der Stimme des Blitzes auszusprechen.

Lolla-Wossiky, der von nun an Tenskwa-Tawa heißen sollte, wußte nicht, ob er die Kristallstadt erbauen, darin leben oder sie vor seinem Tod zu sehen bekommen würde. Es genügte, die ersten Dinge zu tun, die er im festen Wasser des Wobbish River schaute. Er schaute und schaute, bis sein Geist nichts mehr erkennen konnte. Dann kroch er ans gegenüberliegende Ufer, hinauf ans Land und ging so lange weiter, bis er zu der Weide gelangte, die er in seiner Vision geschaut hatte.

Hier würde er die Roten zusammenrufen, würde sie lehren, was er in seiner Vision geschaut hatte. Und er würde ihnen helfen, nicht die Stärksten zu werden, aber stark; nicht die Größten, aber groß; nicht die Freiesten, aber frei.

Ein gewisses Faß im Wipfel eines gewissen Baumes. Den ganzen Sommer lang war es verborgen geblieben, doch dann hatte der Regen es entdeckt und die Hitze des Hochsommers und die Insekten und die Zähne der salzhungrigen Eichhörnchen. Schließlich barst es, nur wenig, aber genug; die Flüssigkeit troff hervor, Tropfen um Tropfen; binnen weniger Stunden war das Faß leer.

Niemand vermißte es jemals. Niemand trauerte, als es vom Eis des Winters zerbrach, als die Äste den Baum hinab in den Schnee stürzten.

5 Ein Zeichen

Als sich die Nachricht von einem einäugigen roten Mann herumsprach, den man den Propheten nannte, lachte Gouverneur Bill Harrison laut auf und sagte: »Aber das ist ja niemand anders als mein alter Freund Lolla-Wossiky! Wenn das Branntweinfaß, das er mir gestohlen hat, erst einmal leer ist, wird er schon wieder damit aufhören, Visionen zu bekommen.«

Doch schon bald merkte Gouverneur Harrison, wie wichtig die Worte des Propheten genommen wurden und mit wieviel Ehrfurcht die Roten seinen Namen nannten, so ehrfürchtig wie wahre Christen den Namen Jesu aussprachen. Beunruhigt rief er alle Roten um Carthage City herum zusammen – es war kurz vor einem Whiskytag, so daß er sich über Mangel an Publikum keine Sorgen zu machen brauchte –, und hielt ihnen eine Rede. Und in dieser Rede sagte er vor allem eins: »Wenn der alte Lolla-Wossiky wirklich ein Prophet ist, dann sollte er ein Wunder für uns vollbringen, um uns zu zeigen, daß mehr hinter ihm steckt als nur Gerede. Ihr solltet ihn dazu bringen, eine Hand oder einen Fuß abzuschneiden und wieder anheilen zu lassen – das würde uns doch beweisen, daß er ein Prophet ist, nicht wahr? Oder noch besser, soll er doch ein Auge ausreißen und es wieder heilen. Was sagt ihr da? Ihr meint, daß ihm bereits ein Auge fehlt? Nun, dann ist er doch wohl reif für ein Wunder, meint ihr nicht? Ich behaupte, solange er nur ein Auge hat, kann er auch kein Prophet sein!«

Die Kunde davon erreichte den Propheten, als er gerade auf einer Weide am Ufer des Tippy-Canoe lehrte, keine Meile von der Stelle entfernt, wo dieser in den Wobbish strömte. Es waren einige Whisky-Rote, die von dieser Herausforderung erzählten, und sie zierten sich nicht, den Propheten zu verhöhnen und zu sagen: »Wir sind gekommen, um zu sehen, wie du dein Auge wieder heil machst.«

Der Prophet sah sie mit seinem gesunden Auge an und sagte: »Mit diesem Auge sehe ich zwei rote Männer, die schwach und krank sind, Sklaven des Branntweins, die Sorte Männer, die mich sogar mit den Worten des Mannes verhöhnen würden, der meinen Vater getötet hat.« Dann schloß er sein gesundes Auge und sagte: »Mit diesem Auge sehe ich zwei Kinder des Landes, stark und schön, die ihre Frauen und Kinder lieben und allen Wesen Gutes tun.« Dann öffnete er das Auge wieder und sagte: »Welches Auge ist nun krank und welches Auge schaut die Wahrheit?« Und sie sagten zu ihm: »Tenskwa-Tawa, du bist ein wahrer Prophet, und deine beiden Augen sind heil.«

»Geht und sagt dem weißen Mörder Harrison, daß ich das Zeichen gegeben habe, das er verlangte. Und teilt ihm ein weiteres Zeichen mit, nach dem er nicht verlangt hat. Teilt ihm mit, daß eines Tages ein Feuer in seinem eigenen Haus ausbrechen wird. Dieses Feuer wird nicht von Menschenhand gelegt werden. Nur der Regen wird dieses Feuer löschen, und bevor es erstirbt, wird es etwas von ihm schneiden, das er mehr liebt als eine Hand oder einen Fuß oder ein Auge, und er wird auch nicht die Macht haben, es wiederherzustellen.«

6 Pulverfaß

Hooch war erstaunt. »Soll das heißen, daß Ihr die *ganze* Schiffsladung *gar nicht haben wollt*?«

»Wir haben immer noch nicht aufgebraucht, was Ihr uns letztes Mal verkauft habt, Hooch«, erwiderte der Quartiermeister. »Vier Fässer. Mehr wollen wir nicht. Und wenn ich ehrlich bin, selbst das ist schon mehr, als wir eigentlich brauchen.«

»Ich bin von Decane den Fluß heruntergekommen, das Boot mit Branntwein beladen, und habe unterwegs in keiner Stadt haltgemacht, um dort etwas zu verkaufen. Da bringe ich euch nun dieses *Opfer*, und Ihr sagt mir ...«

»Also hört einmal, Hooch, ich glaube, wir wissen wohl alle, was für ein Opfer das war.« Der Quartiermeister grinste breit. »Ich denke, Ihr werdet trotzdem mehr als Eure Unkosten dabei herausbekommen; und wenn nicht, nun, dann bedeutet das nur, daß Ihr nicht vorsichtig genug mit den Profiten umgegangen seid, die Ihr früher mit uns gemacht habt.«

»Wer beliefert Euch sonst noch?«

»Niemand«, antwortete der Quartiermeister.

»Ich komme jetzt schon sieben Jahre nach Carthage City, und die letzten vier Jahre hatte ich ein Monopol ...«

»Und wenn Ihr Euch einmal sorgfältig umseht, dann wird Euch vielleicht auch einfallen, daß es früher vor allem die Roten waren, die den größten Teil Eures Branntweins gekauft haben.«

Hooch sah sich um, er baute sich auf dem feuchten Gras des Ufers auf. Kein einziger Roter ließ sich blicken, aber das war keine Verschwörung, wie Hooch genau wußte. Schon die letzten Male waren immer weniger Rote zu sehen gewesen. Andererseits hatte es aber auch immer ein paar Betrunkene gegeben.

Er drehte sich um und rief dem Quartiermeister zu: »Wollt Ihr behaupten, daß es keine Whisky-Roten mehr gibt?«

»Natürlich gibt es noch Whisky-Rote. Aber unser Whisky ist noch nicht aufgebraucht. Deshalb liegen die alle irgendwo betrunken herum.«

Hooch fluchte. »Dann werde ich deswegen mit dem Gouverneur sprechen.«

»Heute bestimmt nicht«, meinte der Quartiermeister. »Der ist nämlich sehr beschäftigt.«

Hooch grinste bösartig. »Oh, für *mich* ist er nicht zu beschäftigt.«

»Und ob er das ist, Hooch. Das hat er ziemlich genau so gesagt.«

»Ich schätze, er *glaubt* vielleicht, daß er zu beschäftigt ist, Junge, aber ich glaube das einfach nicht.«

»Wie Ihr wollt«, meinte der Quartiermeister. »Soll ich die vier Fässer hier entladen?«

»Nein«, erwiderte er. Dann rief er seinen Schiffsjungen zu, vor allem diesem Mike Fink, weil der so aussah, als würde er am ehesten einen Mord begehen, wenn es sein mußte: »Sollte irgend jemand Hand an diesen Whisky legen wollen, dann will ich, daß ihn vier Kugeln treffen, noch bevor wir ihn ins Wasser werfen!«

Die Schiffsjungen lachten und winkten, bis auf Mike Fink, der seine Miene nur noch mehr verzerrte. Ein übler Knabe. Es hieß, daß man alle Männer, die jemals mit Mike Fink gerungen hatten, sofort wiedererkennen konnte, weil sie nämlich keine Ohren mehr besaßen.

Hooch wurde ein wenig nervös bei dem Gedanken, was Fink möglicherweise anstellen könnte, wenn er nicht genug Geld haben sollte, um ihm seinen Lohn auszuzahlen. Bill Harrison würde entweder für die ganze Branntweinlieferung zahlen, oder es würde gewaltigen Ärger geben.

Als er das Staket betrat, fielen Hooch einige Dinge auf. Alles sah schäbiger aus als früher. Und die Stadt war auch nicht größer geworden.

Ganz anders als drüben im Hio Territory. Aus dem einstmals kleinen Palisadendörfern hatten sich richtige Städte entwickelt, mit bemalten Häusern und sogar einigen gepflasterten Straßen. Hio gedieh und platzte aus den Nähten, zumindest der östliche Teil nahe bei Suskwahenny, und man munkelte schon, daß es nun bis zum Staatsstatus nicht mehr sehr weit war.

In Carthage City hingegen gab es keinerlei Aufschwung.

Gewiß, es waren zahlreiche Soldaten zu sehen, die noch immer recht diszipliniert wirkten, das mußte man Gouverneur Bill lassen. Doch dort, wo früher überall Whisky-Rote herumgelegen hatten, waren nur noch Flußrattentypen zu sehen, die noch häßlicher aussahen als Mike Fink, unrasiert und mit Whiskyfahnen, die noch schlimmer waren, als die eines betrunkenen Roten. Außerdem hatte man vier alte Gebäude in Saloons verwandelt, die mitten am Nachmittag schon gute Geschäfte zu machen schienen.

Deshalb also, dachte Hooch. Das ist das Problem. Carthage City ist zu einer Flußstadt geworden, zu einer Saloonstadt. Niemand will hier wohnen, bei diesen ganzen Flußratten. Es ist eine Whiskystadt.

Aber wenn es eine Whiskystadt ist, müßte Gouverneur Bill eigentlich Whisky von mir kaufen, anstatt nur diese vier Fässer zu ordern.

»Ihr könnt gerne warten, wenn Ihr wollt, Mr. Palmer, aber der Gouverneur wird Euch heute nicht empfangen.«

Hooch setzte sich draußen vor Harrisons Büro auf die Bank. Ihm war aufgefallen, daß Harrison das Büro mit seinem Adjutanten getauscht hatte. Weshalb? Jetzt hatte er weniger Raum, aber – ausschließlich Innenwände. Das hatte nun gewiß etwas zu bedeuten. Es bedeutete, daß Harrison nicht wollte, daß die Leute zu ihm hereinsahen. Vielleicht fürchtete er sich sogar davor, umgebracht zu werden.

Zwei Stunden saß Hooch da und sah zu, wie Soldaten eintraten und wieder herauskamen. Er versuchte, nicht wütend zu werden. Harrison tat so etwas öfter, er ließ die Leute herumsitzen und warten, damit sie bis zum Eintreten so wütend geworden waren, daß sie nicht mehr klar denken konnten. Und manchmal tat er es auch, damit man sich aufregte und wieder verschwand. Oder damit man sich klein und unwichtig vorkam, damit Harrison einen herumschubsen konnte. Hooch wußte das alles, deshalb versuchte er auch, ruhig zu bleiben. Als aber der Abend einbrach und die Soldaten abgelöst wurden, ertrug er es nicht mehr.

»Was tut Ihr da?« fragte er den Korporal, der am Empfang saß.

»Der Dienst ist zu Ende«, erwiderte der Korporal.

»Aber ich bin immer noch hier«, wandte Hooch ein.

»Ihr könnt Euren Dienst auch beenden, wenn Ihr wollt«, antwortete der Korporal.

Diese Worten waren wie ein Schlag ins Gesicht. Es hatte einmal eine Zeit gegeben, da hatten diese Jungen alle vor Hooch Palmer gekatzbuckelt. Die Zeiten änderten sich viel zu schnell. Das gefiel Hooch überhaupt nicht.

Der Korporal stand auf und sagte: »Mr. Palmer, Ihr könnt von mir aus die ganze Nacht hier warten und morgen noch mal den ganzen Tag lang, trotzdem werdet Ihr nicht mit Seiner Exzellenz dem Gouverneur sprechen. Und daß Ihr hier den ganzen Tag gewartet habt, ist ein Beweis dafür, daß Ihr anscheinend zu dumm seid, um zu begreifen, wie die Dinge jetzt stehen.«

Daraufhin verlor Hooch die Beherrschung und schlug zu. Eigentlich war es mehr ein Tritt, denn Hooch hatte nie gelernt, als Gentleman zu kämpfen. Der Korporal schrie wie am Spieß, was ja auch sein gutes Recht war, denn nach einem solchen Tritt würde sein Bein nie wieder heil werden. Hooch wußte, daß er ihn wohl besser nicht ausgerechnet hier an diesem Ort getreten hätte, aber der Junge war ihm einfach zu rotzig gekommen.

Das Problem war nur, daß der Korporal nicht ganz allein war. Kaum hatte er aufgeschrien, als plötzlich ein Sergeant und vier Soldaten mit aufgepflanzten Bajonetten aus dem Büro des Gouverneurs hervorstürzten. Sie sahen gereizt aus wie Hornissen. Der Sergeant befahl zweien seiner Leute, den Korporal zum Sanitäter zu tragen. Die anderen nahmen Hooch unter Arrest. Doch diesmal geschah es nicht auf jene Gentlemanart wie vor vier Jahren. Statt dessen stießen die Kolben ihrer Musketen an einigen Stellen in Hoochs Leib, beinahe zufällig, und plötzlich hatte Hooch an verschiedenen Stellen seiner Kleidung Stiefelabdrücke, ohne genau sagen zu können, wie die dort hingekommen waren. Er endete in einer Gefängniszelle – diesmal war es kein Lagerraum.

Gar kein Zweifel. Die Dinge hier hatten sich gründlich geändert.

In dieser Nacht wurden noch sechs weitere Männer in die Zelle gesperrt, drei davon wegen Trunkenheit, drei wegen Störung der öffentlichen Ordnung. Kein einziger Roter war darunter. Aus ihren Gesprächen entnahm Hooch, daß es wohl tatsächlich so gut wie keine Roten mehr hier gab. Doch weshalb gedieh Carthage City dann nicht, warum zogen die weißen Siedler nicht hierher?

Am nächsten Morgen holten die Soldaten ihn ab. Andere Kerle, die auch nicht ganz so achtlos mit Füßen und Gewehrkolben umgingen. Sie führten Hooch einfach aus dem Gefängnis, und nun bekam er endlich Bill Harrison zu sehen.

Doch nicht in seinem Büro. Vielmehr führte man ihn auf sehr seltsame Weise ins Haus des Gouverneurs, und zwar in einen Kellerraum. Die Soldaten – es mochten ungefähr ein Dutzend gewesen sein – marschierten hinter das Haus, als einer von ihnen plötzlich vorstürzte und zwei andere Hooch halb die Treppe hinunterzerrten. Die Kellertür schlug wieder über ihm zu, kaum daß ihre Köpfe verschwunden waren, und die ganze Zeit marschierten die Soldaten weiter, als wäre nichts geschehen. Das gefiel Hooch überhaupt nicht. Es bedeutete, daß Harrison nicht wollte, daß irgend jemand von ihrer Begegnung erfuhr. Was wiederum hieß, daß die Sache ziemlich häßlich ausgehen könnte, weil Harrison jederzeit in der Lage sein würde, ihre Begegnung abzustreiten.

Aber Harrison war ganz der alte, er lächelte und schüttelte Hoochs Hand, klopfte ihm auf die Schulter. »Wie geht es Euch, Hooch?«

»Mir ging es schon mal besser, Gouverneur. Wie geht es Eurer Frau? Und Eurem kleinen Jungen?«

»Sie ist so gesund, wie man es sich nur wünschen kann. Mein kleiner Junge ist ein richtiger Soldat, wir haben ihm sogar eine kleine Uniform geschneidert, den solltet Ihr einmal bei der Parade umherstolzieren sehen!«

»Solche Erzählungen bringen mich auf den Gedanken, daß ich mir eines Tages wohl doch eine Frau nehmen sollte.«

»Das kann ich nur empfehlen. Aber wie unaufmerksam von mir, Hooch. Bitte nehmt doch Platz!«

Hooch setzte sich. »Danke, Bill.«

Harrison nickte zufrieden. »Es ist schön, Euch einmal wiederzusehen, es ist ja schon so lange her, seit dem letzten Mal.«

»Ich wünschte, ich hätte Euch gestern sprechen können«, meinte Hooch.

Harrison lächelte reumütig. »Nun, ich bin eben sehr beschäftigt. Haben Euch meine Leute denn nicht gesagt, daß ich keinen Termin mehr frei hatte?«

»Für *mich* hattet Ihr bisher immer noch einen Termin frei, Bill.«

»Ihr wißt ja, wie das manchmal ist. Da ist man so schrecklich beschäftigt, daß man nichts dagegen tun kann.«

Hooch schüttelte den Kopf. »Bill, ich denke, wir haben einander jetzt lange genug angelogen. Was hier geschehen ist, war Teil eines Plans, und es war nicht *mein* Plan.«

»Wovon redet Ihr da, Hooch?«

»Ich rede davon, daß dieser Korporal vielleicht zwar nicht unbedingt wollte, daß ich ihm das Bein breche, aber ich habe so ein Gefühl, daß er mich zu etwas provozieren sollte.«

»Er sollte lediglich dafür sorgen, daß niemand mich störte, es sei denn, er hatte einen Termin mit mir vereinbart, Hooch. Das ist der einzige Plan, von dem ich weiß.« Harrison blickte traurig drein. »Hooch, ich muß Euch sagen, daß das eine ziemlich häßliche Angelegenheit ist. Einen Offizier der US-Armee tätlich anzugreifen!«

»Ein Korporal ist kein Offizier, Bill.«

»Ich wünschte nur, daß ich Euch zum Prozeß nach Suskwahenny schicken könnte, Hooch. Dort gibt es Rechtsanwälte. Aber der Prozeß muß *hier* stattfinden, und die

Geschworenen in dieser Gegend haben nicht allzu viel für Leute übrig, die Korporalen das Knie zerschmettern.«

»Wie wäre es, wenn Ihr Eure Drohungen einstelltet und mir sagtet, was Ihr wirklich wollt?«

»Was ich will? Ich bitte Euch um keinen Gefallen, Hooch. Ich mache mir nur Sorgen um einen Freund, der in Konflikt mit dem Gesetz geraten ist.«

»Es muß etwas wirklich Widerliches sein, denn sonst würdet Ihr mich bestechen, um es zu tun, anstatt Eure Muskeln spielen zu lassen. Es muß etwas sein, von dem Ihr glaubt, daß ich es nicht täte, es sei denn, daß Ihr mir Todesangst einjagt. Und ich versuche ständig mir vorzustellen, was *Eurer* Meinung nach wohl so schlimm sein muß, daß ich es nicht täte. Das ergibt keine besonders lange Liste, Bill.«

Harrison schüttelte den Kopf. »Hooch, Ihr habt mich falsch verstanden.«

»Diese Stadt stirbt, Bill«, versetzte Hooch. »Es läuft alles nicht so, wie Ihr es geplant habt. Und ich glaube, das liegt daran, daß Ihr ein paar wirklich dumme Sachen gemacht habt. Ich glaube, daß die Roten anfingen fortzugehen, vielleicht sind sie ja auch alle weggestorben. Außerdem habt Ihr den dummen Fehler begangen, zu versuchen, die ausfallenden Branntweinprofite wettzumachen, indem Ihr den Abschaum der Erde anlocktet, die schlimmsten aller Weißen, die Flußratten, die mit mir die Nacht im Gefängnis verbracht haben. Ihr habt sie als Steuereintreiber eingesetzt, richtig? Aber Farmer mögen keine Steuern. Vor allen Dingen mögen sie keine Steuern, wenn sie von einem derartigen Abschaum eingetrieben werden.«

Harrison goß sich drei Fingerbreit Whisky in ein Glas und leerte die Hälfte davon in einem Zug.

»Ihr habt also Eure Whisky-Roten verloren und auch noch Eure weißen Farmer, und jetzt sind Euch nur Eure Soldaten geblieben, die Flußratten und jene Gelder, die Ihr aus der Kasse der US-Armee dafür erhaltet, daß Ihr im Westen für Ruhe und Ordnung sorgt.«

Harrison trank den Whisky aus und rülpste.

»Und das bedeutet, daß Ihr Pech gehabt habt und dumm gewesen seid und daß Ihr irgendwie glaubt, Ihr könntet mich dazu bringen, Euch aus der Misere zu helfen.«

Harrison goß sich erneut drei Fingerbreit ein. Doch anstatt ihn zu trinken, schüttete er ihn Hooch ins Gesicht. Der Whisky spritzte in seine Augen, und Hooch wälzte sich am Fußboden und versuchte, sich den Alkohol aus dem Gesicht zu reiben.

Ein paar Momente später saß Hooch wieder auf seinem Stuhl, ein feuchtes Tuch an die Stirn gepreßt, und verhielt sich sehr viel unterwürfiger und vernünftiger. Aber nur, weil er wußte, daß Harrison einen Flush hatte, während er selbst nur zwei Paare aufweisen konnte.

»Ich war nicht dumm«, sagte Harrison.

Nein, du bist der schlaueste Gouverneur, den Carthage je gehabt hat, ich wundere mich nur, daß du es noch nicht bis zum König gebracht hast. Das *hätte* Hooch normalerweise gesagt. Doch statt dessen hielt er den Mund.

»Es war dieser Prophet. Dieser Rote oben im Norden. Wie er seine Prophetenstadt genau gegenüber von Vigor Church am Wobbish erbaut hat – Ihr könnt nicht behaupten, daß das ein Zufall war. Brustwehr-Gottes steckt dahinter, er versucht, mir den Staat Wobbish zu nehmen. Und dazu setzt er auch noch einen *Roten* ein. Ich wußte ja, daß viele Rote in den Norden gingen, jeder wußte das, aber ich hatte immer noch meine Whisky-Roten hier, die, die nicht weggestorben waren. Und als es hier immer weniger Rote gab – vor allen Dingen Shaw-Nee –, nun, da dachte ich, daß ich mehr weiße Siedler bekommen würde. Ihr täuscht Euch, was meine Steuereintreiber angeht. *Die* haben die weißen Siedler nicht vertrieben. Das war Ta-Kumsaw.«

»Ich dachte, es wäre der Prophet gewesen.«

»Jetzt werdet nicht frech, Hooch, dieser Tage habe ich nicht sehr viel Geduld!«

Warum hast du mich nicht gewarnt, bevor du das Glas geworfen hast? Nein, nein, nichts sagen, was ihn reizen könnte. »Tut mir leid, Bill.«

»Ta-Kumsaw war wirklich raffiniert. Er tötet keine Weißen. Er kreuzt einfach nur mit fünfzig Shaw-Nee auf ihren Farmen auf. Er erschießt niemanden, aber wenn das Haus plötzlich von fünfzig bemalten Kriegern umzingelt ist, meinten diese Weißen, daß es wohl nicht eben klug wäre, das Feuer zu eröffnen. Also sahen die weißen Farmer mit an, wie die Shaw-Nee alle Tore öffneten, alle Scheunen, alle Ställe. Wei sie die Tiere hinausließen. Pferde, Schweine, Milchkühe, Hühner. Genau wie Noah, als er die Tiere in die Arche führte, schritten die Shaw-Nee in den Wald, und die Tiere folgten ihnen. Und wurden nie wieder gesehen.«

»Ihr könnt mir nicht erzählen, daß sie nicht wenigstens einen Teil Ihres Viehs wiederfanden.«

»Nicht einmal ihre *Spuren* haben sie gefunden! Nicht eine Feder ihrer Hühner! Das ist es, was die weißen Farmer vertrieben hat, das Wissen, daß irgendeines Tages alle ihre Tiere verschwinden könnten.«

»Vielleicht essen die Shaw-Nee das Vieh. Kein Huhn ist intelligent genug, um lange im Wald zu überleben. Das ist doch ein Weihnachtsbraten für die Füchse, nicht mehr.«

»Woher soll ich das wissen? Die Weißen kommen zu mir, sie sagen: Bringt unsere Tiere zurück oder tötet die Roten, die sie genommen haben. Aber weder meine Soldaten noch meine Späher können Ta-Kumsaws Leute ausfindig machen. Kein einziges Dorf! Ich habe einmal ein Dorf der Caska-Skeeaw oben am Little My-Ammy überfallen lassen, aber das hat nur noch mehr Rote dazu bewegt, fortzugehen. Ta-Kumsaw konnte es nicht aufhalten.«

Hooch konnte sich lebhaft vorstellen, wie dieser Überfall auf das Dorf der Caska-Skeeaw ausgesehen hatte. Alte Männer, Frauen, Kinder, erschossene, halbverkohlte Leichen – Hooch wußte, wie Harrison mit den Roten umsprang.

»Und dann kam letzten Monat der Prophet. Ich wußte, daß er kommen würde – selbst die Whisky-Roten können kaum noch von etwas anderes reden. ›Der Prophet kommt!

Wir müssen den Propheten aufsuchen!‹ Nun, ich versuchte festzustellen, wohin er kommen würde, um seine Reden zu halten. Ich habe sogar einige meiner zahmen Roten darauf angesetzt, es für mich herauszubekommen, aber ohne Erfolg. Niemand wußte es. Nur daß es eines Tages in der ganzen Stadt hieß, der Prophet sei da. Aber wo? Komm einfach mit, der Prophet ist da. Niemand sagte jemals, wo er war. Ich kann beschwören, daß diese Roten reden können, ohne zu reden, falls Ihr versteht, was ich meine.«

»Bill, jetzt sagt mir wenigstens, daß Ihr Spione hingeschickt habt, sonst muß ich noch glauben, daß Ihr nicht mehr so genau wißt, worauf es ankommt.«

»Spione? Ich bin *selbst* hingegangen, wie findet Ihr das? Und wißt Ihr was? Ta-Kumsaw hat mir sogar eine Einladung geschickt, der Gipfel an Dreistigkeit! Ohne Soldaten, ohne Gewehre, nur ich allein.«

»Und Ihr seid *hingegangen*? Er hätte Euch gefangennehmen und ...«

»Er hat mir sein Wort gegeben. Ta-Kumsaw mag zwar ein Roter sein, aber sein Wort hält er.«

Das hielt Hooch irgendwie für komisch. Harrison, der Mann, der stolz darauf war, daß er nie ein Versprechen einhielt, das er einem roten Mann gab, hatte darauf gezählt, daß Ta-Kumsaw Wort halten würde.

»Ich bin hingegangen. So ziemlich jeder Rote im ganzen Gebiet My-Ammy muß dagewesen sein. Sie hockten auf einem verlassenen Maisfeld – von denen gibt es hier in der Gegend genügend, darauf könnt Ihr wetten, dank Ta-Kumsaw. Hätte ich meine beiden Kanonen und hundert Soldaten dabeigehabt, dann hätte ich das ganze Rotenproblem auf der Stelle lösen können.«

»Schade, daß dem nicht so war«, meinte Hooch.

»Ta-Kumsaw wollte, daß ich ganz vorne sitze, aber das tat ich nicht. Statt dessen hielt ich mich hinten und hörte zu. Der Prophet stand auf, stellte sich auf einen alten Baumstumpf auf dem Feld und redete und redete und redete.«

»Habt Ihr davon überhaupt irgend etwas verstanden? Ich meine, schließlich könnt Ihr doch gar kein Shaw-Nee.«

»Er hat Englisch gesprochen, Hooch. Es waren viel zu viele verschiedene Stämme da. Die einzige Sprache, die sie alle beherrschten, war Englisch. Gewiß, manchmal hat er auch in diesem roten Kauderwelsch geredet, aber es wurde sehr viel Englisch gesprochen. Über die Zukunft des roten Mannes. Wie er sich von der Verunreinigung durch die Weißen fernhalten soll. Wie sie alle zusammenleben und einen Teil des Landes ausfüllen sollen, damit der weiße Mann seinen Platz findet und der Rote *seinen*. Daß sie eine Stadt bauen sollten – eine Kristallstadt, sagte er, das hörte sich richtig hübsch an. Nur daß diese Roten ja nicht einmal einen ordentlichen Schuppen zustande bringen, da mag ich gar nicht daran denken, was die erst mit einer Stadt aus Glas anfangen würden! Vor allem aber, sagte er, sollten sie keinen Branntwein trinken. Nicht einen Tropfen. Sie sollten ihn aufgeben, sollten das Zeug nicht mehr anrühren. Branntwein sei die Kette des weißen Mannes, die Kette und die Peitsche, die Kette und die Peitsche und das Messer. Erst fängt er einen, dann peitschte er einen, dann tötet er einen; und wenn der weiße Mann einen mit seinem Whisky getötet hat, kommt er, um das Land zu stehlen, und es zu vernichten.«

»Klingt, als hätte er Euch richtig beeindruckt, Bill«, meinte Hooch. »Als hättet Ihr seine Rede auswendig gelernt.«

»Auswendig gelernt? Er hat drei Stunden am Stück geredet. Von Visionen der Vergangenheit, Visionen der Zukunft. Er hat darüber gesprochen, wie ... Ach, Hooch, es war *verrücktes* Zeug, aber diese Roten haben es gesoffen wie, wie ...«

»Whisky.«

»Wie Whisky, nur daß sie es *anstelle* von Whisky soffen. Und alle sind sie mit ihm gegangen. Jedenfalls fast alle. Die einzigen, die übrigblieben, waren ein paar Whisky-Rote, die wohl bald sterben müssen. Und natürlich meine zahmen Roten, aber das ist etwas anderes. Und ein paar wilde Rote am anderen Ufer des Hio.«

»Wohin sind sie denn mit ihm gegangen?«

»Das ist es ja, was mir zusetzt, Hooch. Sie sind alle nach Prophetstown gegangen, jedenfalls in die Nähe, genau gegenüber von Vigor Church. Und genau dorthin gehen auch all die Weißen! Na ja, nicht alle gehen nach Vigor Church, aber in die Landstriche, von denen Brustwehr-der-Hölle Weaver seine Landkarten hat. Sie stecken alle unter einer Decke, Hooch, das kann ich Euch versichern. Ta-Kumsaw, Brustwehr-Gottes Weaver und der Prophet.«

»Hört sich so an.«

»Und das schlimmste ist, daß ich diesen Propheten bestimmt tausendmal in meinem Büro hier vor mir hatte und ihn jederzeit hätte umbringen können. Es war unser alter Bekannter Lolla-Wossiky. Jetzt nennt er sich Tenskwa-Tawa. Das heißt ›offenes Tor‹ oder so etwas. Dieses Tor würde ich nur zu gern schließen. Das hätte ich auch tun sollen, als ich noch Gelegenheit dazu hatte. Aber ich dachte mir, als er davonlief – Ihr müßt nämlich wissen, daß er davongelaufen ist, er hat ein Faß gestohlen und ist in den Wäldern verschwunden ...«

»Ich weiß, ich habe noch dabei geholfen, ihn zu suchen.«

»Nun, jedenfalls ist er nicht mehr zurückgekehrt. Ich hatte geglaubt, daß er sich mit diesem Faß wahrscheinlich zu Tode gesoffen hatte; aber jetzt erzählt er den Roten, wie er die ganze Zeit getrunken hat, aber daß Gott ihm Visionen schickte und daß er seitdem keinen Tropfen mehr anrührt.«

»Wenn man mir Visionen schickte, würde ich auch aufhören zu trinken.«

Harrison nahm einen weiteren Schluck Whisky. Diesmal aus dem Krug, da das Glas in einer Zimmerecke auf dem Boden lag. »Jetzt kennt Ihr mein Problem, Hooch.«

»Ich sehe, daß Ihr viele Probleme habt, Bill, aber ich weiß nicht, was das mit mir zu tun hat. Ich weiß nur, daß es kein Scherz war, als Ihr mir durch den Quartiermeister habt ausrichten lassen, daß Ihr nur vier Fässer wolltet.«

»Oh, das hat noch sehr viel mehr mit Euch zu tun, darauf könnt Ihr Euch verlassen, Hooch. Sehr viel mehr. Denn ich bin noch nicht geschlagen. Der Prophet hat mir zwar meine ganzen Whisky-Roten genommen, und Ta-Kumsaw hat meine weißen Bürger in Angst und Schrecken versetzt, aber ich gebe nicht auf.«

»Nein, Ihr seid niemand, der aufgibt«, erwiderte Hooch. Du bist eine schleimige, hinterhältige Schlange von einem Mann, aber niemand, der aufgibt. Das *sagte* er natürlich nicht, weil Harrison es mit Sicherheit falsch aufgefaßt hätte – aber für Hooch war das ein Kompliment. Genau seine Sorte Mann.

»Es geht um Ta-Kumsaw und den Propheten, so einfach ist das. Ich muß sie töten. Nein, ich muß sie erst *schlagen*, um sie danach zu töten. Ich muß es mit ihnen aufnehmen und sie beide lächerlich machen, um sie *danach* zu töten.«

»Gute Idee. Da werde ich gerne die Wetten annehmen.«

»Darauf würde ich auch wetten. Daß Ihr einfach nur dasteht und Wetten annehmt. Nun, ich kann meine Soldaten nicht einfach nach Norden schicken, um Prophetstown dem Erdboden gleichzumachen, weil Brustwehr-Gottes sich mir vom ersten Schritt an in den Weg stellen würde. Wahrscheinlich würde er die Streitkräfte von Fort Wayne zur Hilfe rufen. Vielleicht würde er sogar dafür sorgen, daß ich meines Postens enthoben würde. Also muß ich dafür Sorge tragen, daß die Leute in Vigor Church und den ganzen Wobbish entlang mich darum anflehen, sie von diesen Roten zu befreien.«

Endlich verstand Hooch, was Harrison vorhatte. »Ihr wollt eine Provokation.«

»Darum geht es, Hooch. Ich will, daß einige Rote nach Norden gehen und dort ordentlich Unheil stiften und daß sie allen *erzählen*, sie handelten im Auftrag von Ta-Kumsaw und dem Propheten. Denen will ich alles in die Schuhe schieben.«

Hooch nickte. »Ich verstehe. Dazu würde es nicht genügen, wenn sie nur ein paar Kühe forttreiben. Nein, das einzige, was die Leute im Norden in Aufruhr versetzen würde, bis sie nach Rotenblut gieren, wäre etwas außerordentlich Häßliches. Wenn man, zum Beispiel, ein paar Kinder entführt und sie zu Tode foltert und dann Ta-Kumsaws Namen in die Leichen ritzt und sie liegenläßt, damit man sie findet. Irgend etwas in der Art.«

»Nun, ich würde nicht so weit gehen, irgend jemandem aufzutragen, etwas *so* Furchtbares zu tun, Hooch. Tatsächlich würde ich überhaupt keine genauen Anweisungen erteilen, etwas zu tun, das die Weißen im Norden aufwiegelt.«

»Aber es würde Euch nicht überraschen, wenn es auf Vergewaltigung und Folter hinausliefe.«

»Ich möchte nicht, daß sie auch nur eine weiße Frau anrühren, Hooch. Das käme nicht in Frage.«

»Ach ja, das also nicht«, bemerkte Hooch. »Also heißt es doch eindeutig, Kinder zu foltern. *Männliche* Kinder.«

»Wie ich schon sagte, so etwas würde ich nie jemandem auftragen.«

Hooch nickte sanft, er behielt die Augen geschlossen. Harrison mochte zwar niemandem dergleichen auftragen, mit Sicherheit aber würde er ihm auch nicht sagen, er solle es nicht tun. »Und natürlich könnten es auch keine Roten aus dieser Gegend hier sein, Bill, weil sie alle fort sind und weil Eure zahmen Roten der nichtsnutzigste Abschaum auf Gottes Erdboden sind.«

»Das stimmt wohl so ziemlich.«

»Also braucht Ihr Rote, die flußabwärts aus dem Süden kommen. Rote, die noch nicht die Predigten des Propheten gehört haben, so daß sie noch immer Branntwein haben wollen. Rote, die noch über genügend Gehirn verfügen, um die Sache richtig zu machen, und die blutrünstig genug sind, um Kinder langsam zu Tode zu quälen. Und meine Ladung braucht Ihr zur Bestechung.«

»Ihr liegt ziemlich richtig, Hooch.«

»Ihr könnt sie haben, Bill. Laßt die Anklage gegen mich fallen, dann bekommt Ihr meinen ganzen Fusel umsonst.

Gebt mir nur genug Geld, damit ich meine Schiffsjungen bezahlen kann, sonst stechen die mich auf dem Heimweg noch ab. Ich glaube, das ist wohl nicht zuviel verlangt.«

»Also Hooch, Ihr wißt doch, daß ich noch mehr brauche als das.«

»Aber das, Bill, ist nun einmal alles, was ich tun werde.«

»Ich kann nicht derjenige sein, der diesen Cree-Eks oder Choc-Taws sagt, was geschehen muß. Das muß ein anderer tun. Jemand, den ich jederzeit verleugnen kann, sollte die Sache jemals herauskommen. Jemand, der dazu seinen eigenen Whisky benutzt, von dem ich nichts wußte.«

»Bill, ich verstehe Euch zwar, aber Ihr habt von Anfang an richtig geraten. Ihr habt tatsächlich etwas gefunden, das so niederträchtig ist, daß ich nichts damit zu tun haben will.«

Harrison musterte ihn böse. »Einen Offizier tätlich anzugreifen, ist ein Vergehen, das in diesem Fort mit dem Strang bestraft wird, Hooch. Habe ich das nicht deutlich genug gemacht?«

»Bill, ich habe in meinem Leben gelogen, betrogen und manchmal auch getötet, um weiterzukommen, aber wenn ich etwas nicht getan habe, so ist es, jemanden zu bestechen, damit er irgendeiner Mutter die Kinder raubt und sie zu Tode foltert. Das habe ich, ganz ehrlich gesagt, noch nie getan. Und ebenso ehrlich gesagt: Ich werde es auch nicht tun.«

Harrison studierte Hoochs Miene und mußte feststellen, daß es stimmte. »Wer hätte das gedacht! Es gibt tatsächlich noch eine Sünde, die so schlimm ist, daß nicht einmal Hooch Palmer sie begehen würde, selbst wenn er deswegen sterben müßte.«

»Ihr werdet mich nicht umbringen, Bill.«

»O doch, das werde ich, Hooch. Und zwar aus zwei Gründen. Erstens habt Ihr mir die falsche Antwort auf meine Bitte gegeben, und zweitens habt Ihr sie überhaupt gehört. Ihr seid ein toter Mann, Hooch.«

»Das soll mir recht sein«, meinte Hooh. »Und nehmt

auch einen ordentlich kratzigen Strick dazu und einen guten, hohen Galgen, von dem ich zwanzig Fuß in die Tiefe stürze. Ich will eine Hinrichtung, an die sich die Leute noch lange erinnern werden.«

»Ihr bekommt einen Ast an einem Bau, und wir werden den Strick ganz langsam hochziehen, damit Ihr erstickt, anstatt Euch das Genick zu brechen.«

»Hauptsache, man erinnert sich daran«, versetzte Hooch.

Harrison rief einige Soldaten und ließ Hooch ins Gefängnis führen. Diesmal traten und schlugen sie ihn auch, so daß Hooch einige neue Schürfungen und möglicherweise auch eine gebrochene Rippe davontrug.

Viel Zeit hatte er auch nicht mehr.

Also legte er sich ganz ruhig auf den Boden der Gefängniszelle. Die Betrunkenen waren verschwunden, aber die Ruhestörer waren noch da, sie hatten die Pritschen eingenommen, so daß ihm nur der Fußboden übriggeblieben war. Das war Hooch nicht sonderlich wichtig. Er wußte, daß Harrison ihm ein oder zwei Stunden Zeit gewähren würde, um sich die Sache noch einmal zu überlegen, danach würde er ihn hinausführen, ihm die Schlinge um den Hals legen und ihn töten. Natürlich würde er vielleicht versuchen, so zu tun, als gewährte er ihm eine letzte Chance, aber das würde er nicht ernst meinen, denn nun konnte er Hooch nicht mehr trauen. Hooch hatte ihm seinen Wunsch ausgeschlagen, so daß er ihm niemals mehr trauen würde, den Auftrag tatsächlich auszuführen, sollte er ihn doch laufenlassen.

Nun, Hooch hatte vor, seine Zeit klug zu nutzen. Er fing ganz einfach an. Er schloß die Augen und ließ etwas Hitze in seinem Inneren entstehen. Einen Funken. Und dann ließ er den Funken hervortreten. Das war es, was die Rutengänger ihrem eigenen Bekunden nach taten, wenn sie ihre Rute nämlich unter den Boden schickten, um nachzusehen, wie es dort aussah. Er schickte seinen Funken auf die Suche und war schon bald am Ziel: Gouverneur Bills eigenes Haus. Der Funke war nun schon zu weit entfernt, als daß er damit eine besondere Stelle im Haus hätte ausmachen können, er konnte also nicht genau zielen. Daher pumpte er seinen ganzen Haß, seinen Zorn und seinen Schmerz in den Funken hinein, ließ ihn heißer und heißer werden. Dabei ließ er sich gehen, wie er es noch nie zuvor in seinem Leben getan hatte. Und gab noch mehr Druck und noch mehr Druck, bis er schließlich das höchst willkommene Geräusch vernahm.

»Feuer! Feuer!« Die Rufe ertönten draußen in der Ferne, doch immer mehr Menschen wiederholten sie. Gewehre wurden abgefeuert – Notsignale.

Die drei Ruhestörer vernahmen es auch. Einer von ihnen trampelte auf Hooch herum, als sie zur Tür eilten, so eilig hatten sie es. An der Gittertür blieben sie stehen, rüttelten daran und schrien den Wächter an: »Laßt uns raus! Löscht den Brand erst, nachdem Ihr uns rausgelassen habt! Laßt uns nicht hier drin sterben!«

Hooch bemerkte den Mann kaum, der auf ihn getrampelt war, seine Schmerzen waren zu groß. Statt dessen lag er einfach da und benutzte erneut seinen Funken, nur daß er diesmal damit das Metall im Schloß der Zellentür erhitzte. Nun konnte er sehr genau zielen, wodurch sein Funke sehr viel heißer wurde.

Der Wächter kam herein und schob den Schlüssel ins Schloß, drehte ihn um und öffnete die Tür. »Ihr Jungs könnt herauskommen«, sagte er. »Der Sergeant hat es befohlen, wir brauchen euch beim Löschen.«

Hooch plagte sich auf, doch der Wächter schob ihn mit ausgestrecktem Arm wieder in die Zelle zurück. Hooch war nicht überrascht. Doch er ließ den Funken noch heißer werden, so heiß, daß das Eisen im Schloß zu schmelzen begann. Es glühte sogar etwas. Der Wächter schlug die Zellentür zu und wollte den Schlüssel umdrehen. Inzwischen war der aber so heiß geworden, daß er sich die Hand daran verbrannte. Er fluchte und versuchte, mit seinem Hemd den Schlüssel anzufassen, doch da hatte Hooch die

Tür auch schon aufgetreten und schlug den Wächter zu Boden. Er trat ihm ins Gesicht und gegen den Kopf, was ihm wahrscheinlich das Genick brach, doch das betrachtete Hooch nicht als Mord. Für ihn war es nur Gerechtigkeit, denn der Wächter war bereit gewesen, ihn bei lebendigem Leib in der Zelle verbrennen zu lassen.

Hooch verließ das Gefängnis. Niemand beachtete ihn. Er konnte das Haus zwar nicht erkennen, sah aber den Rauch, der zum Himmel aufstieg. Hooch hoffte, daß das ganze Gebäude abbrennen würde.

Er selbst hatte eine Grenze kennengelernt, die er nicht überschreiten konnte. In diesem Punkt glich er Andrew Jackson mehr, als er für möglich gehalten hätte. Natürlich hatte er gehofft, mit dem Leben davonzukommen. Er konnte das Fort nicht durch das Tor verlassen, weil dort die Eimerträger eine Reihe bis zum Fluß bilden würden, so daß man ihn entdecken würde, doch es war nicht schwer, den Palisadenzaun zu erklimmen. Besonders wachsam waren die Soldaten im Augenblick nicht. Niemand bemerkte ihn. Er schritt die zehn Ellen bis zum Waldrand hinüber, dann bahnte er sich seinen Weg durch den Wald bis ans Ufer, ganz langsam, weil seine gebrochene Rippe schmerzte und er vom Aussenden der Funken etwas erschöpft war.

An der Lichtung der Anlegestelle trat er wieder aus dem Wald. Dort lag sein Flachboot, noch immer mit den Fässern beladen. Und seine Schiffsjungen standen drumherum, sahen zu, wie die Eimerträger dreißig Ellen flußabwärts Wasser schöpften. Hooch war keineswegs überrascht, daß seine Schiffsjungen nicht mithalfen. Ihr Gemeinsinn war nicht sonderlich ausgeprägt.

Hooch trat zur Anlegestelle und bedeutete seinen Schiffsjungen, daß sie ihm folgen sollten. Er sprang auf das Flachboot hinunter; dabei stolperte er ein wenig, weil er schwach war und Schmerzen hatte. Er drehte sich um, um den Jungen zu erzählen, was geschehen war, warum sie ablegen mußten, doch sie waren ihm nicht gefolgt. Sie standen einfach nur am Ufer und sahen ihn an. Wieder winkte er ihnen zu, doch sie rührten sich nicht von der Stelle.

Nun, dann würde er eben ohne sie abfahren. Gerade schritt er auf das Tau zu, um abzulegen und das Floß mit der Schifferstange abzustoßen, als er merkte, daß nicht alle Schiffsjungen an Land waren. Nein, einer fehlte. Und er wußte genau, wo der fehlende Schiffsjunge war. Direkt hier auf dem Flachboot, unmittelbar hinter ihm, mit den Händen nach ihm greifend ...

Mike Fink war kein Messerstecher. Gewiß, wenn es sein mußte, würde er einen Mann auch abstechen, aber lieber war es ihm, mit bloßen Händen zu töten. Er pflegte irgend etwas über das Töten mit dem Messer zu sagen, irgendein Vergleich zwischen Huren und Besenstielen. Daher wußte Hooch jedenfalls, daß es kein Messer sein würde. Daß es nicht schnell gehen würde. Harrison mußte gewußt haben, daß Hooch die Flucht versuchen würde, deshalb hatte er Mike Fink gekauft, und nun würde Fink ihn umbringen.

Aber langsam, unheimlich langsam. Hooch hatte Zeit, dafür zu sorgen, daß er nicht allein sterben mußte.

Und als sich nun die Finger um seinen Hals schlossen und fest zudrückten, viel fester, als selbst Hooch es sich jemals hätte vorstellen können, so fest, daß er schon glaubte, es würde ihm den Kopf abreißen, zwang er sich dazu, seinen Funken zu aktivieren, das Faß zu finden, die Stelle genau, wo es sich auf dem Flachboot befand, um dieses Faß heiß werden zu lassen, so heiß wie möglich, immer heißer, immer heißer ...

Und er wartete auf die Explosion, wartete und wartete, doch sie kam nicht. Er hatte das Gefühl, als hätte Fink die Finger von vorn über die Kehle bis an seine Halswirbelsäule gepreßt, und er spürte, wie die Muskeln einfach nachgaben, wie er um sich trat, wie seine Lungen sich abmühten, um die Luft einzusaugen, die einfach nicht mehr kommen wollte, doch er hielt den Funken bis zum letzten Augenblick, wartete darauf, daß das Pulverfaß explodierte. Und dann starb er.

Mike Fink drückte noch eine ganze Minute zu, nachdem er tot war, vielleicht, weil er einfach nur gern einen toten Mann von seinen Händen herabbaumeln spürte. Das konnte man bei Mike Fink nie so genau sagen. Manche Menschen meinten, daß er ein durchaus netter Mann sein konnte, wenn er entsprechend gelaunt war. Das jedenfalls dachte Mike von sich selbst. Er *mochte* es, nett zu sein und Freunde zu haben und richtig gesellig zu trinken. Aber zu töten liebte er nun einmal auch.

Doch schließlich konnte man einen Leichnam nicht unendlich lange festhalten. Und so schob er Hoochs reglosen Körper ins Wasser.

»Rauch«, sagte einer der Schiffsjungen und gestikulierte.

Tatsächlich, mitten zwischen den Fässern stieg Rauch auf.

»Das Pulverfaß!« rief einer von ihnen.

Die Schiffsjungen rannten sofort vor der drohenden Explosion davon, aber Mike Fink lachte nur. Er trat zu den Fässern hinüber und begann sie zu entladen, stemmte sie auf die Pier, entlud sie so lange, bis er zur Mitte gelangt war, wo sich ein Faß befand, aus dem eine Lunte hervortrat. *Dieses* Faß nahm er jedoch nicht in die Hände. Er kippte es mit dem Fuß um und rollte es zu der freien Stelle am Rand des Boots hinüber.

Inzwischen waren die Schiffsjungen zurückgekehrt, um zu sehen, was hier geschah, da es doch nicht den Anschein hatte, als würde Mike Fink in die Luft fliegen. »Das Beil«, rief Mike, und einer der Jungen warf ihm das Beil zu, das er in einer Scheide am Gürtel trug. Es bedurfte einiger kräftiger Hiebe, doch schließlich sprang der Deckel des Fasses auf, worauf eine gewaltige Dampfschwade emporstieg. Das Wasser im Faß war so heiß, daß es immer noch kochte.

»Soll das heißen, daß es doch kein Schießpulver war?« fragte einer der Jungen. Nicht eben gewitzt, aber die Flußarbeiter waren auch nicht gerade für ihren hervorragenden Verstand bekannt.

»Oh, es war durchaus noch Schießpulver darin, als er

das Faß hier hingestellt hat«, sagte Mike. »In Suskwahenny. Aber du glaubst doch wohl nicht, daß Mike Fink den ganzen Hio River auf einem Flachboot hinauf fährt, auf dem ein Pulverfaß mit einer heraushängenden Lunte steht, oder?«

Dann sprang Mike vom Schiff auf die Pier und rief so laut er konnte, ja so laut, daß die Eimerträger innehielten, um zuzuhören: »Mein Name ist Mike Fink, Jungs, und ich bin der niederträchtigste Sohn eines Alligatoren, der jemals einem Büffel den Kopf abgebissen hat! Ich esse Männerohren zum Frühstück und Bärenohren zum Abendessen, und wenn ich durstig bin, kann ich genug trinken, um die Niagarafälle auszutrocknen. Wenn ich pisse, steigen die Leute auf ihre Flachboote und treiben fünfzig Meilen flußabwärts, und wenn ich furze, füllen die Franzosen die Luft auf Flaschen ab und verkaufen sie als Parfum. Ich bin Mike Fink, und das hier ist mein Flachboot. Und wenn ihr erbärmlichen kleinen Wichte jemals dieses Feuer löscht, gibt es für jeden von euch ein Glas Whisky gratis!«

Und dann führte Mike Fink die Schiffsjungen hinüber zum Fort, und sie bekämpften das Feuer so lange, bis der Regen kam und es löschte.

An diesem Abend, als die Soldaten alle tranken und sangen, saß Mike Fink völlig nüchtern da und fühlte sich recht gut, nun selbst im Branntweingeschäft zu sein. Nur einer der Schiffsjungen war jetzt bei ihm, der jüngste, der bewundernd zu Fink aufsah. Er saß und spielte mit der Lunte, die einmal in das Pulverfaß geführt hatte.

»Diese Lunte hat nicht gebrannt«, sagte der Schiffsjunge.

»Nein, ich schätze nicht«, meinte Mike Fink.

»Wieso hat das Wasser dann gekocht?«

»Ich schätze, Hooch hatte wohl noch ein paar Karten im Ärmel. Vermutlich hatte er auch etwas mit dem Feuer im Fort zu tun.«

»Du hast es gewußt, nicht wahr?«

Fink schüttelte den Kopf. »Nein. Ich habe einfach nur Glück gehabt. Ich habe einfach ein Gespür für die Dinge, so, wie ich ein Gespür für dieses Pulverfaß hatte, und dann tue ich einfach, was mein Gefühl mir eingibt.«

»Meinst du so etwas wie eine magische Fähigkeit?«

Zur Antwort stand Fink auf und zog die Hosen herunter. Auf seiner linken Hinterbacke war eine matte Tätowierung zu erkennen, mit sechs Seiten und ziemlich gefährlich anmutend. »Das hat meine Mama in mich hineinpieksen lassen, als ich einen Monat alt war. Sie meinte, das würde mich schützen, damit ich eines natürlichen Todes sterbe.« Dann zeigte er dem Jungen die andere Hinterbacke. »Und dieses hier ist dafür, daß ich mein Glück mache, hat sie gesagt. Ich wußte nicht, wie die Dinger funktionieren, und sie ist gestorben, ohne es mir zu sagen, aber es sieht so aus, als würden sie dafür sorgen, daß ich einfach Glück habe. Daß ich irgendwie weiß, was ich tun muß.« Er grinste. »Immerhin habe ich jetzt ein Flachboot und eine Ladung Whisky, nicht wahr?«

»Wird der Gouverneur dir wirklich einen Orden dafür verleihen, daß du Hooch umgebracht hast?«

»Na ja, jedenfalls dafür, daß ich ihn eingefangen habe, sieht ganz so aus.«

»Ich schätze, der Gouverneur war wahrscheinlich nicht allzu traurig, daß der alte Hooch tot war.«

»Nein«, meinte Fink. »Nein, ich glaube nicht. Ich und der Gouverneur, wir sind jetzt gute Freunde. Er meint, er hat da etwas, was er erledigen muß und glaubt, daß nur ein Mann wie ich das schafft.«

Der Schiffsjunge blickte ihn treuherzig an. »Kann ich dir dabei helfen? Kann ich mit dir kommen?«

»Warst du schon mal in einen Kampf verwickelt?«

»In viele!«

»Hast du schon mal ein Ohr abgebissen?«

»Nein, aber ich habe einem Mann mal das Auge ausgestochen.«

»Augen sind leicht. Augen sind weich.«

»Und ich habe einem Mann fünf Zähne ausgeschlagen.«

Darüber dachte Fink einige Sekunden nach. Dann grinste er und nickte. »Klar kannst du mit mir kommen, Junge. Bis ich fertig bin, wird es im Umkreis von hundert Meilen von diesem Fluß nicht einen Mann, nicht eine Frau und nicht ein Kind geben, die meinen Namen nicht kennen. Zweifelst du daran, Junge?«

Der Junge zweifelte nicht daran.

Am Morgen legten Mike Fink und seine Mannschaft ab und fuhren in Richtung des Südufer des Hio, mit einem Wagen beladen, einigen Maultieren und acht Fässern Whisky. Ausgerüstet, um mit den Roten etwas Handel zu treiben.

Am Nachmittag beerdigte Gouverneur William Harrison die verkohlten Überreste seiner zweiten Frau und ihres kleinen Jungen, die beide das Pech gehabt hatten, gemeinsam im Kinderzimmer zu sein, als das Feuer ausgebrochen war.

Ein Feuer in seinem eigenen Haus, von keiner Menschenhand entzündet, das ihm das raubte, was ihm das Liebste war, und keine Macht auf Erden konnte es ihm wieder zurückgeben.

7 Gefangenschaft

Alvin Junior fühlte sich nie klein, es sei denn, daß er auf dem Rücken eines großen Pferdes saß. Nicht, daß er ein schlechter Reiter gewesen wäre – er kam mit Pferden ganz gut zurecht, sie warfen ihn nicht ab und er gab ihnen nie die Gerte. Nur hatte man die Steigbügel ganz hochschnallen und neue Löcher ins Leder stanzen müssen, damit er überhaupt reiten konnte. Al sehnte sich nach dem Tag, da er die Größe eines Erwachsenen haben würde. Andere mochten ihm zwar erzählen, daß er für sein Alter recht groß war, doch für Alvin bedeutete das gar nichts. Wenn man zehn Jahre alt war, dann war ›groß für sein Alter‹ immer noch alles andere als groß.

»Das gefällt mir nicht, meine Jungen ausgerechnet während dieser Rotenunruhen fortzuschicken«, sagte Faith Miller.

Mutter machte sich immer Sorgen, aber sie hatte auch guten Grund dazu. Sein ganzes Leben lang war Al irgendwie tolpatschig gewesen, hatte er ständig Unfälle gehabt. Zum Schluß wurde alles zwar wieder gut, aber häufig war es nur sehr knapp ausgegangen. Am schlimmsten war es vor wenigen Monaten gewesen, als der neue Mühlstein ihm aufs Bein gefallen war, wodurch er sich einen sehr häßlichen Bruch zugezogen hatte. Es hatte so ausgesehen, als würde er sterben. Und das, obwohl er wußte, daß er die Kraft besaß, sich selbst zu heilen.

Seitdem der leuchtende Mann in jener Nacht zu ihm ins Zimmer gekommen war, als er noch sechs Jahre alt gewesen war, hatte Al seine magische Fertigkeit nie benutzt, um sich selbst zu helfen. Gewiß, er konnte Steine für seinen Vater schneiden und hauen, weil das allen half. Dabei berührte er den Stein mit den Fingern, erspürte ihn, spürte die verborgenen Stellen im Stein auf, wo dieser brechen konnte, und rückte dann alles zurecht, sorgte dafür, daß es so lief, wie es sollte; dann kam der Stein genau richtig aus dem Fels, genau so, wie er es haben wollte. Doch niemals für sich selbst.

Und als er dann sein Bein gebrochen hatte und die ganze Haut abgeschürft gewesen war, da hatten alle gewußt, daß er sterben mußte. Und Al hätte seine Fähigkeit nie darauf verwandt, sich selbst zu heilen, ja, er hätte es nicht einmal versucht, wäre der alte Geschichtentauscher nicht dagewesen. Geschichtentauscher hatte gefragt, warum er sein Bein nicht selbst heilte. Und so hatte Al ihm erzählt, was er noch nie einer Menschenseele verraten hatte, die Sache mit dem leuchtenden Mann. Und Geschichtentauscher hatte ihm auch geglaubt und ihn nicht für verrückt gehalten. Er hatte Al dazu gebracht, sich noch einmal genau daran zu erinnern, was der leuchtende Mann gesagt hatte. Und da war Al wieder eingefallen, daß der leuchtende Mann nur zu ihm gesagt hatte: »Mach alle Dinge ganz.«

Mach alle Dinge ganz. Gehörte sein Bein denn nicht auch zu ›allen Dingen‹? Und so hatte er es so gut wieder gerichtet, wie er es eben konnte. Dazu hatte noch sehr viel mehr gehört, aber alles in allem hatte er seine eigene Kraft mit Hilfe seiner Familie dazu verwandt, sich selbst zu heilen. Deshalb war er überhaupt noch am Leben.

Doch in jenen Tagen hatte er dem Tod ins Auge geblickt, und er hatte sich nicht so sehr vor ihm gefürchtet, wie er geglaubt hatte. Er hatte gespürt, daß sein Körper nur eine Art Schuppen war, ein Unterschlupf für schlechtes Wetter, bis sein Haus fertig gebaut war. Wenn er starb, würde es gar nicht schlimm sein. Nur anders; und vielleicht auch besser.

Und als seine Mutter dann immer und immer wieder von den Roten angefangen hatte und wie lebensgefährlich es sei, hatte er nicht darauf geachtet. Nicht, weil er glaubte, daß sie im Unrecht sei, sondern weil es ihm nicht sonderlich wichtig war, ob er starb oder nicht.

Nein, ganz so stimmte das auch wieder nicht. Er hatte noch sehr viel zu tun, obwohl er noch nicht genau wußte, was, so daß es ihn *geärgert* hätte, zu sterben. Auf jeden Fall hatte er nicht vor, zu sterben. Es jagte ihm nur nicht so viel Furcht ein wie manchen anderen Leuten.

Sein großer Bruder Measure versuchte Ma zu beruhigen. »Es wird uns schon nichts passieren, Mama«, sagte Measure. »Unruhen gibt es nur unten im Süden, und wir werden die ganze Zeit auf befestigten Straßen reisen.«

»Auf diesen Straßen verschwinden jede Woche Leute«, erwiderte sie. »Diese Franzosen in Detroit kaufen immer noch Skalps, und es spielt überhaupt keine Rolle, was Ta-Kumsaw und seine Wilden tun, ein einziger Pfeil genügt schon, um euch zu töten …«

»Ma«, erwiderte Measure. »Wenn du Angst davor hast,

daß die Roten uns erwischen, dann solltest du eigentlich *wollen*, daß wir gehen. Ich meine, in Prophetstown, genau gegenüber am anderen Ufer, wohnen *mindestens* zehntausend Rote. Das ist inzwischen die größte Stadt westlich von Philadelphia, und alle Einwohner sind Rote. Wenn wir jetzt nach Osten reisen, dann entkommen wir den Roten sogar ...«

»Dieser einäugige Prophet macht mir keine Sorgen«, versetzte sie. »Er spricht nie vom Töten. Ich meine einfach nur, daß ihr nicht ...«

»Es spielt keine Rolle, was du meinst«, sagte pa.

Ma drehte sich zu ihm um. »Sag du mir nicht, daß es keine Rolle spielt, was ich ...«

»Es spielt keine Rolle, was *ich* meine«, erwiderte Pa. »Es spielt keine Rolle, was irgend jemand meint, und das weißt du auch.«

»Wenn dem so sein sollte, dann weiß ich nicht, weshalb der Herr uns überhaupt ein Gehirn gegeben hat, Alvin Miller!«

»Al wird nach Osten zum Hatrack River reisen, um bei einem Hufschmied in die Lehre zu gehen«, antwortete Pa. »Ich werde ihn vermissen, du wirst ihn vermissen, wahrscheinlich werden alle ihn vermissen außer Reverend Thrower, aber der Lehrvertrag ist nun einmal unterschrieben, und Al Junior wird reisen. Anstatt zu klagen, daß du sie nicht ziehen lassen willst, solltest du den Jungen also lieber einen Abschiedskuß geben und ihnen zuwinken.«

Der Blick, den sie Pa zuwarf, hätte Milch gerinnen lassen. »Ich werde meinen Jungen schon ihren Abschiedskuß geben und sie winkend verabschieden«, warf sie ein. »Ich brauche dich nicht, um mir das zu sagen. Du brauchst mir überhaupt nichts zu sagen.«

»Ich schätze nicht«, sagte Pa. »Aber ich sage es dir trotzdem, und ich nehme an, daß du mir diesen Gefallen schon noch erwidern wirst, wie du es schon immer getan hast.« Er streckte die Hand zu Measure empor, um auf Wiedersehen zu sagen. »Bring ihn nur sicher hin und komm sofort zurück«, trug er ihm auf.

»Du weißt, daß ich das tun werde«, erwiderte Measure.

»Deine Ma hat recht, jeder Schritt ist gefährlich, also halte die Augen offen.«

»Das werde ich tun, Pa.«

Und dann verabschiedete Ma sich von Measure, während Pa zu Al hinüberschritt. Er verpaßte ihm einen ordentlichen Klaps aufs Bein und schüttelte auch *seine* Hand. Es freute Alvin, daß Pa auch ihn wie einen erwachsenen Mann behandelte.

»Ich fürchte mich nicht vor den Roten«, sagte Al. Er sprach sehr leise, damit Ma ihn nicht hören konnte. »Aber ich wünschte mir wirklich, ich müßte nicht gehen.«

»Das weiß ich, Al«, erwiderte Pa. »Aber du mußt gehen. Es ist zu deinem eigenen Besten.«

Dann bekam Pa diesen merkwürdigen traurigen Gesichtsausdruck, den Al Junior schon mehr als einmal bemerkt, aber nie verstanden hatte. Pa war ein seltsamer Mann. Es hatte lange gedauert, bis Al das begriffen hatte. Denn erst als er älter wurde, begann Al, seinen Vater mit anderen Männern zu vergleichen. Mit Brustwehr-Gottes Weaver zum Beispiel, dem wichtigsten Mann in der Stadt, der immer vom Frieden mit den Roten sprach und das Land der Roten und der Weißen auf Karten festhielt – dem alle mit Respekt lauschten. Aber wenn Pa etwas sagte, nahm niemand das so ernst, man diskutierte vielleicht ein wenig, aber man wußte, daß es nicht *wirklich* wichtig war. Wenn Reverend Thrower von seiner Kanzel über Tod und Wiedergeburt und Höllenfeuer und den Lohn des Himmels sprach – hörte ihm jeder zu. Sie hörten anders zu als bei Brustwehr, mit mehr Respekt, weil es immer um Religion ging und nicht um irgendwelche Alltagssorgen.

Wenn Pa dagegen redete, hörten die anderen Leute ihm zwar zu, aber manchmal machten sie sich auch lustig. »Oh, Alvin Miller, Ihr redet aber auch gern, nicht!« Al bemerkte es, und am Anfang hatte es ihn zornig gemacht. Doch dann hatte er erkannt, daß die Leute, wenn sie in Schwierigkeiten waren und Hilfe brauchten, nicht etwa zu Reverend

Thrower oder Brustwehr-Gottes gingen, denn keiner von denen wußte besonders viel darüber, wie er die Art von Problemen lösen konnte, die die Leute von Zeit zu Zeit hatten. Thrower mochte ihnen vielleicht sagen, wie sie nicht in die Hölle kamen, aber das war ja auch erst dann wichtig, wenn sie tot waren; und Brustwehr mochte ihnen zwar erklären, wie sie mit den Roten Frieden halten konnten, aber das war hohe Politik. Aber wenn sie sich wegen einer Feldgrenze stritten oder nicht wußten, was sie mit einem Jungen tun sollten, der immer frech zu seiner Mutter war, oder wenn die Getreidekäfer ihr Saatgut aufgefressen hatten und sie nichts mehr zum Säen hatten, dann kamen die Leute zu Al Miller. Wenn Al Junior seinen Pa also mit anderen Männern verglich, wußte er zwar, daß Pa etwas seltsam war und Dinge tat, deren Grund nur er allein kannte. Aber er wußte auch, daß man Pa vertrauen konnte. Vor Brustwehr-Gottes und Reverend Philadelphia Thrower mochten die Leute zwar Respekt haben, aber Al Miller *vertrauten* sie.

Und auch Al Junior vertraute seinem Pa. Selbst wenn er sein Zuhause nicht verlassen wollte, selbst wenn er dem Tod so nahe gewesen war, daß er eine Lehrzeit und ähnliche Dinge für Zeitverschwendung hielt – was spielte es schon für eine Rolle, welches Handwerk er erlernte, gab es im Himmel etwa Hufschmiede? Aber er wußte doch, daß er gehen würde, wenn Pa meinte, daß es für ihn das beste sei. So wie die Leute immer wußten, daß es richtig war, wenn Al Miller zu ihnen sagte: »Tut einfach dies und jenes, dann kommt schon alles ins Lot.«

Er hatte Pa gesagt, daß er nicht gehen wollte; und Pa hatte geantwortet, er solle dennoch gehen, es sei zu seinem Besten. Mehr brauchte Alvin Junior nicht zu wissen. Er hatte genickt und getan, was Pa gesagt hatte; nicht etwa, weil es ihm an Temperament gefehlt hätte oder weil er sich vor seinem Pa fürchtete, wie andere Jungen es taten. Er kannte seinen Pa einfach nur gut genug, um seinem Urteil zu vertrauen. So einfach war das.

»Ich werde dich vermissen, Pa.« Und dann wich Pa einen Schritt zurück, um Ma Platz zu machen, damit sie ihn verabschieden konnte. Die Tränen liefen ihr das Gesicht herunter, aber sie hatte keine allerletzte Liste von Geboten und Verboten für ihn parat, wie sie sie für Measure hatte. Sie küßte einfach nur seine Hand, klammerte sich daran, sah ihm in die Augen und sagte: »Wenn ich dich heute gehen lasse, werde ich dich nie mehr wiedersehen, solange ich lebe, nicht.«

»Nein, Ma, sag nicht so etwas«, erwiderte er. »Mir wird schon nichts Schlimmes passieren.«

»Denk nur an mich«, sagte sie. »Und behalte das Amulett, das ich dir gegeben habe. Du mußt es die ganze Zeit tragen.«

»Was bewirkt es denn?« fragte er und holte es wieder aus der Tasche. »So eins kenne ich noch gar nicht.«

»Mach dir darüber mal keine Gedanken, behalte es immer nur in der Nähe.«

»Das werde ich tun, Ma.«

Dann führte Measure sein Pferd neben Al Juniors Reittier. »Wir müssen los«, sagte er.

»Dann geht schon«, sagte Ma. »Geht schon, meine Jungen.«

Doch sie waren kaum eine Rute weiter, bevor Pa ihnen nachgerannt kam und Measures Pferd am Zügel packte. »Jungen, denkt immer dran! Die Flüsse immer nur über die Brücken überqueren! Habt ihr mich gehört? Nur die Brükken benutzen! Von hier bis zum Hatrack River besitzt jeder Fluß eine Brücke.«

»Ich weiß, Pa«, sagte Measure. »Ich habe nämlich mitgeholfen, sie zu bauen.«

»Ihr sollt sie benutzen! Mehr sage ich gar nicht. Und wenn es regnen sollte, dann macht ihr halt und sucht euch ein Haus, wo ihr rasten könnt, habt ihr mich gehört? Ich will nicht, daß ihr im Regen draußen bleibt.«

Feierlich versprachen sie es und machten sich schließlich auf den Weg.

Etwa auf halber Strecke zwischen der Farm der Hatches und der Bjornsons hatte der letzte Sturm einen Baum entwurzelt und damit den halben Weg blockiert. Zu Pferd konnten sie zwar daran vorbeikommen, doch so etwas ließ man nicht einfach unbeachtet. Vielleicht kam irgendwann einmal jemand in einem Wagen vorbei, der es eilig hatte, möglicherweise in einer stürmischen Nacht. Und so stiegen sie ab, verzehrten das Mittagessen, das Ma ihnen mitgegeben hatte, und machten sich mit ihren Äxten an die Arbeit. Es war schwere, schweißtreibende Arbeit, aber es war auch *gute* Arbeit, und alles in allem dauerte es kaum mehr als eine Stunde.

Natürlich unterhielten sie sich dabei. Sie kamen auf die Geschichten von dem Massakern der Roten im Süden zu sprechen. Measure war ziemlich skeptisch. »Klar, ich habe diese Geschichten auch gehört, aber wenn sie so grausam waren, dann nur, weil die Leute sie mit der Zeit ausgeschmückt haben. Diejenigen, die tatsächlich dort unten gelebt haben und vertrieben wurden, erzählen immer nur, daß Ta-Kumsaw gekommen ist und ihre Schweine und Hühner vertrieben hat, das ist alles. Von denen hat nie jemand was über grausame Metzeleien berichtet.«

Al, der ja erst zehn Jahre alt war, war dennoch geneigt, die Geschichten zu glauben; je blutiger sie waren, um so lieber. »Vielleicht haben sie ja immer gleich ganze Familien getötet, so daß keine mehr davon berichten konnte.«

»Jetzt denk doch mal darüber nach, Al! Das leuchtet nicht ein. Ta-Kumsaw will doch, daß die Weißen von dort verschwinden, nicht wahr? Er will, daß sie sich zu Tode ängstigen, damit sie ihre Sache packen und gehen, nicht wahr? Dann müßte er doch wohl auch mindestens einen am Leben lassen, der von dem Massaker berichten kann. Und selbst wenn das nicht so wäre, hätte man doch wenigstens ein paar *Leichen* finden müssen, oder?«

»Woher kommen die Geschichten denn dann?«

»Brustwehr-Gottes meint, daß Harrison solche Lügen verbreitet, um die Leute gegen die Roten aufzuhetzen.«

»Na, was den Brand seines Hauses und seines Stakets angeht, hat er ja wohl kaum gelogen. Das konnten die Leute doch wohl genau *sehen*, daß die abgebrannt sind. Und daß seine Frau und sein kleiner Junge dabei umkamen, hat er auch nicht erfunden, oder?«

»Natürlich sind die niedergebrannt, Al. Aber vielleicht waren es ja gar keine Feuerpfeile Ta-Kumsaws, die den Brand entzündet haben. Hast du daran schon mal gedacht?«

»Der Gouverneur Harrison wird doch wohl kaum sein eigenes Haus niederbrennen und seine eigene Familie umbringen, nur damit er die Leute gegen die Roten aufhetzen kann«, meinte Al. »Das ist doch wohl Blödsinn.«

Und so spekulierten auch sie über die Rotenunruhen im südlichen Teil des Wobbish-Landes, wie es zur Zeit allgemein üblich war.

Plötzlich aber waren sie von einem Dutzend Roter umringt. So nahe an ihrem Elternhaus, in einer Gegend, die sie die letzten zehn Jahre immerhin vier- oder fünfmal im Jahr durchstreift hatten, waren sie einfach nicht achtsam genug gewesen.

Es dauerte ein paar Momente, bevor sie sich zu fürchten begannen. In Prophetstown gab es haufenweise Rote, sie kamen ziemlich regelmäßig, um in Brustwehrs Laden Handel zu treiben. Also sagte Alvin, bevor er sie überhaupt richtig angeschaut hatte: »Hallo!«

Sie erwiderten sein Hallo nicht. Ihre Gesichter waren bemalt.

»Das sind keine Hallo-Roten«, sagte Measure leise. »Die haben Musketen.«

Damit war sicher, daß sie nicht aus Prophetstown stammten. Der Prophet trug seinen Anhängern auf, niemals die Waffen des weißen Mannes zu benutzen. Ein wahrer Roter brauchte nicht mit dem Gewehr zu jagen, weil das Land seine Bedürfnisse kannte und weil das Wild nahe genug für ihn herankam, um sich mit Pfeil und Bogen erlegen zu lassen. Der einzige Grund, weshalb ein Roter ein Gewehr in die Hand zu nehmen brauchte, meinte der Prophet, war Mord. Und Mord war eine Sache der Weißen. Es war also klar, daß diese Roten hier nicht sonderlich viel auf die Worte des Propheten geben konnten.

Alvin, der gerade das Seil in der Hand hielt, mit dem sie den Baumstamm weggeschafft hatten, sah einem der Roten direkt ins Gesicht. Anscheinend mußte er seine Angst offenbart haben, denn die Augen des Roten begannen zu glitzern, und er lächelte.

Dann streckte er die Hand vor.

»Gib ihm das Seil«, sagte Measure.

»Das ist unser Seil«, widersprach Al. Doch allmählich begriff er, daß das jetzt wohl keine Rolle spielte. Also reichte er ihm beide Seile.

Der Rote nahm sie ganz freundlich entgegen. Er und seine Leute machten sich sogleich an die Arbeit, zogen den Jungen die Oberbekleidung aus und fesselten ihre Arme so straff auf dem Rücken, daß ihnen die Schultergelenke weh taten.

»Was sollen die mit unseren Kleidern?« fragte Al.

Zur Antwort schlug einer der Roten ihn hart ins Gesicht. Er mußte das Geräusch mögen, das dabei entstand, denn er wiederholte den Schlag. Der Schmerz trieb Al die Tränen in die Augen, doch er schrie nicht auf, teils weil er so überrascht war, teils weil es ihn wütend machte und er ihnen keine Befriedigung verschaffen wollte. Zu prügeln gefiel den anderen Roten, auch sie begannen nun, Measure ins Gesicht zu schlagen. Sie prügelten auf die Jungen ein, bis die halb benommen waren und ihre Wangen innen und außen bluteten.

Einer der Roten plapperte etwas, dann reichte man ihm Als Hemd. Er hackte mit seinem Messer darauf ein und rieb dann Als blutendes Gesicht damit ab. Offensichtlich genügte ihm das Blut nicht, denn nun nahm er sein Messer und schnitt Al damit in die Stirn. Blut spritzte sogleich hervor, und Al spürte einen tiefen Schmerz und schrie zum ersten Mal. Measure brüllte sie an, sie sollten von Al ablassen, aber es war hoffnungslos. Jedermann wußte, daß man des Todes war, wenn ein Roter erst einmal damit angefangen hatte, einen mit dem Messer zu bearbeiten.

Kaum hatte Al aufgeschrien, als die Roten anfingen zu lachen und juchzende Geräusche auszustoßen. Dieser Haufen wollte richtigen Ärger machen, und Al dachte wieder an all die Geschichten, von denen er gehört hatte. Die berühmteste war vielleicht die Geschichte von Dan Boone, einem Mann aus Pennsylvania, der eine Weile versucht hatte, in den Kronkolonien zu siedeln. Das war zu einer Zeit gewesen, als die Cherriky noch gegen den weißen Mann gekämpft hatten, und eines Tages wurde Dan Boones Junge entführt. Die Roten hatten kaum mehr als eine halbe Stunde Vorsprung vor Boone. Es war, als würden sie mit ihm spielen. Ab und an hielten sie an, um dem Jungen Hautstücke aus dem Leib zu schneiden oder ihm ein Auge auszustechen, irgend etwas, was schlimmen Schmerz verursachte und ihn aufschreien ließ. Boon hörte seinen Jungen schreien und folgte ihm, zusammen mit seinen Nachbarn, mit ihren Musketen bewaffnet und halb verrückt vor Zorn. Sie kamen an die Stelle, wo der Junge gemartert worden war, und die Roten waren verschwunden, im ganzen Wald war keine einzige Spur zu sehen, und dann hörten sie schon wieder einen Schrei. An diesem Tag legten sie zwanzig Meilen zurück, und schließlich, gegen Nachtanbruch, fanden sie den Jungen, von drei verschiedenen Bäumen herabhängend. Man erzählte sich, daß Boone das nie vergessen hatte, danach konnte er nie wieder einem Roten in die Augen sehen, ohne an diesen Zwanzigmeilentag zu denken.

Auch Al dachte jetzt an diesen Zwanzigmeilentag, wie der die Roten lachen hörte, wie er den Schmerz spürte, nur den Beginn des Schmerzes, wissend, daß diese Roten, was immer sie sonst noch vorhaben mochten, zunächst einmal mit zwei toten weißen Jungen anfangen wollten, und daß es ihnen nichts ausmachen würde, wenn es dabei etwas laut wurde. Sei still, sagte er bei sich. Sei still.

Sie rieben ihm mit seinen zerfetzten Kleidern das Gesicht ab, und Al versuchte, sich auf andere Dinge zu konzentrieren. Mit Mühe gelang es ihm, trotz seines Schmerzes und der Unruhe die größten Venen und Arterien in seinem Körper zu erspüren und sie wieder zu verschließen. Als sie zum letzten Mal mit einem Hemd über sein Gesicht wischten, spritzte aus seiner Stirn kein Blut mehr.

Measure hatten sie noch nicht mit dem Messer bearbeitet. Er blickte Al an, und sein Gesichtsausdruck wirkte krank. Al kannte seinen Bruder gut genug, um zu wissen, was er dachte: Daß Ma und Pa ihm Al anvertraut hatten und er nun völlig versagt hatte. Doch es war verrückt, sich deswegen Vorwürfe zu machen. Was gerade geschah, hätte in jedem Blockhaus irgendwo in dieser Gegend geschehen können, und niemand hätte es verhindert. Selbst wenn Al und Measure nicht auf eine lange Reise ausgezogen wären, hätten sie sich gerade auf diesem Weg befinden können. Doch Al konnte Measure nichts dergleichen sagen, es blieb ihm nicht viel anderes übrig, als zu lächeln.

Als zu lächeln und zu versuchen, seine Wunde so gut wie möglich zu heilen. Dafür zu sorgen, daß an seiner Stirn alles wieder so wurde, wie es sein sollte. Er konzentrierte sich darauf, und es fiel ihm immer leichter, während er den Roten zusah.

Sie redeten nicht viel. Sie wußten recht genau, was sie zu tun hatten. Sie nahmen die blutverschmierten Kleider und banden sie auf die Sättel. Dann ritzte einer von ihnen die englischen Buchstaben ›Ta-Kumsaw‹ in den einen Sattel und ›Prophet‹ in den anderen. Einen Augenblick lang war Al überrascht, daß der Rote Englisch schreiben konnte, doch dann sah er, wie er die Buchstaben von einem Papier ablas, das er zusammengefaltet in seinem Lendenschurz verwahrt hatte. Ein Papier!

Dann hielt je ein Roter eines der Pferde am Zügel, während ein anderer den Tierem mit einem Messer in die Flanken stach. Es waren nur kleine, nicht allzu tiefe Stiche, aber sie genügten, um die Pferde wild zu machen, bis sie austraten und sich aufbäumten. Die Pferde warfen die beiden Roten um, die sie festgehalten hatten, und jagten davon, den Weg entlang, der sie nach Hause führte

Eine Nachricht. Es ging um eine Nachricht. Diese Roten wollten, daß man sie verfolgte, daß ein ganzer Haufen Weißer die Musketen aufnahm und die Pferde bestieg und ihnen folgte. Wie Daniel Boone in der Geschichte. Al und Measure hatten nicht die geringst Chance, davonzukommen. Selbst wenn Al die Fesseln gelöst hätte – was ihm nicht weiter schwergefallen wäre –, hätten zwei weiße Jungen die Roten im Wald niemals abhängen können. Nein, diese Roten hatten sie so lange in ihrer Gewalt, wie sie wollten. Doch Al kannte ein paar Kniffe, wie er sie daran hindern konnte, bestimmte Dinge mit ihnen anzustellen. Und es würde auch in Ordnung sein, diese Fähigkeiten einzusetzen, denn es würde ja nicht nur für ihn sein, sondern für seinen Bruder und seine Familie und irgendwie auch für die Roten selbst. Denn wenn wirklich etwas Schlimmes passieren sollte, wenn zwei weiße Jungen tatsächlich zu Tode gefoltert würden, dann würde es einen grausamen Krieg zwischen Roten und Weißen geben. Solange er dabei niemanden tötete, durfte Al sein Talent ruhig einsetzen.

Als die Pferde fort waren, legten die Roten um Als und Measures Hals Lederriemen und zerrten sie hinter sich her. Measure war ein großer Mann, größer als jeder der Roten, so daß er sich vorbeugen mußte. Das Laufen fiel ihm schwer, und der Riemen saß sehr straff. Al folgte dichtauf und konnte daher mitansehen, wie man Measure behandelte. Aber es war nicht schwer für Al, in diesen Riemen einzudringen und ihn zu strecken, ihn immer weiter zu strecken, bis er nur locker um Measures Hals hing und lang genug war, daß Measure beinahe aufrecht laufen konnte. Das Ganze geschah so langsam, daß die Roten es nicht bemerkten. Doch Al wußte, daß ihnen schon früh genug auffallen würde, was er da tat.

Jedermann wußte, daß Rote keine Fußabdrücke hinterließen. Und wenn Rote Weiße als Gefangene nahmen, trugen sie sie meistens an Armen und Beinen wie aufgebrochenes Rotwild, damit die tolpatschigen Weißen keine Spuren hinterließen. Diese Roten also *wollten* verfolgt werden, da sie es zuließen, daß Al und Measure untentwegt Spuren hinterließen.

Andererseits sollte es aber auch nicht allzu leicht werden, sie zu finden. Nach einem schier endlosen Marsch gelangten sie an einen Bach und schritten ein Stück stromaufwärts, um dann noch etwa eine weitere Meile zu gehen, bevor sie schließlich an einer Lichtung hielten und ein Feuer machten.

In der Nähe gab es keine Farmen, aber das besagte nicht viel. Inzwischen würden die Pferde mit der blutigen Kleidung, den Wunden in ihren Flanken und den in die Sättel geritzten Namen zu Hause eingetroffen sein. Inzwischen würde jeder weiße Mann im ganzen Gebiet seine Familie nach Vigor Church bringen, wo sie von wenigen Männern bewacht werden konnte, während der Rest sich auf die Suche nach den vermißten Jungen machte. Inzwischen würde Ma bleich vor Entsetzen sein, während Pa die anderen Männer unentwegt antrieb, sie sollten keine Minute vergeuden, sie müßten die Jungen finden, wenn sie nicht bald kämen, würde er allein losreiten! Und die anderen würden zu ihm sagen: Beruhigt Euch, beruhigt Euch, allein könnt Ihr auch nicht viel ausrichten, wir kriegen sie schon, darauf könnt Ihr wetten. Und niemand würde zugeben, was doch alle wußten – daß Al und Measure bereits so gut wie tot waren.

Doch Al hatte nicht vor, tot zu sein. O nein. Er wollte ganz und gar lebendig sein.

Die Roten machten ein richtig großes und heißes Feuer, und das war bestimmt nicht zum Kochen gedacht. Da die Sonne schon grell und heiß brannte, schwitzten Al und Measure beträchtlich. Sie schwitzten noch mehr, als die Roten ihnen auch noch die Unterwäsche vom Leibe schnitten, so daß sie nun völlig nackt waren.

Plötzlich bemerkte einer der Roten Als Stirn. Er nahm ein großes Bündel Unterwäsche und rieb damit über Als Gesicht, rieb ziemlich fest, um das getrocknete Blut zu entfernen. Dann begann er auf die anderen einzuplappern. Alle versammelten sich um Al, schauten sich erst seine Stirn an und dann Measure. Al wußte, wonach sie suchten. Und er wußte auch, daß sie es nicht finden würden. Denn er hatte seine Stirn ohne jede Narbe geheilt, sein ganzes Gesicht war völlig ungezeichnet. Und auf Measures Stirn war natürlich auch nichts zu erkennen, da sie ihn nicht mit dem Messer bearbeitet hatten. Das würde ihnen für eine Weile zu denken geben.

Doch Al verließ sich nicht auf seine Heilkräfte, was ihre Rettung betraf. Es war zu schwierig sie einzusetzen, sie waren zu langsam – die Roten konnten mit Sicherheit schneller schneiden, als Al heilen konnte. Viel besser war es, wenn er seine Fähigkeit auf Dinge wie Stein und Metall anwandte.

Als sich nun einer der Roten vor Measure hinsetzte und ein Messer zückte, wartete Al nicht erst ab, bis er zu schneiden begann. Er holte sich das Messer geistig in seinen Kopf, den Stahl der Klinge – das Messer eines weißen Mannes, so wie sie auch die Musketen des weißen Mannes trugen. Er fand die Schneide und die Spitze, flachte sie ab, glättete sie, rundete sie.

Der Rote setzte das Messer auf Measures nackte Brust und versuchte zu schneiden. Measure wappnete sich gegen den Schmerz. Doch das Messer hinterließ ebensowenig eine Spur auf Measures Haut, wie es ein Löffel getan hätte.

Al hätte beinahe losgelacht, als er sah, wie der Rote sein Messer wieder absetzte und es erstaunt musterte. Er ließ die Klinge über seinen eigenen Finger fahren, um sie zu prüfen; Al dachte daran, sie in diesem Augenblick wieder rasierklingenscharf zu machen, aber die Regeln lauteten, daß er seine Fähigkeiten nur dazu verwenden durfte, die Dinge zu richten, nicht aber, um Verletzungen hervorzurufen. Die anderen scharrten sich um den Roten, schauten das Messer an. Einige von ihnen zogen den Roten auf, wahrscheinlich glaubten sie, daß er seine Klinge nicht sonderlich gepflegt hatte. Diese Zeit aber nutzte Al dazu, die anderen Stahlschneiden der roten Männer aufzuspüren und sie glatt und rund zu machen. Als er damit fertig war, hätten sie mit ihren Messern nicht einmal mehr eine Erbsenschote durchschneiden können.

Tatsächlich zogen nun alle anderen auch ihre Messer, um sie zu prüfen, ließen die Schneiden erst über Als oder Measures Haut fahren, um einander schließlich anzuschreien und sich anscheinend darüber zu zanken, wer an dem Ganzen schuld war.

Doch schließlich hatten sie eine Aufgabe zu erledigen. Sie sollten diese weißen Jungen martern oder sie wenigstens schlimm genug zerstückeln, damit ihre Leute nach Rache zu dürsten begannen, sobald sie die Leichen gefunden hatten.

Also zückte einer der Roten seinen altmodischen Tommy-hawk mit der steinernen Klinge und schwang ihn vor Als Gesicht, fuchtelte ordentlich damit herum, um ihm Angst einzujagen. Als nutzte die Zeit, um den Stein aufzuweichen, das Holz zu schwächen, die Riemen zu lockern, die alles zusammenhielten. Als der Rote die Waffe schließlich hob, um wirklich zuzuschlagen, fiel sie auseinander. Das Holz war vollkommen durchgefault, der Stein fiel in Stücken zu Boden, und selbst der Riemen war gespalten und zerfranst. Der rote Mann schrie auf und sprang zurück, als hätte ihn eine Klapperschlange gebissen.

Ein weiterer Roter mit einer Steinaxt legte Measures Hand auf einen Stein und schlug zu, um ihm die Finger abzuhacken. Doch auch diese Sache war für Al nicht weiter schwierig. Hatte er nicht auch ganze Mühlsteine gebrochen und geschnitten, wenn es sein mußte? Also prallte das Beil hallend auf den Stein, und Measure keuchte auf. Aber als der Rote den Tommy-hawk wieder aufnahm, lag Measures Hand völlig unversehrt da, während die steinerne Klinge fingerförmige Abdrücke aufwies, als bestünde sie aus weicher Butter.

Die Roten heulten auf, blickten einander ängstlich an, offenbarten Furcht und Wut angesichts des seltsamen Geschehens. Da er ein Weißer war, konnte Alvin nicht wissen, daß das Schlimmste an der ganzen Sache darin bestand, daß sie überhaupt nichts spürten, wie es sonst bei den Zauberen des weißen Mannes doch der Fall gewesen war. Für gewöhnlich empfanden sie den Zauber eines Weißen als eine Art Höcker in ihrem Landgespür, doch das, was Alvin tat, beeinträchtigte das Land nicht im geringsten, nichts sah anders aus, als es hätte sein sollen. Es war, als hätten sich für sie plötzlich die Naturgesetze auf den Kopf gestellt, plötzlich war Stahl weich geworden und Fleisch hart, war Gestein morsch und Leder so reißfähig wie Gras. Sie suchten nicht bei Al oder Measure nach der Ursache dieses Geschehens. Soweit sie es begreifen konnten, hatten sie es hier mit irgendeiner Naturkraft zu tun.

Alvin sah nur ihre Furcht und ihre Verwirrung, was ihm durchaus behagte. Doch er wurde nicht übermütig; es war ihm klar, daß es einige Dinge gab, mit denen er nicht zurechtzukommen wußte. Das Wasser, zum Beispiel. Wenn sie auf den Gedanken kommen sollten, die beiden Jungen zu ertränken, würde Al nicht wissen, wie er sich und Measure retten könnte. Er war erst zehn, und da ihn Regeln einschränkten, die er nicht verstand, hatte er noch nicht genau herausgefunden, wozu sein Talent nützlich war oder wie es funktionierte.

Immerhin hatte er Glück: Sie dachten nicht ans Ertränken. Aber an Feuer dachten sie. Höchstwahrscheinlich hatten sie das von Anfang an geplant: Die Leute erzählten sich immer Geschichten von Marteropfern, im New England der Rotenkriege, die mit geschwärzten Füßen in der auskühlenden Asche eines Feuers gestanden hatten, wo sie hatten mitansehen müssen, wie ihre eigenen Zehen verkohlten, bis der Schmerz und der Blutverlust ihrem Leben ein Ende gesetzt hatten. Alvin sah, wie sie das Feuer schürten und gleißend brennende Zweige darauflegten, damit es aufloderte. Er wußte nicht, wie er einem Feuer die Hitze nehmen konnte, er hatte es noch nie versucht. Also dachte er so schnell nach, wie er nur konnte, und als sie Measure gerade unter die Arme griffen und ihn zum Feuer zerrten, begab er sich im Geiste ins Innere des Feuerholzes und zerbrach es, ließ es zu Staub zerbröckeln, damit es ganz schnell abbrannte, alles auf einmal, in einem Feuer, das so schnell aufloderte, daß es einen lauten Knall gab und ein greller Lichtblitz gen Himmel schoß. So schnell loderte es auf, daß es einen Windstoß erzeugte, der aus allen Richtungen gleichzeitig auf die Stelle zuwehte, wo gerade zuvor noch das Feuer gewesen war, und es erzeugte für einen kurzen Augenblick einen Wirbelwind, der die Asche aufsaugte und sie auseinanderstieben ließ, bis sie wie Staub wieder niederging.

Einfach so: Nichts war vom Feuer übriggeblieben bis auf feinen Staub, der sich wie Nebel über die ganze Lichtung verteilte.

Oh, die Roten heulten und sprangen und tanzten und schlugen sich selbst auf Brust und Schulter. Und während sie sich aufführten wie bei einer irischen Beerdigung, lokkerte Al seine und Measures Fesseln, hoffte wider besseren Wissen, daß es ihnen vielleicht doch noch gelingen würde zu fliehen, bevor ihre Familie und die Nachbarn sie fanden und das Schießen und Töten begann.

Measure spürte natürlich, wie sich die Fesseln lockerten, und warf Alvin einen scharfen Blick zu; bis zu diesem Zeitpunkt hatte ihn das Geschehen ebenso verwirrt wie die Roten. Natürlich wußte er sofort, daß Alvin dahintersteckte, doch Alvin hatte ihm ja nicht erklären können, was er vorhatte, so daß Measure davon ebenso überrascht worden war wie die anderen. Nun aber sah er Alvin an und nickte, und dann begann er damit, seine Arme aus den Fesseln zu winden. Bisher hatte keiner der Roten es bemerkt, und vielleicht würden sie doch noch einen Vorsprung bekommen, oder vielleicht – ganz vielleicht – würden die

Roten so aufgeregt sein, daß sie nicht einmal versuchen würden, sie zu verfolgen.

Doch in diesem Augenblick änderte sich alles schlagartig. Im Wald ertönte Geheul, das sich plötzlich wiederholte, bis es sich anhörte wie dreihundert Eulen im Kreis. Measure mußte einen Augenblick gedacht haben, daß Al auch *dies* bewirkt hatte, so jedenfalls sah er seinen kleinen Bruder an – aber die Roten wußten sofort, was es war. Die Furcht in ihren Mienen verriet Al jedoch, daß ihre Pläne offensichtlich durchkreuzt worden waren.

Aus dem Wald, der die Lichtung umgab, traten zunächst Dutzende, dann einhundert Rote hervor. Alle trugen sie Pfeil und Bogen – nicht eine Muskete war darunter –, und so, wie sie sich kleideten und ihr Haar trugen, erkannte Al, daß es Shaw-Nee waren, noch dazu Anhänger des Propheten.

Einer der Roten trat aus der Schar hervor, ein hochgewachsener, kräftiger Mann mit einem Gesicht so hart und scharf wie Stein. Er feuerte einige hart klingende Worte ab, und sofort begannen die gestellten Roten zu plappern, zu faseln, *zu flehen*. Sie benahmen sich wie die Kinder, dachte Al, wie Kinder, die etwas getan hatten, was eigentlich verboten war, und die nun von ihrem Vater dabei erwischt worden waren.

Dann vernahmen sie vor allen ein Wort in all dem Gejammer – einen Namen: Ta-Kumsaw. Als sah zu Measure hinüber, um festzustellen, ob er es gehört hatte, und Measure blickte ihn mit hochgezogenen Augenbrauen an, um ihn das gleiche zu fragen. Und beider Lippen formten zur gleichen Zeit denselben Namen: Ta-Kumsaw.

Hieß das etwa, daß Ta-Kumsaw hier das Kommando hatte? War er zornig auf ihre Peiniger, weil sie beim Martern versagt hatten oder weil sie die weißen Jungen überhaupt gefangengenommen hatten? Die Roten würden es ihnen gewiß nicht erklären. Sicher konnte Al sich nur dessen sein, was sie *taten*. Die Neuankömmlinge nahmen den anderen die Musketen ab und führten sie in den Wald. Nur ein Dutzend Roter blieb bei Al und Measure zurück. Unter ihnen auch Ta-Kumsaw.

»Es heißt, daß Ihr Finger aus Stahl habt«, sagte Ta-Kumsaw.

Measure blickte antwortheischend zu Al hinüber, doch Al fiel nichts ein. Also antwortete Measure ihm doch, indem er die Hände hob und mit den Fingern zappelte. »Sind ganz gewöhnliche Finger«, meinte er.

Ta-Kumsaw streckte den Arm aus und nahm ihn bei der Hand – es mußte ein kräftiger, harter Griff sein, denn Measure versuchte die Hand zurückzuziehen, konnte es aber nicht. »Eisenhaut«, sagte Ta-Kumsaw. »Läßt sich nicht mit Messer schneiden. Läßt sich nicht verbrennen. Jungen aus Stein.«

Er zog an Measure, bis dieser aufrecht stand, dann schlug er ihm mit der freien Hand hart auf den Oberarm. »Steinjunge, wirf mich zu Boden!«

»Ich kann nicht mit dir ringen«, widersprach Measure. »Ich will mit niemanden kämpfen.«

»Wirf mich!« befahl Ta-Kumsaw. Und dann löste er seinen Griff etwas, stemmte einen Fuß vor und wartete, bis Measure ebenfalls seinen Fuß vorstellte. Mit abgewandtem Gesicht, Mann gegen Mann, wie die Roten es bei ihren Spielen taten. Nur daß dies kein Spiel war, nicht für diese Jungen, die dem Tod ins Auge geblickt hatten und immer noch keine Gewißheit hatten, daß er hinter der nächsten Ecke nicht doch noch auf sie lauerte.

Al wußte nicht, was er tun sollte, aber wollte irgend etwas tun, um die sich wandelnden Ereignisse wieder einzuholen. So dachte er kaum über die Konsequenzen nach, als er im gleichen Augenblick, da Measure und Ta-Kumsaw aneinander zerrten und drückten, den Boden unter Ta-Kumsaws Fuß ganz locker werden ließ, so daß dieser durch seine Kraft plötzlich in den Schmutz stürzte.

Die anderen Roten hatten über den Ringkampf gelacht und gescherzt, doch als sie nun sahen, daß der größte Häuptling aller Stämme, ein Mann, dessen Name von

Boston bis New Orleans jedermann kannte, so zu Boden ging, erstarb ihr Lachen plötzlich. Auf der ganzen Lichtung war kein einziges Geräusch merh zu vernehmen. Ta-Kumsaw stand auf und musterte das Erdreich unter seinen Füßen, kratzte mit dem Fuß daran. Inzwischen war es natürlich wieder fest geworden. Doch er trat ein paar Schritte zur Seite aufs Gras und streckte erneut die Hand vor.

Diesmal war Measure schon etwas selbstbewußter und griff nach der Hand – doch Ta-Kumsaw riß sie im letzten Augenblick beiseite. Ganz still stand er da, ohne Measure oder Al oder sonst jemanden anzuschauen, starrte nur in die Leere, seine Miene war hart und gefaßt. Dann wandte er sich an die anderen Roten und ließ ein Stakkato von Shaw-Nee-Lauten auf sie los. Es hörte sich nicht sonderlich freundlich an, und als er damit fertig war, waren Al und Measure wieder gefesselt. Und als ihre zerfetzten Unterhosen von ihnen herabfielen und sie stolpern ließen, kam Ta-Kumsaw mit wütendem Gesicht zu ihnen hinüber und riß ihnen die Wäsche mit bloßen Händen vom Leib. Doch dies war nicht die Zeit für Proteste. Sie wußten nicht, wo Ta-Kumsaw sie hinbrachte, und da ihnen auch nichts anderes übrigblieb als mitzukommen, hatte es wohl wenig Zweck, zu fragen.

Noch nie in ihrem Leben waren Al und Measure so lang oder so weit gelaufen. Eine Stunde nach der anderen, Meile um Meile, nie allzu schnell, aber ohne Pause. Auf diese Weise konnte sich ein Roter schneller zu Fuß fortbewegen als ein Weißer auf einem Pferd.

Al bemerkte sehr schnell, daß die Roten anders durch den Wald gingen als er und Measure. Die einzigen Geräusche, die er hörte, waren seine und Measures Schritte. Da Al ein Stück weiter hinten ging, konnte er Measure beobachten. Der Rote, der Measure führte, pflegte Äste mit dem Körper beiseite zu biegen, die daraufhin nachgaben. Doch sobald Measure das gleiche versuchte, peitschten sie gegen seine Haut und brachen ab. Die Roten traten auf Zweige, ohne das leiseste Geräusch zu machen, während Al an derselben Stelle stolperte oder sich an der rauhen Rinde die Haut aufriß. Als Junge war Al es gewohnt, barfuß zu gehen, so daß seine Fußsohlen eine Hornhaut hatten. Measure trug schon seit einigen Jahren Erwachsenenstiefel, und Al sah, wie er bereits nach einer halben Meile zu bluten begann.

Und so kam Al auf die Idee, daß er die Füße seines Bruders heilen könnte. Er versuchte es, doch am Anfang fiel es ihm schwer, weil ihm das Laufen die Konzentration nahm. Aber er gab nicht auf, dachte nicht mehr an das Laufen und begab sich im Geiste ins Innere der Wunden. Danach war alles ein Kinderspiel. Er heilte die Füße, machte sie zäher, schwieliger. Dann spürte er, wie Measures Körper nach mehr Atemluft verlangte; so drang er im Geiste in die Lungen seines Bruders ein, um sie zu öffnen. Als Measure nun einatmete, konnte sein Körper mehr aus der Luft herausholen. Al hatte zwar keine genaue Vorstellung davon, was er da tat, aber er wußte, daß es funktionierte, weil der Schmerz in Measures Körper nachließ und sein Bruder nicht mehr so schnell ermüdete und nach Luft japste.

Als er seine Aufmerksamketi wieder auf sich selbst richtete, stellte Al fest, daß er die ganze Zeit, während er Measure geholfen hatte, auf keinen Zweig getreten war, der unter ihm zerbrochen wäre, und er war auch von keinem zurückschnellenden Ast gepeitscht worden. Jetzt aber begann er wieder zu stolpern und Astwerk zu zerbrechen und sich die Haut aufzureißen. Zunächst glaubte er, daß dies auch vorher der Fall gewesen sei, nur daß er es eben nicht so recht bemerkt hätte, weil er mit Measure beschäftigt gewesen war. Aber kaum hatte er sich das eingeredet und begonnen, es selbst zu glauben, als er merkte, daß sich der Klang der Umwelt verändert hatte. Nun hörte er nur Atmen und bleichhäutige Füße auf dem Boden aufstampfen oder altes Laubwerk beiseite fegen. Dann und wann war ein Vogel oder eine summende Fliege zu hören. Nichts Bemerkenswertes, nur daß Al sich genau daran erinnerte, daß er nun, seitdem er Measures Körper geheilt hatte, etwas anderes nicht mehr hören konnte, was vorher dagewesen war, eine Art Musik, eine Art … grüner Musik. Ach, das war doch Unsinn! Musik konnte doch keine Farbe haben. Al schob den Gedanken beiseite, dachte einfach nicht mehr daran. Dennoch sehnte er sich danach, die Musik wieder zu vernehmen. Er wollte sie hören oder sehen oder riechen. Wie immer sie auch zu ihm kommen mochte, er wollte sie wiederhaben.

Und da war noch etwas. Bis er aus sich selbst herausgetreten war, um Measure zu helfen, war es seinem eigenen Körper auch nicht besonders gut gegangen; tatsächlich war er fast völlig erschöpft gewesen. Jetzt aber war alles in Ordnung, seinem Körper ging es gut, er atmete tief, Beine und Arme fühlten sich an, als könnte er in alle Ewigkeit so weitergehen, sie waren in ihrer Bewegung so beharrlich wie Bäume in ihrer Reglosigkeit. Vielleicht lag es daran, daß er zusammen mit Measure auch sich selbst irgendwie geheilt hatte. Doch das glaubte er nicht so recht, denn er wußte immer, was er tat und was nicht. Nein, Al Junior glaubte, daß es seinem Körper aus einem anderen Grund besser ging. Und dieser andere Grund gehörte entweder zur grünen Musik oder verursachte sie. Genauer bekam Al es nicht heraus.

Wie sie so weiterliefen, hatten Al und Measure keine Gelegenheit, sich miteinander zu unterhalten, bis die Nacht einbrach und sie ein Dorf der Roten an einer Biegung eines dunklen, tiefen Flusses erreichten. Ta-Kumsaw führte sie mitten ins Dorf, dann ging er davon und ließ sie stehen. Der Fluß war vielleicht hundert Ellen von ihnen entfernt, zwischen ihnen und dem Wasser lag der grasbewachsene Abhang.

»Meinst du, wir schaffen es bis zum Fluß, ohne daß sie uns erwischen?« flüsterte Measure.

»Nein«, erwiderte Al. »Und außerdem kann ich nicht schwimmen. Pa hat mich ja nie ans Wasser gelassen.«

Dann kamen all die Roten Frauen und Kinder aus ihren

Lehmhütten und zeigten mit den Fingern auf die beiden nackten Weißen, auf den Mann und den Jungen, und lachten und bewarfen sie mit Grasbüscheln. Zuerst versuchten Al und Measure dem auszuweichen, doch da lachten die Roten um so mehr und rannten immer und immer wieder um sie herum, bewarfen sie aus verschiedenen Winkeln mit Schlamm, versuchten, sie im Gesicht zu treffen. Schließlich setzte Measure sich einfach aufs Gras, legte das Gesicht auf die Knie und ließ sie werfen, soviel sie wollten. Al tat es ihm gleich. Plötzlich brüllte jemand einige wenige Worte, und die Roten hörten auf zu werfen. Als er den Blick hob, sah Al, wie Ta-Kumsaw davonging, während zwei seiner Krieger dablieben und dafür sorgten, daß nichts geschah.

»Soweit bin ich in meinem ganzen Leben noch nicht gelaufen«, sagte Measure.

»Ich auch nicht«, erwiderte Al.

»Am Anfang glaubte ich, ich würde sterben, so müde war ich«, fuhr Measure fort. »Und dann war ich über den toten Punkt hinweg. Ich hätte nicht gedacht, daß ich das schaffen würde.«

Al sagte nichts.

»Oder hast du etwas damit zu tun gehabt?«

»Etwas vielleicht«, meinte Al.

»Ich weiß nie, was du eigentlich kannst, Alvin.«

»Ich auch nicht«, entgegnete Al, was auch der Wahrheit entsprach.

»Als dieses Beil auf meine Finger herabsauste, da glaubte ich, ich würde nie wieder arbeiten können.«

»Sei bloß froh, daß sie nicht versucht haben, uns zu ertränken.«

»Du und das Wasser schon wieder«, versetzte Measure. »Nun, ich bin jedenfalls froh, daß du es getan hast, Al. Obwohl die Dinge vielleicht ein wenig besser stehen würden, wenn du den Häuptling beim Ringen nicht hättest ausgleiten lassen.«

»Warum nicht?« fragte Al. »Ich wollte nicht, daß er dir weh tut ...«

»Du konntest es nicht wissen, Al, deshalb brauchst du dir auch keine Vorwürfe zu machen. Aber diese Art von Ringen dient nicht dazu, dem anderen weh zu tun, es ist eine Art Prüfung. Der Männlichkeit und der Schnelligkeit und was weiß ich. Wenn er mich besiegt, ich aber fair mit ihm gekämpft hätte, dann hätte mir dies seinen Respekt errungen; und wenn ich ihn im fairen Kampf besiegt hätte, dann hätten wir einander ebenfalls respektiert. Brustwehr hat mir davon erzählt.«

Alvin dachte darüber nach. »War das also sehr schlimm, daß ich ihn habe stürzen lassen?«

»Ich weiß es nicht. Es hängt davon ab, weshalb es ihrer Meinung nach geschehen ist. Vielleicht glauben sie, daß es bedeutet, daß Gott auf meiner Seite ist oder so.«

»Glauben sie denn an Gott?«

»Immerhin haben sie doch einen Propheten, nicht wahr? Genau wie in der Bibel. Ich hoffe nur, daß sie nicht glauben, daß ich ein Feigling und Betrüger bin, denn dann wird es mir nicht besonders gut ergehen.«

»Dann werde ich ihnen einfach sagen, daß ich es war«, meinte Al.

»Tu das nur nicht«, ermahnte ihn Measure. »Uns hat nur gerettet, daß sie nicht wußten, daß du es warst, der ihre Messer und Beile und so verändert hat. Hätten sie das gewußt, Al, dann hätten sie dir den Schädel zertrümmert, hätten dich in Stücke gehauen, und dann mit mir gemacht, was sie wollten. Gerettet hat uns nur, daß sie nicht wußten, woher das alles kam.«

Dann sprachen sie darüber, wieviel Sorgen Pa und Ma sich jetzt machen würden, spekulierten darüber, wie wütend Ma wohl sein mochte, oder ob sie vielleicht zu besorgt war, um zornig auf Pa zu sein. Und dann mußten ja inzwischen auch Männer nach ihnen suchen.

»Die werden darüber beraten, Krieg gegen die Roten zu führen«, meinte Measure. »Das weiß ich genau. Da gibt es jede Menge Leute aus Carthage, die Ta-Kumsaw sowieso schon genug hassen, weil er in diesem Jahr ihr Vieh vertrieben hat.«

»Aber Ta-Kumsaw hat uns doch gerettet«, widersprach Al.

»So sieht es wenigstens aus. Er hat uns aber nicht nach Hause gebracht, ja, er hat uns nicht einmal gefragt, wo wir zu Hause sind. Und wie kommt es, daß er genau im richtigen Augenblick erschien, wenn er nichts damit zu tun haben sollte? Nein, Al, ich weiß zwar nicht, was hier vorgeht, aber Ta-Kumsaw hat uns nicht gerettet. Oder wenn er es getan hat, dann hatte er dafür seine eigenen Gründe, und ich glaube, ich werde mich lieber nicht darauf verlassen, daß er uns Gutes tun will. Außerdem habe ich nicht besonders viel dafür übrig, mitten in einem Dorf der Roten nackt herumsitzen zu müssen.«

»Ich auch nicht. Und ich habe Hunger.«

Es dauerte jedoch nicht lange, bevor Ta-Kumsaw persönlich mit einem Topf Maisbrei zu ihnen kam. Es war beinahe komisch anzusehen, wie dieser hochgewachsene rote Mann, der sich wie ein König aufführte, einen Topf schleppte wie irgendeine rote Frau. Doch nach dieser anfänglichen Überraschung bemerkte Al, daß es bei Ta-Kumsaw richtig elegant aussah.

Er stellte den Topf vor Al und Measure und nahm zwei Streifen von rotem, gewobenem Stoff auf, die um seinen Hals hingen. »Bedeckt euch«, sagte er und reichte jedem von ihm einen Stoffstreifen. Doch sie hatten keine Ahnung, wie man einen Lendenschurz band, worauf Ta-Kumsaw lachte und Al aufstehen hieß. Dann kleidete er Al selbst an und zeigte es Measure, damit der sich auch bedecken konnte. Das war zwar nicht die richtige Kleidung, aber immer noch besser, als splitternackt zu sein.

Dann nahm Ta-Kumsaw auf dem Rasen Platz, zwischen ihm und ihnen stand der Topf, und er zeigte ihnen, wie man den Brei aß – indem er die Hand hineintauchte, einen lauwarmen, geleedicken Klumpen hervorholte und ihn sich in den offenen Mund warf. Das Zeug schmeckte so fade, daß Alvin sich beinahe übergeben hätte. Measure bemerkte es und sagte: »Iß!« Also aß Alvin, und nachdem er erst einmal etwas heruntergeschluckt hatte, spürte er, wie sein Magen nach mehr verlangte, auch wenn es ihn immer noch reichlich Überwindung kostete, seine Kehle dazu zu bringen, den Transport zu übernehmen.

Als sie den Topf ganz geleert hatten, stellte Ta-Kumsaw ihn beiseite. Dann musterte er Measure eine Weile. »Wie hast du mich zum Stürzen gebracht, weißer Feigling?« fragte er.

Da wollte Al das Wort ergreifen, doch Measure antwortete viel zu schnell und laut: »Ich bin kein Feigling, Häuptling Ta-Kumsaw, und wenn Ihr jetzt mit mir ringt, wird es ein fairer Kampf sein.«

Ta-Kumsaw lächelte grimmig. »Damit du mich vor all diesen Frauen und Kindern zu Boden stürzen kannst?«

»*Ich* war es«, sagte Alvin.

Ta-Kumsaw wandte langsam den Kopf zu ihm um, ohne daß sein grimmiges Lächeln erstarb – aber es wirkte nun nicht mehr so grimmig. »Sehr kleiner Junge«, sagte er. »Sehr nutzloses Kind. Du kannst den Boden unter meinen Füßen lockern?«

»Ich habe einfach nur ein magisches Talent«, sagte Alvin. »Ich wußte ja nicht, daß du ihm nicht weh tun wolltest.«

»Ich habe ein Beil gesehen«, berichtete Ta-Kumsaw. »Mit solchen Fingerabdrücken.« Er zog einige Kurven in die Luft, um das Muster darzustellen, das Measures Finger in der Schneide des Beils hinterlassen hatten. »Hast du das getan?«

»Das ist nicht recht, einem Mann die Finger abzuhacken!«

Ta-Kumsaw lachte laut auf. »Sehr gut!« Dann beugte er sich vor. »Die Talente des weißen Mannes machen Lärm, sehr viel Lärm. Aber das, was du tust, ist so leise, daß niemand es sieht.«

Al wußte nicht, wovon er sprach.

In der Stille, die nun folgte, sprach Measure kühner denn je. »Was habt Ihr mit uns vor, Häuptling Ta-Kumsaw?«

»Morgen werden wir wieder laufen«, sagte er.

»Warum laßt Ihr uns dann nicht einfach nach Hause gehen? Inzwischen müssen mindestens hundert Nachbarn von uns die Verfolgung aufgenommen haben, so wild und wütend wie Hornissen. Das wird ziemlich viel Ärger geben, wenn Ihr uns nicht nach Hause zurück laßt.«

Ta-Kumsaw schüttelte den Kopf. »Mein Bruder will Euch haben.«

Measure sah erst Alvin an, dann blickte er wieder zu Ta-Kumsaw hinüber. »Ihr meint den Propheten?«

»Tenskwa-Tawa«, erklärte Ta-Kumsaw.

Measure machte ein angewidertes Gesicht. »Soll das heißen, daß er, nachdem er vier Jahre lang sein Prophetstown aufgebaut hat, ohne daß irgend jemand ihm Schwierigkeiten gemacht hat, während der weiße und der rote Mann richtig gut miteinander auskamen, daß er jetzt weiße Gefangene nimmt und sie martert und ...«

Ta-Kumsaw klatschte einmal laut in die Hände. Measure verstummte. »Chok-Taw haben euch gefangen! Chok-Taw haben versucht, euch umzubringen! Meine Männer töten nicht, es sei denn, um unser Land und unsere Familien vor weißen Dieben und Mördern zu beschützen. Und Tenskwa-Tawas Leute töten überhaupt nicht.«

Zum ersten Mal hörte Al davon, daß es zwischen Ta-Kumsaws Leuten und denen des Propheten Unterschiede gab.

»Woher habt Ihr dann gewußt, wo wir waren?« wollte Measure wissen. »Woher habt Ihr gewußt, wir Ihr uns finden könnt?«

»Tenskwa-Tawa hat euch gesehen«, erwiderte Ta-Kumsaw. »Er hat mir gesagt, ich soll mich beeilen und euch holen, euch vor den Chok-Taw retten, nach Mizogan bringen.«

Measure, der mit Brustwehr-Gottes' Landkarten besser vertraut war als Alvin, erkannte den Namen wieder. »Das ist der große See, wo Fort Chicago liegt.«

»Wir gehen nicht nach Fort Chicago«, widersprach Ta-Kumsaw. »Wir gehen zum heiligen Ort.«

»Zu einer Kirche?« fragte Alvin.

Ta-Kumsaw lachte. »Ihr Weißen! Wenn ihr einen Ort heilig macht, baut ihr Mauern um ihn herum, damit nichts von dem Land hineinkommt. Euer Gott ist nichts und nirgends, deshalb baut ihr eine Kirche, in der nichts Lebendiges ist, eine Kirche, die irgendwo sein könnte, es spielt keine Rolle – nichts und nirgendwo.«

»Nun, was *macht* einen Ort denn sonst heilig?« wollte Alvin wissen.

»Wenn der rote Mann dort mit dem Land spricht und das Land ihm antwortet.« Ta-Kumsaw grinste. »Schlaft jetzt. Wir werden losgehen, solange es noch dunkel ist.«

»Es wird aber ziemlich kühl werden, heute nacht«, meinte Measure.

»Die Frauen werden euch Decken bringen. Krieger brauchen keine. Wir haben Sommer.« Ta-Kumsaw entfernte sich einige Schritte, dann drehte er sich wieder zu Alvin um. »Weaw-Moxiky ist hinter dir gegangen, weißer Junge. Er hat gesehen, was du getan hast. Versuche nicht, dein Geheimnis vor Tenskwa-Tawa zu verberrgen. Er wird es merken, wenn du lügst.« Dann war der Häuptling auch schon verschwunden.

»Wovon redet der?« fragte Measure.

»Ich wünschte, ich wüßte es«, antwortete Al. »Es wird mir schwerfallen, die Wahrheit zu sagen, wenn ich gar nicht weiß, was die Wahrheit *ist*.«

Schon bald kamen die Decken. Al kuschelte sich an seinen großen Bruder, mehr um Mut zu schöpfen als wegen der Wärme. Gemeinsam flüsterten sie noch eine Weile, versuchten, einen Sinn in das Ganze zu bringen. Wenn Ta-Kumsaw von Anfang an nichts mit der Sache zu tun gehabt hatte, weshalb hatten die Chok-Taw dann seinen und den Namen des Propheten in die Sättel geritzt? Und selbst wenn das ein Täuschungsmanöver gewesen sein sollte, würde es einen schlimmen Eindruck machen, wenn Ta-Kumsaw schließlich doch die Gefangenen bei sich hatte und sie zum Lake Mizogan brachte, anstatt sie einfach nach Hause zurückkehren zu lassen. Es würde mächtig viel Reden verlangen, um diese Sache nicht in einen Krieg münden zu lassen.

Doch schließlich wurden sie müde und schliefen ein.

8 Freund der Roten

Sie versammelten sich auf der Lichtung, etwa dreißig weiße Männer, mit grimmigen Gesichtern und zornig und müde vom Marsch durch die Wälder. Die Spur hatten sie zwar leicht verfolgen können, aber die Äste hatten sie immer wieder gepackt, und sie waren über das Wurzelwerk gestolpert – der Wald war nie freundlich zu einem weißen Mann. Dann hatten sie eine Stunde verloren, als die Spur in einem Bach geendet war und sie stromauf- und stromabwärts hatten suchen müssen, bis sie die Stelle gefunden hatten, wo die Roten die Jungen aus dem Wasser wieder an Land geführt hatten. Der alte Alvin Miller wurde fast wahnsinnig, als er sah, daß sie die Jungen durch das Wasser gezerrt hatten – sein Sohn Calm hatte fast zehn Minuten gebraucht, um ihn wieder zu beruhigen.

»Nie hätte ich ihn wegschicken sollen, nie hätte ich ihn ziehen lassen sollen«, sagte er immer wieder.

Und Calm wiederholte ständig: »Das hätte überall geschehen können, mach dir keine Vorwürfe, wir werden sie schon noch finden, schließlich können sie ja noch gehen, nicht wahr?« Alles mögliche sagte er, doch vor allem war es seine Stimme, die Al Miller beruhigte, das war seine Art – manche Leute meinten, es sei seine magische Fähigkeit, die Menschen zu beruhigen.

Nun standen sie auf der Lichtung, und die Spuren führten in ungefähr fünf verschiedene Richtungen davon, und alle endeten plötzlich nach wenigen Schritten. Ein paar Schritte in Richtung Nordwesten fanden sie die zerrissene Unterwäsche der Jungen im Wald. Niemand war der Meinung, daß man Al Miller so etwas zeigen sollte, und als er an die Stelle kam – mit Calm an seiner Seite – waren die Unterhosen bereits verschwunden.

»Jetzt finden wir ihre Spur nie wieder«, meinte Brustwehr-Gottes. »Die Jungen hinterlassen keine Fußabdrücke mehr – was überhaupt nichts zu bedeuten hat, Mr. Miller, also macht Euch deswegen keine Sorgen.« Brustwehr nannte seinen Schwiegervater *Mr. Miller.* seit Al ihn damals aus seinem Haus geworfen hatte, als er gekommen war, um ihnen mitzuteilen, daß Al Junior im Sterben liege, weil die Familie die Sünde begangen hätte. Zauber und Hexerei zu verwenden. »Vielleicht tragen sie die Jungen, vielleicht gehen sie aber auch hinter ihnen her und verwischen ihre Spuren. Wir wissen doch alle, daß ein Roter keine Spur hinterläßt, wenn er es nicht will.«

»Wir wissen alles über Rote«, meinte Al Miller. »Und auch, was sie mit weißen Jungen tun, wenn sie ...«

»Bisher wissen wir nur, daß sie versuchen, uns Angst einzujagen«, versetzte Brustwehr.

»Bisher gelingt ihnen das auch gut«, meinte einer der Schweden. »Wir sind jedenfalls zu Tode erschrocken, meine Familie und ich.«

»Außerdem weiß hier auch jeder, daß Brustwehr-Gottes ein Freund der Roten ist.«

Brustwehr blickte sich um und versuchte auszumachen, wer das gesagt hatte. »Wenn Ihr unter einem Freund der Roten versteht, daß ich glaube, daß die Roten ebensolche menschlichen Wesen sind wie die Weißen, dann stimmt es. Aber wenn Ihr meinen solltet, daß ich die Roten *lieber* habe als die Weißen, dann solltet Ihr besser Euren Mut zusammennehmen und vortreten und es mir ins Gesicht sagen, damit ich Euch dieses Gesicht in einen Baum rammen kann.«

»Kein Grund zum Streiten«, sagte Reverend Thrower keuchend. Er war nicht sonderlich gut trainieert, so daß er sie erst jetzt erreichte. »Der Herr liebt alle seine Kinder, selbst die Heiden. Brustwehr-Gottes ist ein guter Christ. Aber wir wissen auch alle, daß Brustwehr-Gottes auf der Seite der Rechtschaffenen stehen wird, sollte es jemals zu einem Kampf zwischen Christen und Heiden kommen.«

Die Menge murmelte Zustimmung. Schließlich mochten sie Brustwehr ja alle. Er hatte den meisten von ihnen Geld geliehen oder ihnen in seinem Laden Kredit eingeräumt, und er drängte nie auf Zahlung – viele von ihnen hätten die ersten Jahre im Wobbish-Land gar nicht überlebt, wäre Brustwehr nicht gewesen. Doch Dankbarkeit hin, Dankbarkeit her, alle wußten sie auch, daß er die Roten fast so behandelte wie Weiße, was in einer solchen Zeit wie der jetzigen etwas verdächtig war.

»Es wird sofort zum Kampf kommen«, meinte ein Mann. »Wir brauchen diese Roten gar nicht erst aufzuspüren. Schließlich haben wir ihre Namen auf den Sätteln, und zwar deutlich eingraviert!«

»Einen Augenblick mal!« sagte Brustwehr-Gottes. »Denkt doch mal eine Minute nach! Seit Prophetstown auf der anderen Seite des Wobbish wächst, gegenüber von Vigor Church, hat da jemals irgendein Roter Euch auch nur einmal etwas gestohlen? Hat er einem eurer Kinder auch nur ein Haar gekrümmt? Ein Schwein entwendet? Hat er irgendeinem von euch etwas Böses getan?«

»Ich denke, Al Millers Jungen zu entführen, ist ja wohl böse genug!« erwiderte ein anderer Mann.

»Ich spreche von den Roten in Prophetstown! Ihr wißt genau, daß die nie ein Verbrechen begangen haben. Und ihr kenn auch den Grund. Der Prophet hat ihnen gesagt, sie sollten in Frieden leben, sollten in ihrem eigenen Land bleiben und dem weißen Mann keinen Schaden zufügen.«

»Das sagt Ta-Kumsaw aber nicht!«

»Na, und selbst *wenn* sie den Weißen irgendein scheußliches Verbrechen antun wollten – was ich nicht behaupten will –, glaubt denn auch nur einer von euch, daß Ta-Kumsaw oder Tenskwa-Tawa so dumm sind, dann auch noch mit ihrem eigenen Namen zu unterschreiben?«

»Die sind stolz darauf, Weiße umzubringen!«

»Wenn der rote Mann klug wäre, dann wäre er Weiß!«

»Versteht ihr jetzt, was ich mit Freund der Roten meine?«

Brustwehr-Gottes kannte diese Leute, und er wußte, daß die meisten von ihnen immer noch auf seiner Seite standen. Selbst die Grollenden und Knurrenden würden nicht auf eigene Faust irgendeine Dummheit begehen. Sie würden warten, bis die ganze Gruppe sich zum Handeln entschlossen hatte. Also ließ er sie ihn einen Freund der Roten heißen, denn wenn Männer Angst hatten und wütend waren, dann sagten sie oft Dinge, die sie später bereuten. Solange sie nur abwarteten. Und solange sie sich nicht gleich in einen Krieg gegen die Roten stürzten.

Denn Brustwehr hatte seine Zweifel, was diese ganze Angelegenheit anging. Die Sache war viel zu einfach, wie diese Pferde mit in die Sättel eingeritzten Namen nach Hause zurückgeschickt worden waren. Das war nicht die Art der Roten, nicht einmal jener schlimmen Roten, die einen auf der Stelle umbringen würden, sobald sie einen erblickten. Brustwehr verstand genug von den Roten, um zu wissen, daß sie einen Menschen nur marterten, um ihm Gelegenheit zu geben, sich als tapfer zu erweisen, und nicht, um die Leute zu terrorisierten. (Die meisten Roten zumindest – es gab allerdings auch einige andere Geschichten über die Irrakwa vor der Zeit, als sie zivilisiert geworden waren.) Wer immer dies hier also getan hatte, verhielt sich nicht wie ein echter Roter. Brustwehr war fest davon überzeugt, daß irgend jemand sie angestiftet hatte.

Die Franzosen in Detroit hatten schon seit Jahren versucht, zwischen den Roten und den amerikanischen Siedlern einen Krieg vom Zaun zu brechen – möglicherweise steckten sie dahinter. Vielleicht aber auch Bill Harrison. Diesem Kerl, der unten in seinem Fort am Hio wie eine Spinne lauerte, war so etwas durchaus zuzutrauen. Natürlich sprach Brustwehr nicht laut über diese Vermutung, weil dann manche Leute glauben würden, daß er nur neidisch auf Bill Harrison war, was ja auch stimmte – er war *tatsächlich* neidisch. Aber er wußte auch, daß Harrison ein bösartiger Mann war, der alles tun würde, damit die Dinge so liefen, wie er es haben wollte. Vielleicht würde er sogar ein paar wilde Rote anheuern, um in der Nähe von Prophetstown ein paar weiße Jungen umzubringen. Schließlich war es Tenskwa-Tawa gewesen, der die meisten Roten in Harrisons Gebiet dazu gebracht hatte, dem Whisky abzuschwören und nach Prophetstown zu kommen. Und es war Ta-Kumsaw gewesen, der die Hälfte der weißen Siedler dort unten vertrieben hatte. Für Brustwehr sah es danach aus, als steckte Harrison hinter der ganzen Sache; das erschien ihm sehr viel wahrscheinlicher als die Franzosen.

Doch nichts von dem konnte er laut sagen, weil es keine Beweise gab. Deshalb mußte er dafür sorgen, daß die Dinge ruhig blieben, bis die Sache sich aufklären ließ.

Was bald der Fall sein könnte. Sie hatten den alten Tack Sweeper mitgebracht, der schnaufend mit den Stärksten von ihnen Schritt gehalten hatte; es war beachtlich, wie kräftig er für einen Mann war, dessen Lungen sich beim Atmen wie eine Kinderrassel anhörten. Tack Sweeper besaß eine Fähigkeit, die nicht immer ganz zuverlässig war, worauf er selbst stets hinwies. Doch manchmal funktionierte sie erstaunlich gut. Er konnte sich eine Weile mit geschlossenen Augen an einen Ort stellen und gewissermaßen sehen, was dort in der Vergangenheit geschehen war. Es waren nur schnelle, kleine Visionen, einige wenige Gesichter. Wie damals, als sie befürchtet hatten, daß Jan de Vries sich selbst absichtlich umgebracht hatte oder möglicherweise ermordet worden war. Da hatte Tack gesehen, daß es ein Unfall gewesen war, und so hatten sie ihn im Kirchhof beerdigen können und hatten auch seinen Mörder nicht suchen müssen.

Und so hofften sie nun, daß Tack ihnen würde sagen können, was hier auf dieser Lichtung geschehen war. Er scheuchte sie alle an den Waldrand zurück, damit sie ihm nicht im Weg standen. Dann ging er mit geschlossenen Augen ganz langsam in der Mitte der Lichtung umher. »Ihr hättet euch hier nicht so erregen dürfen«, meinte er nach einer Weile. »Alles, was ich sehe, ist, wie ihr euch angeifert.« Sie lachten, irgendwie waren sie verlegen. Sie hätten es besser wissen müssen, als die Erinnerungen eines Ortes durcheinanderzubringen, bevor Tack ihn überprüft hatte.

»Das sieht nicht gut aus. Ich sehe ständig Gesichter von Roten. Ein Messer, alle möglichen Messer, die auf die Haut von Leuten einstechen. Ein herabsausendes Beil.«

Al Miller stöhnte auf.

»Das ist alles ein Durcheinander, so viel ist hier geschehen«, meinte Tack. »Ich kann nichts richtig erkennen. Nein. Nein, ich kann ... ein Mann. Ein roter Mann, ich kenne sein Gesicht, ich habe ihn schon einmal gesehen – er steht einfach nur da, ohne sich zu rühren. Ich kenne das Gesicht.«

»Wer ist es?« fragte Brustwehr-Gottes. Aber er wußte es schon, er hatte eine gräßliche Vorahnung.

»Ta-Kumsaw«, sagte Tack. Dann öffnete er die Augen und blickte Brustwehr-Gottes beinahe entschuldigend an. »Ich hätte es auch nicht geglaubt, Brustwehr«, sagte er. »Ich habe immer gedacht, daß Ta-Kumsaw der tapferste Mann sei, dem ich je begegnet bin. Aber er war hier, und er hatte die Sache unter Kontrolle. Ich sehe ihn, wie er dort steht und wie er den Leuten sagt, was sie tun sollen. Hier vorn hat er gestanden. Ich kann ihn so deutlich erkennen, weil niemand anders längere Zeit an derselben Stelle gestanden hat. Und er war wütend. Daran besteht kein Zweifel.«

Brustwehr und die anderen glaubten ihm, alle wußten sie, daß Tack ein wahrhaftiger Mann war, und wenn er sagte, daß er sich sicher war, dann war er sich auch sicher. Aber es mußte doch irgendeinen Grund dafür geben. »Vielleicht ist er ja gekommen und hat die Jungen gerettet, habt ihr daran schon einmal gedacht? Vielleicht ist er gekommen und hat irgendeine Bande wilder Roter daran gehindert ...«

»Rotenfreund!« schrie jemand.

»Ihr kennt doch Ta-Kumsaw! Er ist kein Feigling, und Jungen zu entführen, das ist eine feige Tat. Ihr *kennt* den Mann doch!«

»Niemand kennt einen roten Mann wirklich.«

»Ta-Kumsaw hat diese Jungen nicht entführt!« beharrte Brustwehr-Gottes. »Ich weiß es!«

Da verstummten alle, weil der alte Al Miller sich den Weg nach vorn bahnte, zu der Stelle, wo Brustwehr-Gottes stand. Er baute sich vor seinem Schwiegersohn auf, und seine Miene war ein Abbild der Hölle selbst, so wütend war er. »Ihr wißt überhaupt nichts, Brustwehr-Gottes Weaver! Ihr seid der nichtsnutzigste Abschaum, der sich jemals auf der Oberfläche eines Nachttopfs gebildet hat. Erst habt Ihr meine Tochter geheiratet und wolltet nicht zulassen, daß sie Zauber benutzt, weil Ihr Euch so verdammt sicher wart, daß das Teufelswerk sei. Und dann habt Ihr es zugelassen, daß sich deine Roten die ganze Zeit hier aufhalten durften. Und als wir einen Palisadenzaun bauen wollten, da habt Ihr gesagt, nein, wenn wir ein Staket bauen, dann haben die Franzosen nur etwas, was sie angreifen und niederbrennen können, wir werden uns mit den Roten *anfreunden*, dann lassen sie uns in Ruhe, wir werden mit den Roten *Handel* treiben. Und schaut einmal, wohin uns das jetzt geführt hat! Schaut einmal, was Ihr für uns getan habt! Wie sind wir doch jetzt alle froh darüber, daß wir auf Euch gehört haben! Ich glaube nicht, daß Ihr ein Freund der Roten seid, Brustwehr-Gottes. Ich glaube nur, daß Ihr der größte Narr seid, der jemals den Hio überquert und in den Westen gekommen ist; und die einzigen Leute, die noch dümmer sind als Ihr, sind *wir*, wenn wir auch nur eine weitere Minute auf Euch hören sollten!«

Und dann drehte Al Miller zu den anderen Männern um, die ihn voller Ehrfurcht anschauten, als hätten sie zum ersten Mal in ihrem Leben seine Majestät geschaut. »Zehn Jahre lang haben wir hier nach Brustwehrs Pfeife getanzt. Aber für mich ist jetzt Schluß damit. Ich habe einen Jungen im Hatrack River auf dem Weg hierher verloren, und diese Stadt ist nach ihm benannt worden. Jetzt habe ich zwei weitere Jungen verloren. Ich habe jetzt nur noch fünf Söhne, aber eines sage ich euch: Denen werde ich persönlich die Gewehre in die Hand drücken, und ich werde sie mitten nach Prophetstown führen und diese Roten zur Hölle schicken, und wenn wir alle dabei draufgehen! Habt Ihr mich verstanden?«

Sie hatten ihn verdammt gut verstanden. Sie hatten ehrfürchtig gelauscht und schrien jetzt ihre Antwort heraus. Das war es, was sie im Augenblick hatten hören wollen, das Wort des Hasses und des Zorns und der Rache, und keiner war besser dazu geeignet, es ihnen zu geben, als Al Miller, der normalerweise ein friedliebender Mann war. Und daß er der Vater der entführten Jungen war, verlieh seinen Worten nur noch mehr Nachdruck.

»So, wie ich die Sache sehe«, fuhr Al Miller fort, »hat Bill Harrison die ganze Zeit recht gehabt. Kein roter und kein weißer Mann können sich dieses Land teilen. Und ich sage euch noch etwas: *Ich* bin es nicht, der von hier verschwinden wird. Dazu ist schon zuviel von meinem eigenen Blut vergossen worden, als daß ich jetzt meine Sachen packen und gehen würde. Ich bleibe, entweder *auf* diesem Grund und Boden oder *darunter*.«

Ich auch, sagten alle seine Jungen. So wird es sein, Al Miller. Wir bleiben.

»Dank unserem Brustwehr hier haben wir kein Staket und kein Fort der US-Armee, das näher läge als Carthage City. Wenn wir jetzt kämpfen, könnte es sein, daß wir alles und alle verlieren. Also wollen wir die Roten so gut abwehren, wie wir nur können, und Hilfe holen. Ein Dutzend Männer soll sich nach Carthage City begeben und Bill Harrison bitten, uns eine Armee zu schicken und vielleicht auch seine Kanonen, wenn er kann. Meine beiden Jungen sind von uns gegangen, und das Leben von tausend Roten für jeden meiner Söhne wird nicht genügen, um mir Genugtuung zu verschaffen!«

Schon am nächsten Morgen machten sich die zwölf Reiter auf den Weg nach Süden. Sie hatten sich auf der Gemeindewiese gesammelt, die von Wegen überfüllt war, als immer mehr Familien aus den fernen Farmen in die Stadt kamen, um bei Freunden und Verwandten unterzukommen. Doch Al Miller war nicht dort, um sie zu verabschieden. Gestern hatten seine Worte sie noch alle in Erregung versetzt, doch mehr würden sie von ihm nicht bekommen. Er wollte die Sache nicht leiten, er wollte nur seine Jungen wiederhaben.

In der Kirche saß Brustwehr-Gottes niedergeschlagen ind er vordersten Reihe.

»Wir begehen einen schrecklichen Fehler«, sagte er zu Reverend Thrower.

»Das tun die Menschen immer«, meinte Thrower, »wenn sie ihre Entscheidungen ohne die Hilfe des Herrn fällen.«

»Es war nicht Ta-Kumsaw. Das weiß ich. Und der Prophet war es auch nicht.«

»Er ist kein Prophet, zumindest kein Prophet Gottes«, versetzte Thrower.

»Ein Mörder ist er aber auch nicht«, erwiderte Brustwehr. »Vielleicht hat Tack recht gehabt, vielleicht hatte Ta-Kumsaw tatsächlich irgend etwas damit zu tun. Aber eins weiß ich: Ta-Kumsaw ist auch kein Mörder. Gewiß, im Krieg tötet auch er, aber während seiner ganzen Überfälle unten im Süden hat er keine Menschenseele getötet. Wenn Ta-Kumsaw diese Jungen in seiner Gewalt hat, dann sind sie ebenso sicher, als lägen sie zu Hause bei ihrer Mutter im Bett.«

Thrower seufzte. »Ich vermute, daß Ihr diese Roten besser kennt als ich.«

»Ich kenne sie besser als jeder andere.« Er lachte verbittert. »Deshalb nennt man mich ja Freund der Roten und hört nicht auf das, was ich sage. Jetzt rufen sie diesen mit Whisky handelnden Tyrannen aus Carthage City herbei, um hier die Sache zu übernehmen. Egal, was er tut, er wird zum Helden werden. Dann werden sie ihn wirklich zum Gouverneur machen. Herrje, wahrscheinlich machen sie ihn sogar zum Präsidenten, wenn Wobbish sich jemals den USA anschließen sollte.«

»Ich kenne diesen Harrison nicht. Er kann unmöglich solch ein Teufel sein, wie Ihr ihn darstellt.«

Brustwehr lachte. »Manchmal, Reverend, glaube ich, daß Ihr vertrauensselig seid wie ein kleines Kind.«

»Was uns der Herr zu sein ja auch aufgetragen hat. Brustwehr-Gottes, seid geduldig. Alles wird so werden, wie der Herr es beabsichtigt.«

Brustwehr vergrub das Gesicht in seinen Händen. »Das hoffe ich, Reverend, das hoffe ich wirklich. Aber ich denke immer noch an Measure, ein so guter Mann, und an diesen jungen Alvin, diesen Jungen mit dem lieblichen Gesicht, und wie sehr sein Papa ihn schätzt und ...«

Throwers Miene wurde grimmig. »Alvin Junior«, murmelte er. »Wer hätte gedacht, daß der Herr sich des Armes der Heiden bedienen würde, um sein Werk zu vollbringen?«

»Wovon redet Ihr da?« fragte Brustwehr.

»Nichts, Brustwehr, nichts. Nur davon, daß all dies genau, und zwar *ganz genau* das sein könnte, was der Herr vorhat.«

Oben auf dem Hügel im Haus der Millers saß Al noch immer am Frühstückstisch. Am Abend zuvor hatte er nichts gegessen, und als er heute versucht hatte, zu frühstücken, hatte er würgen müssen. Faith hatte alles wieder abgeräumt und stand nun hinter ihm, rieb ihm die Schultern. Nicht ein einziges Mal sagte sie zu ihm: Ich habe dir doch gesagt, daß du sie nicht wegschicken sollst. Doch beide wußten es. Wie ein Schwert hing es zwischen ihnen, und keiner von beiden wagte es, die Hand nach dem anderen auszustrecken, so sehr fürchtete er sich davor.

Die Stille wurde unterbrochen, als Wastenot eintrat, ein Gewehr über die Schulter geschlungen. Er stellte es neben der Haustür ab, schwang sich einen Stuhl zwischen die Beine und setzte sich nieder, um seine Eltern anzuschauen. »Sie sind fort, um die Armee zu holen.«

Zu seiner Überraschung senkte sein Vater nur den Kopf und legte ihn auf seine Arme, die verschränkt auf dem Tisch lagen.

Mutter sah ihn an, ihr Gesicht war hager vor Sorge und Trauer. »Seit wann kannst du mit dem Ding dort umgehen?«

»Ich und Wantnot haben geübt«, antwortete er.

»Wirst du Rote damit umbringen?«

Wastenot war überrascht von der Abscheu in ihrer Stimme. »Ich will es wirklich hoffen«, sagte er.

»Und wenn all die Roten dann tot sind und ihr ihre Leichen aufeinander häuft, werden Measure und Alvin dann irgendwie aus diesem Haufen hervorkriechen und zu mir nach Hause zurückkehren?«

Wastenot schüttelte den Kopf.

»Gestern abend ist irgendein Roter zu seiner Familie nach Hause zurückgekehrt, ganz stolz darauf, daß er gestern ein paar weiße Jungen getötet hat.« Ihre Stimme stockte, als sie es sagte, dennoch fuhr sie fort, denn wenn Faith Miller etwas zu sagen hatte, wurde es auch gesagt. »Und vielleicht hat seine Frau oder seine Mutter ihm dafür auf die Schulter geklopft und ihm das Abendessen zubereitet. Aber komm du mir nie durch diese Tür, um mir zu sagen, daß du einen roten Mann getötet hast. Denn dann bekommst du kein Abendessen und keinen Kuß, und man wird dir auch nicht auf die Schultern klopfen, und du bekommst kein einziges Wort zu hören und du bekommst kein Zuhause und keine Mutter, hast du mich verstanden?«

Er verstand sie sehr gut, doch es gefiel ihm nicht. Er stand auf, schritt zur Tür zurück und nahm das Gewehr auf. »Du kannst denken, was du willst, Mama«, sagte er, »aber das hier ist Krieg, und ich *werde* einige Rote töten, und ich werde auch nach Hause zurückkehren und werde dafür so stolz einstehen, wie ich nur kann. Und wenn das bedeutet, daß du dann nicht mehr meine Mutter sein willst, dann kannst du auch schon jetzt damit aufhören, meine Mutter zu sein, dann brauchst du nicht erst zu warten, bis ich zurückgekehrt bin.« Er öffnete die Tür, hielt aber noch inne, bevor er sie hinter sich zuschlug. »Freu dich nur, Mama, vielleicht komme ich ja auch gar nicht mehr zurück.«

Noch nie in seinem ganzen Leben hatte er so mit seiner

Mutter gesprochen, und auch jetzt war er sich nicht sicher, daß es ihm gefiel. Doch sie benahm sich verrückt, sie wollte nicht begreifen, daß jetzt Krieg herrschte, daß diese Roten den Weißen offen den Kampf angesagt hatten und ihnen daher gar nichts anderes mehr übrigblieb.

Was ihm jedoch am meisten zu schaffen machte, als er sein Pferd bestieg und zu David hinausritt, war, daß er den Verdacht nicht loswurde, daß Papa weinte. Das war wirklich unerhört. Noch gestern hatte Papa so hitzig gegen die Roten geredet, und heute redete Mama gegen den Krieg, und Papa saß einfach nur da und weinte. Vielleicht wurde er alt. Aber das konnte Wastenot jetzt nicht kümmern. Vielleicht wollten Papa und Mama jene nicht töten, die ihnen ihre Söhne genommen hatten – doch Wastenot wußte, was er mit denen tun würde, die ihm seine Brüder genommen hatten. Deren Blut war sein Blut, und wer immer sein Blut vergoß, der würde auch sein eigenes vergießen, eine ganze Gallone für jeden Tropfen.

9 Lake Mizogan

In seinem ganzen Leben hatte Alvin noch nie so viel Wasser auf einmal gesehen. Er stand oben auf einer Sanddüne und blickte über den See. Measure stand neben ihm, eine Hand auf Als Schulter gelegt.

»Pa hat mir aufgetragen, dich vom Wasser fernzuhalten«, sagte Measure, »und jetzt schau mal, wo sie dich nun hinbringen.«

Der Wind war heiß und heftig, manchmal wallte er auf und ließ Sandkörner wie winzige Pfeile umherschießen. »Dich aber auch«, meinte Al.

»Sieh mal, da braut sich ein richtiges Gewitter zusammen.«

Weitab im Südwesten wurden die Wolken schwarz und

häßlich. Das war kein gewöhnlicher Sommerregen. Blitze zuckten über das Antlitz der Wolken. Der Donner kam sehr viel später. Als Alvin zusah, hatte er plötzlich das Gefühl, als könnte er viel weiter schauen als vorher, als könnte er das Brodeln in den Wolken erkennen, die Hitze und die Kälte spüren, die eisige Luft, die in die Tiefe fegte, die heiße Luft, die emporjagte, wie sich alles im riesigen Kreis des Himmels wand.

»Ein Tornado«, sagte Al. »In dem Sturm dort steckt ein Tornado.«

»Ich kann keinen erkennen«, meinte Measure.

»Er kommt. Schau doch mal, wie die Luft sich dort dreht. Schau dir das nur an.«

»Ich glaube dir, Al. Aber es gibt hier keinen Platz, wo man sich unterstellen könnte.«

»Schau dir nur diese ganzen Leute an«, sagte Alvin. »Wenn es uns hier erwischt ...«

»Seit wann kannst du das Wetter voraussagen?« fragte Measure. »Das hast du noch nie getan.«

Darauf wußte Al keine Antwort. Er hatte tatsächlich noch nie einen Sturm so deutlich in seinem Inneren gespürt wie jetzt. Es war wie die grüne Musik, die er gestern nacht gehört hatte; seitdem diese Roten ihn gefangengenommen hatten, geschahen alle möglichen merkwürdigen Dinge. Doch er durfte keine Zeit mehr damit verlieren, darüber nachzudenken, woher er das wußte – es genügte, daß er es wußte. »Ich muß irgend jemanden warnen.«

Alvin stürzte so schnell die Düne hinunter, wie nie zuvor in seinem Leben. Measure jagte ihm nach und rief: »Sie haben uns gesagt, wir sollen so lange hier oben bleiben bis ...« Ein Windstoß ließ ihn verstummen. Al mußte die Augen mit der Hand abschirmen, das Gesicht vom Wind abwenden, mußte alles tun, was verhinderte, daß er geblendet wurde, während er auf die Roten zulief, die sich am Ufer versammelt hatten.

Ta-Kumsaw war leicht auszumachen, und dies nicht nur,

weil er so groß war. Die anderen Roten hatten viel Raum um ihn herum gelassen, und er stand da wie ein König. Al lief direkt auf ihn zu. »Es kommt ein Tornado!« schrie er. »In der Wolke dort drüben stecken Tornados!«

Ta-Kumsaw legte den Kopf zurück und lachte; der Wind war so laut, daß Al ihn kaum hören konnte. Dann griff Ta-Kumsaw über Als Kopf hinweg, um die Schulter eines anderen zu berühren, der vor ihm stand. »Das ist der Junge!« rief Ta-Kumsaw.

Al blickte den Mann an, den Ta-Kumsaw berührte. Dieser andere Rote benahm sich überhaupt nicht wie ein König – überhaupt nicht wie Ta-Kumsaw. Er war etwas gebeugt, und es fehlte ihm ein Auge, schlaff hing das Lid über der leeren Höhle. Er wirkte angespannt, seine Arme waren eher drahtig als muskulös, die Beine waren regelrecht verkümmert. Doch als Al ihm ins Gesicht blickte, erkannte er ihn wieder.

Ganz kurz ließ der Wind nach.

»Leuchtender Mann«, sagte Al.

»Schabenjunge«, erwiderte Tenskwa-Tawa, Lolla-Wossiky, der Prophet.

»Dich gibt es wirklich«, sagte Al. Kein Traum, keine Vision. Ein wirklicher Mann, der am Fußende seines Bettes gestanden hatte, verschwindend und wieder erscheinend, mit einem Gesicht, das so grell wie Sonnenlicht geleuchtet hatte, daß es die Augen geschmerzt hatte, es anzublicken. »Ich habe dich nicht geheilt!« sagte Al. »Das tut mir leid.«

»Doch, das hast du getan«, erwiderte der Prophet.

Dann fiel Al wieder ein, weshalb er die Düne hinuntergelaufen und in das Gespräch zwischen den beiden größten Roten auf der ganzen Welt geplatzt war, diesen Brüdern, deren Namen jeder Weiße jenseits der Appalachees kannte.

»Tornados!« rief er.

Wie um ihm zu antworten, peitschte der Wind wieder auf, jetzt heulte er schon. Al drehte sich um und sah, daß das, was er geschaut und gespürt hatte, nun Wirklichkeit wurde. Am Himmel bildeten sich vier Wirbel, die aus der Mitte des Sturmes heraushingen wie Schlangen von einem Baum.

Alle vier kamen auf sie zu, berührten jedoch noch nicht den Boden.

»Jetzt!« rief der Prophet.

Ta-Kumsaw reichte seinem Bruder einen Pfeil mit einer Feuersteinspitze. Der Prophet setzte sich in den Sand und rammte die Spitze des Pfeils erst in die Sohle seines linken, dann in die seines rechten Fußes. Sofort strömte das Blut aus den Wunden hervor. Nun machte er dasselbe mit seinen Händen, rammte den Pfeil tief in die Handflächen hinein.

Ohne nachzudenken stieß Al einen Schrei aus und begann, seinen Geist in den Körper des Propheten eindringen zu lassen, um die Wunden zu heilen.

»Nein!« rief der Prophet. »Das ist die Macht des roten Mannes – das Blut seines Körpers – das Feuer des Landes!«

Dann stand er auf, drehte sich um und schritt in den Lake Mizogan hinein.

Nein, nicht *in* den See, sondern *auf* ihn. Alvin traute seinen Augen nicht, doch unter den blutigen Füßen des Propheten wurde das Wasser so glatt und flach wie Glas, und der Prophet stand darauf. Sein Blut bildete eine tiefrote Pfütze auf der Oberfläche. Wenige Ellen entfernt wurde das Wasser unruhig, die vom Wind aufgepeitschten Wogen liefen auf die glatte Stelle zu, um plötzlich ihrerseits flach zu werden, ruhig und glatt.

Der Prophet ging immer weiter, hinaus auf das Wasser, seine blutigen Fußabdrücke markierten den glatten Weg durch den Sturm.

Al sah zu den Tornados zurück. Die waren inzwischen ganz nahe, tobten beinahe über ihren Köpfen. Er spürte, wie sie sich in seinem Inneren wanden, als wäre er Teil der Wolken; es waren die großen, tobenden Gefühle seiner eigenen Seele.

Draußen auf dem Wasser hob der Prophet die Hände und deutete auf einen der Wirbel. Fast im selben Augenblick erhoben sich die anderen drei, wurden von den Wolken wieder aufgesaugt und verschwanden. Der eine jedoch kam näher, bis er direkt über dem Propheten schwebte, etwa hundert Fuß über ihm; nah genug, um den See am Rande des glasigen, glatten Prophetenwegs aufpeitschen zu lassen, als wollte das Wasser die Wolken mit sich reißen; es begann zu kreiseln, strudelte unter dem Wirbel im Wind herum und herum.

»Komm!« rief der Prophet.

Alvin konnte ihn zwar nicht hören, doch er sah seine Augen – selbst auf diese Entfernung –, sah seine Lippen sich bewegen und wußte, was der Prophet wollte. Alvin zögerte nicht. Er trat auf das Wasser hinaus.

Doch als er begann, den warmen, glatten Glaspfad des Propheten entlangzuschreiten, da schrie Measure ihn an, griff nach ihm. Doch bevor er den Jungen berühren konnte, hatten die Roten ihn schon gepackt und zurückgerissen; er schrie Alvin zu, er solle zurückkommen, er solle nur nicht auf dieses Wasser hinausgehen ...

Alvin hörte ihn und hatte schreckliche Angst. Doch der leuchtende Mann wartete auf ihn unter dem Schlund des Tornados. In seinem Inneren spürte Al eine Sehnsucht, wie Moses sie empfunden hatte, als er den brennenden Busch schaute – ich muß unbedingt stehenbleiben und diese Dinge anschauen, hatte Moses sich gesagt, und das sagte Alvin sich nun auch, ich muß hingehen und schauen, was es ist. Denn das war nichts, was im natürlichen Universum zu geschehen pflegte, es gab keine Beschwörung und keinen Zauber, keine Hexerei, von denen er je gehört hätte, die einen Tornado herbeirufen und einen sturmgepeitschten See in Glas verwandeln konnten.

Was immer dieser rote Mann da tat, es war das Wichtigste, was Al in seinem Leben jemals gesehen hatte. Und der Prophet liebte ihn. Das war etwas, an dem Al nicht zweifeln konnte. Der leuchtende Mann hatte einmal am

Fußende seines Bettes gestanden und ihn belehrt. Al erinnerte sich, daß sich der leuchtende Mann damals auch eine Wunde zugefügt hatte. Was immer der Prophet tat, er benutzte dazu sein eigenes Blut und seinen eigenen Schmerz. Al war von Ehrfurcht erfüllt, als er auf das Wasser hinausschritt.

Hinter ihm löste sich der Pfad auf und verschwand. Al spürte, wie die Wellen an seinen Fußsohlen leckten. Es jagte ihm Angst ein, doch solange er vorwärts schritt, geschah ihm nichts. Und schließlich stand er vor dem Propheten, der die Arme ausstreckte und Alvins Hände in seine nahm. »Stelle dich neben mich«, rief der Prophet. »Stelle dich hierher ins Auge des Landes und schau!«

Dann sank der Tornado schnell in die Tiefe, das Wasser sprang empor, erhob sich um sie wie eine Mauer. Sie standen genau in der Mitte des Tornados, wurden in die Höhe gewirbelt ...

Bis der Prophet eine blutige Hand vorstreckte und die Wasserfontäne berührte, worauf auch diese so glatt und hart wurde wie Glas. Nein, nicht wie Glas. Es war so klar und so sauber wie ein Tropfen Tau auf einem Spinnweben. Es gab keinen Sturm mehr, nur noch Al und den leuchtenden Mann in der Mitte eines Turmes aus Kristall, der hell war und durchsichtig.

Nur, daß Al nicht wie durch ein Fenster hinaus auf den See oder den Sturm oder das Ufer schauen konnte. Statt dessen erblickte er andere Dinge.

Er schaute einen Planwagen, der in einem reißenden Fluß gefangen war, einen Baum, der wie ein Rammbock herantrieb, und einen jungen Mann, der auf den Baum zusprang, ihn herumriß und vom Wagen ablenkte. Und dann sah er den Mann, wie er sich im Wurzelwerk des Baumes verhedderte und gegen einen Felsen geschmettert wurde, herumwirbelte und flußabwärts trieb, während er die ganze Zeit darum kämpfte, am Leben zu bleiben, noch eine kleine Weile zu atmen, weiterzuatmen, weiterzuatmen ...

Er schaute eine Frau, die ein Kind gebar, und ein kleines Mädchen, das danebenstand und die Hand vorstreckte und ihren Bauch berührte. Das Mädchen rief etwas, und die Hebamme schob die Hand hinein und zog den Kopf des Säuglings hervor. Die Mutter begann zu bluten. Das kleine Mädchen griff nach unten und riß dem Baby etwas vom Gesicht; das Baby schrie. Der Mann im Fluß hörte diesen Schrei irgendwie, wußte, daß er nun lange genug gelebt hatte, und starb.

Al wußte nicht, was er davon halten sollte. Bis er die flüsternde Stimme des Propheten an seinem Ohr vernahm: »Das erste, was du hier siehst, ist der Tag, an dem du geboren wurdest.«

Das Baby war Alvin Junior; der Mann, der gestorben war, war sein Bruder Vigor gewesen. Doch wer war das Mädchen, das ihm den Mutterkuchen vom Gesicht gerissen hatte? Al hatte sie noch nie in seinem Leben gesehen.

»Ich werde es dir zeigen«, sagte der Prophet. »Dieses Bild bleibt nur ein paar Momente, und ich muß auch selbst noch einige Dinge schauen, aber ich werde es dir zeigen.« Er nahm Alvin bei der Hand, und gemeinsam stiegen sie durch die Glassäule empor.

Es fühlte sich nicht wie Fliegen an, nicht wie das Emporschnellen eines Vogels; es war, als gäbe es weder Oben noch Unten. Der Prophet zog ihn in die Höhe, doch Al begriff nicht, wie er sich *selbst* aufsteigen ließ. Aber das spielte auch keine Rolle. Dazu gab es zuviel zu sehen. Er konnte in alle beliebigen Richtungen schauen und durch die Turmwand etwas anderes sehen. Bis er begriff, daß jeder Augenblick der Zeit, jedes menschliche Wesen durch diese Turmmauer sichtbar sein mußte. Wie sollte man sich da zurechtfinden? Wie sollte man nach einer bestimmten Geschichte in den Hunderten, Tausenden, Millionen von Augenblicken der vergangenen Zeit suchen?

Der Prophet hielt an, zog den Jungen in die Höhe, bis er sehen konnte, was der Prophet schaute, bis ihre Wangen sich aneinanderpreßten und ihr Atem sich vermischte.

Laut hämmerte der Herzschlag des Propheten in Alvins Ohr.

»Schau«, sagte der Prophet.

Alvin erblickte eine Stadt, die im Sonnenlicht schimmerte. Es schienen Türme aus Eis oder klarem Glas zu sein, denn als die Sonne hinter der Stadt unterging, wurde ihr Licht um kein bißchen matter, und die Stadt warf auch keine Schatten auf das sie umgebende Weideland. In der Stadt waren Menschen, die sich wie helle Schatten hin und her bewegten, die ohne Treppen oder Flügel die Türme hinauf- und hinabstiegen. Doch wichtiger als das, was er sah, war, was er fühlte, wie er diesen Ort betrachtete. Keinen Frieden, nein, an seinem Gefühl war nichts Ruhiges. Er war aufgeregt, sein Herz pumpte so schnell wie das eines Pferdes in vollem Galopp. Die Menschen dort waren nicht vollkommen – manchmal waren sie zornig, manchmal traurig. Doch niemand hungerte, und niemand war unwissend, und niemand mußte etwas tun, nur weil ein anderer ihn dazu zwang. »Wo liegt diese Stadt?« flüsterte Alvin.

»Ich weiß es nicht«, sagte der Prophet. »Jedesmal, wenn ich hierher komme, sehe ich sie in einer anderen Gestalt. Manchmal diese hohen, dünnen Türme, manchmal große Kristallkuppeln, manchmal Menschen, die auf einem Meer aus Kristallen im Feuer leben. Ich glaube, daß diese Stadt in der Vergangenheit viele Male erbaut wurden. Ich glaube, daß sie noch einmal erbaut werden wird.«

»Wirst du sie erbauen? Ist das das Ziel von Prophetstown?«

Dem Propheten traten Tränen in die Augen – sie strömten aus dem gesunden Auge. »Der rote Mann kann diesen Ort nicht allein erbauen«, sagte er. »Wir sind Teil des Landes, und diese Stadt ist mehr als das Land allein. Das Land ist Gut und Böse, Leben und Tod zusammen, die grüne Stille.«

Alvin dachte an sein Gefühl der grünen Musik, sagte aber nichts, weil der Prophet Dinge aussprach, die er hören wollte, und Al war klug genug, um zu wissen, daß es manchmal besser war, zuzuhören als zu reden.

»Aber diese Stadt«, fuhr der Prophet fort, »diese Kristallstadt ist Licht ohne Dunkelheit, Sauberkeit ohne Schmutz, Gesundheit ohne Krankheit, Stärke ohne Schwäche, Überfluß ohne Hunger, Trank ohne Durst, Leben ohne Tod.«

»Die Leute dort sind aber nicht alle glücklich«, wandte Alvin ein. »Sie leben nicht ewig.«

»Ah«, sagte der Prophet. »Du siehst nicht dasselbe wie ich.«

»Was ich sehe, ist, daß sie sie erbauen.« Al furchte die Stirn. »An einem Ende erbauen sie die Stadt und am anderen Ende bricht sie zusammen.«

»Ah«, meinte der Prophet, »die Stadt, die ich schaue, wird nie fallen.«

»Aber was ist denn das für ein Unterschied? Wie kommt es, daß wir beide nicht dasselbe sehen?«

»Ich weiß es nicht, Schabenjunge. Ich habe dies noch nie jemandem gezeigt. Und nun geh zurück, warte unten auf mich. Ich muß noch einige Dinge schauen, bevor die Zeit wieder beginnt.«

Alvin brauchte nur daran zu denken, daß er in die Tiefe wollte, und schon sank er bis zum Boden, bis zum leuchtenden, klaren Boden. Boden? Es hätte ebensogut die Decke sein können. Hier strömte das Licht genauso empor wie durch die Außenwände, und er sah auch Bilder.

Er erblickte eine riesige Staubwolke, die immer schneller und schneller herumwirbelte, doch anstatt Staub auszusenden, saugte sie ihn ein, und plötzlich begann sie zu glühen, geriet in Brand und wurde zur Sonne. Alvin wußte etwas über Planeten, weil Thrower von ihnen gesprochen hatte, so daß er nicht überrascht war, als er glühende Lichtpunkte erblickte, die schon ziemlich bald matt wurden. Und nach einer Weile war da kein Staub mehr, der mit Dunkelheit vermischt war, sondern nur noch Planeten und leerer Raum. Er sah die Erde, sie war ganz winzig, doch dann kam er näher und merkte, wie groß sie doch war, wie schnell sie sich drehte, eine Seite vom Sonnenlicht beschienen, die andere Seite dunkel. Es schien, als würde er am Himmel stehen und auf die beschienen Seite hinabblicken, doch er konnte gleichzeitig alles sehen, was geschah. Erst war da kahler Fels, der Vulkane hervorspie; dann griffen Pflanzen aus dem Ozean nach Luft, wurden groß, wurden zu Farnen und Bäumen. Er sah Fische im Meer umherspringen, krabbelndes Leben am Ufer, wo die Flut es anspülte, und dann Insekten und andere kleine Lebewesen, die umherhüpften und an Blättern knabberten und einander fingen und auffraßen. Diese Tiere wurden immer größer und größer, und zwar so schnell, daß Alvin die Veränderungen nicht mehr richtig verfolgen konnte, während die Erde sich drehte und er zusah, bis riesige, monströse Kreaturen erschiene, von denen er noch nie gehört hatte, einige mit langen, schlangengleichen Hälsen und Zähnen und Kieferladen, die so aussahen, als könnten sie mit einem einzigen Biß ganze Bäume ausreißen. Und dann waren sie verschwunden, und es gab Elefanten und Antilopen und Tiger und Pferde, alles Leben auf der Erde, ähnlich dem, wie Al es kannte. Doch nirgendwo in alledem erblickte er den Menschen. Er schaute Affen und behaarte Wesen, die einander mit Steinen schlugen, Wesen, die auf den Hinterbeinen gingen, aber so dumm aussahen wie Frösche.

Und dann sah er *doch* Menschen, obwohl er sich zuerst nicht sicher war, weil sie schwarz waren, und er hatte in seinem ganzen Leben erst einen einzigen schwarzen Mann gesehen, einen Sklaven, der einem Hausierer aus den Kronkolonien gehörte, der vor zwei Jahren zufällig durch Vigor Church gekommen war. Aber sie sahen durchaus wie menschliche Wesen aus, schwarz oder nicht, und sie pflückten Früchte von Bäumen und Beeren von Sträuchern, fütterten einander, gefolgt von einer Schar kleiner Negerkinder. Zwei der Kleinen gerieten in Streit, worauf der größere den kleineren tötete. Da kam der Vater zurück und trat den Jungen, der den anderen getötet hatte, und schickte ihn fort. Dann nahm er den Toten auf und trug ihn zu der Mutter, und beide weinten, bis sie das tote Kind schließlich auf den Boden legten und mit Steinen bedeckten. Dann sammelten sie ihre Familie und zogen weiter, und nur wenig später aßen sie wieder, und die Tränen trockneten, und sie gingen einfach immer weiter. Das sind bestimmt Menschen, dachte Alvin. Genauso sind die Menschen.

Die Erde drehte sich weiter, und als sie ihre Umdrehung vollzogen hatte, waren alle möglichen Menschen zu sehen, schwarze in den heißen Ländern, hellhäutige in den kalten Ländern, und dazwischen gab es alle möglichen Mischformen. Bis auf Amerika. Als das im Licht der Sonne erschien, sah er überall so ziemlich dieselbe Rasse, alles Rote, ob im Norden oder Süden, ob in heißen oder kalten, feuchten oder trockenen Gebieten. Und verglichen mit dem Rest der Welt, war das Land friedlich. Es war seltsam für ihn anzusehen, denn als der große Teil der Landmassen vorbeizog mit all den verschiedenen Rassen und Völkern, veränderte sich alles mit jeder Umdrehung der Erde, bewegten sich ganze Länder von einem Ort an den anderen, verschoben sich ständig, und überall und unentwegt herrschten Kriege. In dem kleineren Land, Amerika, gab es zwar auch Kriege, doch da verlief alles langsamer und sanfter. Die Menschen lebten nach einem anderen Rhythmus. Das Land besaß seinen eigenen Herzschlag, sein eigenes Leben.

Von Zeit zu Zeit kamen weitere Menschen aus der Alten Welt – hauptsächlich Fischer. Sie waren vom Kurs abgetrieben, von Stürmen in die Irre geführt worden, flüchteten vor Feinden. Sie kamen und führten eine Weile lang ihr Alte-Welt-Leben in Amerika, versuchten schnell zu bauen, sich schnell fortzupflanzen und soviel zu töten, wie sie nur konnten. Es war wie eine Krankheit. Doch dann schlossen sie sich entweder den Roten an und verschwanden, oder sie fanden den Tod. Keiner von ihnen behielt jemals die alten Sitten bei.

Bis heute, dachte Alvin. Als *wir* kamen, da waren wir einfach zu stark. Alvin spürte eine Hand auf seiner Schulter.

»Hier hast du also geschaut«, sagte der Prophet. »Was hast du gesehen?«

»Ich glaube, ich habe die Erschaffung der ganzen Welt geschaut«, meinte Al. »Genau wie in der Bibel. Ich glaube, ich habe gesehen ...«

»Ich weiß, was du gesehen hast. Das sehen alle, die jemals an diesen Ort gekommen sind.«

»Ich dachte, du hättest gesagt, daß ich der erste sei, den du hierhergebracht hast.«

»Es gibt viele Tore, die zu diesem Ort führen. Manche schreiten durch das Feuer hinein. Andere durchs Wasser. Andere wiederum, indem sie in der Erde vergraben werden. Manche fallen durch die Luft. Sie gelangen an diesen Ort und sehen. Sie kehren zurück und berichten, was sie erinnern, soviel, wie sie verstanden haben, und erzählen davon, so gut sie dafür Worte finden, und andere lauschen ihnen und behalten soviel davon, wie sie verstehen können. Dies ist der Ort der Schau.«

»Ich will nicht mehr gehen«, sagte Alvin.

»Nein, und der andere will es auch nicht.«

»Wer? Ist denn hier noch jemand?«

Der Prophet schüttelte den Kopf. »Sein Körper nicht. Aber ich spüre ihn in mir, wie er durch mein Auge blickt.« Er berührte den Wangenknochen unter seinem gesunden Auge. »Nicht durch dieses, durch das andere.«

»Weißt du denn nicht, wer es ist?«

»Ein Weißer«, sagte er. »Es macht nichts. Wer immer es ist, er hat keinen Schaden angerichtet. Ich glaube, vielleicht ... vielleicht wird er Gutes tun. Jetzt gehen wir.«

»Aber ich möchte doch alles über diesen Ort erfahren!«

Der Prophet lachte. »Du könntest ewig leben und dennoch nicht alles schauen. Es verändert sich schneller, als ein Mensch sehen kann.«

»Wie kann ich jemals hierher zurückkehren? Ich möchte alles sehen, alles!«

»Ich werde dich nie wieder hierherbringen«, sagte der Prophet.

»Warum nicht? Habe ich etwas falsch gemacht?«

»Sei still, Schabenjunge. Ich werde dich nie wieder hierher zurückbringen, weil ich selbst nie wieder hierher zurückkommen werde. Dies ist das letzte Mal, ich habe das Ende all meiner Träume geschaut.«

Zum ersten Mal begriff Alvin, wie traurig der Prophet aussah. Sein Gesicht wirkte fahl vor Trauer.

»Ich habe dich an diesem Ort geschaut. Ich habe gesehen, daß ich dich hierher bringen mußte. Ich habe dich in der Gewalt der Chok-Taw gesehen. Ich habe meinen Bruder ausgeschickt, um dich zu holen, um dich zurückzubringen.«

»Kannst du nie wieder hierher zurückkommen, weil du mich hierher gebracht hast?«

»Nein. Das Land hat sich entschieden. Das Ende wird bald kommen.« Er lächelte, aber er war ein grausiges Lächeln. »Euer Prediger, Reverend Thrower, der hat mal zu mir gesagt ... Wenn dein Fuß krank wird, schneide ihn ab. Richtig?«

»Daran kann ich mich nicht erinnern.«

»Ich aber«, meinte der Prophet. »Dieser Teil des Landes ist bereits krank. Schneide ihn ab, damit der Rest des Landes leben kann.«

»Was meinst du damit?«

»Der rote Mann wird sich westlich des Mizzipy niederlassen. Der weiße Mann wird im Osten bleiben. Der rote Teil des Landes wird leben. Der weiße Teil des Landes wird tot sein und abgeschnitten. Voller Rauch und Metall, voller Gewehre und Tod. Die roten Männer, die im Osten bleiben, werden weiß werden. Und weiße Männer werden die Grenze des Mizzipy nicht überschreiten.«

»Es gibt bereits weiße Männer westlich vom Mizzipy. Hauptsächlich Trapper und Händler, aber auch schon ein paar Farmer mit ihren Familien.«

»Ich weiß«, sagte der Prophet. »Aber was ich heute hier

geschaut habe – ich weiß, wie ich den weißen Mann dazu bringen kann, nie wieder nach Westen zu ziehen, und wie ich den roten Mann dazu bringen kann, nie mehr im Osten zu bleiben.«

»Wie willst du das denn tun?«

»Wenn ich es verrate«, erklärte der Prophet, »dann wird es nicht geschehen. Manche Dinge an diesem Ort darf man nicht erzählen, sonst verändert er sich und sie verschwinden.«

»Ist es die Kristallstadt?« wollte Alvin wissen.

»Nein«, widersprach der Prophet. »Es ist der Blutfluß. Es ist der Eisenwald.«

»Zeig es mir!« verlangte der Junge. »Laß mich schauen, was du geschaut hast!«

»Nein«, schlug der Prophet es ihm ab. »Du würdest das Geheimnis nicht wahren.«

»Warum nicht? Wenn ich dir mein Wort gebe, werde ich es auch nicht brechen!«

»Du kannst mir den ganzen Tag dein Wort geben, immer wieder, Schabenjunge, aber wenn du diese Vision schautest, würdest du vor Furcht und Schmerz aufschreien. Und du würdest es deinem Bruder erzählen. Du würdest es deiner Familie erzählen.«

»Wird ihnen etwas geschehen?«

»Nicht ein einziger aus deiner Familie wird sterben«, sagte der Prophet. »Alle werden gesund und unversehrt sein, wenn dies vorbei ist.«

»Zeig es mir!«

»Nein«, erwiderte der Prophet. »Ich werde jetzt den Turm zerstören, und du wirst dich an das erinnern, was wir hier getan und gesagt haben. Doch die einzige Möglichkeit für dich, jemals wieder hierherzukommen und Dinge zu schauen, besteht darin, die Kristallstadt zu finden.«

Der Prophet kniete an der Stelle nieder, wo die Mauer auf den Boden traf. Er schob seine blutverschmierten Finger in die Mauer und hob sie an. Sie löste sich auf, wurde zu Wind. Jetzt waren sie von der Szenerie umgeben, die sie scheinbar vor vielen Stunden zurückgelassen hatten: Das Wasser, der Sturm, der Wirbel, der über ihnen wieder in die Wolken zurückkehrte. Blitze zuckten um sie herum, und der Regen fiel so schnell herab, daß das Ufer verschwand.

Der Prophet schritt an den Rand, der dem Ufer am nächsten war, und trat auf das stürmische Wasser hinaus. Unter der Berührung seines Fußes wurde es hart, wogte aber noch etwas – es war nicht so fest wie die Plattform. Der Prophet griff nach hinten, nahm Alvin bei der Hand, zog ihn auf den neuen Pfad, den er auf dem See erschuf. Er war nicht annähernd so glatt wie zuvor, und je mehr der Pfad sich bewegte, um so schwieriger wurde es, über die Wellen zu schreiten.

»Wir sind zu lange geblieben!« rief der Prophet.

Alvin konnte das schwarze Wasser unter der dünnen Kristallschicht haßerfüllt brodeln fühlen. Das Nichts aus einem uralten Alptraum, das den Kristall durchstoßen wollte, um Al zu packen, ihn zu ertränken und in Stücke zu reißen, in allerwinzigste Stücke, um ihn in die Finsternis hinauszuschleudern.

»Das war nicht ich!« rief Alvin.

Der Prophet drehte sich um, nahm ihn auf und hob ihn auf seine Schultern. Der Regen prasselte auf ihn nieder, der Wind versuchte, ihn von den Schultern des Propheten zu reißen. Alvin klammerte sich an Tenskwa-Tawas Haar fest. Er spürte nun, wie die Füße des Propheten mit jedem Schritt tiefer im Wasser einsanken. Hinter ihnen war nicht mehr das leiseste Anzeichen eines Pfads zu erkennen, alles war verschwunden, immer höher und höher wogten die Wellen.

Der Prophet stolperte, stürzte; auch Alvin stürzte, nach vorn, wissend, daß er ertrinken würde …

Und dann fand er sich auf dem nassen Sand des Strands wieder, vom Wasser beleckt, das den Sand unter ihm fortspülte, um ihn wieder hinauszuzerren. Doch kräftige Hände packten unter seine Achseln, rissen ihn hoch, den Dünen entgegen.

»Der Prophet ist noch dort draußen!« rief Alvin. Oder er glaubte zumindest, daß er es rief – er brachte kaum einen Ton heraus. Es hätte ohnehin nichts ausgemacht, allzu laut war der Wind. Er öffnete die Augen, und sie wurden von Sand und Regen gepeitscht.

Dann spürte er Measures Lippen an seinem Ohr und hörte ihn brüllen: »Der Prophet ist in Ordnung! Ta-Kumsaw hat ihn herausgeholt! Ich habe wirklich geglaubt, daß du tot wärst, als dieser Wirbel dich mitgerissen hat! Bist du in Ordnung?«

»Ich habe alles geschaut!« rief Alvin. Aber er war inzwischen zu erschöpft und fiel in einen tiefen Schlaf.

10 Gatlopp

Von Alvin bekam Measure wenig zu sehen. Er schien nur noch den Worten des Propheten lauschen zu wollen, seinen Geschichten und der sonderbaren poetischen Weisheit, die er verkündete.

Als Alvin einmal ausnahmsweise lange genug bei ihm war, um sich hinzusetzen und sich mit ihm zu unterhalten, fragte Measure ihn, warum er sich diese Mühe machte. »Selbst wenn diese Roten Englisch sprechen, kann ich sie immer noch nicht verstehen. Wie sie vom Land reden, als wäre es ein Mensch; davon, daß man nur jenes Leben nehmen soll, das sich selbst darbietet; davon, daß das Land östlich des Mizzipy sterben wird – es stirbt doch gar nicht, Al, das sieht doch jeder Narr! Und selbst wenn es die Pokken hätte, die Pest und zehntausend Henkersnägel, gäbe dennoch keinen Arzt, der es heilen könnte.«

»Tenskwa-Tawa *weiß*, wie man es könnte«, meinte Alvin.

»Dann laß es ihn tun, damit wir endlich wieder nach Hause können.«

»Noch einen Tag, Measure.«

»Ma und Pa werden krank vor Sorge sein, die halten uns für tot!«

»Tenskwa-Tawa sagt, daß das Land seinen eigenen Weg findet.«

»Jetzt fängst du schon wieder an! Land ist Land, und das hat nicht das geringste damit zu tun, daß Pa einen Haufen Leute zusammengeschart hat, um die Wälder nach uns zu durchkämmen!«

»Dann geh doch ohne mich.«

Doch dazu war Measure noch nicht bereit. Er war nicht erbaut von dem Gedanken, Ma in die Augen sehen zu müssen, wenn er ohne Alvin nach Hause zurückkehrte. »Och, als ich wegging, ging es ihm ganz gut. Er hat ein bißchen mit Tornados rumgespielt und ist mit einem einäugigen Roten auf dem Wasser spazierengegangen. Er wollte einfach noch nicht nach Hause zurück, du weißt doch, wie diese zehnjährigen Jungen sind.« Nein, Measure konnte nicht ohne Alvin zurückkehren. Und er war sicher, daß er Alvin nicht gegen seinen Willen mitnehmen konnte. Der Junge hörte nicht einmal zu, wenn er von Flucht sprechen wollte.

Das schlimmste daran war, daß alle Alvin zwar mochten und auf Englisch und Shaw-Nee mit ihm plapperten, daß aber keine Menschenseele mit Measure auch nur ein Wort wechselte, bis auf Ta-Kumsaw und den Propheten, der die ganze Zeit redete, ob jemand zuhörte oder nicht. Er fühlte sich ziemlich einsam, wie er den ganzen Tag allein umherschlendern mußte. Und nicht einmal weit. Zwar sprach niemand mit ihm, doch sobald er von den Dünen in Richtung Wald weiterschritt, schwirrte ein Pfeil herbei und senkte sich dicht neben ihm in den Sand. Die hatten ganz offensichtlich weitaus mehr Vertrauen in ihre Treffgenauigkeit als Measure. Ständig mußte er an Pfeile denken, die ein Stück abtrieben und ihn trafen.

Bei genauerer Betrachtung war der Gedanke an Flucht allerdings *tatsächlich* töricht. Die Roten hätten ihn sofort wieder aufgespürt. Er verstand jedoch nicht, weshalb sie ihn nicht gehen lassen wollten. Sie taten gar nichts mit ihm, er war völlig nutzlos. Und sie versicherten, daß sie nicht beabsichtigten, ihn zu töten oder auch nur ein bißchen anzukratzen.

Am vierten Tag in den Dünen kam es jedoch endlich zu einer Entscheidung. Er suchte Ta-Kumsaw auf und *verlangte* geradeheraus, freigelassen zu werden. Ta-Kumsaw wirkte verärgert, aber das war nicht ungewöhnlich. Diesmal gab Measure jedoch nicht nach.

»Wißt Ihr denn nicht, daß es einfach nur dumm ist, uns hier gefangenzuhalten? Es ist ja schließlich nicht so, als wären wir ohne jede Spur verschwunden, müßt Ihr wissen. Inzwischen müssen sie unsere Pferde gefunden haben, auf denen Euer Name steht.«

Es war das erste Mal, daß Measure merkte, daß Ta-Kumsaw nichts von den Pferden wußte. »Mein Name steht nicht auf Pferden.«

»Auf ihren Sätteln, Häuptling. Habt Ihr das nicht gewußt? Die Chok-Taw, die uns gefangennahmen – wenn das nicht Eure Jungs waren, und dessen bin ich mir nicht so sicher, wenn Ihr es genau wissen wollt –, die haben Euren Namen in den Sattel auf meinem Pferd geritzt und dem Pferd dann ein paar Stiche verpaßt, damit es wegläuft. Und in Alvins Sattel haben sie den Namen des Propheten geritzt.«

Ta-Kumsaws Gesicht verfinsterte sich, seine Augen glühten wie Blitze. »Alle Weißen«, sagte Ta-Kumsaw, »werden denken, daß ich euch entführt habe.«

»Habt Ihr das denn nicht gewußt?« fragte Measure. »Ich dachte, ihr Roten wüßtet immer alles, so wie ihr euch ständig aufführt. Ich habe sogar mal versucht, es einigen von Euren Jungs zu erzählen, aber die haben mir einfach nur den Rücken zugekehrt. Und dabei hat die ganze Zeit keiner von euch davon gewußt?«

»*Ich* habe es nicht gewußt«, sagte Ta-Kumsaw. »Aber ein anderer schon.« Und er stolzierte davon, so gut das in dem lockeren Sand ging; dann drehte er sich um. »Kommt mit, ich will Euch dabeihaben!«

Also folgte Measure ihm zu dem mit Baumrinde bedeckten Wigwam, wo der Prophet seine Bibelstunde gab, oder was immer er den lieben langen Tag tun mochte. Ta-Kumsaw machte keinen Hehl aus seinem Zorn. Er sagte kein Wort, statt dessen schritt er einfach nur um den Wigwam und trat die Steine beiseite, die ihn im Sand beschwerten. Dann packte er ein Ende und begann, daran zu reißen. »Dafür braucht man zwei Männer«, sagte er.

Measure kauerte sich neben ihn, bekam den Wigwam zu packen und zählte bis drei. Dann gab er einen Ruck. Ta-Kumsaw tat es nicht, so daß der Wigwam sich nur sechs Zoll hob und wieder zu Boden fiel.

Measure grunzte vor Anstrengung und sah Ta-Kumsaw finster an. »Warum habt Ihr nicht mit angehoben?«

»Ihr habt nur bis drei gezählt«, erwiderte Ta-Kumsaw.

»Genau, so zählt man ja auch, Häuptling! Eins, zwei, drei!«

»Ihr Weißen seid Narren! Jeder weiß doch, daß Vier die starke Zahl ist!«

Ta-Kumsaw zählte bis vier. Diesmal gelang es ihnen gemeinsam, den Wigwam umzustürzen. Inzwischen wußten natürlich alle in seinem Inneren, was los war, doch niemand sagte irgend etwas. Und als der Wigwam wie eine umgestürzte Schildkröte auf dem Rücken lag, erblickten sie den Propheten und Alvin und ein paar Rote, die mit gekreuzten Beinen auf Decken im Sand saßen, während der einäugige Rote immer noch weiterredete, als wäre überhaupt nichts passiert.

Ta-Kumsaw begann auf Shaw-Nee zu brüllen, und der Prophet antwortete ihm, zuerst ganz milde, doch dann wurde er immer lauter. Es war ein ausgemachter Streit, ein Gebrüll, wie es nach Measures Erfahrung in Handgreiflichkeiten enden mußte. Doch nicht bei diesen beiden Roten. Sie brüllten sich nur eine halbe Stunde lang an, und dann standen sie da, stierten einander wortlos an. Das Schweigen dauerte nur wenige Minuten, aber es kam Measure wie eine Ewigkeit vor.

»Verstehst du, was hier vorgeht?« fragte Measure.

»Ich weiß nur, daß der Prophet gesagt hat, daß Ta-Kumsaw heute kommen und sehr zornig sein würde.«

»Na, wenn er es gewußt hat, warum hat er nicht etwas dagegen unternommen? Was nützt es schon, die Zukunft zu kennen, wenn man nichts dagegen tut?«

»Oh, er tut schon Dinge«, sagte Alvin. »Nur, daß er den Leuten nicht unbedingt sagt, was er tut. Er will sichergehen, daß alles seinen rechten Weg läuft.«

»Worum geht es denn *jetzt*? Warum streiten die sich?«

»Das solltest eigentlich *du* mir erzählen, Measure. Du hast ihm doch dabei geholfen, den Wigwam umzustürzen.«

»Keine Ahnung. Ich habe ihm nur davon erzählt, wie man seinen und den Namen des Propheten in unsere Sättel geritzt hat.«

»Das hat er schon gewußt«, sagte Alvin.

»Na, er hat sich jedenfalls nicht so benommen, als hätte er schon jemals davon gehört.«

»Ich habe es dem Propheten selbst erzählt, an jenem Abend, nachdem er mich in den Turm geführt hat.«

»Ist dir vielleicht mal der Gedanke gekommen, daß der Prophet Ta-Kumsaw nichts davon erzählt hat?«

»Warum nicht?« fragte Alvin. »Warum sollte er es ihm nicht erzählen?«

Measure nickte. »Ich habe so ein Gefühl, als wäre das genau die Frage, die Ta-Kumsaw seinem Bruder gerade stellt.«

»Das wäre doch verrückt, ihm nichts davon zu erzählen«, meinte Alvin. »Ich dachte, daß Ta-Kumsaw inzwischen jemanden losgeschickt haben müßte, um unseren Eltern zu sagen, daß es uns gutgeht.«

»Weißt du, was ich glaube, Al? Ich glaube, daß dein Prophet uns alle zum Narren gehalten hat. Ich habe zwar nicht die leiseste Ahnung, weshalb, aber ich glaube, daß er irgendeinen Plan verfolgt, und ein Teil dieses Planes besteht darin, uns von zu Hause fernzuhalten. Und da das wiederum bedeutet, daß unsere ganze Familie und die Nachbarn und alle anderen zu den Waffen greifen werden, kannst du es dir selbst zusammenreimen. Der Prophet möchte hier einen richtigen kleinen Krieg haben.«

»Nein!« widersprach Alvin. »Der Prophet sagt, daß kein Mensch einen anderen töten darf, der nicht sterben will, daß es genauso unrecht ist, einen Weißen zu töten, wie einen Bären oder einen Wolf, den man nicht essen will.«

»Vielleicht will er ja uns essen. Aber wenn wir nicht nach Hause kommen und unseren Leuten dort sagen, daß wir unversehrt sind, wird er seinen Krieg bekommen.«

In diesem Augenblick verstummten Ta-Kumsaw und der Prophet. Und es war Measure, der die Stille brach. »Na, seid ihr Jungs jetzt zu der Überzeugung gekommen, daß ihr uns doch nach Hause lassen wollt?« fragte er.

Der Prophet setzte sich sofort mit gekreuzten Beinen den Weißen gegenüber auf eine Decke. »Geht nach Hause, Measure«, sagte er.

»Nicht ohne Alvin.«

»O doch, ohne Alvin«, erwiderte der Prophet. »Wenn er in diesem Teil des Landes bleibt, wird er sterben.«

»Wovon redet Ihr da?«

»Von dem, was ich mit meinen eigenen Augen gesehen habe!« sagte der Prophet. »Von Dingen, die kommen werden. Wenn Alvin jetzt nach Hause zurückkehrt, wird er in drei Tagen tot sein. Aber Ihr müßt gehen, Measure. Heute ist für Euch ein guter Tag, um zu gehen.«

»Was werdet Ihr mit Alvin tun? Meint Ihr etwa, daß er bei *Euch* sicherer wäre?«

»Nicht bei *mir*«, versetzte der Prophet. »Bei meinem Bruder.«

»Das alles ist eine törichte Idee!« rief Ta-Kumsaw.

»Mein Bruder wird viele Besuche machen. Bei den Franzosen in Detroit, bei den Irrakwa, bei der Appalachee-Nation, bei den Chok-Taw und den Cree-Ek, bei allen Roten und allen Weißen, die einen schlimmen Krieg verhindern könnten.«

»Wenn ich mit Roten spreche, Tenskwa-Tawa, dann werde ich zu ihnen davon sprechen, daß sie mit mir kommen sollen, um zu kämpfen, und daran, daß sie die weißen Männer über die Berge zurücktreiben sollen, zurück auf ihre Schiffe, zurück ins Meer!«

»Rede, was du willst«, sagte Tenskwa-Tawa. »Aber brich diesen Nachmittag auf und nimm den weißen Jungen mit, der wie ein roter Mann geht.«

»Nein«, sagte Ta-Kumsaw.

Trauer überzog Tenskwa-Tawas Gesicht, und er stöhnte heftig auf. »Dann wird das ganze Land sterben, nicht nur ein Teil davon. Wenn du nicht heute tust, was ich dir sage, dann wird der weiße Mann das ganze Land töten, von einem Ozean bis zum anderen, vom Norden bis zum Süden, das ganze Land wird tot sein! Und der rote Mann wird sterben, bis auf einige wenige, die noch auf winzigen Stücken häßlichen Wüstenlandes leben werden wie in Gefängnissen, ihr ganzes Leben lang, weil du nicht dem gehorcht hast, was ich in meiner Vision schaute!«

»Ta-Kumsaw braucht diesen wahnsinnigen Visionen nicht zu gehorchen! Ta-Kumsaw ist das Gesicht des Landes, die Stimme des Landes! Der Kardinalvogel hat es mir gesagt, und das weißt du auch, Lolla-Wossiky!«

Der Prophet flüsterte. »Lolla-Wossiky ist tot.«

»Die Stimme des Landes gehorcht keinem einäugigen Whisky-Roten.«

Das traf den Propheten ins Herz, doch er zeigte keine Regung. »Du bist die Stimme des Zorns des Landes. Du wirst gegen eine mächtige Armee von Weißen in die Schlacht ziehen. Ich sage dir, daß dies geschehen wird, noch bevor der erste Schnee fällt. Wenn der weiße Junge Alvin nicht bei dir ist, wirst du geschlagen werden und dabei sterben.«

»Und *wenn* er bei mir ist?«

»Dann wirst du leben«, antwortete der Prophet.

»Ich komme gern mit«, sagte Alvin. Als Measure widersprechen wollte, berührte Alvin ihn am Arm. »Du kannst

Ma und Pa sagen, daß es mir gutgeht. Aber ich will *wirklich* gehen. Der Prophet hat mir gesagt, daß ich von Ta-Kumsaw mehr lernen kann als von jedem anderen Menschen auf der Welt.«

»Dann komme ich auch mit dir«, entschied Measure. »Ich habe Ma und Pa mein Wort gegeben.«

Der Prophet musterte Measure kalt. »Ihr werdet zu Eurem eigenen Volk zurückkehren.«

»Dann kommt Alvin auch mit mir.«

»Ihr seid es nicht, der das entscheidet«, versetzte der Prophet.

»Aber Ihr, wie? Und warum? Weil Eure Jungs die ganzen Pfeile haben?«

Ta-Kumsaw streckte die Hand vor und legte sie Measure auf die Schulter. »Ihr seid kein Narr, Measure. Irgend jemand muß zurückkehren und Euren Leuten sagen, daß Ihr und Alvin nicht tot seid.«

»Woher *weiß* ich denn, daß er nicht tot ist, wenn ich ihn zurücklasse?«

»Ihr wißt es, weil ich Euch sage, daß kein roter Mann diesem Jungen etwas antun wird, solange ich lebe.«

»Und solange er bei Euch ist, kann *Euch* auch keiner was anhaben, ist es das? Mein kleiner Bruder ist eine Geisel, das ist doch alles ...«

Measure erkannte, daß Ta-Kumsaw und Tenskwa-Tawa so zornig waren, wie sie nur sein konnten, ohne ihn gleich umzubringen; und er wußte, daß er selbst zornig genug war, um irgend jemandem das Gesicht einzuschlagen, selbst wenn er sich die Hand dabei brechen würde. Und vielleicht wäre es sogar dazu gekommen, wäre Alvin nicht aufgestanden und hätte mit seinen zehn Jahren das Kommando übernommen.

»Measure, du weißt besser als jeder andere, daß ich auf mich selbst aufpassen kann. Erzähl Pa und Ma einfach, was ich mit den Chok-Taw gemacht habe, dann werden sie schon einsehen, daß ich das kann. Sie wollten mich doch ohnehin fortschicken, nicht wahr? Um bei einem Schmied in die Lehre zu gehen. Nun, jetzt werde ich eben eine Weile bei Ta-Kumsaw in die Lehre gehen. Jedermann weiß, daß Ta-Kumsaw der größte Mann in ganz Amerika ist, vielleicht abgesehen von Tom Jefferson. Wenn ich Ta-Kumsaw irgendwie am Leben halten kann, dann ist das meine Pflicht. Und wenn du verhindern kannst, daß es zum Krieg kommt, indem du nach Hause zurückkehrst, dann ist das deine Pflicht. Siehst du das nicht ein?«

Measure sah es tatsächlich ein, und er pflichtete ihm sogar bei. Er wußte aber auch, was es bedeutete, seinen Eltern gegenüberzutreten. »In der Bibel gibt es eine Geschichte von Joseph, dem Sohn von Jakob. Er war der Lieblingssohn seines Vaters, aber seine Brüder haßten ihn und verkauften ihn in die Sklaverei. Und dann nahmen sie einige seiner Kleider und tauchten sie in Ziegenblut und zerrissen sie, und kamen zu seinem Vater und sagten: Schau mal, er wurde von Löwen gefressen. Und sein Vater hat sich die Kleider zerrissen und wollte niemals mehr aufhören zu trauern.«

»Aber du wirst ihnen doch erzählen, daß ich eben *nicht* tot bin.«

»Ich werde ihnen erzählen, daß ich gesehen habe, wie du ein Kriegsbeil weich wie Butter gemacht hast, wie du auf dem Wasser gegangen und in einem Tornado durch die Luft geflogen bist. Es wird sie sicherlich beruhigen, zu wissen, daß du mit diesen Roten hier ein ganz normales Leben führst, wie jeder andere Junge auch ...«

Ta-Kumsaw unterbrach ihn. »Ihr seid ein Feigling«, sagte er. »Ihr fürchtet Euch davor, Eurem Vater und Eurer Mutter die Wahrheit zu sagen.«

»Ich habe ihnen mein Versprechen gegeben«, erwiderte Measure.

»Ihr seid ein Feigling. Ihr geht kein Risiko ein. Ihr meidet die Gefahr. Ihr wollt Alvin nur bei Euch haben, damit Ihr in Sicherheit seid!«

Das war zuviel für Measure. Er holte mit dem rechten Arm aus und wollte seine Faust in Ta-Kumsaws Gesicht rammen. Es überraschte ihn nicht, daß Ta-Kumsaw den Hieb blockierte – aber es war doch ein Schock für ihn, daß er Measures Handgelenk so mühelos packte und umdrehte. Measure wurde noch wütender, schlug Ta-Kumsaw in den Magen, und diesmal traf er auch. Doch der Bauch des Häuptlings war ungefähr so weich und nachgiebig wie ein Baumstumpf, und er packte auch Measures zweite Hand und hielt sie nun beide fest.

Also tat Measure, was alle guten Ringer konnten. Er rammte sein Knie direkt zwischen Ta-Kumsaws Beine.

Measure hatte das nur zweimal zuvor in seinem Leben getan, und jedesmal war der andere zu Boden gegangen und hatte sich gekrümmt wie ein halbzertretener Wurm. Ta-Kumsaw jedoch stand einfach nur da, starr, als würde er den Schmerz aufsaugen, und wurde wütender und wütender. Noch immer hielt er Measures Arme fest, und Measure glaubte, daß er nun wohl sterben müsse, in Stücke gerissen – so zornig sah Ta-Kumsaw aus. Plötzlich aber ließ Ta-Kumsaw Measures Arme fahren. Measure rieb sich die Handgelenke, wo die Handabdrücke des Häuptlings prangten und schmerzten. Der Häuptling sah wirklich zornig aus, doch sein Zorn galt Alvin. Er drehte sich zu dem Jungen um und sah so aus, als würde er ihm am liebsten bei lebendigem Leib die Haut abziehen.

»Du hast deine schmutzigen Weißentricks mit mir veranstaltet«, sagte er.

»Ich wollte nicht, daß einer von euch verletzt wird«, erklärte Alvin.

»Meinst du, ich wäre ein Feigling wie dein Bruder? Meinst du, daß ich mich vor dem Schmerz fürchte?«

»Measure ist kein Feigling!«

»Er hat mich mit den Tricks des weißen Mannes zu Boden geworfen.«

Measure empörte sich. »Ihr wißt genau, daß ich ihn nicht darum gebeten habe! Ich nehme es jetzt gerne mit Euch auf, wenn Ihr wollt! Ich werde ehrlich und offen mit Euch kämpfen!«

»Indem Ihr einen Mann mit dem Knie stoßt?« fragte Ta-Kumsaw. »Ihr wißt überhaupt nicht, wie man als Mann kämpft.«

»Ich kämpfe so mit Euch, wie Ihr wollt«, sagte Measure.

Ta-Kumsaw lächelte. »Dann also das Gatlopp.«

Inzwischen hatte sich eine ganze Schar von Roten um sie versammelt, und als sie das Wort *Gatlopp* hörten, begannen sie zu jauchzen und zu lachen.

Es gab nicht einen Weißen in ganz Amerika, der nicht davon gehört hatte, wie Dan Boone das Gatlopp gelaufen und immer weiter gelaufen war, als er das erste Mal vor den Roten floh; es gab aber auch andere Geschichten von Weißen, die dabei zu Tode geprügelt wurden. Geschichtentauscher hatte ab und zu davon erzählt, als er letztes Jahr zu Besuch gewesen war. Es ist wie ein Juryurteil, hatte er gesagt, wobei die Roten einen hart oder leicht schlagen, abhängig davon, wie sehr man ihrer Meinung nach den Tod verdient hat. Halten sie dich für einen tapferen Mann, schlagen sie hart zu, um dich mit Schmerz zu prüfen. Halten sie dich aber für einen Feigling, brechen sie dir die Knochen, so daß du das Spießrutenlaufen nicht überlebst. Der Häuptling kann ihnen auch nicht sagen, wie heftig sie schlagen sollen und wohin. Das ist so ziemlich das demokratischste und heimtückischste Justizsystem, das es je gegeben hat.

»Ich sehe, daß Ihr Euch davor fürchtet«, sagte Ta-Kumsaw.

»Natürlich tue ich das«, erwiderte Measure. »Ich wäre ein Narr, wenn ich es nicht täte, vor allem, da Eure Jungs mich ohnehin schon für einen Feigling halten.«

»Ich werde das Gatlopp vor Euch durchlaufen«, entschied Ta-Kumsaw. »Ich werde ihnen sagen, sie sollen mich ebenso kräftig schlagen wie Euch.«

»Das werden sie nicht tun«, widersprach Measure.

»Sie werden es tun, wenn ich es ihnen befehle«, erwiderte Ta-Kumsaw. Er mußte Measures ungläubige Miene bemerkt haben, denn er fügte hinzu: »Und wenn sie es nicht tun, werde ich das Gatlopp noch einmal durchlaufen.«

»Und wenn sie mich töten, werdet Ihr dann auch sterben?«

Es war nicht zu verkennen, daß die Feldarbeit Measure zwar kräftig, aber nicht *zäh* gemacht hatte. »Der Schlag, der *Euch* umbringen kann, würde mich wahrscheinlich nur verletzen.«

»Ihr gebt also zu, daß es nicht fair ist.«

»Fair ist es, wenn zwei Männer demselben Schmerz ins Auge sehen. Tapfer ist es, wenn zwei Männer demselben Schmerz ins Auge sehen. Ihr wollt es nicht fair haben, sondern leicht. Ihr seid ein Feigling. Ich wußte, daß Ihr es nicht tun würdet.«

»Ich werde es tun«, versetzte Measure.

»Und du!« rief Ta-Kumsaw und zeigte auf Alvin. »Du wirst nichts berühren, du wirst nichts heilen, du wirst nichts gesund machen, du wirst keinen Schmerz fortnehmen!«

Alvin sagte kein Wort, er blickte ihn nur an. Doch Measure kannte diesen Blick. Diese Miene setzte Alvin immer auf, wenn er keinerlei Absicht hatte, das zu tun, was man ihm sagte.

»Al«, sagte Measure. »Du solltest mir lieber versprechen, daß du dich nicht einmischen wirst.«

Al verkniff nur die Lippen und sagte nichts.

»Du solltest mir lieber versprechen, daß du dich nicht einmischen wirst, Alvin Junior, sonst kehre ich nicht nach Hause zurück.«

Alvin versprach es. Ta-Kumsaw nickte und ging fort, um mit seinen Shaw-Nee zu reden. Measure war übel vor Furcht.

»Warum fürchtet Ihr Euch, weißer Mann?« fragte der Prophet.

»Weil ich nicht dumm bin«, antwortete Measure. »Nur ein dummer Mann würde sich nicht vor dem Gatlopp fürchten.«

Der Prophet lachte nur und ging davon.

Die Krieger stellten sich in zwei Reihen auf. Sie trugen schwere Äste, die von Bäumen herabgefallen oder abgeschnitten worden waren. Measure sah zu, wie ein alter Mann Ta-Kumsaw die Halskette mit den Perlen abnahm, dann entkleidete er ihn auch noch seines Lendenschurzes. Ta-Kumsaw wandte sich an Measure und grinste. »Der weiße Mann ist nackt, wenn er keine Kleidung hat. Der rote Mann ist niemals nackt in seinem eigenen Land. Der Wind ist meine Kleidung, das Feuer der Sonne, der Staub der Erde, das Wasser des Regens. Alle diese trage ich am Leib. Ich bin die Stimme und das Antlitz des Landes.«

»Kommt endlich zur Sache«, erwiderte Measure.

»Ich kenne jemanden, der meint, daß ein Mann wie Ihr keine Poesie in der Seele hat«, sagte Ta-Kumsaw.

»Und ich kenne jede Menge Leute, die der Meinung sind, daß ein Mann wie Ihr nicht einmal eine Seele hat.«

Ta-Kumsaw funkelte ihn an, dann bellte er seinen Männern einige Worte zu und trat zwischen die Linien.

Er schritt langsam dahin, das Kinn emporgereckt und arrogant. Der erste Rote schlug ihn auf die Waden mit dem dünnen Ende eines Astes. Ta-Kumsaw riß ihm den Ast aus den Händen, drehte ihn um und ließ ihn erneut zuschlagen, diesmal gegen die Brust, ein harter Schlag, der Ta-Kumsaw die Luft aus den Lungen peitschte. Measure konnte das Grunzen hören. Die Männer standen am Abhang der Düne, so daß er nur langsam den Hügel hinaufkam. Ta-Kumsaw stockte nicht, als die Hiebe ihn trafen. Seine Männer hatten strenge, pflichtbewußte Mienen aufgesetzt. Sie halfen ihm dabei, seinen Mut unter Beweis zu stellen, deshalb fügten sie ihm Schmerzen zu, doch keine Hiebe, die ihn dauerhaft hätten schaden können. Das Schlimmste bekamen seine Waden, der Bauch und die Schultern ab. Doch die waren bald schon blutig genug. Ich bin wirklich ein prächtiger Narr, dachte Measure. Da stehe ich nun hier und messe meinen Mut mit dem des mutigsten Mannes in ganz Amerika.

Ta-Kumsaw erreichte das Ende der Reihe, drehte sich

um und sah Measure vom Gipfel der Düne aus an. Sein Körper troff vor Blut, und er lächelte. »Kommt zu mir, tapferer weißer Mann«, rief er.

Measure zögerte nicht. Er schritt sofort auf das Gatlopp zu. Es war eine Stimme von hinten, die ihn wieder stehenbleiben ließ. Der Prophet, der etwas auf Shaw-Nee rief. Die Roten sahen ihn an. Als er fertig war, spuckte Ta-Kumsaw aus. Measure, der nicht wußte, was der Prophet gesagt hatte, ging wieder los. Als er den ersten Roten erreichte, erwartete er einen mindestens ebenso harten Schlag, wie ihn Ta-Kumsaw erhalten hatte. Doch nichts geschah. Er machte einen weiteren Schritt vorwärts. Wieder nichts. Vielleicht wollten sie ihm zum Zeichen ihrer Verachtung in den Rücken schlagen, doch er stieg die Düne immer weiter hoch, und noch immer gab es keinen einzigen Schlag, keine Bewegung.

Er wußte, daß er hätte erleichtert sein sollen, statt dessen war er jedoch wütend. Sie hatten Ta-Kumsaw dabei geholfen, seinen Mut zu beweisen, und nun machten sie Measures Spießrutenlaufen zu einem Gang der Schande anstelle der Ehre. Er wirbelte herum und sah den Propheten an, der am Fuße der Düne stand, den Arm auf Alvins Schulter gelegt.

»Was habt Ihr ihnen gesagt?« wollte Measure wissen.

»Ich habe ihnen gesagt, daß jeder behaupten würde, daß Ta-Kumsaw und der Prophet diese Jungen entführt und ermordet haben, wenn sie Euch töten sollten. Ich habe ihnen gesagt, daß man sich bei Euch zu Hause erzählen würde, man habe Euch gemartert, falls sie Euch auch nur eine Wunde zufügen sollten.«

»Und ich sage Euch, daß ich eine faire Chance haben will, um zu beweisen, daß ich kein Feigling bin!«

»Das Gatlopp ist eine törichte Einrichtung für Männer, die ihre Pflicht vernachlässigt haben.«

Measure beugte sich vor und riß einem der Roten die Keule aus der Hand. Er schlug sich immer und immer wieder damit auf die eigenen Waden, versuchte, Blut zu ziehen. Es tat weh, doch nicht sehr schlimm, denn ob er wollte oder nicht, stets zuckten seine Arme bei dem Gedanken zurück, er solle sich selbst Schmerz zufügen. Also drückte er dem Krieger wieder den Ast in die Hand und verlangte: »Schlagt mich!«

»Je größer ein Mann ist, um so mehr Menschen dient er«, sagte der Prophet. »Ein kleiner Mann dient nur sich selbst. Größer ist es, der eigenen Familie zu dienen. Noch größer ist es, dem eigenen Stamm zu dienen. Und danach dem eigenen Volk. Am größten aber ist es, allen Menschen und allen Ländern zu dienen. Zeigt Mut für Euch selbst. Für Eure Familie, für Euren Stamm, für Euer Volk, für mein Volk – für das Land und alle Menschen darin durchlauft Ihr diese Gatlopp ohne eine Wunde.«

Langsam dreht sich Measure um, schritt die Düne zu Ta-Kumsaw empor, unberührt. Wieder spuckte Ta-Kumsaw auf den Boden, diesmal vor Measures Füße.

»Ich bin kein Feigling«, sagte Measure.

Ta-Kumsaw ging davon. Er ging, rutschte, glitt die Düne hinab. Die Krieger des Gatlopp schritten ebenfalls fort. Measure stand oben auf der Düne, voller Scham, er war wütend und fühlte sich benutzt.

»Geht!« rief der Prophet. »Geht nach Süden!«

Er reichte Alvin einen Beutel, worauf dieser die Düne emporkletterte und ihn Measure gab. Measure öffnete ihn. Er enthielt Pemmican und getrockneten Mais, den er unterwegs lutschen konnte.

»Kommst du mit?« fragte Measure.

»Ich gehe mit Ta-Kumsaw«, sagte Alvin.

»Ich hätte es durch das Gatlopp schaffen können«, sagte Measure.

»Ich weiß«, erwiderte Alvin.

»Wenn er es mich nicht durchlaufen lassen wollte«, fuhr Measure fort, »warum hat der Prophet es dann überhaupt geschehen lassen?«

»Das verrät er nicht«, sagte Alvin. »Aber es wird etwas Entsetzliches passieren. Und er *will*, daß es passiert. Wenn du vorher gegangen wärst ... Aber wenn du jetzt gehst, wirst du genau das tun, was er will.«

»Will er, daß ich umgebracht werde oder so etwas?«

»Er hat mir versprochen, daß du es überleben wirst, Measure. Und unsere ganze Familie. Und er und Ta-Kumsaw auch.«

»Was ist dann so entsetzlich daran?«

»Ich weiß es nicht. Ich fürchte mich nur vor dem, was geschehen wird. Ich glaube, daß er mich mit Ta-Kumsaw schickt, um mein Leben zu retten.«

Ein letztes Mal wollte er es noch versuchen. »Alvin, wenn du mich liebst, dann komm jetzt mit mir.«

Alvin begann zu weinen. »Measure, ich liebe dich, aber ich kann nicht mitkommen.« Immer noch weinend, lief er die Düne hinunter. Measure wollte nicht abwarten, bis er außer Sichtweite war, deshalb setzte er sich in Bewegung. In Richtung Süden. Er würde keine Schwierigkeiten haben, den Weg zu finden. Aber er fühlte sich krank vor Trauer und vor Scham darüber, daß er sich dazu hatte überreden lassen, ohne seinen Bruder loszugehen.

Den ganzen Rest des Tages marschierte er weiter, um die Nacht in einer mit Laub gefüllten Grube zu verbringen. Am nächsten Nachmittag erreichte er einen Bach, der nach Süden floß. Der würde entweder in den Tippy-Canoe oder in den Wobbish münden. Da das Wasser zu tief war und die Böschung zu dicht bewachsen, ging er in einigem Abstand weiter den Bach entlang. Das Gehen war mühsam, und er wünschte sich immer wieder ein Pferd und einen guten Weg.

Doch so schwierig es auch war, durch den Wald zu laufen, er hielt durch. Teilweise, weil Alvin seine Füße für ihn widerstandsfähiger gemacht hatte. Teilweise auch, weil er inzwischen tiefer atmete als jemals zuvor. Doch es war mehr als das. In seinen Muskeln federte die Kraft auf eine Weise, wie er es noch nie in seinem Leben empfunden hatte. Noch nie hatte er sich so lebendig gefühlt wie jetzt. Und er dachte sich: Wenn ich jetzt ein Pferd hätte, würde ich mir wahrscheinlich wünschen, daß ich zu Fuß wäre.

Es war am späten Nachmittag des zweiten Tages, als er im Fluß, den er nicht sehen konnte, Geräusche hörte. Es gab keinen Zweifel – man führte Pferde durch den Strom. Das bedeutete Weiße, vielleicht sogar Leute aus Vigor Church, die noch immer nach ihm und Alvin suchten.

Er kletterte die Böschung zum Flußufer hoch, wobei er sich ziemlich schlimm zerkratzte. Sie ritten stromabwärts, von ihm fort, vier Männer zu Pferde. Erst als er selbst bereits im Fluß stand und sich fast die Lunge aus dem Leib schrie, bemerkte er, daß sie die grüne Uniform der US-Armee trugen. Noch nie hatte er davon gehört, daß Soldaten in dieses Gebiet gekommen wären. Es war das Land, das von den Weißen gemieden wurde, weil sie die Franzosen in Fort Chicago nicht aufstacheln wollten.

Sie hörten ihn sofort und rissen die Pferde herum, um ihn anzuschauen. Und beinahe ebenso schnell hatten drei von ihnen auch schon die Musketen angelegt.

»Nicht schießen!« rief Measure.

Die Soldaten ritten auf ihn zu, doch kamen sie nur sehr langsam voran, weil es ihren Pferden schwerfiel, gegen die Strömung zu laufen.

»Nicht schießen, um Gottes willen«, sagte Measure. »Ihr seht doch, daß ich nicht bewaffnet bin, ich habe nicht einmal ein Messer dabei!«

»Der spricht wirklich gut Englisch, nicht wahr?« meinte einer der Soldaten.

»Natürlich tue ich das! Ich bin doch schließlich ein Weißer!«

»Hat man so etwas schon einmal gehört«, meinte ein anderer Soldat. »Das ist das erste Mal, daß ich erlebe, daß einer von denen behauptet, weiß zu sein.«

Measure sah an sich herab. Die Sonne hatte seine Haut tatsächlich gerötet, aber sie war viel heller als die eines wirklichen roten Mannes. Gewiß, er trug einen Lendenschurz und sah ziemlich verwildert und schmutzig aus.

Die Männer gingen kein Risiko ein. Nur einer kam auf ihn zugeritten. Die anderen hielten sich ein Stück zurück, die Musketen immer noch feuerbereit angelegt für den Fall, daß Measure ein paar Leute dabei hatte, die am Flußufer einen Hinterhalt planten. Er sah, daß der Mann, der auf ihn zukam, sich zu Tode fürchtete und mal hierher schaute, mal dorthin, darauf wartend, daß ein Roter einen Pfeil auf ihn abschoß. Ganz schön idiotisch, dachte Measure, da man einen Roten im Wald ohnehin erst erkennen konnte, wenn sein Pfeil bereits in einem steckte.

Der Soldat kam nicht ganz heran. Er schlug einen Bogen, um sich ihm dann von der Seite zu nähern. Dann machte er eine Schlaufe in ein Seil und warf es Measure zu. »Leg dir das um die Brust unter die Arme«, sagte der Soldat.

»Wofür?«

»Damit ich dich führen kann.«

»Den Teufel werde ich tun«, antwortete Measure. »Wenn ich gewußt hätte, daß Ihr versuchen würdet, mich an einem Seil mitten durch einen Fluß zu zerren, dann wäre ich auf dem trockenen Land geblieben und allein nach Hause gegangen.«

»Wenn du nicht in fünf Minuten dieses Seil um dich gelegt hast, werden die Jungs dort hinten dir den Kopf wegpusten.«

»Wovon redet Ihr überhaupt?« versetzte Measure. »Ich bin Measure Miller. Ich bin vor fast einer Woche zusammen mit meinen kleinen Bruder Alvin gefangengenommen worden und will gerade nach Hause zurück nach Vigor Church.«

»Ach, das ist aber eine hübsche Geschichte«, meinte der Soldat. Er holte das Seil ein, das inzwischen klitschenaß war, und warf es erneut. Diesmal traf es Measure im Gesicht. Measure griff danach, hielt es mit der Hand fest. Der Soldat zückte seinen Degen. »Fertigmachen zum Feuern, Jungs!« rief der Soldat. »Es ist tatsächlich dieser Überläufer!«

»Überläufer! Ich ...« Dann endlich merkte Measure, daß irgend etwas schrecklich schiefgelaufen war. Sie wußten, wer er war, und dennoch wollten sie ihn gefangennehmen.

Und mit drei Musketen und einem Degen konnten sie ihn wahrscheinlich auch recht leicht töten, wenn er versuchte davonzulaufen. Aber das war doch die US-Armee, nicht wahr? Wenn er erst einmal einen Offizier zu sprechen bekam, würde sich das alles schon bald aufklären. Also zog er sich das Seil über den Kopf und schob die Schlinge um seinen Brustkorb.

Es war nicht allzu schlimm, solange sie im Wasser waren; manchmal trieb er einfach weiter. Aber schon bald gingen sie wieder an Land und ließen ihn hinter sich herlaufen, während sie sich ihren Weg durch den Wald bahnten. Sie schlugen einen Bogen nach Osten, umgingen Vigor Church.

Measure versuchte etwas zu sagen, doch sie befahlen ihm zu schweigen. »Ich will dir was sagen – wir haben den Auftrag, Überläufer wie dich tot oder lebendig zurückzubringen. Ein Weißer, der gekleidet ist wie ein Roter – wir wissen genau, was du bist.«

Aus ihren Gesprächen konnte er einiges entnehmen. Sie waren im Auftrag von General Harrison auf einem Spähtrupp. Measure wurde ganz übel bei dem Gedanken, daß die Dinge sich so schlimm entwickelt hatten, daß sie diesen mit Branntwein handelnden Taugenichts in den Norden gerufen hatten. Und er war auch verdammt schnell zur Stelle gewesen.

Die Nacht verbrachten sie auf einer Lichtung. Sie machten so viel Lärm, daß es Measure schon wie ein Wunder erschien, daß sie am nächsten Morgen nicht von sämtlichen Roten im ganzen Land umringt werden.

Am nächsten Tag weigerte er sich geradeheraus, sich an einem Seil mitzerren zu lassen. »Ich bin fast nackt, ich habe keine Waffen, und ihr könnt mich jetzt entweder umbringen oder mich reiten lassen.« Und so saß er schließlich hinter einem der Soldaten auf dem Pferd und hielt die Arme um die Hüften des Mannes geschlungen. Bald erreichten sie ein Gebiet, in dem es Pfade und Wege gab, und kamen gut voran.

Kurz vor Mittag erreichten sie ein Armeelager. Es war keine besonders beeindruckende Armee, vielleicht hundert Uniformierte und zweihundert weitere, die gerade auf einem Exerzierplatz umhermarschierten. Measure wußte den Namen der Familie nicht mehr, die hier wohnte. Es waren neue Leute, die erst vor kurzem aus dem Gebiet um Carthage gekommen waren. Doch stellte sich heraus, daß es ohnehin keine Rolle spielte. General Harrison hatte ihr Haus zum Hauptquartier gemacht; die Späher führten ihn direkt zu ihm.

»Ah«, sagte Harrison. »Einer der Überläufer.«

»Ich bin kein Überläufer«, erwiderte Measure. »Den ganzen Weg hat man mich behandelt wie einen Gefangenen. Ich kann beschwören, daß die Roten mich besser behandelt haben als Eure weißen Soldaten.«

»Das überrascht mich nicht sonderlich«, versetzte Harrison. »Die haben Euch bestimmt richtig nett behandelt. Wo ist der andere Überläufer?«

»Welcher andere Überläufer? Meint Ihr etwa meinen Bruder Alvin? Ihr wißt, wer ich bin, und Ihr laßt mich doch nicht nach Hause?«

»Erst mal beantwortet Ihr *meine* Fragen, dann werde ich es mir schon überlegen, ob ich auch Eure beantworten will.«

»Mein Bruder Alvin ist nicht hier, und er kommt auch nicht. Und nach allem, was ich bisher gesehen habe, bin ich auch ganz froh darüber.«

»Alvin? Ah, ja, man hat mir gemeldet, daß Ihr behauptet, Measure Miller zu sein. Nun, wir wissen aber, daß Measure Miller von Ta-Kumsaw und dem Propheten ermordet wurde.«

Measure spuckte aus. »Das *wißt* Ihr? Woher denn? Von ein paar zerrissenen, blutigen Kleidern? Nein, mir macht Ihr nichts vor. Meint Ihr denn, ich würde nicht sehen, was Ihr hier tut?«

»Bringt ihn in den Keller«, befahl Harrison. »Und seid schön sanft zu ihm.«

»Ihr *wollt* überhaupt nicht, daß die Leute erfahren, daß ich noch am Leben bin, denn dann werden sie merken, daß sie Euch hier oben gar nicht brauchen!« rief Measure. »Es würde mich überhaupt nicht überraschen, wenn *Ihr* es gewesen wärt, der die Chok-Taw überhaupt dazu gebracht haben, uns gefangenzunehmen!«

»Wenn das wahr wäre«, meinte Harrison, »dann würde ich an Eurer Stelle meine Zunge hüten. Dann würde ich mir nämlich ziemlich viel Sorgen machen, ob ich überhaupt jemals wieder lebendig nach Hause käme. Schaut Euch doch einmal an. Eure Haut, so rot wie ein Kardinalvogel, in einen Lendenschurz gekleidet, so verwildert wie ein Alptraum. Nein, ich schätze, wenn man Euch aus Versehen erschießen würde, könnte uns niemand deswegen einen Vorwurf machen.«

»Mein Vater würde es wissen«, sagte Measure. »Den könnt Ihr mit einer solchen Lüge nicht ins Bockshorn jagen, Harrison. Und Brustwehr-Gottes, der ...«

»Brustwehr-Gottes? Dieser erbärmliche Schwächling? Der den Leuten ständig sagt, daß Ta-Kumsaw und der Prophet unschuldig sind und daß wir nicht versuchen sollten, sie auszulöschen? Auf den hört inzwischen niemand mehr, Measure.«

»Das werden sie aber tun. Alvin ist noch am Leben und *den* werdet Ihr nie fangen.«

»Warum nicht?«

»Weil er bei Ta-Kumsaw ist.«

»Ach, und wo ist *das*?«

»Jedenfalls nicht *hier*, darauf könnt Ihr wetten.«

»Ihr habt ihn gesehen? Und den Propheten auch?«

Der gierige Ausdruck in Harrisons Augen ließ Measure verstummen. »Ich habe nur gesehen, was ich gesehen habe«, sagte Measure. »Und ich werde nur sagen, was ich sagen will.«

»Beantwortet meine Fragen, sonst seid Ihr ein toter Mann«, erwiderte Harrison.

»Wenn Ihr mich umbringt, dann sage ich überhaupt

nichts. Aber eins will ich Euch sagen: Ich habe gesehen, wie der Prophet einen Tornado aus einem Gewitter herbeigerufen hat. Ich habe ihn auf dem Wasser gehen sehen. Ich habe gesehen, wie er Dinge prophezeit hat, und seine Prophezeiungen sind alle wahr geworden. Er weiß alles, was Ihr vorhabt. Ihr meint, daß Ihr tätet, was *Ihr* wollt, aber am Ende werdet Ihr doch nur seinen Plänen dienen, wartet nur ab.«

»Welch ein Gedanke!« sagte Harrison lachend. »Nach dieser Rechnung müßte es doch seinen Zwecken dienen, daß Ihr in meine Gewalt geraten seid, nicht wahr?« Er wedelte mit den Händen, und die Soldaten zerrten Measure aus dem Haus und brachten ihn hinunter in den Vorratskeller. Auf dem Weg dorthin behandelten sie ihn richtig sanft – sie traten ihn und schlugen ihn zu Boden und taten alles, was sie ihm nur antun konnten, bevor sie ihn schließlich die Treppe hinunterwarfen und über ihm die Luke verriegelten.

Da die Leute, die hier eigentlich wohnten, aus dem Gebiet um Carthage stammten, besaß die Kellertür nicht nur einen Riegel, sondern auch ein Schloß. Unten zwischen den Rüben, den Kartoffeln und den Spinnen verlor Measure keine Zeit. Sein ganzer Körper schmerzte, doch er wußte, daß Harrison ihn nicht mehr lebendig von hier fortziehen lassen durfte. Er hatte die Späher losgeschickt, um nach *ihm* und Alvin Ausschau zu halten. Wenn sie jetzt lebendig wiederkehrten, würde das alle seine Pläne zunichte machen; und das wäre wirklich schade, da im Augenblick doch alles so lief, wie Harrison es haben wollte. Nach all diesen Jahren war er nun hier bei Vigor Church, um die Leute des Ortes zu Soldaten zu drillen, während niemand mehr auf das Wort von Brustwehr-Gottes hörte. Measure mochte den Propheten zwar nicht besonders, aber verglichen mit Harrison war der Prophet der reinste Heilige.

Doch war er das wirklich? Der Prophet hatte ihn auf das Gatlopp warten lassen – warum? Damit er nicht schon am

Morgen, sondern erst am Nachmittag losging. Damit er den Tippy-Canoe genau im richtigen Augenblick erreichte, als die Soldaten dort entlangritten. Sonst wäre er nach Prophetstown gekommen und von dort nach Vigor Church übergesetzt, ohne auch nur einem Soldaten zu begegnen. Die hätten ihn nie gefunden, wenn er sie nicht selbst sogar angerufen hätte. Gehörte all dies zum Plan den Propheten?

Und wenn dem so sein sollte? Vielleicht verhieß der Plan des Propheten etwas Gutes, vielleicht aber auch nicht – Measure aber hielt nicht allzu viel davon. Jedenfalls würde er nicht in einem Kartoffelkeller herumsitzen und abwarten, wie gut sich der Plan bewährte.

Im hinteren Teil des Kellers grub er sich einen Weg durch die Kartoffeln. Schon bald hatte er sich hineingegraben und seine Bahn hinter sich mit Kartoffeln bedeckt. Sollte jetzt jemand die Tür öffnen, würde er nur einen Haufen Kartoffeln zu sehen bekommen.

Es war ein normaler Keller, ausgehoben, mit Holz ausgeschlagen, überdacht, das Dach mit dem ausgehobenen Erdreich bedeckt. Er würde sich durch die Hinterwand graben und hinter dem Keller herauskommen, ohne daß man vom Haus aus etwas davon sah. Es bedeutete zwar, mit bloßen Händen zu schaufeln, aber die Erde war hier recht locker. Am Ende würde er zwar mehr einem Schwarzen als einem Roten gleichen, wenn er herauskam, doch das machte ihm nicht viel aus.

Leider bestand die hintere Wand aber nicht aus Erdreich, sondern aus Holz. Sie hatten den Keller bis zum Boden mit Holzwänden ausgeschlagen. Ordentliche Leute. Der Boden allerdings war aus Erdreich. Das bedeutete jedoch, daß er erst ein Loch unter der Wand hindurch graben mußte, bevor er wieder in die Höhe stieß. Das war nichts, was er in einer Nacht hätte schaffen können, wie er gehofft hatte, es würde Tage dauern. Und dabei konnten sie ihn jederzeit erwischen. Oder sie zerrten ihn einfach heraus und erschossen ihn. Vielleicht übergaben sie ihn aber auch den Chok-Taw, damit die zu Ende führen konnten, was sie begonnen hatten – so würde es zum Schluß doch noch so aussehen, als hätten Ta-Kumsaw und der Prophet ihn gemartert.

Sein Heim lag keine zehn Meilen entfernt. Das war es, was ihn schier in den Wahnsinn trieb. Er war so dicht am Ziel, und niemand wußte davon, niemand ahnte, daß er hierher kommen mußte, um ihm zu helfen. Er erinnerte sich an das Fackelmädchen vom Hatrack River vor vielen Jahren, das gesehen hatte, wie sie im Fluß festsaßen, und das ihnen Hilfe geschickt hatte. Die könnte ich jetzt gebrauchen, ich brauche eine Fackel, jemanden, der mich aufspürt und mir Hilfe schickt.

Doch das war nicht allzu wahrscheinlich. Nicht für Measure. Ja, wenn es um Alvin gegangen wäre, dann hätte es wahrscheinlich zahllose Wunder gegeben, alles, was ihn in Sicherheit gebracht hätte. Doch für Measure gab es immer nur das, was er sich selbst erarbeitete.

Schon in den ersten zehn Minuten des Grabens brach er sich einen halben Fingernagel ab. Der Schmerz war ziemlich schlimm, und er wußte, daß er blutete. Würden sie ihn jetzt hinauszerren, würden sie sofort erkennen, daß er einen Tunnel graben wollte. Doch es war seine einzige Chance. Also grub er weiter, trotzte dem Schmerz, und hielt dann und wann inne, um eine Kartoffel hinauszuwerfen, die in sein Loch hinabgerollt war.

Schon bald nahm er seinen Lendenschurz ab und benutzte ihn für die Arbeit. Er lockerte das Erdreich mit den Händen, häufte es auf das Tuch und hob es damit aus dem Loch. Das war zwar nicht so gut wie ein Spaten, aber immer noch um einiges besser, als das Erdreich mit den Händen herauszuheben. Wieviel Zeit hatte er noch? Waren es Tage? Waren es Stunden?

11 Der Rotenjunge

Es war keine Stunde später, nachdem Measure gegangen war. Ta-Kumsaw stand auf einer Düne, der weiße Junge Alvin neben ihm. Und vor ihm Tenskwa-Tawa. Lolla-Wossiky. Sein Bruder. Der Junge, der einst geweint hatte, weil die Bienen starben. Ein Prophet. Angeblich. Der den Willen des Landes verkündete. Angeblich. Der von Feigheit sprach, von Aufgabe, Niederlage, Vernichtung.

»Dies ist der Eid des friedlichen Landes«, sagte der Prophet. »Keine der Waffen des weißen Mannes anzunehmen, keines der Werkzeuge des weißen Mannes, keine der Kleidungen des weißen Mannes, keine Nahrung des weißen Mannes, und auch keines der Versprechen des weißen Mannes. Vor allem aber, niemals ein Leben zu nehmen, das sich nicht selbst dem Tod entbietet.«

Die Roten, die bei ihm standen, hatten all dies schon gehört, genau wie Ta-Kumsaw. Die meisten, die mit ihnen zum Mizogan gekommen waren, hatten den Eid der Schwäche, den ihnen der Prophet abforderte, bereits abgelehnt. Sie leisteten einen anderen Eid, den Eid des Zorns des Landes, den Eid, den Ta-Kumsaw ihnen anbot. Jeder Weiße sollte nach dem Gesetz des roten Mannes leben oder das Land verlassen, oder sterben. Die Waffen des weißen Mannes durften verwendet werden, doch nur, um Rote vor Mord und Diebstahl zu schützen. Kein roter Mann würde einen Gefangenen martern oder töten – ob es ein Mann war, eine Frau oder ein Kind. Vor allem aber sollte der Tod keines Roten ungerächt bleiben.

Ta-Kumsaw wußte, daß alle Roten Amerikas, sofern sie nur seinen Eid schworen, den weißen Mann noch immer würden besiegen können. Die Weißen waren überhaupt nur so weit gekommen, weil die Roten sich nie unter einem Führen vereinigen konnten. Die Weißen hatten sich immer mit dem einen oder dem anderen Stamm verbünden können, der sie dann durch den pfadlosen Wald führte, um ihre Feinde aufzuspüren. Wären Rote nicht übergelaufen – wie die unsäglichen Irrakwa, die Halbweißer Cherriky –, der weiße Mann hätte in diesem Land nicht überleben können.

Nachdem der Prophet seine Herausforderung ausgesprochen hatte, war es nur noch eine Handvoll, die seinen Eid ableisten mochte und mit ihm zurückkehren wollte. Er wirkte traurig, dachte Ta-Kumsaw. Er kehrte jenen, die blieben, den Rücken zu – den Kriegern, die gegen den weißen Mann kämpfen würden.

»Diese Männer sind deine«, sagte der Prophet. »Ich wünschte, es wären nicht so viele.«

»Ja, es sind meine, aber ich wünschte, es wären nicht so wenige.«

»Oh, du wirst noch genügend Verbündete finden. Chok-Taw, Cree-Ek, Chicky-Saw, die heimtückischen Semmy-Noll der Oky-Fenoky. Genug, um die größte Armee des roten Mannes aufzustellen, die dieses Land jemals gesehen hat, und alle werden sie nach dem Blut der Weißen dürsten.«

»Kämpfe an meiner Seite in dieser Schlacht«, forderte Ta-Kumsaw ihn auf.

»Du wirst deine Sache verlieren, weil du töten wirst«, erwiderte der Prophet. »Ich dagegen werde siegen.«

»Indem du stirbst.«

»Wenn das Land meinen Tod fordert, werde ich gehorchen.«

»Und all dein Volk mit dir.«

Der Prophet schüttelte den Kopf. »Ich habe geschaut, was ich geschaut habe. Das Volk meines Bundes ist ebensosehr Teil des Landes wie der Bär oder der Büffel, das Eichhörnchen oder der Biber. Alle diese Tiere haben stillgestanden, um deinen Pfeil zu empfangen, nicht wahr? Oder sie haben deinem Messer den Hals hingestreckt. Oder für deinen Tommy-hawk den Kopf auf den Boden gelegt.«

»Es sind Tiere, Fleisch.«

»Sie sind lebendig, sie sollen so lange leben, bis sie sterben, und wenn sie sterben, tun sie es, damit andere leben können.«

»Ich nicht. Nicht *mein* Volk. Wir werden dem Messer des weißen Mannes nicht den Hals hinhalten.«

Der Prophet nahm Ta-Kumsaw an der Schulter, Tränen strömten seine Wangen herab. Er preßte seine Wange an die seines Bruders, benetzte sie.

»Komm und suche mich am anderen Ufer des Mizzipy auf, wenn all dies vollbracht ist«, sagte der Prophet.

»Ich werde es nicht zulassen, daß das Land geteilt wird«, erwiderte Ta-Kumsaw. »Der Osten gehört nicht dem weißen Mann.«

»Der Osten wird sterben«, antwortete der Prophet. »Folge mir nach Westen, wohin der weiße Mann niemals kommen wird.«

Ta-Kumsaw erwiderte nichts.

Der weiße Junge Alvin berührte die Hand des Propheten. »Tenskwa-Tawa, bedeutet das, daß ich nie nach Westen kommen kann?«

Der Prophet lachte. »Weshalb, glaubst du, schicke ich dich mit Ta-Kumsaw? Wenn irgend jemand einen weißen Jungen zu einem Roten machen kann, so Ta-Kumsaw.«

»Ich will ihn nicht haben«, sagte Ta-Kumsaw.

»Nimm ihn oder stirb«, gab der Prophet zur Antwort. Dann schritt er die Düne hinunter zu seinem Dutzend Männer, die mit ihren blutigen Handflächen, mit denen sie den Eid besiegelt hatten, auf ihn warteten. Sie schritten am Ufer des Sees davon, ihren Familien entgegen. Morgen würden sie wieder in Prophetstown sein, bereit, niedergemetzelt zu werden.

Ta-Kumsaw wartete, bis der Prophet hinter einer Düne verschwunden war. Dann rief er den Hunderten, die übriggeblieben waren, zu: »Wann wird der weiße Mann jemals Frieden haben?«

»Wenn er geht!« riefen sie. »Wenn er stirbt!«

Ta-Kumsaw lachte und breitete die Arme aus. Er spürte ihre Liebe und ihr Vertrauen wie die Hitze der Sonne an einem Wintertag. Er wußte, daß keine Aufgabe vor ihm lag, die er nicht meistern konnte. Nur der Verrat würde ihm den Sieg streitig machen können. Und Ta-Kumsaw vermochte tief ins Herz eines Menschen hineinzublicken. Er wußte, wann er vertrauen konnte, wußte, wenn der andere ein Lügner war. Hatte er Gouverneur Harrison nicht von Anfang an durchschaut? Ein solcher Mann konnte sein Innerstes nicht vor ihm verbergen.

Nur wenige Minuten später machten auch sie sich auf. Ein paar Dutzend Männer führten die Frauen und Kinder an einen anderen Ort, wo sie sich für eine kurze Zeit niederlassen würden. Nie blieben sie länger als drei Tage an einer Stelle – eine dauerhafte Siedlung wie Prophetstown war eine Einladung zu einem Massaker.

Ta-Kumsaw führte sie durch den Wald. Der weiße Junge lief dicht hinter ihm. Bewußt wählte Ta-Kumsaw ein mörderisches Tempo, doppelt so schnell wie zuvor, als sie den Jungen und seinen Bruder an den Mizogan gebracht hatten. Es waren noch zweihundert Meilen bis Fort Detroit, und Ta-Kumsaw war entschlossen, diese Strecke an einem einzigen Tag hinter sich zu legen. Kein weißer Mann vermochte dies – und auch kein Pferd Pferd eines Weißen. Alle fünf Minuten eine Meile, immer weiter, während der Wind seinen Haarknoten peitschte. Auch nur eine halbe Stunde in diesem Tempo zu laufen, hätte einen gewöhnlichen Mann normalerweise umgebracht, nur daß der rote Mann die Kraft des Landes anrief, um ihm zu helfen. Der Boden preßte sich gegen seine Füße, vermehrte seine Kraft. Die Sträucher teilten sich, um Platz zu machen. Ta-Kumsaw jagte so schnell über Bäche und Flüsse, daß seine Füße ihren Boden nicht berührten und gerade nur tief genug einsanken, um im Wasser selbst Halt zu finden. Sein Verlangen, nach Fort Detroit zu kommen, war so stark, daß das Land darauf reagierte, indem es ihn nährte und ihm Kraft gab. Und nicht Ta-Kumsaw allein, sondern jeder Mann hinter ihm; jeder Rote, der das Gefühl des Landes in seinem eigenen Inneren kannte, fand dieselbe Kraft wie sein

Anführer, ging denselben Pfad entlang, Schritt um Schritt, wie eine große Seele, die einen langen, geraden Pfad durch den Wald entlangeilte.

Ich werde den weißen Jungen tragen müssen, dachte Ta-Kumsaw. Doch die Schritte hinter ihm – denn Weiße machten beim Laufen Lärm – verklangen nicht, sie paßten sich seinem eigenen Rhythmus an.

Das war natürlich unmöglich. Die Beine des Jungen waren kürzer, er mußte mehr Schritte machen, um dieselbe Strecke hinter sich zu legen. Und doch: Minute um Minute, Meile um Meile, Stunde um Stunde hielt der Junge mit ihm Schritt.

Hinter ihnen ging zur Linken die Sonne unter. Die Sterne kamen heraus, doch kein Mond, und die Nacht war dunkel unter den Bäumen. Das Land selbst führte sie in der Dunkelheit sicher weiter. Mehrmals bemerkte Ta-Kumsaw in der Nacht, daß der Junge kein Geräusch mehr machte. Jedesmal rief er dem Mann, der hinter dem weißen Jungen Alvin lief, etwas auf Shaw-Nee zu, und jedesmal antwortete der Mann: »Er läuft.«

Der Mond kam heraus, warf Flecken matten Lichtes auf den Waldboden. Sie liefen durch Schauer, durch schwere Regenfälle, wieder durch Schauer, dann wurde das Land trocken. Nie verlangsamten sie ihr Tempo. Im Osten wurde der Himmel erst grau, dann rosa, dann blau, bis die Sonne wieder emporstieg. Sie stand bereits drei Hände breit über dem Horizont, als sie den Rauch von Kochfeuern erblickten, dann die schlaffe Lilienfahne und endlich das Kreuz der Kathedrale. Erst dann wurden sie langsamer, um sich auf einem Grasstück auszuruhen, das so dicht bei der Stadt lag, daß sie die Orgel in der Kathedrale spielen hören konnten.

Ta-Kumsaw blieb stehen, und hinter ihm hielt auch der Junge an. Wie war es Alvin, einem weißen Jungen, gelungen, wie ein roter Mann durch die Nacht zu wandern? Ta-Kumsaw kniete vor dem Jungen nieder. Obwohl Alvins Augen geöffnet waren, schien er nichts zu sehen. »Alvin«, sagte Ta-Kumsaw auf Englisch. Der Junge antwortete nicht. »Alvin, schläfst du?«

Einige der Krieger scharten sich um die beiden. Sie waren ebenso verwundert wie Ta-Kumsaw. Hatte Ta-Kumsaw den Jungen durch seine eigene Kraft zum Durchhalten befähigt? Oder hatte das Land unglaublicherweise einem weißen Kind von seiner Kraft gegeben?

»Ist er weiß wie seine Haut, oder ist er im Herzen rot?« fragte einer. Er sprach es auf Shaw-Nee, doch nicht mit der gewöhnlichen Betonung, sonder in der langsamen und heiligen Sprache der Schamanen.

Zu Ta-Kumsaws Überraschung antwortete Alvin dem Mann und sah ihn dabei an. »Weiß«, murmelte er. Er sprach Englisch.

»Spricht er unsere Sprache?« fragte der Mann.

Alvin schien die Frage zu verwirren. »Ta-Kumsaw«, sagte er. Er blickte zur Sonne hinauf. »Es ist Morgen. Habe ich geschlafen?«

»Nicht geschlafen«, sagte Ta-Kumsaw auf Shaw-Nee. Nun schien der Junge überhaupt nichts zu verstehen. »Nicht geschlafen«, wiederholte Ta-Kumsaw auf Englisch.

»Ich habe das Gefühl, als hätte ich geschlafen«, sagte er. »Nur daß ich hier aufrecht stehe.«

»Du fühlst dich nicht müde? Du willst dich nicht ausruhen?«

»Müde? Warum sollte ich müde sein?«

Ta-Kumsaw wollte es ihm nicht erklären. Wenn der Junge nicht wußte, was er getan hatte, dann war es ein Geschenk des Landes gewesen. Vielleicht war aber auch etwas daran, was der Prophet über ihn gesagt hatte: Daß Ta-Kumsaw ihn lehren sollte, ein Roter zu werden. Wenn er in einem solchen Gewaltmarsch mit erwachsenen Shaw-Nee Schritt halten konnte, dann konnte dieser Junge vielleicht als einziger Weißer auch lernen, das Land zu erspüren.

Ta-Kumsaw erhob sich und sprach mit den anderen. »Ich gehe in die Stadt und nehme nur vier Männer mit.«

»Und den Jungen«, sagte einer. Andere wiederholten seine Worte. Sie alle wußten, was der Prophet Ta-Kumsaw versprochen hatte, daß er nicht sterben würde, solange der Junge bei ihm blieb. Selbst wenn er versuchen wollte, den Jungen zurückzulassen, würden sie es nie zulassen.

»Und den Jungen«, willigte Ta-Kumsaw ein.

Detroit war kein Fort wie die armseligen Holzstakete der Amerikaner. Es war aus Stein gebaut wie die Kathedrale, mit riesigen Kanonen, die auf den Fluß hinauszeigten, der den Lake Huron, den Lake St. Clair und den Lake Canada miteinander verband; kleinere Kanonen wiesen landeinwärts, bereit, etwaige Angreifer zu Lande abzuwehren.

Aber es war die Stadt und nicht die Festung, die sie beeindruckte. Ein Dutzend Straßen mit Holzhäusern, Geschäften und Läden, und in der Mitte eine Kathedrale, so gigantisch, daß Reverend Throwers Kirche dagegen einfach lächerlich wirkte. Schwarzgewandete Priester, die aussahen wie Krähen, gingen in den Straßen ihren Geschäften nach. Die dunkelhäutigeren Franzosen begegneten den Roten nicht mit der gleichen Feindseligkeit, wie sie die Amerikaner oft an den Tag legten. Sie waren nun einmal keine Siedler und sahen daher in den Roten keine Rivalen um den Landbesitz. Die Franzosen hier dienten ihre Zeit ab, bis sie nach Europa zurückkehrten oder zumindest in die von Weißen besiedelten Ländereien von Quebec und Ontario auf der anderen Seite des Flusses. Allein die Trapper bildeten eine Ausnahme, doch für sie waren die Roten auch keine Feinde. Trapper begegneten den Roten vielmehr mit Ehrfurcht, sie versuchten zu erfahren, wie es den Roten gelang, ihr Wild so mühelos aufzuspüren, wo die Trapper doch solch verteufelte Schwierigkeiten damit hatten, zu wissen, wo sie ihre Fallen auslegen sollten. Sie dachten, wie es die Weißen immer taten, daß es nur irgendein Trick der Roten sei, und daß sie die roten Männer nur lange genug beobachten mußten, um ihn in Erfahrung zu bringen. Sie würden es niemals lernen. Wie konnte das Land auch einen Mann annehmen, der alle Biber in einem

Teich tötete, nur um die Pelze zu erhalten, während er das Fleisch achtlos liegenließ und kein Biber mehr übrigblieb, um noch Junge zu gebären? Kein Wunder, daß die Bären diese Trapper töteten, wann immer sie konnten. Das Land selbst verließ sie.

Wenn ich die Amerikaner aus dem Land westlich der Berge vertrieben habe, dachte Ta-Kumsaw, dann werde ich die Yankees aus New England vertreiben und die Cavaliers aus den Kronkolonien. Und wenn sie alle fort sind, werde ich mich den Spaniern in Florida und den Franzosen in Kanada zuwenden. Heute werde ich mich eurer bedienen, doch schon morgen werde ich auch euch verjagen. Jeder Weißer der in diesem Land bleibt, wird nur hierbleiben können, wenn er tot ist. Und von diesem Tag an werden die Biber nur noch sterben, wenn das Land ihnen sagt, daß die Zeit zum Sterben gekommen sind.

Offiziell war de Maurepas der französische Kommandant von Detroit, doch Ta-Kumsaw mied ihn, wann immer er konnte. Es lohnte sich nur, mit Napoleon Bonaparte, seinem Stellvertreter, zu reden.

»Ich habe gehört, daß Ihr am Lake Mizogan wart«, sagte Napoleon. Natürlich sprach er Französisch, doch Ta-Kumsaw hatte das Französische zur gleichen Zeit wie das Englische gelernt, noch dazu von derselben Person. »Kommt, nehmt Platz.« Napoleon musterte den weißen Jungen Alvin mit vagem Interesse, sagte aber nichts zu ihm.

»Ich war dort«, erwiderte Ta-Kumsaw. »Wie auch mein Bruder.«

»Ah. Aber war auch eine Armee dort?«

»Der Keim einer Armee«, sagte Ta-Kumsaw. »Ich habe es aufgegeben, zu versuchen, Tenskwa-Tawa zu überzeugen. Ich werde einen Armee aus den anderen Stämmen zusammenstellen.«

»Wann denn?« fragte Napoleon ungeduldig. »Jedes Jahr kommt Ihr zwei-, dreimal zu mir, um mir zu erzählen, daß Ihr eine Armee aufstellen werdet. Wißt Ihr, wie lange ich hier schon warte? Vier Jahre, vier lange erbärmliche Jahre des Exils!«

»Ich weiß, wie viele Jahre es sind«, antwortete Ta-Kumsaw. »Ihr werdet Eure Schlacht bekommen.«

»Noch bevor mein Haar ergraut? Sagt es mir! Muß ich erst an Altersschwäche sterben, bevor Ihr einen allgemeinen Aufstand der Roten ausruft? Ihr wißt, wie hilflos ich bin. La Fayette und de Maurepas lassen mich nicht weiter als fünfzig Meilen von hier fort, sie wollen mir überhaupt keine Truppen zur Verfügung stellen. Erst muß es eine Armee geben, sagen sie. Die Amerikaner müssen erst eine Hauptstreitkraft haben, mit denen Ihr kämpfen könnt. Nun, das einzige, was diese erbärmlich unabhängigen Bastarde dazu bringen wird, sich zu vereinigen, seid *Ihr*.«

»Das weiß ich«, entgegnete Ta-Kumsaw.

»Ihr habt mir eine Armee von zehntausend Roten versprochen, Ta-Kumsaw. Statt dessen höre ich ständig von einer Stadt mit zehntausend *Quäkern*!«

»Es sind keine Quäker.«

»Wenn sie dem Krieg abschwören, läuft das auf dasselbe heraus.« Plötzlich klang Napoleons Stimme weich, liebevoll und eindringlich. »Ta-Kumsaw, ich brauche Euch, ich bin von Euch abhängig, laßt mich nicht im Stich.«

Ta-Kumsaw lachte. Napoleon hatte schon vor langer Zeit gemerkt, daß seine Tricks zwar auf Weiße wirkten, aber nicht halb so gut auf Rote, und auf Ta-Kumsaw schon gar nicht.

»Ihr macht Euch nichts aus mir, und ich mache mir nichts aus Euch«, versetzte Ta-Kumsaw. »Ihr wollt eine Schlacht und einen Sieg, damit Ihr als Held nach Paris zurückkehren könnt. Ich will eine Schlacht und einen Sieg, damit ich das Entsetzen in die Herzen der Weißen tragen und eine noch größere Armee von Roten unter mein Kommando bringen kann. Dann wollen wir das Land südlich von hier überrennen und die Engländer über die Berge zurücktreiben. Eine Schlacht, ein Sieg – deshalb arbeiten wir zusammen, und wenn das erledigt ist, werde ich nie wieder an Euch denken, und Ihr werdet nie mehr an mich denken.«

Napoleon war zwar wütend, doch er lachte. »Zur Hälfte stimmt das sogar«, meinte er. »Ich werde mir zwar nichts mehr aus Euch machen, aber an Euch denken werde ich doch. Ich habe von Euch gelernt, Ta-Kumsaw. Daß die Liebe zu ihrem Befehlshaber seine Männer besser kämpfen läßt als die Liebe zu ihrem Land; und die Liebe zum Land besser als die Hoffnung auf Ruhm; und die Hoffnung auf Ruhm besser als Plünderung; und Plünderung besser als Lohn. Am besten aber ist es, für eine Sache zu kämpfen. Für einen großen und edlen Traum. Ich habe immer die Liebe meiner Männer besessen. Sie wären für mich gestorbern. Für eine Sache aber würden sie sogar ihre Frauen und Kinder sterben lassen und meinen, daß der Preis nicht zu hoch sei.«

»Wie habt Ihr das von mir lernen wollen?« fragte Ta-Kumsaw. »Das ist die Rede meines Bruders, aber nicht die meine.«

»Eures Bruders? Ich dachte, der wäre der Meinung, daß es sich für nichts zu sterben lohne.«

»Nein, mit dem Sterben ist er sehr großzügig. Nur vom Töten will er nichts wissen.«

Napoleon lachte, und Ta-Kumsaw fiel in dieses Lachen ein. »Ihr habt recht. Wir sind keine Freunde. Aber ich mag Euch. Mich verwundert jedoch etwas. Wenn Ihr gesiegt habt und alle weißen Männer verschwunden sind, wollt Ihr dann wirklich fortgehen und alle Stämme so gewähren lassen wie vorher, stark und uneins?«

»Glücklich. Das waren wir vorher. Viele Stämme, viele Sprachen, aber ein einziges, lebendiges Land.«

»Stark«, sagte Napoleon wieder. »Wenn ich *mein* ganzes Land einmal unter meine Fahne vereinigt habe, Ta-Kumsaw, dann werde ich es so lange und so fest vereinigt halten, bis daraus ein großes Volk geworden ist, ein großes und starkes Volk. Und sollte ich das jemals tun, dann könnt Ihr Euch auf eins verlassen: Dann werden wir zurückkehren und Euch Euer Land nehmen, wie wir uns alle anderen Länder auf der Erde nehmen werden. Verlaßt Euch darauf.«

»Das liegt daran, daß Ihr böse seid, General Bonaparte. Ihr wollt alles Eurem Gehorsam unterwerfen, alles und jeden.«

»Das ist doch nicht böse, törichter Wilder! Wenn alle mir gehorchten, wären sie glücklich und sicher, es würde Frieden herrschen, und zum erstenmal in der Geschichte wären alle frei.«

»Ja, sie wären in Sicherheit, es sei denn, sie stellten sich gegen Euch. Sie wären glücklich, es sei denn, sie haßten Euch. Sie wären frei, es sei denn, sie wollten etwas tun, das nicht Eurem Willen entspricht.«

»Man stelle sich das vor, ein roter Mann, der philosophiert! Wissen diese Bauernsiedler südlich von hier überhaupt, daß Ihr Newton gelesen habt, Voltaire, Rousseau und Adam Smith?«

»Ich glaube nicht, daß sie überhaupt wissen, daß ich ihre Sprachen lesen kann.«

Napoleon beugte sich über seinen Schreibtisch. »Wir werden sie vernichten, Ta-Kumsaw, Ihr und ich gemeinsam. Aber Ihr müßt mir eine Armee bringen.«

»Mein Bruder prophezeit, daß wir vor Jahresende eine Armee haben werden.«

»Eine Prophezeiung?«

»Alle seine Prophezeiungen werden wahr.«

»Sagt er auch, daß wir siegen werden?«

Ta-Kumsaw lachte auf. »Er sah, daß Ihr als der größte europäische General gelten werdet, der je gelebt hat. Und ich werde als der größte aller Roten geachtet werden.«

Napoleon fuhr sich mit den Fingern durchs Haar und lächelte, jetzt wirkte er fast jungenhaft. »Mir scheint, daß der Frage damit ausgewichen wird. Auch tote Männer kann man groß nennen.«

»Aber Männer, die Schlachten verlieren, werden niemals groß genannt, nicht wahr? Edel vielleicht oder heldenhaft. Aber nicht groß.«

»Das ist wahr, Ta-Kumsaw. Aber Euer Bruder legt sich nicht fest. Er ist wie ein Orakel.«

»So etwas kenne ich nicht.«

»Natürlich kennt Ihr kein Orakel. Ihr seid ja auch nur ein Wilder.« Napoleon goß Wein ein. »Ich vergesse meine Manieren. Wein?«

Ta-Kumsaw schüttelte den Kopf.

»Für den Jungen wohl auch nicht, vermute ich?«

»Er ist erst zehn«, erwiderte Ta-Kumsaw.

»In Frankreich heißt das, daß wir das Wasser zur Hälfte mit Wein verdünnen. Was tut Ihr mit dem weißen Jungen, Ta-Kumsaw? Nehmt Ihr inzwischen schon Kinder gefangen?«

»Dieser Weiße Junge«, versetzte Ta-Kumsaw, »ist mehr, als es den Anschein hat.«

»In einem Lendenschurz sieht er nicht nach viel aus. Versteht er Französisch?«

»Kein Wort«, antwortete Ta-Kumsaw. »Ich bin gekommen, um Euch etwas zu fragen – könnt Ihr uns Gewehre geben?«

»Nein«, erwiderte Napoleon.

»Wir können nicht mit Pfeilen gegen Kugeln kämpfen«, meinte Ta-Kumsaw.

»La Fayette weigert sich, Euch Gewehre auszuhändigen. Paris ist seiner Meinung. Man traut Euch nicht. Man befürchtet, daß alle Gewehr, die man Euch aushändigt, eines Tages gegen uns gerichtet werden könnten.«

»Was nützt es mir dann, eine Armee auszuheben?«

Napoleon lächelte und nippte an seinem Wein. »Ich habe mich mit ein paar Händlern der Irrakwa unterhalten.«

»Die Irrakwa sind der Urin kranker Hunde«, erwiderte Ta-Kumsaw abfällig. »Bevor die Weißen kamen, waren sie grausame, heimtückische Tiere, und nun sind sie noch schlimmer geworden.«

»Seltsam. Die Engländer scheinen in ihnen verwandte Seelen zu sehen. Und La Fayette himmelt sie an. Aber das einzige, was jetzt zählt, ist folgendes: Sie stellen Gewehre her, in großer Anzahl und billig. Nicht unbedingt die *zuverlässigsten* Waffen, aber sie verwenden genau die gleiche Munition. Das bedeutet, daß sie Kugeln herstellen, die enger in den Lauf passen und die treffsicherer sind. Und doch verkaufen sie sie zu einem niedrigeren Preis.«

»Werdet Ihr sie für uns kaufen?«

»Nein. *Ihr* werdet sie kaufen.«

»Wir besitzen kein Geld.«

»Pelze«, erwiderte Napoleon. »Biberpelze. Nerze. Hirschhäute und Büffelleder.«

Ta-Kumsaw schüttelte den Kopf. »Wir können diese Tiere nicht darum bitten, für Gewehre zu sterben.«

»Schade«, meinte Napoleon. »Aber die Irrakwa wollen auch noch etwas anderes außer Pelze.«

»Wir besitzen nichts, was sie begehren könnten.«

»Eisen«, fuhr Napoleon fort.

»Wir besitzen kein Eisen.«

»Nein. Aber sie wissen, wo es ist. In den oberen Gebieten des Mizzipy und entlang des Mizota. In der Nähe des Westufers des High Water Lake. Alles, was sie wollen, ist Euer Versprechen, daß Ihr Ihren Boten nichts antun werdet, wenn sie das Eisenerz nach Irrakwa bringen, und ihren Bergarbeitern auch nicht, wenn sie es schürfen.«

»Friede in der Zukunft im Tausch gegen Gewehre heute?«

»Ja«, bestätigte Napoleon.

»Fürchten sie denn nicht, daß ich die Gewehre gegen *sie* richten könnte?«

»Sie wollen Euer Versprechen, daß Ihr es nicht tut.«

Ta-Kumsaw dachte darüber nach. »Richtet ihnen folgendes aus. Ich verspreche, daß keines der Gewehre, daß sie uns geben, jemals gegen irgendeinen Irrakwa gerichtet werden wird. Alle meine Männer werden diesen Eid ableisten. Und wir werden auch nie eines ihrer Boote auf dem Wasser angreifen oder ihre Bergarbeiter, während sie schürfen.«

»Und das meint Ihr auch?« fragte Napoleon.

»Wenn ich es sage, meine ich es auch«, erwiderte Ta-Kumsaw.

»Obwohl Ihr sie so haßt?«

»Ich hasse sie, weil das Land sie haßt. Wenn der weiße Mann verschwunden und das Land wieder stark ist und nicht krank, dann mögen Erdbeben die Schürfarbeiter verschlingen, sollen Stürme die Schiffe zum Sinken bringen, und dann werden die Irrakwa entweder wieder zu wahren roten Männern werden, oder sei werden sterben. Ist der weiße Mann erst einmal verschwunden, wird das Land streng zu jenen seiner Kinder sein, die bleiben.«

Dann endete ihre Begegnung. Ta-Kumsaw erhob sich und schüttelte die Hand des Generals. Alvin überraschte die beiden, indem er vortrat und ebenfalls die Hand ausstreckte.

Amüsiert schüttelte Napoleon sie. »Sagt dem Jungen, daß er gefährliche Gesellschaft pflegt«, meinte er.

Ta-Kumsaw dolmetschte es. Alvin blickte ihn mit geweiteten Augen an. »Meint er damit *Euch*?« fragte er.

»Ich denke schon«, erwiderte Ta-Kumsaw.

»Aber *er* ist doch der gefährlichste Mann der Welt«, warf Alvin ein.

Napoleon lachte, als Ta-Kumsaw ihm die Worte des Jungen übersetzt hatte. »Wie kann ich gefährlich sein? Ein kleiner Mann, der hier draußen mitten in der Wildnis festsitzt, wo doch Europa die Mitte der Welt ist, wo doch dort gerade große Kriege stattfinden, an denen ich nicht teilnehmen kann!«

Ta-Kumsaw brauchte es nicht zu dolmetschen. Der Junge verstand Napoleons Ton und seinen Gesichtsausdruck. »Er ist so gefährlich, weil er Leute dazu bringt, ihn zu lieben, obwohl er es nicht verdient hat.«

Ta-Kumsaw spürte die Wahrheit in den Worten des Jungen. Napoleon war tatsächlich gefährlich, gefährlich und böse und finster. Ist er der Mann, auf dessen Hilfe ich mich verlasse? Der mein Verbündeter sein soll? Ja, er ist es, weil ich keine andere Wahl habe. Ta-Kumsaw übersetzte ihm jedoch nicht, was der Junge gesagt hatte, obwohl Napoleon darauf drängt. Bisher hatte der französische General nicht versucht, seinen Zauber gegen den Jungen anzuwenden.

Wenn er die Worte des Jungen in Erfahrung gebracht hätte, könnte er es vielleicht versuchen, und möglicherweise würde Alvin davon eingenommen werden. Ta-Kumsaw begann den Jungen zu schätzen. Vielleicht war er zu stark für Napoleon, um sich verzaubern zu lassen. Vielleicht würde er aber auch zu seinem ihn bewundernden Sklaven werden wie de Maurepas. Es war besser, ihn nicht auf die Probe zu stellen.

Alvin bestand darauf, die Kathedrale zu besichtigen. Einer der Priester reagierte entsetzt bei dem Gedanken, Männer im Lendenschurz hereinzulassen, doch ein anderer tadelte ihn und hieß sie im Inneren der Kirche willkommen. Ta-Kumsaw amüsierte sich immer über die Heiligenstatuen. Wann immer möglich, stellte man die Heiligen dar, wie sie auf die schrecklichste Weise gefoltert wurden. Die Weißen mochten zwar den ganzen Tag lang darüber reden, wie barbarisch es von den Roten sei, ihre Gefangenen zu martern, damit sie ihren Mut unter Beweis stellen konnten. Doch vor welchen Statuen knieten sie danach nieder, um zu beten? Vor Menschen, die unter der Marter Mut bewiesen hatten!

Als sie die Stadt verließen, sprach er länger mit Alvin darüber. Sie hatten es nun nicht mehr eilig. Er erklärte dem Jungen auch, wie es ihnen gelungen war, so schnell so weit zu laufen. Und wie außergewöhnlich es für einen weißen Jungen war, mit ihnen Schritt gehalten zu haben.

Alvin schien zu verstehen, wie die Roten mit dem Land in Einklang lebten; zumindest versuchte er es. »Ich glaue, ich habe es gespürt, als ich lief. Das ist, als wäre ich nicht ich selbst. Meine Gedanken schweifen umher. Wie im Traum. Und während ich fort bin, sagt etwas anderes meinem Körper, was er tun soll. Es ernährt ihn, es benutzt ihn, es bringt ihn dorthin, wo es hin will. Ist es das, was Ihr fühlt?«

Das war es überhaupt nicht, was Ta-Kumsaw fühlte. Wenn das Land in *ihn* eindrang, dann fühlte er sich lebendiger denn je; nicht fern von seinem Körper, sondern kraftvoller in ihm verwurzelt als jemals sonst. Doch das erklärte er dem Jungen nicht. Statt dessen gab er Alvin die Frage zurück. »Du sagst, es sei wie Träumen. Was hast du letzte Nacht geträumt?«

»Ich habe wieder viel von den Visionen geträumt, die ich hatte, als ich im Kristallturm war mit dem leuchtenden – mit dem Propheten.«

»Mit dem leuchtenden Mann. Ich weiß, daß du ihn so nennst – er hat mir auch gesagt, warum.«

»Diese Dinge habe ich wieder geträumt. Nur daß es anders war. Diesmal konnte ich einige Dinge klarer erkennen, während ich andere vergessen habe.«

»Hast du irgend etwas geträumt, was du vorher *nicht* geschaut hast?«

»Ja, von *diesem* Ort hier. Von den Statuen in der Kathedrale. Und von dem General, den wir aufgesucht haben. Und etwas noch viel Seltsameres. Ein großer Berg, fast rund – nein, mit acht Seiten. Daran erinnere ich mich noch. Ein Hügel mit acht glatten Hängen, und darin war eine ganze Stadt, voller kleiner Zimmer, wie in einem Ameisenhügel, aber groß genug für Menschen. Oder jedenfalls für Wesen, die größer waren als Ameisen. Und ich stand ganz oben, ging zwischen all diesen seltsamen Bäumen umher – sie hatten silberne Blätter, keine grünen –, und ich suchte nach meinem Bruder. Nach Measure.«

Lange Zeit sagte Ta-Kumsaw nichts. Doch er dachte über vieles nach. Kein weißer Mann hatte diesen Ort jemals gesehen – das Land war noch immer stark genug, um die Weißen *daran* zu hindern. Und doch hatte dieser Junge davon geträumt. Und ein Traum vom Achtgesichtigen Hügel kam nie zufällig. Immer bedeutete er etwas, und immer dasselbe.

»Wir müssen dorthin«, entschied Ta-Kumsaw.

»Wohin?«

»Zu dem Hügel, von dem du geträumt hast«, sagte Ta-Kumsaw.

»Es *gibt* tatsächlich so einen Ort?«

»Kein weißer Mann hat ihn jemals zu sehen bekommen. Wenn ein Weißer dort stünde, dann wäre das ... schmutzig.«

Alvin antwortete nichts. Was hätte er auch sagen sollen? Ta-Kumsaw schluckte schwer. »Aber wenn du davon geträumt hast, mußt du auch dorthin gehen.«

»Was ist das?«

Ta-Kumsaw schüttelte den Kopf. »Der Ort, von dem du geträumt hast, das ist alles. Wenn du mehr darüber wissen willst, mußt du wieder davon träumen.«

Es war fast Nacht, als sie das Lager erreichten; inzwischen hatte man Wigwams aufgebaut, weil es so aussah, als würde es heute nacht noch mehr regnen. Die anderen bestanden darauf, daß Ta-Kumsaw sich mit Alvin eine Behausung teilte, damit er in Sicherheit war. Ta-Kumsaw aber wollte das nicht. Der Junge machte ihm angst. Das Land tat Dinge mit diesem Jungen, ohne Ta-Kumsaw zu zeigen, was dabei geschah.

Doch wenn man im Traum den Achtgesichtigen Hügel schaute, blieb einem keine andere Wahl, als ihn aufzusuchen. Und da Alvin den Ort allein niemals würde finden können, mußte Ta-Kumsaw ihn hinbringen.

Er würde es den anderen niemals erklären können, und selbst wenn er es könnte, würde er es nicht tun. Wenn sich herumsprechen sollte, daß Ta-Kumsaw einen Weißen an diesen uralten heiligen Ort gebracht hatte, würden viele Rote sich weigern, noch länger auf Ta-Kumsaw zu hören.

Also teilte er den anderen am nächsten Morgen mit, daß er den Jungen mitnehmen würde, um ihn zu unterrichten, wie er es den Anweisungen dem Propheten zufolge tun mußte. »Trefft mich in fünf Tagen an der Stelle, wo der Pikkawee in den Hio strömt«, trug er ihnen auf. »Von dort aus werden wir nach Süden gehen, um mit den Chok-Taw und den Chicky-Saw zu verhandeln.«

Sie wollten mitkommen, doch er duldete es nicht. Er setzte sich in Bewegung, und wieder hielt Alvin mit ihm Schritt. Die Reise war fast so lang wie von Mizogan nach

Detroit. Bei Nachteinbruch würden sie am Rande des Feuersteinlandes eintreffen. Ta-Kumsaw hatte vor, dort zu schlafen und nach eigenen Träumen zu suchen, bevor er es wagte, einen weißen Jungen zum Achtgesichtigen Hügel zu führen.

12 Kanonen

Measure hörte sie erst wenige Sekunden vorher kommen, kurz bevor die Tür aufschwang und Licht den Keller durchflutete. Zeit genug, um den letzten Rest Erde beiseite zu werfen, den Lendenschurz in den Hirschledergürtel zu schieben und auf die Kartoffeln zu kriechen.

Sie vergeudeten keine Zeit auf eine Inspektion des Gefängnisses, erspähten folglich auch nicht das Loch, das inzwischen gute zwei Fuß unter der Hinterwand hindurchführte. Statt dessen zerrten sie ihn hinaus und schlugen hinter ihm die Kellertür zu.

»Wie ein Schwein«, meinte Harrison. »Widerlich. Ihr seht aus wie ein Roter.«

»*Ihr* habt mich doch in dieses Erdloch werfen lassen«, erwiderte Measure. »Da habe ich nicht vor, auch noch sauber herauszukommen.«

»Mein Junge, Ihr habt eine ganze lange Nacht Zeit gehabt, Euch die Sache zu überlegen«, sagte Harrison. »Und jetzt müßt Ihr Euch entscheiden. Es gibt zwei Möglichkeiten, wie Ihr mir nützlich sein könnt. Entweder, indem Ihr am Leben bleibt und allen davon erzählt, wie man Euren Bruder zu Tode gemartert hat, wie er jede Sekunde einen Schrei ausgestoßen hat. Ihr macht eine gute Geschichte daraus und erzählt auch alles über Ta-Kumsaw und den Propheten, daß sie dabei waren und die eigenen Hände ins Blut des Jungen tauchten. Wenn Ihr eine solche Geschichte erzählt, dann ist es die Sache wert, Euch am Leben zu halten.«

»Ta-Kumsaw hat mein Leben vor *Euren* Chok-Taw Roten gerettet«, widersprach Measre. »Das ist die einzige Geschichte, die ich erzählen werde. Außer, daß ich natürlich auch erwähnen werde, daß Ihr *wolltet*, ich solle eine andere Geschichte erzählen.«

»Das habe ich mir gedacht«, meinte Harrison. »Aber selbst wenn Ihr mich angelogen und versprochen hättet, die Geschichte in meiner Fassung zu erzählen, hätte ich Euch wahrscheinlich doch nicht geglaubt. Wir sind uns also einig. Wir treffen die andere Wahl.«

Measure wußte, daß Harrison vorhatte, seinen Leichnam mit allen Spuren der Folter vorzuzeigen. Als Toter konnte er niemandem erzählen, wer ihm die Schnitt- und Brandwunden zugefügt hatte. Nun, dachte Measure, du wirst schon sehen, daß ich so tapfer sterben werde wie ein Mann.

Harrison winkte einem großen, häßlichen Schiffer zu, der an der Wand lehnte.

»Mike Fink, das hier ist ein weißer Überläufer, der allen Schandtaten Ta-Kumsaws und seiner Bande von Kindermördern und Vergewaltigern beigewohnt hat. Ich hoffe, daß Ihr ihm einige seiner Knochen brechen werdet.«

Fink stand da und überlegte. »Ich schätze, er wird mächtig viel Geschrei machen, Gouverneur.«

»Nun, dann müßt Ihr ihn eben knebeln.« Harrison holte ein Taschentuch aus seiner Jackentasche. »Hier, stopft ihm das in den Mund.«

Fink gehorchte. Measure versuchte, den Blick von ihm abzuwenden, versuchte, der Furcht mit Ruhe zu begegnen. Das Taschentuch verstopfte seinen Mund, bis er würgen mußte. Er konnte sich nur beherrschen, indem er langsam und ruhig durch die Nase atmete. Fink band sein eigenes rotes Halstuch so dicht um Measures Gesicht, daß der Knebel noch tiefer in die Kehle gedrückt wurde.

»Knochen brechen, so etwas tun die Roten aber nicht«, meinte Fink. »Meistens schneiden und sengen sie.«

»Nun, wir haben keine Zeit für so etwas. Den Körper

könnt Ihr auch noch ansengen, nachdem er tot ist. Es geht uns darum, eine farbenfrohe Leiche zu erhalten, Mike, nicht darum, diesem Jungen Schmerz zuzufügen. Wir sind schließlich keine Wilden, zumindest die meisten von uns.«

Mike gluckste, dann streckte er den Arm vor, nahm Measure an der Schulter und trat ihm auf die Füße. Nie in seinem Leben hatte Measure sich so hilflos gefühlt. Fink war keinen Zoll größer als er, und Measure kannte einige Ringerkniffe, doch Fink versuchte gar nicht erst, mit ihm zu kämpfen. Einfach nur ein Griff und ein Tritt, und schon lag Measure auf dem Boden.

»Müßt Ihr ihn nicht erst festbinden?« fragte Harrison.

Zur Antwort packte Fink Measures linkes Bein so fest und riß es so hoch, daß Measure über den Boden glitt. Keine Chance, selbst einen Tritt zu plazieren. Dann schlug Fink Measures Bein hart und heftig auf seinen eigenen Oberschenkel. Die Beinknochen brachen wie Zündholz. Measure schrie in den Knebel hinein, dann hätte er fast das Taschentuch eingesaugt, als er nach Luft japste. Nie in seinem Leben hatte er solche Schmerzen erlitten. Einen wahnwitzigen Augenblick lang dachte er: So hat sich Alvin gefühlt, als dieser Mühlstein ihm aufs Bein gefallen ist.

»Nicht hier drin«, sagte Harrison. »Bringt ihn hinaus. Erledigt das im Keller.«

»Wie viele Knochen soll ich ihm brechen?« fragte Fink.

»Alle.«

Fink packte Measure am Arm und am Bein und warf ihn über die Schulter. Trotz seines Schmerzes versuchte Measure den einen oder anderen Hieb zu plazieren, doch Fink riß seinen Arm herunter und brach ihn am Ellenbogen.

Auf dem Weg hinaus war Measure kaum noch bei Bewußtsein. In der Ferne hörte er jemanden rufen: »Wen habt Ihr da?«

Fink brüllte zurück: »Haben einen roten Spion gefangen, der hier herumgeschlichen ist!«

Die Stimme in der Ferne kam Measure irgendwie vertraut vor, doch er konnte sich nicht stark genug konzentrieren, als daß ihm eingefallen wäre, wer es war. »Reißt ihn in Stücke!« rief der andere.

Fink antwortete nicht. Mit einem Tritt öffnete er die Tür und war auch schon hindurchgegangen, als sie wieder zurückschlug und gegen Measures Wade prallte, was den Schmerz noch verstärkte. Warum bin ich noch nicht ohnmächtig? fragte er sich.

Doch er verlor das Bewußtsein nicht. Beide Beine waren oberhalb und unterhalb des Knies gebrochen, die Finger zurückgebogen und aus den Gelenken gerissen, die Hände zermalmt, die Arme an den Ellenbogen zertrümmert – und die ganze Zeit blieb er wach, wenngleich der Schmerz irgendwann in der Ferne beinahe verschwand, bis er eher eine Erinnerung an den Schmerz war als der Schmerz selbst.

In der Ferne ertönte Gejohle.

Jemand kam herbeigelaufen. »Der Gouverneur sagt, Ihr sollt schnell fertig werden, er will Euch sofort sprechen.«

»Ich bin in einer Minute fertig«, erwiderte Fink.«

Er ließ Measure auf den Boden fallen, dann trampelte er auf seinem Brustkasten herum, bis die Rippen fast alle gebrochen waren, um ihn dann an Arm und Haaren ein Stück aufzurichten und ihm das Ohr abzubeißen. Mit einem letzten, verzweifelten Aufwallen des Zorns, spürte Measure, wie es abgerissen wurde. Dann verpaßte Fink seinem Kopf einen scharfen Ruck. Measure hörte, wie sein Genick brach. Fink schleuderte ihn auf die Kartoffeln. Er rollte auf den Rücken und stürzte in das Loch, das er gegraben hatte. Erst als sein Gesicht sich in die Erde senkte, hörte der Schmerz auf, und tiefe Dunkelheit fuhr heran.

Fink ließ die Tür mit einem Tritt zuschnellen, legte den Riegel vor und kehrte ins Haus zurück. Draußen vor dem Haus war das Gejohle noch lauter geworden. Harrison kam ihm aus seinem Büro entgegen. »Laßt die Angelegenheit fürs erste«, sagte Harrison. »Im Augenblick brauchen wir keine Leiche, um die Dinge aufzuheizen. Die Kanonen sind gerade eingetroffen, und wir werden am Morgen angreifen.«

Harrison eilte zur vorderen Veranda, und Mike Fink folgte ihm. Kanonen? Was hatten Kanonen damit zu tun, ob man eine Leiche brauchte oder nicht? Für wen hielt er Mike eigentlich, für einen Mörder etwa? Hooch umzubringen war eine Sache gewesen, und einen Mann in einem fairen Kampf zu töten, das war eine andere. Aber einen jungen Mann mit einem Knebel im Mund umzubringen, das konnte man mit nichts vergleichen. Als er das Ohr abgebissen hatte, hatte er sich einfach unwohl gefühlt. Es war keine Trophäe eines fairen Kampfes gewesen. Es hatte ihn richtig deprimiert. Er hatte sich nicht einmal die Mühe gemacht, auch noch das andere Ohr abzubeißen.

Mike stellte sich neben Harrison und sah zu, wie die Pferde die vier Kanonen stramm zogen. Er wußte, wie Harrison diese Geschütze einsetzen wollte, er hatte seine Planung mitbekommen. Zwei hier, zwei dort, so sie die rote Stadt von zwei Seiten mit Feuer bestreichen konnten.

Das ist nicht meine Art von Kampf, dachte Mike. Überhaupt keine Herausforderung, als würde man auf Froschkindern herumtrampeln. So etwas kann man tun, ohne darüber nachzudenken. Aber dann nimmt man die toten Frösche nicht auf, stopft sie aus und hängt sie an die Wand, so etwas tut man einfach nicht.

13 Der Achtgesichtige Hügel

Das Land um den Licking River fühlte sich anders an. Alvin bemerkte es nicht sofort, weil er gewissermaßen auf Sparflamme lief. Er merkte überhaupt nicht viel Das ganze Laufen war ihm ein einziger langer Traum. Doch als Ta-Kumsaw ihn ins Feuersteinland führte, veränderte sich dieser Traum. Egal, was er im Traum schaute, überall um ihn waren winzige Funken eines tiefschwarzen Feuers zu sehen. Nicht wie das Nichts, das immer am Rande seines

Gesichtsfeldes lauerte. Nicht wie das tiefe Schwarz, das das Licht aufsaugte und es nie wieder freigab. Nein, dieses Schwarz leuchtete und ließ Funken stieben.

Und als sie aufhörten zu laufen und Alvin wieder zu sich kam, verblaßten diese schwarzen Feuer zwar ein wenig, verschwanden aber nicht ganz. Ohne auch nur nachzudenken, schritt Alvin auf eines davon zu, auf ein schwarzes Lodern in einem Meer von Grün, beugte sich vor und nahm es auf. Ein Feuerstein. Ein großer Feuerstein.

»Ein Zwanzig-Pfeile-Feuerstein«, sagte Ta-Kumsaw.

»Er schimmert schwarz und brennt kalt«, bemerkte Alvin.

Ta-Kumsaw nickte. »Willst du ein roter Junge werden? Dann mache Pfeilspitzen mit mir.«

Alvin lernte schnell. Er hatte Erfahrung im Bearbeiten von Gestein. Beim Feuerstein jedoch zählte die Kante und nicht die glatte Fläche. Seine ersten beiden Pfeilspitzen wirkten unbeholfen, doch dann gelang es ihm, sich in den Stein hineinzufühlen und seine natürlichen Falten und Brüche zu erspüren, um ihn auseinanderzubrechen. Seine vierte Pfeilspitze brauchte er nicht erst zu bearbeiten. Er benutzte einfach nur die Finger und zog die Pfeilspitze sanft aus dem Feuerstein hervor.

Ta-Kumsaws Gesicht blieb ausdruckslos. Die meisten Weißen glaubten, daß er immer so aussah. Sie glaubten, daß der rote Mann und ganz besonders Ta-Kumsaw niemals etwas *fühlte*, weil er sich seine Gefühle nie *anmerken* ließ. Doch Alvin hatte ihn lachen und weinen sehen, und er hatte all die anderen Gesichter an ihm erblickt, wenn seine Miene ausdruckslos blieb, in Wirklichkeit sehr viel empfand.

»Ich habe schon viel mit Steinen gearbeitet«, sagte Alvin. Er hatte ein Gefühl, als würde er sich entschuldigen.

»Feuerstein ist kein einfaches *Gestein*«, sagte Ta-Kumsaw. »Kiesel im Fluß, Felsen, das sind Steine. Das hier aber ist lebendiger Stein, Stein, der Feuer enthält, die harte Erde, die das Land uns großzügig gibt. Nicht herausgehauen und gefoltert, wie die Weißen es mit ihrem Eisen tun.« Er hielt Alvins vierte Pfeilspitze empor. »Stahl kann nie eine solch scharfe Kante bekommen.«

»Es ist so ziemlich die vollkommenste Kante, die ich je gesehen habe«, meinte Al.

»Keine Bearbeitungsspuren«, sagte Ta-Kumsaw. »Ein Roter, der diesen Feuerstein sieht, wird sagen: Das Land hat den Stein so wachsen lassen.«

»Aber Ihr wißt es besser«, warf Al ein. »Ihr wißt, daß es nur eine Fertigkeit von mir ist.«

»Eine *Fertigkeit* beugt das Land«, entgegnete Ta-Kumsaw. »Wie ein Riß im Fluß das Wasser an seiner Oberfläche aufwühlt. So ist es mit dem Land, wenn ein Weißer seine Fertigkeit einsetzt. Aber nicht bei dir.«

Alvin grübelte eine Weile darüber nach. »Wollt Ihr damit sagen, daß Ihr sehen könnt, wo andere Leute ihre Rutengängerei oder Beschwörungen oder Zauberei betrieben haben?«

»Wie den schlechten Gestank eines Kranken, der seinen Darm leert«, antwortete Ta-Kumsaw. »Aber du – was du tust, ist rein. Es ist wie ein Teil des Landes. Ich dachte, ich würde dich lehren, ein Roter zu werden, statt dessen gewährte dir das Land Pfeilspitzen wie ein Geschenk.«

Wieder war Alvin danach zumute, sich zu entschuldigen. Es schien Ta-Kumsaw zornig zu machen, daß er solche Dinge zu tun vermochte. »Ich habe ja niemanden darum gebeten«, sagte er. »Ich bin einfach nur der siebente Sohn eines siebenten Sohnes und das dreizehnte Kind.«

»Diese Zahlen – sieben, dreizehn –, Ihr Weißen schert Euch darum, aber dem Land bedeuten sie nichts. Das Land hat wahre Zahlen. Eins, zwei, drei, vier, fünf, sechs – diese Zahlen findest du, wenn du im Wald stehst und dich umschaust. Wo bleibt da die Sieben? Wo ist die Dreizehn?«

»Vielleicht sind sie deshalb so stark«, meinte Alvin. »Vielleicht, weil sie nicht natürlich sind.«

»Warum liebt das Land dann dieses Unnatürliche, was du tust?«

»Ich weiß es nicht, Ta-Kumsaw. Ich bin erst zehn und werde bald elf.«

Ta-Kumsaw lachte. »Zehn? Elf? Sehr schwache Zahlen!«

Sie verbrachten die Nacht dort, am Rande des Feuersteinlands. Ta-Kumsaw erzählte Alvin die Geschichte dieses Orts, daß er die beste Feuersteingegend im ganzen Land war. So viele Feuersteine die Roten hier auch holen mochten, immer wieder kamen neue aus dem Boden hervor und lagen einfach herum, um aufgehoben zu werden. In vergangenen Jahren hatte der eine oder ander Stamm immer wieder einmal versucht, diesen Ort für sich zu beanspruchen. Dann waren sie mit Kriegern gekommen und hatten alle getötet, die hier Feuersteine holen wollten. Sie hatten geglaubt, daß sie auf diese Weise als einzige Pfeile bekommen würden, die anderen Stämme aber nicht. Doch es war anders gekommen. Denn kaum hatte ein Stamm seine Schlachten gewonnen und das Land besetzt, als die Feuersteine einfach verschwanden. Die Mitglieder des Stammes mochten suchen, soviel sie wollten, nie fanden sie auch nur einen einzigen Stein mehr. Schließlich zogen sie fort, ein anderer Stamm kam, und plötzlich gab es wieder mehr Feuersteine denn je.

»Dieser Ort gehört allen. Alle Roten leben hier in Frieden miteinander. Kein Töten, kein Krieg, kein Streit – sonst bekommt der Stamm keine Feuersteine.«

»Ich wünschte mir, daß die ganze Welt so aussähe«, meinte Alvin.

»Weißer Junge, wenn du meinem Bruder lange genug zuhörst, wirst du glauben, daß sie es tut. Nein, verteidige ihn nicht. Er geht seinen Weg, und ich gehe den meinen. Ich glaube, daß auf seinem Weg mehr Menschen ums Leben kommen werden, Rote wie Weiße, als auf meinem.«

In der Nacht träumte Alvin. Er sah sich, wie er um den ganzen Achtgesichtigen Hügel schritt, bis er eine Stelle gefunden hatte, an der ein Pfad den steilen Hang hinaufführte. Dann kletterte er hinauf und erreichte den Gipfel. Die silberblättrigen Bäume schwankten im sanften Wind und blendeten ihn, als das Licht der Sonne sich in ihnen spiegelte. Er schritt auf einen der Bäume zu und erblickte darin das Nest eines Kardinalvogels. Jeder Baum besaß ein einziges Kardinalvogelnest.

Bis auf einen. Der war anders als die anderen. Er war älter, knorriger, mit Ästen, die sich nicht nach oben, sondern in die Breite ausdehnten wie bei einem Obstbaum. Und die Blätter waren aus Gold, nicht aus Silber, so daß sie nicht so hell leuchteten; aber sie waren weich und schimmerten. Im Baum erblickte er runde weiße Früchte und wußte, daß sie reif waren. Doch als er danach griff, um eine zu essen, hörte er Gelächter und Gejohle. Er blickte sich um und sah alle Menschen, die er je in seinem Leben kennengelernt hatte, und sie lachten ihn aus. Bis auf einen – Geschichtentauscher. Er stand da und sagte: »Iß.« Und Alvin pflückte eine Frucht vom Baum, dann führte er sie an die Lippen und biß hinein. Sie war saftig und fest, und der Geschmack war süß, bitter, salzig und sauer zugleich, so kräftig, daß ihn ein Prickeln durchschoß – aber gut, ein Geschmack, den er für immer behalten wollte.

Gerade wollte er einen zweiten Biß nehmen, als er sah, daß die Frucht aus seiner Hand verschwunden war und nun am Baum keine einzige Frucht mehr hing. »Im Augenblick brauchst du nur einen Bissen«, sagte Geschichtentauscher. »Merke dir, wie sie schmeckt.«

»Das werde ich nie vergessen«, antwortete Alvin.

Die anderen lachten noch immer, lauter denn je, doch Alvin beachtete sie nicht. Er hatte von der Frucht gekostet, und alles, was er jetzt noch wollte, war, seine Familie zum selben Baum zu führen und sie davon essen zu lassen; alle, die er je kennengelernt hatte, hierherzuführen, ja selbst Fremde, um sie davon kosten zu lassen. Wenn sie davon nur kosteten, dachte Alvin, würden sie *wissen*.

»Was würden sie wissen?« fragte Geschichtentauscher.

Alvin fiel es nicht ein. »Einfach wissen«, sagte er. »Alles wissen. Alles, was gut ist.«

»Das ist richtig«, meinte Geschichtentauscher. »Nach dem ersten Bissen *weiß* man.«

»Und was ist mit dem zweiten?«

»Nach dem zweiten Bissen lebt man ewig«, antwortete Geschichtentauscher. »Und das ist etwas, was du lieber gar nicht erst ins Auge fassen solltest, mein Junge. Bilde dir niemals ein, du könntest ewig leben.«

Am Morgen erwachte Alvin mit dem Geschmack der Frucht im Mund. Er mußte sich dazu zwingen, daran zu glauben, daß es nur ein Traum gewesen war. Ta-Kumsaw war bereits aufgestanden. Er schürte ein kleines Feuer und hatte zwei Fische aus dem Licking River herbeigerufen. Nun staken Holzspieße in ihren Mäulern. Einen Fisch reichte er Alvin.

Doch Alvin wollte nicht essen. Denn dann würde es den Geschmack der Frucht aus seinem Mund vertreiben. Dann würde er anfangen zu vergessen, wo er sich doch erinnern wollte. Gewiß, er wußte, daß er irgendwann wieder etwas essen mußte – man konnte ziemlich dünn werden, wenn man die ganze Zeit das Essen verweigerte. Aber hier und heute wollte er nichts essen.

Doch hielt er den Spieß fest und sah zu, wie die Forelle brutzelte. Ta-Kumsaw sprach und erzählte ihm davon, wie man Fische und andere Tiere herbeirief, wenn man Nahrung brauchte. Man bat sie zu kommen. Wenn das Land wollte, daß man aß, kamen sie; vielleicht kam aber auch ein anderes Tier, das war nicht wichtig, man aß einfach nur, was das Land einem gab. Alvin dachte über den Fisch nach, den er gerade briet. Wußte das Land denn nicht, daß er heute morgen nichts essen würde? Oder hatte es ihm diesen Fisch geschickt, um ihm zu sagen, daß er doch etwas essen müsse?

Es war weder das eine noch das andere. Denn kurz bevor die Fische fertig waren, hörten sie ein Krachen und Stampfen, das ihnen verriet, daß sich ein Weißer näherte.

Ta-Kumsaw saß völlig still da, zückte aber nicht einmal sein Messer. »Wenn das Land einen weißen Mann *hierher* führt, dann ist er nicht mein Feind«, sagte Ta-Kumsaw.

Wenige Sekunden später trat der weiße Mann auf die Lichtung. Dort, wo er noch nicht kahl war, war sein Haar weiß. Er trug einen Hut. Über seine Schulter hatte er einen schlaff aussehenden Beutel geschlungen; er trug keinerlei Waffen. Alvin wußte sofort, was sich in dem Beutel befand. Ein paar Kleider zum Wechseln, etwas Nahrung und ein Buch. Ein Drittel des Buchs bestand aus einzelnen Sätzen, von Menschen geschrieben, die damit das Wichtigste festgehalten hatten, das sie mit eigenen Augen gesehen hatten. Zwei Drittel des Buchs jedoch waren mit einem Lederriemen versiegelt. Darin schrieb Geschichtentauscher seine eigenen Geschichten, jene, die er glaubte und für wichtig hielt.

Denn der Weiße war Geschichtentauscher, den Alvin nie in seinem Leben wiederzusehen geglaubt hatte Und als er diesen alten Freund plötzlich erblickte, wußte Alvin auch, warum gleich zwei Fische Ta-Kumsaws Ruf gefolgt waren.

»Geschichtentauscher«, sagte Alvin. »Ich hoffe, daß Ihr hungrig seid, denn ich habe hier einen Fisch, den ich für Euch gebraten habe.«

Geschichtentauscher lächelte. »Ich freue mich sehr, dich wiederzusehen, Alvin, und ich bin auch sehr dankbar für diesen Fisch.«

Alvin reichte ihm den Spieß. Geschichtentauscher setzte sich ins Gras, Alvin und Ta-Kumsaw gegenüber auf der anderen Seite des Feuers. »Recht vielen Dank auch, Alvin«, sagte Geschichtentauscher. Er holte sein Messer hervor und begann damit, Scheiben von dem Fisch abzuschälen. Sie zischten, als sie seine Lippen berührten, doch er schmatzte nur und fuhr sich mit der Zunge über die Lippen. Ta-Kumsaw verzehrte ebenfalls seinen Fisch, und Alvin beobachtete beide. Ta-Kumsaw wandte den Blick keine Minute von Geschichtentauscher ab.

»Das ist Geschichtentauscher«, erklärte Alvin. »Der Mann, der mir das Heilen beigebracht hat.«

»Ich habe es dir gar nicht beigebracht«, widersprach Geschichtentauscher. »Ich habe dir nur eine Vorstellung davon gegeben, wie du es dir selbst beibringen könntest. Und ich habe dich dazu überredet, es zu versuchen.« Den nächsten Satz richtete Geschichtentauscher an Ta-Kumsaw. »Er war doch fest dazu entschlossen, lieber zu sterben, als seine Fähigkeit dazu zu benutzen, sich selbst zu heilen, könnt Ihr das glauben?«

»Und das hier ist Ta-Kumsaw«, stellte Alvin vor.

»Oh, das wußte ich sofort, als ich Euch sah. Wißt Ihr überhaupt, welch eine Legende Ihr unter den Weißen seid? Ihr seid wie Saladin während des Kreuzzugs – sie bewundern Euch mehr als ihre eigenen Führer, obwohl sie wissen, daß Ihr geschworen habt, so lange zu kämpfen, bis Ihr den letzten weißen Mann aus Amerika vertrieben habt.«

Ta-Kumsaw antwortete nicht.

»Ich bin vielleicht zwei Dutzend Kindern begegnet, die auf Euren Namen getauft wurden, die meisten von ihnen waren Jungen, und es sind alles Weiße. Und die Geschichten ... wie Ihr weiße Gefangene vor dem Feuertod gerettet habt, wie Ihr den Leuten, die Ihr aus ihrem Heim vertrieben habt, Nahrung brachtet, damit sie nicht verhungerten. Manche dieser Geschichten glaube ich sogar.«

Ta-Kumsaw war mit seinem Fisch fertig und legte den Spieß ins Feuer.

»Ich habe auch eine Geschichte gehört, als ich hierher kam, wie Ihr zwei Weiße aus Vigor Church gefangengenommen und ihren Eltern Ihre blutbefleckten Kleider geschickt habt. Wie Ihr sie zu Tode gemartert habt, um zu zeigen, daß Ihr jeden Weißen vernichten wollt – Mann, Frau, Kind. Wie ihr gesagt habt, daß Ihr nun jeden weißen Mann aus Amerika vertreiben wollt.«

Zum ersten Mal seit Geschichtentauschers Ankunft ergriff Ta-Kumsaw das Wort. »Und habt Ihr *diese* Geschichte auch geglaubt?«

»Nein, das habe ich nicht«, erwiderte Geschichtentauscher. »Aber das lag daran, daß ich die Wahrheit bereits kannte. Wißt Ihr, ich habe nämlich eine Nachricht von einem Mädchen erhalten, die ich kannte – inzwischen ist sie eine junge Dame geworden.« Er holte einen zusammengefalteten Brief aus seiner Rocktasche, drei Blätter Papier, die mit Schrift bedeckt waren. Er reichte sie Ta-Kumsaw.

Ohne ihn anzuschauen, gab Ta-Kumsaw den Brief an Alvin weiter. »Lies ihn mir vor«, sagte er.

»Aber Ihr könnt doch Englisch lesen«, widersprach Alvin.

»Nicht hier«, erklärte Ta-Kumsaw.

Alvin sah den Brief an, alle drei Seiten, und mußte zu seiner Überraschung feststellen, daß er ihn auch nicht lesen konnte. Die Buchstaben sahen alle vertraut aus. Wenn er sie genauer ansah, konnte er sie sogar benennen.

DER-MACHER-BRAUCHT-DICH, so fing es an, aber das ergab für Al überhaupt keinen Sinn. Er war sich nicht einmal sicher, in welcher Sprache der Brief geschrieben war. »Ich kann es auch nicht lesen«, sagte er und gab ihn Geschichtentauscher zurück. Geschichtentauscher musterte den Brief eine Zeit, dann lachte er und steckte ihn wieder in eine Rocktasche. »Ach, da ist aber eine Geschichte für mein Buch! Ein Ort, wo man nicht lesen kann.«

Zu Alvins Überraschung fing Ta-Kumsaw an zu lächeln. »Nicht einmal Ihr?«

»Ich weiß, was drin steht, weil ich ihn schon einmal gelesen habe«, erwiderte Geschichtentauscher. »Aber heute kann ich kein einziges Wort ausmachen. Selbst wenn ich weiß, welches Wort es eigentlich sein soll. Was *ist* das denn für ein Ort hier?«

»Wir sind im Feuersteinland«, sagte Alvin.

»Wir befinden uns im Schatten des Achtgesichtigen Hügels«, erklärte Ta-Kumsaw.

»Ich wußte gar nicht, daß man als Weißer überhaupt hierher kommen könnte«, meinte Geschichtentauscher.

»Ich auch nicht«, antwortete Ta-Kumsaw. »Aber nun haben wir hier einen weißen Jungen und einen weißen Mann.«

»Letzte Nacht habe ich von Euch geträumt«, erzählte Alvin. »Ich habe geträumt, daß ich auf dem Gipfel des Achtgesichtigen Hügels stehe und daß Ihr bei mir wart und mir Sachen erklärt habt.«

»Darauf verlaß dich lieber nicht«, sagte Geschichtentauscher. »Ich bezweifle, daß es auf dem Achtgesichtigen Hügel etwas gibt, das ich irgend jemandem erklären könnte.«

»Wie seid Ihr hierhergekommen?« fragte Ta-Kumsaw. »Wenn Ihr gar nicht wußtet, daß Ihr ins Feuersteinland kommen würdet?«

»Sie hat mir gesagt, ich solle den Musky-Ingum hinaufgehen und an einem weißen Fels den Weg nach links nehmen. Sie sagte, daß ich dort an einem Feuer Alvin Miller Junior mit Ta-Kumsaw finden würde.«

»Wer hat Euch all das erzählt?« wollte Alvin wissen.

»Eine Frau«, erwiderte Geschichtentauscher. »Eine Fakkel. Sie hat mir gesagt, daß sie dich in einer Vision geschaut hat, Alvin, in einem Kristallturm, das ist jetzt kaum mehr als eine Woche her. Sie war es, die den Mutterkuchen von deinem Gesicht gezogen hat, als du geboren wurdest. Seitdem hat sie über dich gewacht, wie es eine Fackel eben tut. Sie ist mit dir in den Turm eingetreten und hat durch deine Augen geschaut.«

»Der Prophet hat auch gesagt, daß jemand bei uns sei«, meinte Alvin.

»Sie hat auch durch *seine* Augen geschaut«, erzählte Geschichtentauscher, »und sie hat all seine Zukünfte gesehen. Der Prophet wird sterben. Morgen früh. Von einer Kugel aus dem Lauf deines eigenen Vaters getroffen, Alvin.«

»*Nein*!« rief Alvin.

»Es sei denn«, fuhr Geschichtentauscher fort, »es sei denn, daß Measure noch rechtzeitig kommt, um deinem Vater zu zeigen, daß er noch am Leben ist, daß Ta-Kumsaw und der Prophet ihm nie irgendwelche Wunden zugefügt haben und dir auch nicht.«

»Aber Measure ist doch schon vor Tagen losgegangen!«

»Das stimmt, Alvin. Aber er wurde von Gouverneur Harrisons Leuten gefangengenommen. Harrison hat ihn in seiner Gewalt, und heute, vielleicht sogar in diesem

Augenblick, ist einer von seinen Leuten dabei, ihn umzubringen. Er bricht ihm die Knochen, bricht ihm das Genick. Morgen wird Harrison Prophetstown mit seinen Kanonen angreifen und alle töten. Sämtliche Einwohner. Es wird so viel Blut fließen, daß der Tippy-Canoe und der Wobbish bis zum Hio rot gefärbt werden.«

Ta-Kumsaw sprang auf. »Ich muß zurück. Ich muß ...«

»Ihr wißt, wie weit Ihr davon entfernt seid«, warf Geschichtentauscher ein. »Ihr wißt, wo Eure Krieger sind. Selbst wenn Ihr die ganze Nacht und den ganzen Tag liefet, so schnell, wie nur ihr Roten es könnt ...«

»Morgen mittag«, sagte Ta-Kumsaw.

»Dann wird er bereits tot sein«, versetzte Geschichtentauscher.

Ta-Kumsaw schrie auf vor Schmerz, so laut, daß die Vögel ebenfalls Schreie ausstießen und davonstoben.

»Einen Augenblick noch! Wenn wir nichts dagegen tun könnten, hätte sie mich ja wohl kaum losgeschickt, um euch beiden nachzujagen, oder? Begreift ihr denn nicht, daß wir es hier mit einem Plan zu tun haben, der größer ist als wir alle? Warum wurden ausgerechnet Alvin und Measure von den Roten Harrisons entführt? Warum seid ihr jetzt hier und ich auch, ausgerechnet an diesem Tag, da man uns am meisten braucht?«

»Man braucht uns *dort*«, wandte Ta-Kumsaw ein.

»Das glaube ich nicht«, widersprach Geschichtentauscher. »Wenn man uns dort brauchte, dann würden wir auch dort sein. Nein, man braucht uns gerade *hier*.«

»Ihr seid wie mein Bruder, der versucht, mich in seine Pläne einzupassen!«

»Ich wünschte, ich *wäre* wie Euer Bruder. Er hat Visionen und sieht, was geschieht, während ich lediglich einen Brief von einer Fackel erhalte. Aber hier bin ich nun, und hier seid auch Ihr, und wenn wir nicht hier sein sollten, dann wären wir es einfach nicht, ob Euch das nun gefällt oder nicht.«

Alvin mochte das Gerede über das, was geschehen

sollte, nicht. Wer machte denn nur diese Annahmen? Was wollte Geschichtentauscher damit sagen – daß sie alle nur Marionetten waren? Gab es da jemanden, der sie irgendwie umherbewegte, so, wie es ihm gerade gefiel? »Wenn irgend jemand es so darauf abgesehen hat, alles zu leiten«, wandte Alvin ein, »dann hat er jedenfalls ziemlichen Mist gebaut, uns in eine solche Lage zu bringen.«

Geschichtentauscher grinste. »Dir liegt die Religion wirklich nicht, nicht wahr, mein Junge?«

»Ich glaube einfach nur nicht, daß irgend jemand uns zu irgend etwas zwingt.«

»Das habe ich auch nicht behauptet«, sagte Geschichtentauscher. »Ich sage nur, daß die Dinge nie so schlimm werden, als daß wir sie nicht noch irgendwie verbessern könnten.«

»Nun, Vorschläge lasse ich mir gern gefallen. Was soll ich denn nach der Meinung dieser Fackel tun?« fragte Alvin.

»Sie sagt, daß du den Berg besteigen und Measure heilen sollst. Frag mich nicht nach Einzelheiten – das ist alles, was sie gesagt hat. In dieser Gegend gibt es keinen Berg, der diesen Namen verdient hätte, und Measure befindet sich in einem Keller hinter dem Haus von Vinegar Reiley ...«

»Das kenne ich«, sagte Alvin. »Ich bin schon einmal dagewesen. Aber ich kann nicht ... Ich meine, ich habe doch noch nie versucht, jemanden zu heilen, der sich nicht direkt vor mir befand.«

»Genug Gerede«, warf Ta-Kumsaw ein. »Weißer Junge, der Achtgesichtigen Hügel hat dich in einem Traum gerufen. Dieser Mann ist gekommen, um dir zu sagen, daß du den Berg besteigen sollst. Alles beginnt, wenn du ihn besteigst. Sofern du es kannst.«

»Manche Dinge enden auch auf dem Achtgesichtigen Hügel«, meinte Geschichtentauscher.

»Was weiß ein Weißer schon von diesem Ort?« fragte Ta-Kumsaw.

»Überhaupt nichts«, antwortete Geschichtentauscher. »Aber ich habe vor vielen Jahren am Bett einer sterbenden Irrakwa-Frau gekniet, und sie sagte mir, was das Wichtigste in ihrem Leben gewesen war. Sie war die letzte Irrakwa gewesen, die jemals im Achtgesichtigen Hügel gestanden hatte.«

»Die Herzen der Irrakwa sind alle weiß geworden«, sagte Ta-Kumsaw. »Heute würde der Achtgesichtige Hügel sie nicht mehr einlassen.«

»Aber bin ich nicht auch weiß?« wandte Alvin ein.

»Eine sehr gute Frage«, meinte Ta-Kumsaw. »Der Hügel wird dir die Antwort darauf geben. Vielleicht lautet die Antwort, daß du nicht hinaufgehst und daß alle sterben. Komm.«

Er führte sie den Weg entlang, bis sie an einen steilen Hügel gelangten, der dicht mit Bäumen und Sträuchern bewachsen war. Es war kein Pfad zu sehen. »Das ist das Gesicht des roten Mannes«, erklärte Ta-Kumsaw. »Hier steigt der rote Mann empor. Der Pfad ist fort. Hier kannst du nicht hinaufsteigen.«

»Wo dann?« fragte Alvin.

»Woher soll ich das wissen?« erwiderte Ta-Kumsaw. »Es heißt, daß man immer einen anderen Hügel vorfindet, je nachdem, von welcher Seite man ihn besteigt. Es wird erzählt, daß man die uralte Stadt der Erbauer auf dem Hügel findet, wenn man das Gesicht der Erbauer besteigt. Klettert man am Tiergesicht hoch, so gelangt man in ein Land, wo ein Riesenbüffel als König herrscht, ein seltsames Tier mit Hörnern, die ihm aus dem Maul hervortreten, und einer Nase wie eine schreckliche Schlange; und riesige Berglöwen mit Zähnen, so lang wie Speere; und alle verneigen sich vor ihm und verehren ihn. Wer weiß, ob diese Geschichten stimmen? Heute erklimmt niemand mehr diese Gesichter.«

»Gibt es auch ein Gesicht des weißen Mannes?« fragte Alvin.

»Es gibt das Gesicht des roten Mannes, das Gesicht der

Erbauer, das Tiergesicht. Von vier weiteren Gesichtern kennen wir die Namen nicht«, antwortete Ta-Kumsaw. »Vielleicht ist eines davon das Gesicht des weißen Mannes. Kommt.«

Er führte sie um den Hügel. Der ragte steil zu ihrer Linken empor. Nirgendwo war ein Pfad zu sehen. Alvin erkannte alles, was sie erblickten. Sein Traum aus der vergangen Nacht war wahr gewesen, zumindest insoweit, als Geschichtentauscher bei ihm war und er um den Hügel herumwanderte, bevor er ihn erstieg.

Sie gelangten zum letzten der unbekannten Gesichter. Kein Pfad. Alvin wollte zum nächsten weiter.

»Das hat keinen Zweck«, wandte Ta-Kumsaw ein. »Keines der acht Gesichter wird uns nach oben führen. Das nächste ist wieder das Gesicht des roten Mannes.«

»Ich weiß«, antwortete Alvin, »aber da liegt doch der Pfad!«

Und dort lag er tatsächlich. Genau auf der Grenze zwischen dem Gesicht des roten Mannes und dem unbekannten daneben.

»Du bist *wirklich* ein halber Roter«, meinte Ta-Kumsaw.

»Geh schon hoch«, forderte Geschichtentauscher ihn auf.

»In meinem Traum wart Ihr aber zusammen mit mir dort oben«, widersprach Alvin.

»Das mag sein«, meinte Geschichtentauscher. »Aber Tatsache ist, daß ich diesen Pfad, von dem ihr beide sprecht, nicht erkennen kann. Für mich sieht das hier genauso aus wie alle anderen Seiten auch. Deshalb schätze ich, daß ich wohl nicht eingeladen bin.«

»Geh«, befahl Ta-Kumsaw. »Beeile dich.«

»Dann kommt Ihr mit«, erwiderte Alvin. »Ihr seht doch den Pfad, nicht wahr?«

»Ich träume nicht vom Hügel«, lehnte Ta-Kumsaw ab. »Und was du hier schauen wirst, wird zur einen Hälfte das sein, was der rote Mann sieht, und zur anderen Hälfte ein neuer Ort, den ich niemals schauen sollte. Geh jetzt, vergeude keine Zeit mehr. Das Leben meines und deines Bruders wird davon abhängen.«

»Ich bin durstig«, sagte Al.

»Trinke dort«, antwortete Ta-Kumsaw. »Falls der Hügel dir Waser anbietet. Und iß, wenn der Hügel dir Nahrung anbietet.«

Also machte sich Al auf den Weg und kletterte den Hügel hinauf. Der Hügel war steil, aber er konnte sich an Wurzeln festhalten, und schon bald hatte der Pfad den Gipfel erreicht.

Alvin hatte geglaubt, daß es sich um einen einzigen Hügel mit acht Hängen handelte. Nun jedoch konnte er sehen, daß jeder der acht Hänge ein eigener Hügel für sich war und zwischen ihnen eine tiefe Mulde lag. Das Tal wirkte viel zu groß, der Hügel gegenüber war viel zu weit entfernt. Aber hatte Alvin nicht heute morgen zusammen mit Ta-Kumsaw und Geschichtentauscher den ganzen Hügel umrundet? Vorsichtig stieg er den grasbewachsenen Hang hinunter. Als er schließlich unten im Tal angekommen war, befand er sich am Rande eines Grasstücks, auf dem Bäume mit silbernem Laub wuchsen, genau wie in seinem Traum. Doch wie sollte er hier Measure finden und heilen? Was hatte der Hügel überhaupt damit zu tun? Inzwischen war es Nachmittag, sie hatten so lange gebraucht, um den Hügel zu umwandern – möglicherweise lag Measure bereits im Sterben, und er hatte keine Ahnung, wie er es anstellen sollte, ihm zu helfen

Es fiel ihm nichts anderes ein als weiterzugehen Eigentlich wollte er das Tal durchqueren und einen der anderen Hügel erforschen. Doch seltsam: So weit er auch gehen mochte, so viele silbrig belaubte Bäume er auch hinter sich ließ, der Hügel, auf den er zuging, blieb immer gleich weit entfernt. Das machte ihm angst – würde er möglicherweise für alle Zeiten hier oben gefangen bleiben? –, und er eilte in die Richtung zurück, aus der er gekommen war. Schon nach wenigen Minuten erreichte er die Stelle, an der seine Fußspuren den Hang hinunterführten. Ganz gewiß war er doch sehr viel weitergegangen! Einige weitere Versuche überzeugten ihn davon, daß das Tal in alle Richtungen unendlich weit fortführte bis auf jene, aus der er gekommen war. In *dieser* Richtung sah es so aus, als befände er sich stets im Mittelpunkt, so weit er auch fortgehen mochte.

Alvin hielt Ausschau nach dem goldbelaubten Baum mit den reinen weißen Früchten, doch er konnte ihn nicht ausmachen, was ihn allerdings auch nicht überraschte. Noch immer hatte er den Geschmack der Frucht aus seinem Traum im Mund. Er würde sie weder im Wach- noch im Traumzustand jemals wieder zu kosten bekommen, weil der zweite Bissen ihn ewig würde leben lassen. Es machte ihm nicht viel aus, diesen zweiten Bissen nicht zu bekommen. Einem Jungen seines Alters war der Tod noch nicht sehr nahe.

Er hörte Wasser. Ein Bach, klares kaltes Wasser, das schnell über Steine strömte. So etwas war natürlich unmöglich. Das Tal des Achtgesichtigen Hügels war völlig eingeschlossen. Wenn das Wasser hier so schnell strömte, weshalb füllte sich das Tal dann nicht, bis es zu einem See geworden war? Und woher sollte so ein Strom überhaupt kommen? Der Hügel war von Menschenhand erschaffen, wie alle anderen Hügel im Land, obwohl keiner von ihnen so alt war wie dieser. Aus Hügeln, die von Menschenhand erschaffen waren, traten keine Bäche hervor. Dieses Wasser machte ihn mißtrauisch. Andererseits waren ihm schon manche unmögliche Dinge im Leben widerfahren.

Ta-Kumsaw hatte ihm gesagt, er solle trinken, wenn der Hügel ihm Wasser anböte, also kniete er nieder und trank, wobei er das Gesicht voll ins Wasser stieß und es mit dem Mund aufsaugte. Es vertrieb den Geschmack der Frucht nicht. Tatsächlich war er danach eher noch stärker.

Alvin kniete an der Uferböschung nieder und betrachtete das gegenüberliegende Ufer. Dort floß das Wasser anders. Tatsächlich schwappte es ans Ufer wie Meereswellen, und als ihm dieser Gedanke gekommen war, meinte Alvin zu erkennen, daß die Form des gegenüberliegenden Ufers genauso aussah wie die Landkarte der Ostküste, die Brustwehr-Gottes ihm einmal gezeigt hatte. Klar und deutlich kehrte die Erinnerung wieder. Dort, wo die Küste sich nach außen bog, war Carolina in den Kronkolonien. Die tiefe Bucht dort hinten war das Chase-a-bick, und hier vorne war die Mündung des Potty-Mack, der die Grenze zwischen den Vereinigten Staaten und den Kronkolonien bildete.

Alvin erhob sich und trat über den Bach.

Es war einfach nur Gras. Er schaute keine Flüsse oder Städte, keine Grenzen, keine Wege. Doch von der Küste aus konnte er ziemlich genau spüren, wo das Hio-Land war und wo sich dieser Hügel hier befand. Er machte zwei Schritte vorwärts und er blickte plötzlich Ta-Kumsaw und Geschichtentauscher, die vor ihm auf dem Boden saßen und ihn völlig überrascht ansahen.

»Ihr seid also doch noch heraufgeklettert«, sagte Alvin.

»Nichts dergleichen«, widersprach Geschichtentauscher. »Wir sind die ganze Zeit hiergeblieben, seitdem du fortgegangen bist.«

»Warum bist du wieder zurückgekommen?« fragte Ta-Kumsaw.

»Aber ich bin doch überhaupt nicht zurückgekommen«, antwortete Alvin. »Ich befinde mich hier unten im Hügeltal.«

»Im Tal?« fragte Ta-Kumsaw.

»Wir sind hier unterhalb des Hügels«, bemerkte Geschichtentauscher.

Dann begriff Alvin alles. Nicht so gut, als daß er es hätte in Worte kleiden können, aber gut genug, um zu nutzen, was der Hügel ihm beschert hatte. Er konnte auf diese Weise durch das Land reisen, hundert Meilen mit einem Schritt, um die Menschen aufzusuchen, die er aufsuchen mußte. Die Menschen, die er kannte. Wie Measure zum Beispiel. Alvin grüßte die beiden auf ihn wartenden Männer, indem er die Hand grüßend an die Stirn legte, dann machte er einen kleinen Schritt – und sie verschwanden.

Es war ihm ein leichtes, Vigor Church aufzuspüren. Der erste Mensch, der er erblickte, war Brustwehr-Gottes, der gerade auf den Knien betete. Alvin sprach ihn nicht an, denn er fürchtete, daß Brustwehr ihn möglicherweise für die Erscheinung eines Toten halten würde. Doch wo befand sich Brustwehr gerade? Zu Hause? In diesem Fall mußte sich Vinegar Reileys Farm ein Stück in die andere, entgegengesetzte Richtung befinden, östlich der Stadt. Er drehte sich um.

Da sah er seinen Vater, der neben Mutter saß. Pa schmirgelte gerade einige Musketenkugeln glatt, die er gegossen hatte, und Ma flüsterte auf ihn ein. Sie war zornig, und Pa war es auch. »Frauen und Kinder, die leben in dieser Stadt dort! Selbst wenn der Prophet und Ta-Kumsaw unsere Jungen getötet haben sollten, diese Frauen und Kinder dort haben es nicht getan. Du bist auch nicht besser als sie, wenn du ihnen auch nur ein Haar krümmst. Wenn du auch nur einen dieser Menschen dort tötest, dann werde ich dich nie wieder in dieses Haus einlassen, dann werde ich dich nie wiedersehen. Das schwöre ich dir, Alvin Miller!«

Pa polierte weiter, nur kurz hielt er inne, um zu sagen: »Sie haben meine Jungen getötet.«

Alvin wollte antworten, er öffnete den Mund, um zu sagen: »Aber ich bin doch gar nicht tot, Pa!«

Doch es ging nicht. Er brachte kein Wort heraus. Er war auch nicht hierhergeführt worden, um seinen Eltern eine Vision zu bescheren. Measure war es, den er suchen mußte, sonst würde Pas eigene Kugel den leuchtenden Mann töten.

Es war nicht weit, kein ganzer Schritt. Alvin schob die Füße nur wenige Zoll vor, worauf Ma und Pa verschwanden. Kurz erblickte er Calm und David, die ihre Gewehre abfeuerten – wahrscheinlich übten sie schießen. Und Wastenot und Wantnot, die Schrot in den Lauf einer Kanone stopften. Und endlich schaute er Measure.

Sein Bruder mußte tot sein. Allen Anschein nach war sein Genick gebrochen, und seine Arme und Beine waren auch völlig zerschmettert. Alvin blieb stehen und schickte seinen Funken in den Körper seines Bruders hinein, der vor ihm am Boden lag.

Nie im Leben hatte Alvin solchen Schmerz erlebt. Es war nicht Measures Schmerz, es war sein eigener. Es war Alvins Gespür dafür, wie die Dinge sein sollten, sein Gespür für die rechte Gestalt der Dinge; im Inneren von Measures Körper war nichts heil. Teile von ihm waren abgestorben, das Blut staute sich in seinem Bauch, sein Hirn war nicht mehr mit dem Körper verbunden, es war das schrecklichste Durcheinander, das Alvin je gesehen hatte; alles war falsch, so falsch, daß es ihn schmerzte, es auch nur mit anzusehen, ein Schmerz, der so stechend war, daß er aufschreien mußte. Doch Measure hörte ihn nicht. Measure konnte nicht mehr hören. Wenn Measure vielleicht auch nicht tot sein mochte, so war der Tod doch nur noch einen halben Zoll von ihm entfernt.

Als erstes erspürte Alvin das Herz. Es pumpte noch, aber in den Adern strömte nicht mehr viel Blut. Das war das erste, was Alvin richten mußte, er mußte die Blutbahnen heilen und das Blut wieder dort hinbringen, wo es hingehörte, es mußte durch seine ihm vorbestimmten Kanäle strömen.

All das brauchte Zeit. All die gebrochenen Rippen, die aufgerissenen Organe. All die Knochen, die aneinandergefügt werden mußten, ohne daß auch nur eine helfende Hand dagewesen wäre, um etwas an die richtige Stelle zu rücken – manche der Knochen saßen so schief, daß er sie nicht aus eigener Kraft richten und heilen konnte. Er mußte warten, bis Measure erwachte, um ihm zu helfen.

Also drang Alvin in Measures Gehirn ein, in die Nerven, die seine Wirbelsäule hinabliefen, und heilte es alles, machte es wieder so, wie es sein mußte.

Measure erwachte mit einem langen, entsetzlichen Schrei der Qual. Er lebte, und der Schmerz war zu ihm zurückgekehrt, schärfer und deutlicher als je zuvor. Es tut mir leid, Measure. Ich kann dich nicht heilen, ohne den

Schmerz zurückzuholen. Und ich muß dich unbedingt heilen, sonst müssen viel zu viele unschuldige Menschen sterben.

Alvin bemerkte nicht einmal, daß die Nacht bereits angebrochen war und daß die Hälfte der Arbeit noch vor ihm lag.

14 Tippy-Canoe

In Prophetstown schliefen in dieser Nacht nur die Kinder. Die Erwachsenen fühlten alle, wie die Armee der Weißen sie einkreiste; für das Landgespür der Roten waren die von den Weißen ausgeworfenen Tarnungs- und Versteckzauber deutlicher als Trompeten und Fahnenbanner.

Nun, da der Tod aus Eisen und Feuer nicht mehr weit entfernt war, fanden nicht alle mehr den Mut, um ihrem Eid zu gehorchen. Doch in gewissem Ausmaß hielten auch sie diesen Eid. Sie versammelten ihre Familien und schlüpften aus Prophetstown hinaus, zogen lautlos an Kompanien weißer Soldaten vorbei, die sie weder hörten noch sahen. Da sie wußten, daß sie nicht sterben konnten, ohne sich zu verteidigen, verließen sie die Stadt, damit nicht ein einziger Roter den Eid des Propheten befleckte, sich im Kampf zu wehren.

Tenskwa-Tawa war nicht überrascht, daß einige ihn verließen; es überraschte ihn vielmehr, daß so viele blieben. Fast alle. So viele, die an ihn glaubten, so viele, die dieses Vertrauen mit ihrem Blut unter Beweis stellen würden. Er fürchtete sich vor dem Morgen; schon der Schmerz eines einzigen Mordes, der in seiner unmittelbaren Nähe geschehen war, hatte ihn viele Jahre lang mit dem Fluch des schwarzen Geräusches heimgesucht. Gewiß, es war sein Vater gewesen, der da gestorben war, so daß der Schmerz noch schlimmer gewesen war; doch liebte er das Volk von

Prophetstown etwa weniger, als er seinen Vater geliebt hatte?

Und doch mußte er das schwarze Geräusch abwehren, mußte bei klarem Verstand bleiben, sonst würde ihr Tod vergeblich sein. Wenn ihr Sterben nichts bewirken konnte, würde er sie nicht zum Tod bewegen. So viele Male hatte er den Kristallturm erforscht, hatte nach einer Möglichkeit gesucht, diesem Tag zu begegnen, nach einem Pfad, der in etwas Gutem endete. Die beste Lösung, die er gefunden hatte, bestand darin, das Land zu teilen, damit die Roten westlich des Mizzipy lebten und die Weißen östlich des Flusses. Doch selbst dies ließ sich nur durch eine gefährliche Gratwanderung erreichen. Zuviel hing dabei von dem weißen Jungen ab, von Tenskwa-Tawa, ja von dem weißen Mörder Harrison selbst. Denn auf allen Pfaden, auf denen Harrison auch nur die geringste Gnade walten ließ, trug das Massaker von Tippy-Canoe nichts dazu bei, um die Vernichtung der Roten aufzuhalten und mit ihr die Vernichtung des Landes. Auf all diesen möglichen Zukunftspfaden würde der rote Mann immer kleiner werden, würden die Roten in winzige Reservate eingesperrt werden, bis das ganze Land weiß geworden und brutal unterworfen worden war, aufgerissen und geplündert und vergewaltigt, bis es riesige Mengen an Nahrung hervorbrachte, die nur eine Imitation der wirklichen Ernten waren, durch die Verschlagenheit der Alchimie zu falschem Leben verlockt. Sogar der weiße Mann selbst mußte in diesen Visionen der Zukunft leiden, doch es würde noch viele Generationen dauern, bis er erkannte, was er getan hatte. Und doch gab es hier – hier in Prophetstown – einen Tag, da die Zukunft auf einem zwar unwahrscheinlicheren, aber besseren Pfad gelenkt werden konnte. Auf einen Pfad, der doch noch zu einem lebendigen Land führen würde, auch wenn es verstümmelt war; der eines Tages zu einer Kristallstadt führte, die das Sonnenlicht einfing und es für alle, die in ihr lebten, in Visionen der Wahrheit verwandelte.

Das war Tenskwa-Tawas Hoffnung, daß er nämlich

durch all den Schmerz des morgigen Tages hindurch die strahlende Vision würde festhalten können, um den Schmerz, das Blut, das schwarze Geräusch des Mordens in ein Ereignis umzuwandeln, das die Welt verändern würde.

Noch bevor die ersten Strahlen des Lichts am Horizont erschienen, spürte Tenskwa-Tawa die nahende Dämmerung. Er spürte sie zum Teil im sich regenden Leben im Osten, aber auch in der Bewegung unter den Weißen, als diese sich daranmachten, die Zündhölzer für ihre Kanonen zu entfachen. Vier Feuer, von Zaubern und Hexerei verborgen und dadurch enthüllt. Vier Kronen, aufgestellt, um die Stadt zu bombardieren.

Tenskwa-Tawa schritt durch die Stadt, summte leise vor sich hin. Die Bewohner hörten ihn und weckten ihre Kinder. Die Weißen wollten sie im Schlafe töten. Statt dessen jedoch traten sie in die Dunkelheit hinaus, begaben sich sicheren Fußes zur großen Weide, die als Versammlungsort diente. Hier gab es nicht genug Platz, als daß alle auch nur hätten sitzen können. So blieben sie stehen, die Familien beieinander, Vater und Mutter mit ihren Kindern, und warteten darauf, daß der weiße Mann ihr Blut vergoß.

»Die Erde wird euer Blut nicht aufsaugen«, hatte Tenskwa-Tawa ihnen versprochen. »Es wird in den Fluß strömen, und ich werde es dort behalten, all die Kraft eures Lebens und alle eure Tode, und ich werde es nutzen, um das Land am Leben zu halten und den weißen Mann an die Ländereien zu binden, die er bereits erobert und zu töten begonnen hat.«

Und so bahnte sich Tenskwa-Tawa nun seinen Weg zum Ufer des Tippy-Canoe, um zuzusehen, wie die Weide sich mit seinem Volk füllte, mit den Menschen, von denen so viele vor seinen Augen sterben würden, weil sie an seine Worte glaubten.

»Stellt Euch neben mir auf, Mr. Miller«, sagte General Harrison. »Es ist Euer Blut, das wir heute rächen werden. Ich möchte Euch die Ehre zuteil werden lassen, die erste Kugel in diesem Krieg abzufeuern.«

Mike Fink sah zu, wie der rotäugige Miller sorgfältig Ladepfropf und Kugel in den Lauf seiner Muskete stopfte. Mike erkannte den Blutdurst in seinen Augen. Es war eine Art von Wahnsinn, die einen Mann überfiel und ihn gefährlich machte, die ihn dazu befähigte, Dinge zu tun, die sonst außerhalb seiner Reichweite geblieben wäre. Mike war ziemlich froh darüber, daß Miller nicht wußte, wann und wie sein Junge gestorben war. Gewiß, Gouverneur Bill hatte ihm nie geradeaus mitgeteilt, wer der junge Mann gewesen war, aber Mike Fink war nicht auf den Kopf gefallen. Harrison spielte ein raffiniertes Spiel, soviel aber war sicher: Er würde alles tun, um nach oben zu kommen und noch mehr Land und Menschen unter seine Herrschaft zu bringen. Und Mike Fink wußte auch, daß Harrison ihn nur so lange um sich dulden würde, wie er ihm nützlich war.

Merkwürdig war nur, daß Mike Fink sich selbst nicht für einen Mörder hielt. Für ihn war das Leben ein einziger Kampf, und jene, die nur die Zweitbesten waren, mußten eben sterben, doch das war nicht dasselbe wie Mord, es war eben ein fairer Kampf. So, wie er Hooch getötet hatte – Hooch hätte nicht so achtlos zu sein brauchen. Hooch hätte bemerken können, daß Mike nicht zusammen mit den anderen Schifferjungen am Ufer stand. Hooch hätte wachsam und vorsichtig sein können, und wäre er es gewesen, so hätte Mike Fink durchaus den Tod finden können. Hooch also hatte sein Leben verloren, weil er den Wettkampf verloren hatte, den Wettkampf zwischen ihm und Mike.

Aber der Junge gestern war kein Wettläufer gewesen. Der hatte nur nach Hause gewollt. Mike Fink rang nie mit einem Mann, der nicht kämpfen wollte, und er tötete nie einen Mann, der es nicht darauf abgesehen hatte, ihn als erster zu töten, wenn er die Gelegenheit dazu bekam. Gestern war das erste Mal gewesen, daß er jemanden getötet hatte, nur weil man es ihm aufgetragen hatte, und das gefiel ihm überhaupt nicht. Mike begriff, Gouverneur Bill *glaubte,* daß er Hooch auf dieselbe Weise getötet habe, nur weil man es ihm befohlen hatte. Doch das stimmte nicht. Und heute sah Mike Fink den Vater des jungen Mannes an, sah all den Zorn in seinen Augen, und er sprach zu diesem Mann – aber stumm, damit niemand es hören konnte –, er sprach: Ich bin auf deiner Seite, ich stimme dir zu, daß der Mann, der deinen Jungen getötet hat, sterben sollte.

Das Problem war nur, daß dieser Mann Mike Fink selbst war. Und er schämte sich.

Das gleiche galt für die Roten in Prophetstown. Was war das für ein Wettkampf, sie mit Kartätschen zu wecken, die pfeifend durch ihre Häuser jagten, sie in Brand setzten, sich in ihre Leiber gruben, in die Leiber von Kindern und Frauen und alten Männern?

Das ist nicht mein Kampf, dachte Mike Fink.

Am Himmel erschienen die ersten Streifen der Morgendämmerung. Prophetstown war zwar immer noch ein bloßer Schatten, doch die Zeit war gekommen. Alvin Miller zielte mit seiner Muskete in die dichtstehenden Häuser und feuerte.

Wenige Sekunden später antworteten die Kanonen mit ihrem Donnern. Und schon kurz darauf loderten in der Stadt die ersten Flammen auf.

Wieder feuerten die Kanonen. Und doch lief keine Menschenseele schreiend aus einem Wigwam.

Hatte es denn niemand sonst bemerkt? Merkten sie denn nicht, daß die Roten Prophetstown alle verlassen hatten? Und wenn sie fort waren, so bedeutete das, daß sie bereits alles über den morgendlichen Angriff gewußt hatten. Und wenn sie das wußten, bedeutete dies wiederum, daß sie möglicherweise bereits im Hinterhalt lauerten. Vielleicht waren sie aber auch alle geflohen, oder vielleicht …

Mike Finks Glücksamulett brannte. Es war schrecklich heiß. Er wußte, was das zu bedeuten hatte. Zeit zu gehen. Wenn er blieb, würde ihm großes Unglück widerfahren.

Also schlüpfte er an der Reihe der Soldaten vorbei – oder an dem, was hier als Soldaten galt, da kaum mehr als ein oder zwei Tage des Drills zur Verfügung gestanden hatten, um diese rohen Farmer auszubilden. Niemand beachtete Mike Fink. Sie waren viel zu sehr damit beschäftigt, die brennenden Wigwams zu beobachten. Einige von ihnen hatten endlich bemerkt, daß anscheinend niemand mehr in der roten Stadt war, und besorgt sprachen sie miteinander darüber. Mike sagte nichts, er schritt einfach nur die Linien entlang, dem Bach entgegen.

Die Kanonen befanden sich alle auf hohem Gelände. Als er unten am Flußufer ankam, blieb Mike stehen, er traute seinen Augen nicht: Tausende und Tausende von Roten, die Schulter an Schulter auf der Weide standen. Manche von ihnen weinten leise – zweifellos waren einige verirrte Schrapnellgeschosse und Musketenkugeln bis zu ihnen gelangt, da zwei der Kanonen an gegenüberliegenden Enden der Stadt standen und in diese Richtung feuerten. Und doch rührten sie keinen Finger, um sich zu verteidigen. Es war kein Hinterhalt. Sie besaßen keine Waffen. Diese Roten hatten sich alle aufgestellt, um zu sterben.

Am Ufer befanden sich etwa ein Dutzend Kanus. Mike Fink schob eines davon ins Wasser und rollte sich hinein. Er würde flußabwärts fahren, den ganzen Wobbish hinunter bis zum Hio. Das hier war kein Krieg, sondern ein Massaker, und das war einfach nicht Mike Finks Art zu kämpfen. Fast für jeden Menschen gab es irgend etwas, das so schlimm war, daß er es niemals tun würde.

In der Dunkelheit des Kellers konnte Measure nicht erkennen, ob Alvin wirklich da war oder nicht. Doch er konnte seine Stimme hören, die sanft, aber eindringlich auf ihn einredete und sich über den Schmerz hinweg bemerkbar machte. »Ich versuche dich zu heilen, Measure, aber ich brauche dazu deine Hilfe.«

Measure war unfähig zu antworten.

»Ich habe dein Genick gerichtet und einige deiner Rippen und auch die aufgerissenen Eingeweide«, berichtete Alvin. »Und die Knochen deines linken Arms waren ziemlich gerade, die sind also schon in Ordnung, kannst du es spüren?«

Es stimmte, daß Measures linker Arm keinen Schmerz mehr ausstrahlte. Er besaß etwas Kraft, er konnte ihn bewegen.

»Deine Rippen«, saagte Alvin. »Sie stehen hervor. Du mußt sie wieder an die richtige Stelle zurückdrücken.«

Measure drückte an einer und wäre vor Schmerz fast wieder in Ohnmacht gefallen. »Das kann ich nicht.«

»Du mußt es tun.«

»Sorg dafür, daß es nicht weh tut.«

»Measure, ich weiß nicht, wie ich das machen soll. Jedenfalls nicht so, daß du dich dann auch noch bewegen kannst. Du mußt es durchstehen. Alles, was du wieder an die richtige Stelle bringst, kann ich richten, aber dann wird es auch nicht mehr weh tun, aber zunächst mußt du es zurechtlegen, du *mußt* einfach!«

»Tu du es doch.«

»Ich kann es nicht, Measure, weil ich nicht *hier* bin.«

Das ergab für Measure keinen Sinn. Vielleicht träumte er ja nur. Aber Alvin ließ sich nicht abschütteln. Also drückte Measure. Es tat fürchterlich weh, doch Alvin hielt Wort. Kurz darauf schmerzte die behandelte Stelle nicht mehr.

Es dauerte alles so lang. Der Schmerz schien nicht mehr enden zu wollen. Doch zwischendurch, während Alvin die einzelnen Knochen heilte, erklärte Measure ihm, was geschen war, und Alvin erzählte ihm, was *er* wußte, und schon bald begriff Measure, daß es hier um noch sehr viel mehr ging als darum, das Leben eines jungen Mannes in einem Kartoffelkeller zu retten.

Endlich, endlich war es vorbei. Measure konnte es kaum glauben. Er hatte so lange unter Schmerzen gelitten, daß es schon richtig seltsam geworden war, keine Schmerzen mehr zu empfinden.

Er hörte das Donnern, das Donnern von feuernden Kanonen. »Hörst du das, Alvin?« fragte er.

Alvin konnte es nicht hören.

»Die Schießerei hat angefangen. Die Kanonen.«

»Dann lauf, Measure! Lauf so schnell du kannst!«

»Alvin, ich befinde mich in einem Kartoffelkeller. Die haben die Tür verriegelt.«

Alvin fluchte und benutzte dabei einige Worte, von denen Measure nicht geglaubt hätte, daß der Junge sie überhaupt jemals gehört hatte.

»Alvin, da hinten habe ich einen halben Tunnel ausgegraben. Du kommst doch so gut mit Gestein zurecht. Vielleicht könntest du die Erde dort für mich etwas lockern, dann könnte ich mich sehr schnell ins Freie vorgraben.«

Und so funktionierte es auch. Measure ließ sich ins Loch rollen und schloß einfach die Augen, dann krallte er die Hände ins Erdreich über seinem Kopf. Es war völlig anders als am Vortag, als er sich die Finger wundgescheuert hatte. Jetzt glitt alles nur so unter seinen Fingern davon; und unter seinen Füßen wurde die Erde wieder fest.

Ich schwimme durch die Erde, so ist das, dachte er, und er begann zu lachen, so leicht und so seltsam war alles.

Sein Lachen verstummte, als er auf der Oberfläche angekommen war. Nun befand er sich direkt hinter dem Keller. Der Himmel war schon ziemlich hell, es würde nur noch wenige Minuten dauern, bis die Sonne aufging. Der Kanonendonner war verstummt. Bedeutete das etwa, daß es schon zu spät war? Aber vielleicht ließen sie ja auch nur die Rohre auskühlen. Oder sie bewegen die Kanonen an eine andere Stelle. Vielleicht war es den Roten aber auch sogar gelungen, die Kanonen zu erbeuten ...

Doch wäre das wirklich eine gute Nachricht? Ob sie im Recht waren oder nicht, seine Brüder und sein Vater befanden sich bei diesen Kanonen, und wenn die Roten diese Schlacht gewinnen sollten, würden einige von ihnen möglicherweise sterben. Er mußte die Schlacht aufhalten, und so rannte er, rannte, wie er es noch nie in seinem Leben getan hatte. Alvins Stimme war inzwischen verstummt, doch Measure bedurfte keiner Ermutigung mehr. Er flog förmlich den Weg entlang.

Unterwegs begegneten ihm zwei Leute. Mrs. Hatch, die gerade mit ihrem Wagen die Straße entlangkam, um Vorräte zu bringen, erblickte Measure, kreischte auf – immerhin trug er ja einen Lendenschurz und war so schmutzig, wie man es sich nur vorstellen konnte, kein Wunder, daß sie ihn für einen Roten hielt, der sie skalpieren wollte. Measure konnte nicht einmal mehr ihren Namen rufen, so schnell war sie vom Wagen gesprungen. Aber das paßte ihm gut. Er riß das Pferd aus seinem Geschirr, und dann ritt er schon auf dem Tier, galoppierte den Weg entlang und hoffte nur, daß das Pferd nicht stolpern und ihn abwerfen würde.

Die zweite Person, die er auf dem Weg traf, war Brustwehr-Gottes. Brustwehr kniete mitten auf der Gemeindewiese vor seinem Geschäft und betete sich das Herz aus dem Leib, während die Kanonen brüllten und die Musketen ihre Kugeln über den Fluß schickten. Measure rief ihm etwas zu, und Brustwehr sah ihn an, als hätte er soeben den wiederauferstandenen Jesus erblickt. »Measure!« rief er. »Halt, halt!«

Measure wollte eigentlich weiter, wollte sagen, daß er keine Zeit habe, doch da war Brustwehr auch schon mitten auf den Weg gesprungen.

»Measure, seid Ihr ein Engel oder seid Ihr noch am Leben?«

»Ich bin noch am Leben, aber nicht dank Harrison. Der hat versucht mich zu ermorden. Ich bin noch am Leben und Alvin auch. Alles war Harrisons Schuld, und ich muß ihm ein Ende setzen.«

»Nun, so könnt Ihr jedenfalls nicht gehen«, meinte Brustwehr. »Wartet, habe ich gesagt! Ihr könnt dort nicht einfach in einem Lendenschurz erscheinen, über und über mit Schmutz bedeckt, da halten die Euch doch für einen Roten und erschießen Euch auf der Stelle!«

»Dann springt hinter mir aufs Pferd und gebt mir unterwegs Eure Kleider!«

Also hob Measure Brustwehr-Gottes hinter sich aufs Pferd, und gemeinsam ritten sie zur Furt hinüber.

Peter Ferrymans Frau betätigte dort gerade die Winde. Es genügte ihr, einen Blick auf Measure zu werfen, um zu wissen, was zu tun war. »Beeilt Euch«, sagte sie. »Es ist schlimm! Der Fluß färbt sich schon rot.«

An Bord der Fähre streifte Brustwehr seine Kleider ab, während Measure sich im Wasser etwas reinigte. Zwar war er danach nicht sauber, doch wenigstens sah er in etwas wieder aus wie ein Weißer. Immer noch naß, legte er Brustwehrs Hemd und Hose an und dann auch die Weste. Nichts davon paßte ihm besonders gut, weil Brustwehr kleiner war als er, dennoch zog er mit einem Achselzucken die Jacke an. Während er das tat, sagte er: »Es tut mir leid, Euch hier nur in Euren Sommerunterhosen zurücklassen zu müssen.«

»Wenn ich damit dieses Massaker beendeten könnte, würde ich mich den halben Tag lang nackt vor allen Damen in der Kirche aufstellen«, erwiderte Brustwehr-Gottes. Falls er mehr gesagt haben sollte, hörte Meausre es jedenfalls nicht mehr, weil er schon auf und davon war.

Nichts lief so, wie Alvin Miller Senior es erwartet hatte. Er hatte sich vorgestellt, daß er mit seiner Muskete auf dieselben kreischenden Wilden schießen würde, die seine Jungen mit Messern bearbeitet und umgebracht hatten. Doch die Stadt war leer, und sie fanden alle Roten auf der Stadtweide vor, als würden sie dort auf eine Predigt ihres Propheten warten. Miller hatte nie gewußt, daß es so viele Rote in Prophetstown gab, weil er sie nicht alle auf einmal an einem Ort gesehen hatte. Aber immerhin waren es doch Rote, nicht wahr? Also feuerte er seine Muskete trotzdem ab, genau wie die anderen Männern, feuerte und lud nach, schaute kaum, ob er überhaupt irgend etwas getroffen hatte. Wie hätte er auch danebenschießen sollen, so eng, wie sie alle nebeneinanderstanden?

Der Blutrausch hatte ihn gepackt, er war wahnsinnig vor Zorn. Er bemerkte nicht, daß einige der anderen Männer sich zu beruhigen begannen. Daß sie plötzlich weniger schossen. Er lud immer nur nach, feuerte und lud nach, jedesmal eine Elle oder zwei weiter vortretend, heraus aus der Deckung des Waldes, hinaus auf die Lichtung; erst als die Kanonen ausgerichtet wurden, stellte er das Schießen ein, machte ihnen Platz, sah er zu, wie sie riesige Schneisen in die Schar der Roten mähten.

Da bemerkte er zum ersten Mal richtig, was mit den Roten geschah, was sie taten und was sie *nicht* taten. Sie schrien nicht, sie wehrten sich nicht. Sie standen einfach nur da, Männer und Frauen und Kinder, blickten zu den Weißen hinüber, die sie töteten. Kein einziger von ihnen kehrte dem Hagel aus Schrapnellgeschossen auch nur den Rücken zu. Kein Vater, keine Mutter versuchte, ein Kind vor dem Feuersturm zu schützen. Sie standen nur da, warteten und starben.

Die Kartätschen schnitten Breschen in die Menschenmenge. Miller sah die Opfer zu Boden stürzen. Wer es noch konnte, erhob sich wieder oder kniete zumindest nieder, wenn er nicht den Kopf über die Leichenberge hob, um von der nächsten Feuergarbe getötet zu werden.

Was ist denn das, *wollen* die etwa sterben?

Miller blickte sich um. Er und die Männer, die bei ihm waren, standen in einem Meer von Leichen – sie waren bereits an den äußeren Rand der Rotenschar vorgeschritten. Zu seinen Füßen lag der Leichnam eines Jungen, der kaum älter war als Alvin; lag zusammengerollt da, ein Auge war ihm von einer Musketenkugel aus dem Kopf gerissen worden. Vielleicht war das meine eigene Kugel, dachte Miller. Vielleicht habe ich diesen Jungen getötet.

Während der Pausen zwischen den Kanonensalven konnte Miller Männer rufen hören. Nicht die Roten, nicht die Überlebenden, nein, es waren seine eigenen Nachbarn, weiße Männer, die neben ihm oder hinter der Linie standen. Manche von ihnen sprachen, flehten. Hört auf, sagten sie. Bitte, hört auf!

Bitte, hört auf. Sprachen sie etwa zu den Kanonen? Oder mit den roten Männern und Frauen, die darauf beharrten, stehenzubleiben, die nicht einmal versuchten zu fliehen, die nicht vor Furcht aufschrien? Oder zu ihren Kindern, die sich den Gewehren ebenso tapfer stellten wie ihre Eltern? Oder sprachen sie zu dem grauenhaften, nagenden Schmerz in ihrem eigenen Herzen, als sie sahen, was sie getan hatten, was sie immer noch taten, was sie noch tun würden?

Miller fiel auf, daß das Blut nicht im Gras der Weide versickerte. Es bildete Rinnsale, Bäche, floß in gewaltigen Massen den Weidenhang hinunter in den Tippy-Canoe. Das morgendliche Sonnenlicht dieses strahlenden Tages brach sich in lebhaftem Rot auf dem Wasser des Flusses.

Während er zusah, wurde das Wasser plötzlich so glatt wie Glas. Nun tänzelte das Sonnenlicht darauf, es brach sich wie in einem Spiegel und blendete ihn fast. Doch er konnte einen einzelnen roten Mann sehen, der auf dem Wasser ging, genau wie Jesus in der Bibel.

Nun war es kein bloßes Winseln mehr, was hinter ihm ertönte. Nun war es ein einziger Schrei, dem sich immer mehr Männer anschlossen. Hört auf zu schießen! Hört auf! Legt die Waffen nieder! Und dann andere, die über den Mann sprachen, der auf dem Wasser stand.

Ein Horn ertönte. Die Männer verstummten. »Zeit, sie zu erledigen, Männer!« rief Harrison. Er saß auf einem tänzelnden Hengst, wollte sie den vom Blut schlüpfrig gewordenen Hügel hinabführen. Keiner der Farmer war bei ihm, doch seine uniformierten Soldaten bildeten eine Linie und kamen mit, mit aufgepflanzten Bajonetten. Dort, wo einst zehntausend Rote gestanden hatten, war nur noch ein einziges Feld von Leichen zu sehen, und unten am Fuße des Hügels hatten sich vielleicht tausend Überlebende versammelt.

In diesem Augenblick kam ein großer junger Weißer aus dem Wald am Fuße des Hügels herangelaufen, in einen Anzug gekleidet, der ihm viel zu klein war, mit nackten Füßen, Jacke und Weste nicht zugeknöpft, das Haar naß und zerzaust, das Gesicht schmutzverschmiert und feucht. Doch Miller erkannte ihn schon, noch bevor er seine Stimme gehört hatte.

»Measure!« rief er. »Das ist mein Junge Measure!«

Er warf seine Muskete fort und rannte auf das Leichenfeld hinaus, den Hügel hinab und seinem Sohn entgegen.

»Mein Junge Measure! Er lebt! Du lebst!«

Dann glitt er im Blut aus, vieleicht stolperte er auch über eine Leiche, jedenfalls stürzte er, seine Hände klatschten in einen Fluß von Blut, bespritzten Brust und Gesicht.

Er vernahm Measures Stimme, keine zehn Ellen von ihm entfernt, so laut, daß jeder ihn hören konnte. »Die Roten, die mich gefangen hatten, wurden von Harrison angeheuert. Ta-Kumsaw und Tenskwa-Tawa haben mich gerettet. Als ich vor zwei Tagen nach Hause zurückkehrte, haben Harrisons Soldaten mich gefangengenommen und wollten es nicht zulassen, daß ich euch die Wahrheit sage. Harrison hat sogar versucht, mich umzubringen.« Measure sprach langsam und klar, damit jedes Wort, jedes Geräusch deutlich verstanden wurde. »Die Roten sind unschuldig. Es sind unschuldige Menschen, die ihr hier umbringt.«

Miller erhob sich von dem blutigen Feld und streckte die Arme hoch über den Kopf, dickes Blut rann seine Hände hinab. Ein Schrei entrang sich seiner Kehle, von Qual und Verzweiflung getrieben. »Was habe ich getan! Was habe ich nur getan!« Ein Dutzend, hundert, dreihundert Stimmen wiederholten diesen Schrei.

Und dann ritt General Harrison auf seinem tänzelnden Pferd heran. Sogar seine eigenen Soldaten hatten inzwischen ihre Gewehre fortgeworfen.

»Das ist eine Lüge!« rief Harrison. »Niemals habe ich diesen Jungen gesehen! Irgend jemand hat mich hereingelegt!«

»Er ist nicht hereingelegt worden!« schrie Measure. »Hier ist sein Taschentuch – gestern haben sie es mir in den Mund gestopft, um mich zu knebeln, während sie mir die Knochen brachen!«

Deutlich konnte Miller das Taschentuch in der Hand seines Sohnes erkennen. Die Buchstaben WHH waren in großen, deutlichen Lettern an einem Zipfel eingestickt.

Nun meldeten sich sogar einige von Harrisons eigenen Soldaten zu Wort. »Das ist wahr! Vor zwei Tagen haben wir diesen Jungen zu Harrison gebracht.«

»Wir haben nicht gewußt, daß es einer der Jungen war, von dem es hieß, die Roten hätten ihn getötet!«

Ein schriller Schrei hallte über die Weide. Alle sahen hinunter zu dem einäugigen Propheten, der auf dem festen, roten Wasser des Tippy-Canoe stand.

»Komm zu mir, mein Volk!« sagte er.

Die überlebenden Roten schritten langsam, stetig auf das Wasser zu. Sie schritten über die Wasseroberfläche und versammelten sich auf der anderen Seite.

»Mein ganzes Volk komme zu mir!«

Etwa tausend Verwundete erhoben sich zwischen den Leichenbergen und versuchten, den Strom zu erreichen. Viele von ihnen brachen zusammen und starben, bevor sie dort angelangt waren. Jene, die bis zum Wasser kamen, torkelten, krochen über seine Oberfläche. Die Roten auf der anderen Seite halfen ihnen.

Miller bemerkte etwas Seltsames. Alle diese verwundeten Roten, aber auch alle unverwundeten, alle waren sie über den blutroten Fluß gegangen, und doch klebte an ihren Händen und Füßen nicht ein einziger Blutfleck.

»All mein Volk, alle, die gestorben sind – kommt heim, spricht das Land!«

Um sie herum war die Weide mit Leichen übersät. Bei den Worten des Propheten schienen die toten Körper nun zu erzittern, zu zerbröckeln; sie versanken im Gras der Weide. Es dauerte vielleicht eine Minute, dann waren sie verschwunden, sproß das Gras wieder üppig und grün.

»Komm zu mir, mein Freund Measure.« Der Prophet sagte es leise und streckte die Hand vor.

Measure kehrte seinem Vater den Rücken zu und schritt den grasbewachsenen Abhang bis zur Wasserkante hinunter.

»Schreite zu mir«, sagte der Prophet.

»Ich kann nicht auf dem Blute deines Volkes dahinschreiten«, antwortete er.

»Sie haben ihr Blut gegeben, um dich zu erheben«, sagte der Prophet. »Komm zu mir oder nimm den Fluch auf dich, der auf jeden weißen Mann auf dieser Weide fallen wird.«

»Dann werde ich wohl bleiben«, sagte Measure. »Wäre ich an ihrer Stelle gewesen, ich glaube kaum, daß ich anders gehandelt hätte, als sie es getan haben. Wenn sie schuldig sind, so bin ich es auch.«

Der Prophet nickte.

Alle weißen Männer spürten etwas Warmes und Feuchtes und Klebriges an den Händen. Einige von ihnen schrien auf, als sie es sahen. Von den Ellenbogen bis zu den Händen troffen sie vor Blut. Manche versuchten, es an ihren Hemden abzuwischen. Einige suchten nach Wunden, die vielleicht bluteten, doch es gab keine Wunden, nur blutige Hände.

»Wollt ihr Eure Hände vom Blut meines Vaters reinigen?« fragte der Prophet. Er schrie nicht mehr, dennoch hörten ihn alle, jedes Wort. Und die Antwort lautete ja. Ja, sie wollten ihre Hände reinigen.

»Dann kehrt nach Hause zurück und berichtet euren Frauen und Kindern, euren Nachbarn und euren Freunden diese Geschichte. Erzählt ihnen aber die ganze Geschichte. Laßt nichts aus. Sagt ihnen nicht, daß irgend jemand euch getäuscht hätte – ihr alle wußtet, daß es Mord war, als ihr auf Menschen feuertet, die keine Waffen besaßen, als ihr auf Kinder anlegtet, die in den Armen ihrer Mütter ruhten, auf alte Männer und Frauen; ihr habt uns gemordet, weil wir Rote waren. Also erzähl die Geschichte so, wie sie geschah, und wenn ihr sie wahrhaftig erzählt, werden eure Hände rein bleiben.«

Kein Mann auf dieser Weide, der nicht vor Scham weinte oder zitterte. Ihren Frauen und Kindern, ihren Eltern, ihren Geschwistern von diesem Tagewerk zu berichten, das erschien ihnen unerträglich. Aber wenn sie es nicht täten, würden ihre blutigen Hände die Geschichte an ihrer Stelle erzählen.

Doch der Prophet hatte noch nicht alles gesagt. »Wenn irgendein Fremder kommen sollte und ihr ihm nicht vor dem Schlafengehen die ganze Geschichte erzählt, so wird das Blut an euren Händen zurückkehren und dort so lange bleiben, bis ihr sie ihm berichtet habt. So wird es bleiben bis zum Ende eures Lebens – jeder Mann und jede Frau, denen ihr begegnet, wird die wahre Geschichte von euren eigenen Lippen hören müssen, oder eure Hände werden wieder befleckt. Und solltet ihr jemals, aus welchem Grund auch immer, ein anderes Menschenwesen töten, dann sollen eure Hände und euer Gesicht auf alle Zeiten von Blut triefen, sogar noch im Grabe.«

Sie nickten, sie willigten ein. Es war nur gerecht. Sie konnten jene, die sie getötet hatten, nicht wieder zum Leben erwecken, aber sie konnten dafür Sorge tragen, daß über dieses Töten niemals eine Lüge erzählt wurde. Nicht einer würde jemals behaupten können, daß es am Tippy-Canoe einen Sieg oder auch nur eine Schlacht gegeben hatte. Es war ein Massaker; Weiße hatten es begangen, und nicht ein einziger Roter hatte seine Hand zur Verteidigung erhoben.

Eines aber blieb noch – die Schuld des Mannes auf dem tänzelnden Hengst.

»Weißer Mörder Harrison!« rief der Prophet. »Komm zu mir!«

Harrison schüttelte den Kopf, versuchte sein Pferd abzuwenden; doch die Zügel entglitten seinen blutigen Händen und das Pferd schritt den Hügel hinunter. Alle Weißen sahen ihm stumm zu, sie haßten ihn dafür, daß er sie belogen und aufgehetzt hatte. Das Pferd führte ihn bis an den Rand des Wassers. Er blickte zu dem einäugigen Roten hinunter, der einst unter seinem Tisch gesessen und um Whisky gebettelt hatte.

»Dein Fluch soll der gleiche sein«, sprach der Prophet, »nur daß deine Geschichte viel länger und häßlicher ist. Und du wirst nicht erst auf Fremde warten, die vorbeikommen, bevor du sprichst. An jedem Tag deines Lebens wirst du irgend jemanden finden müssen, der diese Geschichte noch nie von deinen Lippen gehört hat, und du wirst sie ihm erzählen – jeden Tag einmal! –, sonst sollen deine Hände von Blut triefen. Und solltest du dich verstecken, heimlich um mit blutüberströmten Händen zu leben, anstatt neue Menschen zu finden, denen du deine Geschichte erzählen mußt, so sollst du den Wundschmerz meines Volkes spüren, an jedem Tag eine weitere neue Wunde, bis du die Geschichte wieder erzählst, für jeden Tag, den du ausgelassen hast, einmal. Und versuche nicht, dich selbst zu töten – du kannst es nicht. Du wirst dieses Weißenland von einem Ende bis zum anderen durchwandern. Die Menschen werden dich kommen sehen und sich verstecken, sie werden den Klang deiner Stimme fürchten; du wirst sie anflehen, stehenzubleiben und dich anzuhören. Sogar deinen alten Namen werden sie vergessen, und sie werden dich bei jenem Namen nennen, den du dir heute verdient hast. Tippy-Canoe. Das ist dein neuer Name, weißer Mörder Harrison. Dein wahrer Name, bis du als alter, uralter Mann eines natürlichen Todes stirbst.«

Harrison beugte sich über die Mähne seines Pferdes und weinte über seine blutigen Hände. Doch es waren Tränen der Wut, nicht der Trauer oder der Scham. Tränen des Zornes darüber, daß all seine Pläne gescheitert waren. Wenn er gekonnt hätte, er hätte den Propheten selbst jetzt noch getötet. Überall würde er nach irgendeiner Hexe oder einem Zauberer suchen, die diesen Fluch brechen konnten. Er konnte es nicht ertragen, daß dieser erbärmliche, einäugige Rote ihn besiegt hatte.

Measure sprach den Propheten vom Ufer aus an. »Wohin werdet Ihr nun gehen, Tenskwa-Tawa?«

»Nach Westen«, erwiderte Tenskwa-Tawa. »Mein Volk, all jene, die noch an mich glauben, wir alle werden westlich des Mizzipy ziehen. Wenn ihr eure Geschichte erzählt, so sagt den Weißen folgendes: Daß das Land westlich des Mizzipy das Land des roten Mannes ist. Kommt nicht dorthin. Das Land kann die Berührung durch den Fuß eines weißen Mannes nicht ertragen. Ihr atmet den Tod; eure Berührung ist Gift; eure Worte sind Lügen; das lebendige Land wird euch nicht dulden.«

Er drehte sich um, schritt zu den Roten hinüber, die am anderen Ufer auf ihn warteten, und half einem verwundeten Kind, die Böschung in den Wald hinaufzugehen. Hinter ihm begann das Wasser des Tippy-Canoe wieder zu strömen.

Miller schritt den Abhang hinunter zu der Stelle, wo sein Sohn stand. »Measure«, sagte er.

Measure drehte sich um und streckte die Arme aus, um seinen Vater zu umarmen. »Alvin lebt, Vater, weit im Osten. Er ist bei Ta-Kumsaw und ...«

Doch Miller bedeutete ihm zu schweigen, hielt die Hände seines Sohnes vor sich. Sie troffen von Blut, genau wie Millers eigene. Miller schüttelte den Kopf. »Es ist alles meine Schuld«, sagte er. »Alles meine Schuld.«

»Nicht alles, Vater«, widersprach Measure. »Es gibt genug Schuld für jeden.«

»Aber nicht für dich, Sohn. Das ist *meine* Schande an deinen Händen.«

»Nun, vielleicht wirst du sie dann weniger spüren, weil wir sie zu zweit tragen können.« Measure streckte wieder den Arm vor und nahm seinen Vater an der Schulter, drückte ihn an sich. »Wir haben das Schlimmste mit angesehen, was Menschen tun können, Pa, und wir sind das Schlimmste gewesen, was Menschen sein können. Aber das bedeutet nicht, daß wir nicht eines Tages auch das Beste zu sehen bekommen werden. Und wenn wir nach alledem nie wieder vollkommen sein können, nun, dann können wir immer noch ziemlich gut sein, nicht wahr?«

Vielleicht, dachte Miller. Doch er bezweifelte es. Oder vielleicht bezweifelte er nur, daß er es jemals würde glauben können, selbst wenn es wahr sein sollte. Nie wieder würde er in sein eigenes Herz hineinschauen und auch mögen, was er dort vorfand.

Dann kamen Millers andere Söhne herbei. Sie kamen mit blutigen Händen – David, Calm, Wastenot, Wantnot.

»Wir müssen nach Hause«, sagte Measure.

»Nein«, sagte Miller.

»Sie werden sich alle Sorgen machen«, sagte Measure. »Ma, die Mädchen, Cally.«

Miller erinnerte sich an seinen Abschied von Faith. »Sie hat gesagt, daß sie ... wenn ich ... wenn das ...«

»Ich weiß, wie Ma manchmal redet; aber ich weiß auch, daß deine Kinder ihren Vater brauchen, und sie wird dich schon nicht hinauswerfen.«

»Ich werde ihr erzählen müssen, was wir getan haben.«

»Ja, und den Mädchen und Cally auch. Wir alle werden es ihnen erzählen müssen, und Calm und David müssen es ihren Frauen berichten. Es ist besser, es gleich zu tun und unsere Hände dadurch zu reinigen, damit unser Leben weitergehen kann. Alle zur gleichen Zeit. Alle auf einmal. Und auch ich habe eine Geschichte zu erzählen, nämlich von mir und Alvin. Wenn wir mit dieser Geschichte fertig sind, werde ich meine erzählen. Bist du damit einverstanden?«

Brustwehr empfing sie am Wobbish. Measure streifte seine blutigen Kleider ab. Brustwehr machte ihnen keine Vorwürfe, doch keiner der anderen konnte seinem Schwager in die Augen sehen. Measure nahm ihn beiseite und berichtete ihm von dem Fluch, während die Fähre langsam ans andere Ufer gezogen wurde. Brustwehr hörte zu, dann schritt er zu Miller hinüber, der ihm den Rücken zukehrte, und das ferne Ufer anstarrte.

»Vater«, sagte Brustwehr-Gottes.

»Du hast recht gehabt, Brustwehr«, sagte Miller, ohne ihn anzusehen. Er hob seine Hände. »Hier ist er, der Beweis dafür, daß du recht hattest.«

»Measure hat mir gesagt, daß ich von jedem von Euch die Geschichte einmal hören muß«, sagte Brustwehr und wandte sich um, um seine Worte an alle zu richten. »Aber danach werdet ihr von mir kein weiteres Wort mehr darüber hören. Ich bin noch immer euer Sohn und Bruder, sofern ihr mich haben wollt; meine Frau ist eure Tochter und eure Schwester, und ihr seid die einzigen Verwandten, die ich hier draußen habe.«

»Zu deiner Schande«, flüsterte David.

»Bestrafe mich jetzt nicht dafür, daß meine Hände rein sind«, sagte Brustwehr.

Calm streckte ihm eine blutige Hand entgegen. Brustwehr nahm sie ohne zu zögern, schüttelte sie fest, dann ließ er sie fahren.

»Schaut euch das an, wenn du uns berührst, geht es auf dich über!«

Zur Antwort streckte Brustwehr dieselbe befleckte Hand Miller entgegen. Nach einer Weile nahm Miller sie.

15 Zwei-Seelen-Mann

Geschichtentauscher erwachte, als es zu dämmern begann. Sofort merkte er, daß etwas nicht stimmte. Ta-Kumsaw saß auf dem Gras, das Gesicht nach Westen gewandt, schaukelte vor und zurück und atmete schwer, als würde er unter einem stumpfen und schweren Schmerz leiden. War er krank?

Nein. Alvin hatte versagt. Das Gemetzel hatte begonnen. Ta-Kumsaws Schmerz entsprang nicht seinem eigenen Körper. Es war Ta-Kumsaws sterbendes Volk, irgendwo in der Ferne, und was er spürte, das war nicht Trauer und nicht Mitleid, es war der Schmerz seines Todes. Für einen Roten wie Ta-Kumsaw bedeutete ein solch starkes Gefühl, daß viele, viele Seelen den Tod gefunden haben mußten.

Wie so oft schon zuvor, richtete Geschichtentauscher einige stumme Worte an Gott, die immer auf dieselbe Frage hinausliefen: Warum machst du uns so viele Mühe, wenn am Schluß doch alles sinnlos ist? Geschichtentauscher ertrug die Sinnlosigkeit des Ganzen nicht. Ta-Kumsaw und Alvin waren durch das Land gejagt, und er, Geschichtentauscher, war so schnell gelaufen, wie es ein weißer Mann nur konnte; und Alvin hatte den Achtgesichtigen Hügel aufgesucht – aber was hatte es bewirkt? Hatten sie auch nur ein Leben gerettet? Im Augenblick starben so viele, daß Ta-Kumsaw es sogar auf die weite Entfernung spürte.

Und wie üblich hatte Gott Geschichtentauscher nicht viel zu sagen.

Geschichtentauscher wollte Ta-Kumsaw nicht stören. Genauer gesagt erriet er, daß es Ta-Kumsaw nicht sonderlich danach verlangte, ausgerechnet in diesem Moment mit einem Weißen Mann zu reden. Und doch spürte er eine Vision, die in seinem Inneren wuchs. Keine Vision, wie sie die Propheten Gerüchten zufolgte schauten, keine Vision der inneren Schau. Geschichtentauscher erfuhr Visionen als Worte, und er wußte nicht, um welche Vision es sich handelte, bis seine eigenen Worte es ihm sagten. Und selbst dann wußte er noch, daß er kein Prophet war; seine Visionen waren nie von jener Art, wie sie die Welt veränderten, nur von jener, wie sie die Welt beschrieben, wie sie sie *verstanden*. Jetzt aber verwandte er keinen einzigen Gedanken darauf, ob seine Visionen würdig waren oder nicht. Die Vision kam zu ihm, und er mußte sie festhalten. Da ihm aber an diesem Ort die Möglichkeit genommen war, Worte aufzuschreiben, konnte er sie nicht schriftlich festhalten. Was blieb ihm dann anderes übrig, als sie laut auszusprechen?

Also sprach Geschichtentauscher, formte die Worte zu Zweizeilern, während er sie aufsagte, weil dies die Weise war, wie Visionen auszudrücken waren, durch Dichtung. Es war zunächst eine verwirrende Geschichte, und Geschichtentauscher war sich nicht sicher, ob es Gott oder

Satan war, dessen entsetzliches Licht ihn blendete, als die Worte hervorperlten. Er wußte nur, daß der, der es sein mochte, der der Welt ein solches Gemetzel beschert hatte, Geschichtentauschers Zorn wahrhaftig verdient hatte, und so zögerte er auch nicht, ihn in seiner Sprache zu geißeln.

So intensiv war der Strom der Worte, daß Geschichtentauscher dabei kaum atmete, keine sinnspendende Pause im Rhythmus seiner Rede einlegte, daß seine Stimme lauter und lauter wurde, als sich ihm die Zeilen entrangen, und daß er gegen die harte Mauer aus Luft anrannte, die ihn umgab, als wollte er Gott herausfordern, ihm anzuhören und seinem Trotz zu widerstehen.

»Halt!«

Es war Ta-Kumsaw. Geschichtentauscher wartete mit aufgesperrtem Mund, weitere Worte, weitere Pein wartete darauf, aus ihm hervorzuströmen. Doch Ta-Kumsaw war jemand, dem man gehorchte.

»Es ist vorbei«, sagte Ta-Kumsaw.

»Sind alle tot?« flüsterte Geschichtentauscher.

»Von hier aus kann ich kein Leben spüren«, antwortet Ta-Kumsaw. »Ich kann den Tod spüren – die Welt ist zerrissen wie ein altes Tuch, nie kann sie wieder geflickt werden.« Verzweiflung wich sofort dem kalten Haß. »Aber man kann sie reinigen.«

»Wenn ich es hätte verhindern können, Ta-Kumsaw ...«

»Ja, Ihr seid ein guter Mann, Geschichtentauscher. In Eurem Volk gibt es auch andere von Eurer Art. Brustwehr-Gottes Weaver ist ein solcher Mann. Und wenn alle weißen Männer, die kämen, so wären wie Ihr, um von diesem Land zu lernen, dann gäbe es zwischen uns keinen Krieg.«

»Es *gibt* auch keinen Krieg zwischen Euch und mir, Ta-Kumsaw.«

»Könnt Ihr die Farbe Eurer Haut ändern? Kann ich meine ändern?«

»Es ist nicht unsere Haut, es ist unser Herz ...«

»Wenn wir dastehen, alle roten Männer auf einer Seite des Feldes und alle weißen Männer auf der anderen Seite, wo werdet Ihr dann stehen?«

»In der Mitte, um beide Seiten anzuflehen, zu ...«

Wie hätte Geschichtentauscher ihm widersprechen können? Vielleicht hätte er den Mut aufgebracht, eine solche Entscheidung zu verweigern. Vielleicht aber auch nicht. »Betet zu Gott, daß es niemals dazu kommen wird.«

»Dazu ist es bereits gekommen, Geschichtentauscher.« Ta-Kumsaw nickte. »Nach diesem Tag werde ich keine Schwierigkeiten mehr haben, endlich meine Rotenarmee auszuheben.«

Geschichtentauschers Erwiderung brach spontan aus ihm heraus: »Dann ist es ein schreckliches Werk, das Ihr gewählt habt, wenn der Tod so vieler guter Menschen es beflügelt!«

Ta-Kumsaw antwortete mit einem Brüllen; plötzlich sprang er Geschichtentauscher an, und warf ihn auf den Grasboden der Wiese. Ta-Kumsaws rechte Hand packte des weißen Haar; seine Linke drückte gegen Geschichtentauschers Kehle. »Alle weißen Männer werden sterben, alle, die nicht über das Meer fliehen!«

Und doch stand ihm der Sinn nicht nach Mord. Selbst in seinem Zorn drückte Ta-Kumsaw nicht so fest zu, als daß er Geschichtentauscher erwürgt hätte. Im nächsten Augenblick stieß sich der rote Mann ab und rollte beiseite, vergrub sein Gesicht im Gras, Arme und Beine ausgestreckt, um mit seinem Körper soviel von der Erde zu berühren, wie er nur konnte.

»Es tut mir leid«, flüsterte Geschichtentauscher. »Ich war im Unrecht, so etwas zu sagen.«

»Lolla-Wossiky!« rief Ta-Kumsaw. »Ich wollte nicht recht behalten, mein Bruder!«

»Ist er am Leben?« fragte Geschichtentauscher.

»Ich weiß es nicht«, erwiderte Ta-Kumsaw. Er drehte den Kopf, um die Wange gegen das Gras zu pressen; seine Blicke jedoch durchbohrten Geschichtentauscher, als wollte er ihn damit töten. »Geschichtentauscher, diese Worte, die Ihr gesagt habt – was haben sie zu bedeuten? Was habt Ihr gesehen?«

»Ich habe nichts gesehen«, sagte Geschichtentauscher. Und dann fuhr er fort, obgleich er die Wahrheit seiner Worte erst durch das Sprechen selbst erfuhr: »Es war Alvins Vision, von der ich gesprochen habe. Es war, was *er* schaute. Meine Brüder und mein Vater gehen voran, die Himmel befleckt von menschlichem Blute. Es war seine Vision und mein Gedicht.«

»Und wo ist der Junge?« fragte Ta-Kumsaw. »Die ganze Nacht hat er auf dem Hügel verbracht, und wo ist er jetzt?« Ta-Kumsaw sprang auf, er richtete sich nach dem Achtgesichtigen Hügel aus. »Niemand verbringt dort die ganze Nacht, und nun ist die Sonne schon aufgegangen und er ist nicht wieder zurückgekehrt.« Abrupt wandte sich Ta-Kumsaw Geschichtentauscher zu. »Er kann nicht herunterkommen.«

»Was meint Ihr damit?«

»Er braucht mich«, erklärte Ta-Kumsaw. »Ich kann es spüren. Eine schreckliche Wunde ist in ihm. Seine ganze Kraft verblutet in die Erde.«

»Was ist dort auf dem Hügel? Was hat ihn verwundet?«

»Wer weiß schon, was ein weißer Junge im Inneren des Hügels findet?« erwiderte Ta-Kumsaw. Dann wandte er sich wieder dem Hügel zu, als spürte er einen neuen Ruf. »Ja«, sagte er, und dann ging er schnell auf den Hügel.

Geschichtentauscher folgte ihm, ohne ein Wort über den Widerspruch des ganzen zu verlieren – den Widerspruch, der darin bestand, daß Ta-Kumsaw geschworen hatte, Krieg gegen die Weißen zu führen, bis alle entweder tot waren oder sein Land verlassen hatten, um dann doch zum Achtgesichtigen Hügel zurückzueilen, um einen weißen Jungen zu retten.

Gemeinsam blieben sie an der Stelle stehen, wo Alvin seinen Aufstieg begonnen hatte.

»Könnt Ihr die Stelle sehen?« fragte Geschichtentauscher.

»Da ist kein Pfad«, antwortete Ta-Kumsaw.

»Aber gestern habt Ihr ihn doch gesehen«, warf Geschichtentauscher ein.

»Gestern gab es auch noch einen Pfad.«

»Dann muß es einen anderen Weg geben«, entschied Geschichtentauscher. »Euren eigenen Weg auf den Hügel.«

»Ein anderer Weg würde mich nicht zur selben Stelle führen.«

»Komm schon, Ta-Kumsaw, der Hügel ist zwar groß, aber doch nicht so groß, daß Ihr dort oben jemanden nicht finden würdet, wenn Ihr nur eine Stunde nach ihm sucht.«

Ta-Kumsaw musterte Geschichtentauscher nur verächtlich.

Eingeschüchtert sprach Geschichtentauscher schon weniger zuversichtlich weiter. »Man muß also immer denselben Weg nehmen, um zum selben Ort zu gelangen?«

»Woher soll ich das wissen?« fragte Ta-Kumsaw. »Ich habe noch nie davon gehört, daß jemand den Hügel emporgestiegen ist und daß ein anderer ihm auf demselben Pfad gefolgt wäre.«

»Geht ihr denn nie zu zweit oder zu dritt hinauf?«

»Dies ist der Ort, wo das Land zu allen Wesen spricht, die hier leben. Die Sprache des Landes sind das Gras und die Bäume; seine Zier sind die Tiere und Vögel.«

Geschichtentauscher bemerkte, daß Ta-Kumsaw das Englische wie ein weißer Mann beherrschte, wenn er wollte. Nein, wie ein *gebildeter* Weißer. Zier. Wo hätte er im Hio-Land ein solches Wort lernen können? »Wir können also nicht hinauf?«

Ta-Kumsaws Miene blieb ausdruckslos.

»Nun, ich sage, wir sollten dennoch hinauf. Wir wisen, welchen Weg er genommen hat – also nehmen wir ihn auch, ob wir ihn sehen können oder nicht.«

Ta-Kumsaw antwortete nicht.

»Wollt Ihr etwa nur dastehen und ihn dort oben sterben lassen?«

Zur Antwort trat Ka-Kumsaw einen Schritt vor, so daß er Gesicht an Gesicht – nein, Brust an Brust – vor Geschichtentauscher stand. Ta-Kumsaw packte seine Hand, legte den anderen Arm um Geschichtentauscher, drückte ihn eng an sich. Ihre Beine verworben sich miteinander; ein Außenstehender hätte wohl kaum noch feststellen können, wem welches Bein gehörte. Geschichtentauscher spürte den Herzschlag des roten Mannes, sein Rhythmus wirkte auf Geschichtentauschers Körper gebieterischer als der Schlag seines eigenen heißen Pulses. »Wir sind nicht zwei Männer«, flüsterte Ta-Kumsaw. »Wir sind hier kein Roter und kein weißer Mann, zwischen denen vergossenes Blut fließt. Wir sind ein einziger Mann mit zwei Seelen, einer roten Seele und einer weißen Seele, ein einziger Mann.«

»Also gut«, sagte Geschichtentauscher. »Es soll so geschehen, wie Ihr sagt.«

Ta-Kumsaw hielt Geschichtentauscher immer noch fest, während er sich in der Umarmung drehte; ihre Köpfe preßten sich aneinander, ihre Ohren verschmolzen so eng, daß Geschichtentauscher nichts mehr hören konnte außer Ta-Kumsaws Puls, wie das Hämmern von Meereswellen in seinem Ohr. Doch nun, da ihre Körper so eng miteinander verbunden waren, daß sie beide nur noch einen einzigen gemeinsamen Herzschlag zu kennen schienen, konnte Geschichtentauscher plötzlich deutlich einen Weg erkennen, der den Hang des Hügels hinaufführte.

»Könnt Ihr ...«, fing Ta-Kumsaw an.

»Ich sehe ihn«, erwiderte Geschichtentauscher.

»Bleibt weiterhin so dicht bei mir«, gebot Ta-Kumsaw. »Nun sind wir wie Alvin – eine rote Seele und eine weiße Seele in einem einzigen Körper.«

Es war beschwerlich, ja regelrecht albern, zu versuchen, den Hügel auf diese Weise zu besteigen. Doch sobald sie sich beim Aufstieg nur ein wenig voneinander lösten, schien der Pfad sofort wieder beschwerlicher zu werden, versteckte er sich hinter irgendeinem Schlinggewächs, einem Strauch, einem herabhängenden Ast. Also klammerte sich Geschichtentauscher so eng an Ta-Kumsaw, wie der rote Mann sich an ihn klammerte, und zusammen bahnten sie sich einen Weg den Hügel hinauf

Oben angekommen, stellte Geschichtentauscher zu seiner Überraschung fest, daß sie sich nicht auf dem Gipfel eines einzigen Hügels befanden, sondern vielmehr auf einem Ring aus acht verschiedenen Hügeln, zwischen denen ein achteckiges Tal lag. Ta-Kumsaw war davon ebenso überrascht. Er wirkte verunsichert und hielt Geschichtentauscher nicht mehr ganz so fest.

»Wo würde ein weißer Mann hier hingehen?« fragte Ta-Kumsaw.

»Nach unten, natürlich«, erwiderte Geschichtentauscher. »Wenn ein weißer Mann ein Tal erblickt, geht er hinunter, um nachzusehen, was es dort gibt.«

»Ist das für euch immer so?« fragte Ta-Kumsaw. »Nicht zu wissen, wo ihr seid, wo irgend etwas ist?«

Erst dann erkannte Geschichtentauscher, daß Ta-Kumsaw hier nicht über seinen Landsinn verfügte. An diesem Ort war er ebenso blind wie ein weißer Mann.

»Gehen wir hinunter«, sagte Geschichtentauscher. »Und noch etwas – wir brauchen uns jetzt nicht mehr so fest aneinanderzuklammern. Es ist ein grasbewachsener Hügel, und wir brauchen keinen Weg.«

Sie überquerten einen Bach und fanden den Jungen auf einem Grasstück, dicht hing der Nebel über dem Boden. Alvin war nicht verletzt, doch er lag zitternd da wie im Fieber, obwohl seine Stirn kühl war und sein Atem flach und schnell ging. Wie Ta-Kumsaw gesagt hatte: Er lag im Sterben.

Geschichtentauscher berührte ihn, streichelte ihn, dann schüttelte er ihn; er versuchte, den Jungen zu wecken. Alvin gab kein Anzeichen von sich, daß er sie bemerkte. Ta-Kumsaw war keine Hilfe. Er saß neben dem Jungen und hielt seine Hand, und wimmerte leise.

Doch Geschichtentauscher war kein Mensch, der der Verzweiflung nachgab, falls es das sein sollte, was Ta-Kumsaw tat. Er blickte sich um. In der Nähe stand ein Baum, sein Laub war so gelbgrün, daß es im Licht der Dämmerung wirkte, als sei es aus Blattgold. Am Baum hing eine helle Frucht, nein, es war eine *weiße* Frucht. Und plötzlich, kaum hatte er sie erblickt, konnte Geschichtentauscher sie riechen, nahm er ihren stechend-süßen Geruch wahr, so daß er sie auch beinahe schmecken konnte. Ohne nachzudenken schritt er auf den Baum zu, pflückte die Frucht, brachte sie zu Alvin zurück, der auf dem Boden lag, wie ein ganz kleines Kind. Geschichtentauscher fuhr mit der Frucht unter Alvins Nase hin und her, damit ihr Durft wie Riechsalz wirken und ihn wiederbeleben konnte. Plötzlich begann Alvin zu keuchen. Er öffnete die Augen, seine Lippen lösten sich voneinander, und zwischen seinen zusammengebissenen Zähnen ertönte ein Wimmern, das fast genauso klang wie Ta-Kumsaws; fast wie das Wimmern eines getretenen Hundes.

»Nimm einen Bissen«, sagte Geschichtentauscher.

Ta-Kumsaw beugte sich vor, packte Alvins Unterkiefer mit der einen Hand und den Oberkiefer mit der anderen, seine Finger verschränkten sich über Alvins Zähnen. Mit ungeheurer Anstrengung riß er Alvins Mund auf. Geschichtentauscher preßte Alvin die Frucht zwischen die Zähne. Dann drückte Ta-Kumsaw wieder zusammen. Die Frucht brach auf, sie ergoß ihren klaren Saft in Alvins Mund und er troff seine Wange hinab ins Gras. Langsam und mit gewaltiger Anstrengung begann Alvin zu kauen. Tränen strömten aus seinen Augen. Er schluckte. Plötzlich streckte er die Hände aus, packte Geschichtentauscher am Hals und Ta-Kumsaw an den Haaren, und richtete sich auf, bis er aufrecht saß. Er hielt sich an den beiden fest, zog ihre Gesichter so eng an seines heran, daß sie alle gemeinsam dieselbe Luft atmeten, und weinte, bis ihrer aller drei Gesichter von Tränen benetzt waren; und weil Ta-Kumsaw und Geschichtentauscher ebenso weinten, konnte sich keiner sicher sein, wessen Tränen es waren, die die Haut eines jeden bedeckten.

Alvin sprach nur wenig, aber genug. Er erzählte ihnen alles, was an diesem Tag am Tippy-Canoe geschehen war, vom Blut in dem Fluß, von den tausend Überlebenden, die das glatt und hart gewordene Wasser überquert hatten; vom Blut an den Händen der Weißen und vor allem vom Blut an den Händen eines bestimmten Mannes.

»Das genügt nicht«, sagte Ta-Kumsaw.

Geschichtentauscher widersprach nicht. Es stand einem weißen Mann nicht an, Ta-Kumsaw zu sagen, daß die Mörder seines Volkes die gerechte Strafe erlitten hatten. Und außerdem war Geschichtentauscher sich nicht sicher, ob sie überhaupt gerecht war.

Alvin berichtete ihnen, wie er den Abend und die Nacht damit verbracht hatte, Measure dem Tod zu entreißen, und wie er am Morgen dem Propheten das unermeßliche Leid genommen hatte, als neuntausend unschuldig Gemetzelte unentwegt in seinem Geist aufschrien – neuntausendmal jener dumpfe, schwarze Schrei, der ihn Jahre zuvor heimgesucht hatte. Was war schwieriger gewesen – Measure zu heilen oder Lolla-Wossiky? »Es war genau, wie Ihr gesagt habt«, flüsterte Alvin Geschichtentauscher zu. »Ich kann diese Ziegelmauer einfach nicht schneller aufbauen, als sie zusammenbricht.« Dann schlief er ein, erschöpft, aber beruhigt.

Geschichtentauscher und Ta-Kumsaw blickten einander an. »Jetzt kenne ich seine Wunde«, sagte Ta-Kumsaw. »Er trauerte um sein eigenes blutbeflecktes Volk.«

»Seine Trauer galt den Toten und auch den Lebenden«, erwiderte Geschichtentauscher. »So, wie ich Alvin kenne, besteht seine tiefste Wunde darin, daß er glaubt, versagt zu haben, daß er sich nur stärker hätte abmühen müssen, um Measure rechtzeitig dorthin zu bringen, bevor der erste Schuß fiel.«

»Weiße Männer trauern nur um Weiße«, sagte Ta-Kumsaw.

»Belügt Euch ruhig selbst, wenn es Euch gefällt«, entgegnete Geschichtentauscher, »aber mich könnt Ihr mit Lügen nicht narren.«

»Rote Männer aber trauern überhaupt nicht«, fuhr Ta-Kumsaw fort. »Rote Männer werden weißer Blut in die

Erde strömen lassen für jenes Blut, das heute vergossen wurde.«

»Ich dachte, Ihr würdet dem Land dienen«, warf Geschichtentauscher ein. »Begreift Ihr denn gar nicht, was heute geschehen ist? Erinnert Ihr Euch denn nicht daran, wo wir hier sind? Ihr habt einen Teil des Achtgesichtigen Hügels kennengelernt, von dem Ihr nicht einmal wußtet, daß er existiert, und weshalb? Weil das Land uns *gemeinsam* an diesen Ort geführt hat, um …«

Ta-Kumsaw hob eine Hand. »Um diesen Jungen zu retten.«

»Weil Rot und Weiß dieses Land teilen können, wenn wir …«

Ta-Kumsaw streckte den Arm vor und legte einen Finger auf Geschichtentauschers Lippen.

»Ich bin kein Farmer, der Geschichten von fernen Orten hören will«, sagte Ta-Kumsaw. »Geht und erzählt Eure Geschichten jenen, die sie hören wollen.«

Geschichtentauscher schlug Ta-Kumsaws Hand beiseite. Eigentlich hatte er lediglich den Arm des roten Mannes wegschieben wollen, statt dessen aber schlug er mit viel zu großer Kraft zu, so daß Ta-Kumsaw das Gleichgewicht verlor. Ta-Kumsaw sprang sofort auf, und Geschichtentauscher tat es ihm gleich.

»So fängt es an!« rief Ta-Kumsaw.

Alvin, der zu ihren Füßen zwischen ihnen lag, bewegte sich.

»Ein roter Mann hat Euch zornig gemacht, und Ihr habt ihn geschlagen, genau wie ein Weißer, keine Geduld …«

»Ihr habt mir gesagt, ich solle schweigen, Ihr habt gesagt, meine Geschichten wären …«

»Worte, das ist es, was ich Euch gegeben habe, Worte und eine sanfte Berührung, und Ihr habt mir mit einem Hieb geantwortet.« Ta-Kumsaw lächelte. Es war ein entsetzliches Lächeln, wie die Zähne eines Tigers, die in der Dunkelheit des Dschungels aufblitzten, seine Augen glühten, seine Haut war flammenhell.

»Es tut mir leid, ich wollte nicht …«

»Der weiße Mann will nie irgend etwas, er kann sich nur nicht beherrschen, immer war alles nur ein *Versehen.* Das denkt Ihr doch wohl, nicht wahr, weißer Lügner! Alvins Volk hat mein Volk getötet, weil es ein *Versehen* war, weil sie glaubten, daß zwei weiße Jungen tot seien, und wegen zweier weißer Jungen haben sie zugeschlagen, genau wie Ihr es getan habt, und sie haben neuntausend von meinem Volk getötet, Säuglinge und Mütter, alte Männer und kleine Jungen, ihre Kanonen ...«

»Ich habe auch gehört, was Alvin erzählt hat.«

»Gefällt Euch *meine* Geschichte etwa nicht? Wollt Ihr sie gar nicht hören? Ihr seid Weiß, Geschichtentauscher. Ihr seid wie alle weißen Männer, schnell dabei, um Verzeihung zu bitten, doch sehr langsam, wenn Ihr sie selbst gewähren sollt. Immer erwartet Ihr Geduld, braust dabei aber auf wie ein Windstoß – Ihr brennt doch gleich einen ganzen Wald nieder, nur weil Ihr über eine Wurzel gestolpert seid!« Ta-Kumsaw machte kehrt und begann, schnell den Weg zurückzugehen, den sie gekommen waren.

»Wie könnt Ihr ohne mich gehen!« rief Geschichtentauscher ihm nach. »Wir müssen zusammen von hier fort!«

Ta-Kumsaw blieb stehen, drehte sich um, legte den Kopf zurück und lachte ohne Fröhlichkeit. »Um *hinunterzukommen* brauche ich keinen Pfad, weißer Lügner!« Dann lief er auch schon weiter.

Alvin war inzwischen erwacht.

»Es tut mir leid, Alvin«, sagte Geschichtentauscher. »Ich wollte nicht ...«

»Nein«, erwiderte Alvin, »laß mich raten, was er getan hat. Er hat Euch auf diese Weise berührt.« Und Alvin berührte Geschichtentauschers Lippen genauso wie Ta-Kumsaw es getan hatte.

»Ja.«

»Das tun Shaw-Nee-Mütter mit kleinen Jungen, die zuviel Lärm machen. Aber wenn ein roter Mann das mit einem anderen tut ... Er wollte Euch provozieren.«

»Ich hätte ihn nicht schlagen dürfen.«

»Dann hätte er Euch so lange weiter provoziert, bis Ihr es doch getan hättet.«

Darauf wußte Geschichtentauscher keine Antwort. Wahrscheinlich hatte der Junge recht. Das einzige, was Ta-Kumsaw heute nicht ertragen konnte, war das friedliche Zusammensein mit einem weißen Mann.

Alvin schlief wieder ein.

Die Sonne neigte sich schon am Horizont, als Alvin wieder erwachte und Geschichtentauscher ihm auf die Beine half.

»Wenn ich stehen muß, fühle ich mich wie ein neugeborenes Fohlen«, sagte Alvin. »Ich fühlte mich so schwach.«

»Du hast ja auch in den letzten vierundzwanzig Stunden nur knapp die Hälfte der Arbeiten des Herkules vollbracht«, meinte Geschichtentauscher.

»Des Herrn was?«

»Herkules. Ein Grieche.«

»Ich muß Ta-Kumsaw suchen«, sagte Alvin. »Ich hätte ihn nicht gehen lassen dürfen, aber ich war so müde.«

»Du bist auch weiß«, erwiderte Geschichtentauscher. »Glaubst du etwa, daß er dich bei dir haben will?«

»Tenskwa-Tawa hat prophezeit«, erwiderte Alvin, »daß Ta-Kumsaw so lange nicht sterben wird, wie ich bei ihm bin.«

Geschichtentauscher stützte Alvin. Sie stiegen den sanften, grasbewachsenen Abhang hinauf. Dann blieben sie stehen und sahen nach unten. Geschichtentauscher konnte keinen Pfad ausmachen – nur Dornensträucher, Schlingpflanzen, Büsche. »Da komme ich nicht durch.«

Alvin musterte ihn verwundert. »Der Pfad ist doch ganz deutlich zu sehen.«

»Für dich vielleicht«, antwortete Geschichtentauscher. »Aber für mich nicht.«

»Ihr seid doch auch hierhergekommen«, wandte Alvin ein.

»Ja, zusammen mit Ta-Kumsaw«, versetzte Geschichtentauscher.

»Der ist auch hinuntergekommen.«

»Ich bin kein roter Mann.«

»Ich werde Euch führen.«

Alvin machte einige forsche Schritte vorwärts, ganz leicht, wie bei einem Sommerspaziergang. Für Geschichtentauscher aber sah es so aus, als würden sich die Dornensträucher kurz für ihn öffnen, um sich hinter ihm sofort wieder dicht zu schließen. »Alvin!« rief er. »Bleib bei mir!«

Alvin kam zurück und nahm ihn bei der Hand. »Geht ganz dicht hinter mir«, forderte er ihn auf.

Geschichtentauscher versuchte es, doch noch immer schnellten die Dornenzweige zurück und schlugen ihm ins Gesicht.

Solange Alvin voranging, kam auch Geschichtentauscher weiter, doch er fühlte sich dabei, als würde man ihn von hinten durchpeitschen. Nicht einmal seine Lederkleidung konnte solchen dolchspitzen Dornen und peitschenden Zweigen längere Zeit trotzen. Er spürte, wie ihm das Blut die Arme, den Rücken und die Beine hinunterströmte. »Ich kann nicht mehr weitergehen, Alvin«, sagte Geschichtentauscher.

»Ich sehe ihn«, erwiderte Alvin.

»Wen?«

»Ta-Kumsaw. Wartet hier.«

Er ließ Geschichtentauschers Hand los. Einen kurzen Augenblick verschwand er, dann war er auch schon wieder zurück. »Folgt ganz dicht hinter mir. Es ist nur noch ein Schritt.«

Geschichtentauscher nahm seinen ganzen Mut zusammen und machte einen Schritt.

Dann führte Alvin seine Hand ein Stück nach vorn, bis sie eine andere Hand berührte, und plötzlich teilten sich die Dornensträucher ein wenig, und Geschichtentauscher konnte Ta-Kumsaw erblicken, der dort auf dem Boden lag, während ihm das Blut aus hundert Wunden seines fast nackten Körpers strömte. »Er ist allein bis hierher gekommen«, bemerkte Alvin.

Ta-Kumsaw öffnete die Augen, sie flackerten vor Zorn. »Laßt mich hier liegen«, flüsterte er.

Zur Antwort legte Geschichtentauscher Ta-Kumsaws Kopf in die Beuge seines freien Arms. Je mehr ihre Körper sich berührten, um so mehr schienen die Dornensträucher zurückzuweichen; nun konnte Geschichtentauscher eine Art Pfad ausmachen, wo zuvor keiner zu sehen gewesen war.

»Nein«, erwiderte Ta-Kumsaw.

»Wir kommen nur von hier runter, wenn wir einander helfen«, erläuterte Geschichtentauscher. »Ob es Euch gefällt oder nicht, wenn Ihr am weißen Mann Rache üben wollt, so braucht Ihr dazu anscheinend die Hilfe eines Weißen.«

»Dann laßt mich hier«, flüsterte Ta-Kumsaw. »Rettet Euer Volk, indem Ihr mich sterben laßt.«

»Ohne Euch komme ich auch nicht hinunter«, antwortete Geschichtentauscher.

»Um so besser«, antwortete Ta-Kumsaw.

Geschichtentauscher bemerkte, daß Ta-Kumsaws Wunden mittlerweile weniger geworden zu sein schienen. Und jene, die übriggeblieben waren, waren bereits verkrustet und fast geheilt. Dann fiel ihm auf, daß seine eigenen Wunden ebenfalls nicht mehr weh taten. Er blickte sich um. Alvin saß in der Nähe, an einen Baumstamm gelehnt, er hatte die Augen geschlossen und sah aus, als hätte ihn jemand gerade durchgeprügelt, so matt und erschöpft wirkte er.

»Schaut Euch an, was es ihn kostet, uns zu heilen«, sagte Geschichtentauscher.

Zur Abwechslung verriet Ta-Kumsaws Miene einmal richtige Überraschung; und dann wallte Zorn in ihm auf. »Ich habe dich nicht gebeten, mich zu heilen!« schrie er. Er riß sich aus Geschichtentauschers Umarmung und versuchte Alvin zu erreichen. Doch plötzlich schlang sich Dornengestrüpp um seinen Arm, und er schrie auf, doch nicht im Schmerz, sondern vor Wut. »Ich lasse mich nicht zwingen!« rief er.

»Warum solltet Ihr der einzige Mensch sein, der nicht gezwungen wird?« versetzte Geschichtentauscher.

»Ich werde tun, was ich mir vorgenommen habe, und nichts anderes, was immer das Land auch sagen mag!«

»Das sind die Worte des Schmieds in seiner Esse«, meinte Geschichtentauscher. »So etwas sagt der Farmer, wenn er die Bäume fällt.«

»Wagt es nicht, mich mit einem weißen Mann zu vergleichen!«

Doch das Gestrüpp hielt ihn fest, bis Geschichtentauscher sich seinen schmerzhaften Weg zu Ta-Kumsaw gebahnt und ihn wieder umarmt hatte. Wieder spürte Geschichtentauscher seine eigenen Wunden heilen, sah er, wie Ta-Kumsaws Verletzungen ebenso schnell verschwanden, wie die Schlingpflanzen von beiden abließen und abfielen. Alvin sah sie mit flehender Miene an, als wollte er sagen: Wieviel wollt ihr mir noch von meiner Kraft rauben, bevor ihr endlich tut, was ihr tun müßt?

Mit einem letzten, gequälten Schrei drehte sich Ta-Kumsaw um und umarmte Geschichtentauscher so kräftig wie zuvor. Gemeinsam folgten sie einem breiten Pfad hinunter zum Fuß des Hügels. Alvin stolperte ihnen nach.

Die Nacht verbrachten sie an derselben Stelle wie zuvor, doch es war ein unruhiger Schlaf. Am Morgen sammelte Geschichtentauscher seine wenigen Habseligkeiten ein, einschließlich des Buchs, dessen Buchstaben an diesem Ort keinen Sinn ergaben. Dann küßte er Alvin auf die Stirn und ging davon. Zu Ta-Kumsaw sagte er nichts, und auch Ta-Kumsaw sprach kein Wort mit ihm. Beide wußten, was das Land gesagt hatte, und beide wußten auch, daß Ta-Kumsaw zum ersten Mal in seinem Leben gegen das handelte, was gut für das Land war, um ein anderes Bedürfnis zu befriedigen. Geschichtentauscher versuchte nicht einmal mehr, mit ihm darüber zu diskutieren. Er wußte, daß Ta-

Kumsaw seinen Weg gehen würde, egal, was geschah, und wenn es ihm tausend blutende Wunden einbrachte. Er hoffte nur, daß Alvin genug Kraft besaß, um bis zum Schluß bei ihm zu bleiben und ihn am Leben zu halten, wenn alle Hoffnung verschwunden war.

Gegen Mittag, nachdem er den ganzen Morgen in Richtung Westen gewandert war, machte Geschichtentauscher halt und zog sein Buch aus seinem Beutel. Zu seiner Erleichterung konnte er die Worte wieder lesen. Er öffnete das Siegel jenes hinteren Teils des Buches, in den er selbst zu schreiben pflegte, und verbrachte den Rest des Nachmittags damit, alles aufzuschreiben, was ihm widerfahren war, und alles, was Alvin ihm erzählt hatte.

Geschichtentauscher konnte nicht reisen wie ein roter Mann, indem er durch die Nacht schritt und ihm Gehen schlief. So brauchte er mehr als nur ein paar Tage, um nach Vigor Church zu gelangen, wo es viele Menschen geben würde, die ihm lange und bittere Geschichten zu erzählen hatten. Wenn es jemals Menschen gegeben hatte, die einen Mann wie Geschichtentauscher brauchten, damit er sich ihre Geschichte anhörte, so waren sie es. Aber es hatte noch nie eine Geschichte gegeben, vor der sich Geschichtentauscher so sehr fürchtete wie ihre. Und er scheute nicht davor zurück, sie aufzusuchen. Er konnte es ertragen. Bevor Ta-Kumsaw am Ende war, würde es noch sehr viele finstere Geschichten zu erzählen geben; da war es besser, wenn er jetzt schon anfing, um den Ereignissen nicht nachzuhinken.

16 La Fayette

Gilbert de La Fayette saß an seinem riesigen Tisch und musterte die Maserung des Holzes. Vor ihm lagen mehrere Briefe. Einer davon war ein Schreiben von de Maurepas an König Charles. Freddie war offensichtlich völlig von Napoleon eingenommen. Der Brief enthielt viel Lob für den kleinen General und seine brillante Strategie.

> Und so werden wir bald den entscheidenden Sieg davontragen, Euer Majestät, um Euren Ruhm zu mehren. General Bonaparte weigert sich, sich von der militärischen Tradition Europas einengen zu lassen. Er bildet unsere Truppen darin aus, wie Rote zu kämpfen, während er zugleich die sogenannten Amerikaner dazu provoziert, wie Europäer auf offenem Feld zu kämpfen. So wie Andrew Jackson seine amerikanische Armee aushebt, werben auch wir Männer an, die sich mit weitaus größerem Recht Amerikaner nennen dürfen.
>
> Ta-Kumsaws Zehntausend werden an unserer Seite stehen, wenn wir die Zehntausend des Old Hickory vernichten. Solcherart wird Ta-Kumsaw das Blutbad am Tippy-Canoe rächen, derweil wir die amerikanische Armee vernichten und uns das Land vom Hio bis zum Huronsee unterwerfen. Bei alledem werden wir Eurer Majestät getreu allen Ruhm zusprechen, war es doch Euer Scharfsinn, den General Bonaparte hierher auszusenden, der diese große Eroberung ermöglichte. Und wenn Euer Majestät noch zweitausend weitere Franzosen zu schicken beliebten, um unsere Reihen zu stärken und die Amerikaner zu weiteren überstürzten Handlungen zu provozieren, so wird man in Eurer Majestät Eingreifen einen entscheidenden Schlüssel zu Sieg erblicken.

Für einen Comte – noch dazu für einen, der in Ungnade gefallen war – war es ein kühner Brief. Und doch wußte Gilbert, wie dieses Schreiben aufgenommen werden würde. Denn König Charles befand sich ebenfalls im Banne Napoleons, und er würde das Lob des kleinen Korsen mit Zustimmung, ja mit Freude lesen.

Wenn Napoleon doch nur ein eitler Hochstapler gewesen wäre, der lediglich die Fähigkeit besaß, die Loyalität seiner Vorgesetzten durch Verführungskünste zu erringen, dann hätte La Fayette seinem unausweichlichen Fall zusehen können, ohne sich dabei die eigenen Hände zu beflekken. Napoleon und de Maurepas hätten die französische Armee in eine Katastrophe geführt, wie sie sehr wohl den Sturz einer Regierung hätte auslösen können, was möglicherweise sogar zur Abschaffung der Monarchie hätte führen können, wie sie die Engländer eineinhalb Jahrhunderte zuvor klugerweise vollzogen hatten.

Doch Napoleon war genau das, was er Freddie und Charlie von sich glauben machte: ein brillanter General. Gilbert wußte, daß Napoleons Plan gelingen würde. Die Amerikaner würden nach Norden marschieren, davon überzeugt, daß sie es nur mit Roten zu tun bekommen würden. Im letzten Augenblick würden sie sich plötzlich in Kampfhandlungen mit der französischen Armee verwickelt sehen, mit den disziplinierten, und Napoleon loyal ergebenen Soldaten. Die Amerikaner würden dazu gezwungen sein, sich wie eine europäische Armee zu sammeln. Langsam würden die Franzosen von ihrem Angriff ausweichen. Und wenn dann beim Nachstoßen die amerikanische Disziplin zusammenbrach, erst *dann* würden die Roten in verheerender Anzahl angreifen und die Amerikaner völlig einkesseln. Kein einziger Amerikaner würde mit dem Leben davonkommen – und kaum ein Franzose würde sein Leben lassen.

Ein kühner, gefährlicher Plan. Es bedeutete, die französischen Truppen dem ernsten Risiko der Vernichtung auszusetzen, da die Amerikaner ihnen zahlenmäßig weit überlegen waren. Es bedeutete, den Roten vertrauen zu müssen. Doch Gilbert wußte, daß Napoleons Vertrauen in Ta-Kumsaw gerechtfertigt war.

Ta-Kumsaw würde seine Rache bekommen. De Maurepas würde seine Flucht aus Detroit bekommen. Sogar La Fayette würde aus einem solchen Sieg wahrscheinlich genug Kapital schlagen können, um nach Hause zurückzukehren und auf seinen angestammten Ländereien in Wohlstand und Würde weiterzuleben. Vor allem aber würde Napoleon zum meistgeliebten General werden, dem man am allermeisten vertraute. Mit Sicherheit würde König Charles ihm einen Titel verleihen und ihm Ländereien übertragen und ihn auf Siegeszüge in Europa ausschicken, wodurch König Charles immer reicher und mächtiger wurde und die Menschen seine Tyrannei immer williger ertragen würden.

Und deshalb zerriß La Fayette de Maurepas Brief sorgfältig in winzige Stücke.

Der zweite Brief war von Napoleon an ihn selbst gerichtet. Er war sehr offen, sogar brutal in seiner Einschätzung der Lage. Napoleon hatte begriffen, daß Gilbert de La Fayette zwar immun gegen seinen betörenden Charme war, daß er zugleich aber auch sein ehrlicher Bewunderer und sogar sein Freund war. Ich *bin* auch Euer Freund, Napoleon. Und doch bin ich mehr ein Freund Frankreichs als jeden anderen Mannes. Und der Weg, der mir für Euch vorschwebt, bedeutet weitaus mehr, als nur der Lakai eines törrichten Königs zu sein.

La Fayette las noch einmal den entscheidenden Absatz in Napoleons Brief.

> De Maurepas wiederholt lediglich, was ich sage, was zwar bequem, aber mühsam ist. Mir schaudert bei dem Gedanken, was geschehen würde, wenn er jemals das Kommando übernähme. Seine Vorstellung von einem Pakt mit den Roten beschränkt sich darauf, sie in Uniformen zu stecken und in Reihen aufzu-

bauen wie Kegel. Welch eine Torheit! Wie kann König Charles sich selbst nur für etwas anderes als einen Halbirren halten, wenn er mich dazu zwingt, *unter* einem solchen Idioten wie Freddie zu dienen? Aber Charles mag Freddie zweifellos wie der sprühende Witz in Person erscheinen – schließlich weiß er nicht einmal das Ballett zu schätzen. In Spanien habe ich für Charles einen Sieg errungen, den er nicht verdiente, und doch verfügt er über so wenig Rückgrat, daß er es zuläßt, daß seine eifersüchtigen Höflinge mich nach Kanada manövrieren, wo meine Verbündeten Wilde und meine Offiziere Narren sind. Charlie verdient den Sieg nicht, den ich ihm bescheren werde. Aber das königliche Geschlecht ist ja im Laufe der Jahre seit Ludwig XIV. immer denaturierter geworden, mein Freund Gilbert. Für gewöhnlich würde ich Euch drängen, diesen Brief zu verbrennen, doch Charlie liebt mich so sehr, daß ich sogar glaube, er könnte ihn Wort für Wort lesen, ohne daran Anstoß zu nehmen! Und selbst wenn er daran Anstoß nähme, wie könnte er es wagen, mich zu bestrafen? Wie stände er heute in Europa da, hätte ich dem alten Holzkopf damals nicht zur Dynastie verholfen, damit ich den Krieg in Spanien gewinnen konnte, anstatt ihn zu verlieren, wie es ohne mich sicherlich geschehen wäre?

Napoleons Eitelkeit war zwar unerträglich, hauptsächlich allerdings, weil sie so durch und durch gerechtfertigt war. Jedes Wort seines Briefes war wahr, wenn auch überstürzt; doch Gilbert hatte diese Aufrichtigkeit bei Napoleon sorgfältig kultiviert. Napoleon hatte sich offensichtlich nach jemandem gesehnt, der ihn ehrlich bewunderte, ohne daß er seine Zuneigung manipulieren mußte. Einen solchen Menschen hatte er – und er hatte es wirklich – in Gilbert gefunden, dem einzig wirklichen Freund, den Napoleon jemals haben würde. Und doch.

Sorgfältig faltete Gilbert Napoleons Brief zusammen und schloß ihn in seinen eigenen ein, einer schlichten Notiz mit dem Wortlaut:

> Euer Majestät, seid bitte nicht zu streng mit diesem begabten jungen Mann. Ihm eignet die Arroganz der Jugend; doch in seinem Herzen lauert kein Verrat, dessen bin ich völlig gewiß. Dennoch werde ich mich wie stets von Euch leiten lassen, denn immer werdet Ihr das wahre Gleichgewicht zwischen Gerechtigkeit und Gnade zu finden wissen. Euer ergebenster Diener, Gilbert.

Natürlich würde König Charles wütend sein. Selbst wenn Napoleon recht behalten und Charlie dazu neigen sollte, dem ganzen mit Nachsicht zu begegnen, würden die Höflinge eine solche Gelegenheit nicht ungenutzt verstreichen lassen. Man würde mit derartiger Vehemenz Napoleons Kopf fordern, daß nicht einmal König Charles es sich würde leisten können, den Jungen nicht zu kassieren.

Ein weiterer Brief, der schmerzlichste von allen, war in Gilberts eigener Handschrift, er war an Frederic, Comte de Maurepas, gerichtet. Gilbert hatte ihn vor langer Zeit geschrieben, kaum war Napoleon in Kanada eingetroffen. Schon bald würde es Zeit sein, ihn abzusenden.

> Am Vorabend solch bedeutsamer Ereignisse, mein lieber Freddie, denke ich, daß Ihr dieses Amulett tragen solltet. Es wurde mir von einem heiligen Mann gegeben, um damit die Lügen und Betrügereien Satans abzuwehren. Tragt es zu jeder Zeit, mein Freund, denn ich glaube, daß Ihr seiner weitaus mehr bedürft als ich.

Frederic brauchte nicht zu wissen, daß der ›heilige Mann‹ Robespierre gewesen war, dann hätte er es mit Sicherheit niemals getragen. La Fayette zog das Amulett aus einer Hemdbrust, wo es an einer goldenen Kette baumelte. Was würde de Maurepas tun, wenn Napoleon keine Macht mehr über ihn hatte? Nun, er würde wieder so handeln, wie er es für richtig hielt.

Eine halbe Stunde lang saß La Fayette so da, er wußte, daß die Zeit der Entscheidung gekommen war. Das Amulett würde er noch nicht abschicken – Napoleon sollte erst auf dem Höhepunkt der Ereignisse seinen Einfluß auf Freddie verlieren. Doch der Brief an den König mußte jetzt abgeschickt werden, wenn er noch rechtzeitig in Versailles eintreffen sollte, damit dessen Antwort noch vor der Frühlingsschlacht mit den Amerikanern erreichte.

Bin ich ein Verräter, daß ich für die Niederlage meines Königs und meines Landes arbeite? Nein, ich bin es nicht, ganz gewiß nicht. Denn wenn ich glaube, daß es meinem geliebten Frankreich auch nur im geringsten diente, würde ich Napoleon dabei helfen, seinen Sieg über die Amerikaner zu erringen, und wenn es auch bedeutete, die Sache der Freiheit in diesem neuen Land zuschanden zu machen. Denn obwohl ich ein Feuillant bin, ein Demokrat, ja sogar in tiefstem Inneren meines Herzens ein Jakobiner, obwohl meine Liebe zu Amerika größer ist als die irgendeines anderen Mannes mit Ausnahme von Franklin oder Washington, die beide tot sind, oder von Jefferson unter den Lebenden. Trotz alledem bin ich zuerst Franzose, und was soll mich die Freiheit in irgendeinen Winkel von Gottes Welt scheren, wenn es in Frankreich keine gibt?

Nein, ich tue all dies, weil eine schreckliche, demütigende Niederlage in Kanada genau das ist, was Frankreich braucht, vor allem wenn deutlich zu erkennen ist, daß diese Niederlage durch König Charles unmittelbare Intervention verursacht wurde. Durch eine unmittelbare Intervention wie beispielsweise jener, den beliebten und brillanten Bonaparte am Vorabend der Schlacht seines Kommandos zu entheben, um ihn durch einen Esel wie de Maurepas zu ersetzen.

Denn da lag noch ein letzter Brief; er klang scheinbar

ganz harmlos, mit Geplauder über die Jagd und das langweilige Leben in Niagara. Darin verborgen aber war der gesamte Text der beiden Briefe Napoleons und Frederics, um sofort veröffentlicht zu werden, sobald die Nachricht der französischen Niederlage in Paris eintraf. Robespierre würde diesen chiffrierten Brief fast ebenso schnell in den Händen halten wie der König das Original Napoleons.

Er entzündete eine Wachskerze und versiegelte mit einigen Tropfen den Brief an den König und den an seinen Vertrauensmann, um seinen Petschaft in das Wachs zu drücken. Dann rief er seinen Adjutanten herbei, der beide Briefe in den Postsack gab, den er schließlich zum Schiff brachte – zu dem letzten Schiff, das noch in Sicherheit den Fluß hinabfahren und Frankreich vor dem Winter erreichen würde.

Nun blieb noch der Brief an de Maurepas und das Amulett. Wie ich es bedaure, dich zu besitzen, sagte er zu dem Amulett. Wenn doch auch ich von Napoleon getäuscht worden wäre, wenn ich doch nur hätte jubeln können, als er sich unausweichlich seinen Weg in die Geschichte bahnte! Statt dessen vereitle ich seine Pläne, denn wie sollte ein General, und möge er auch so brillant sein wie Cäsar, in der Demokratie gedeihen, die Robespierre und ich in Frankreich errichten werden?

Alle Samen sind gesät, alle Fallen sind aufgestellt.

Gilbert de La Fayette saß noch eine weitere Stunde zitternd in seinem Sessel. Dann erhob er sich, legte seine prächtigsten Kleider an und verbrachte den Abend damit, sich die erbärmliche Farce einer fünftklassigen Theatertruppe anzusehen, das Beste, was das arme Niagara vom Mutterland Frankreich erhielt. Am Ende stand er auf und applaudierte, was der Truppe in Kanada den finanziellen Erfolg garantierte, da er schließlich der Gouverneur war. Er applaudierte lang und kräftig, weil der Rest des Publikums auf diese Weise dazu gezwungen wurde, mit ihm zusammen Applaus zu spenden; er klatschte, bis seine Arme schmerzten und das Amulett auf seiner Brust glatt von Schweiß war.

17 Beccas Webstuhl

Der Winter war einfach zu lang. Es war fast ein Jahr her seit jenem Frühjahrsmorgen, als sich Alvin mit Measure auf den Weg zum Hatrack River gemacht hatte. Damals war es ihm wie eine sehr lange Reise erschienen; heute dagegen erschien es ihm im Vergleich zu den Strecken, die er inzwischen schon zurückgelegt hatte, wie ein Tagesausflug. Sie waren tief im Süden gewesen, wo die Roten mehr Spanisch sprachen als Englisch, wenn sie überhaupt die Sprache der Weißen beherrschten. Sie waren im Westen in den nebligen Tiefebenen in der Nähe des Mizzipy gewesen. Sie hatten mit Cree-Ek gesprochen, mit Chok-Taw, mit den ›unzivilisierten‹ Cherriky des Bayou. Und sie hatten den Norden aufgesucht, wo die Seen so zahlreich und alle miteinander verbunden gewesen waren, daß man mit dem Kanu überall hinkam.

In jedem Dorf, das sie aufsuchten, war es das gleiche. »Wir haben von dir gehört, Ta-Kumsaw, du bist gekommen, um den Krieg zu verkünden. Wir wollen keinen Krieg. Aber wenn der weiße Mann hierherkommen sollte, werden wir kämpfen.«

Und dann erklärte Ta-Kumsaw, daß es bis dahin zu spät sein würde, daß sie allein dastehen und die Weißen wie ein Hagelschauer über sie einbrechen und sie alle in Grund und Boden stampfen würden. »Wir müssen gemeinsam eine große Armee aufstellen. Wenn wir das tun, können wir immer noch stärker werden als sie.«

Es war nie genug. Einige wenige jüngere Männer nickten, hätten gerne ja gesagt, doch die älteren Männer wollten keinen Krieg, sie wollten keinen Ruhm, sondern nur Frieden und Ruhe, und der weiße Mann war immer noch weit entfernt, war noch immer kaum mehr als ein Gerücht.

Dann pflegte Ta-Kumsaw sich an Alvin zu wenden und zu sagen: »Erzähle ihnen, was am Tippy-Canoe geschah.«

Nachdem er es zum drittenmal erzählt hatte, wußte

Alvin, was geschehen würde, wenn er die Geschichte zum zehnten-, zum hundertstenmal erzählte. Er wußte es, sobald die Roten sich um das Feuer setzten, um ihn anzuschauen, abgestoßen, weil er weiß war, interessiert, weil er der weiße Junge war, der mit Ta-Kumsaw reiste. Wie schlicht er die Geschichte auch fassen mochte, wie immer er auch die Tatsache betonen mochte, daß die Weißen des Wobbish Territory geglaubt hatten, Ta-Kumsaw hätten ihn und Measure gefangengenommen und gemartert, stets lauschten die Roten der Geschichte in Trauer und mit grimmigem Zorn. Und am Ende nahmen die alten Männer die Handvoll Erde, rissen am Boden, als wollten sie irgendein schreckliches Untier der Erde loslassen; und die jungen Männer zogen die Steinklingen ihrer Messer sanft über ihre eigenen Oberschenkel, zogen feine Linien Blutes, lehrten ihre Messer, durstig zu sein, lehrten ihre eigenen Körper, den Schmerz zu suchen und ihn zu lieben.

»Wenn der Schnee von den Ufern des Hio verschwunden ist«, sagte Ta-Kumsaw.

»Wir werden dort sein«, sagten die jungen Männer, und die alten nickten zustimmend. In jedem Dorf, bei jedem Stamm verhielt es sich so. Gewiß, manchmal sprachen einige weniger vom Propheten und drängten auf Frieden; diese wurden als ›alte Weiber‹ verhöhnt; dabei waren es, soweit Alvin das beurteilen konnte, in der Regel gerade die alten Frauen, die in ihrem Haß am wildesten waren.

Und doch beklagte Alvin sich nie darüber, daß Ta-Kumsaw ihn dazu benutzte, um den Zorn gegen seine eigene Rasse anzustacheln. War denn die Geschichte, die Alvin erzählen mußte, nicht wahr? Er konnte es nicht ablehnen, sie zu erzählen, so wenig wie seine Familie sich unter dem Fluch des Propheten weigern konnte, zu sprechen. Nicht, daß an Alvins Händen sonst Blut geklebt hätte. Doch er hatte das Gefühl, daß auf ihm dieselbe Bürde lastete wie auf allen Weißen, die das Massaker vom Tippy-Canoe geschaut hatten. Die Geschichte vom Tippy-Canoe war wahr; doch wäre es für Alvin ein Grund gewesen, sie an diesem Wissen nicht teilhaben zu lassen, wenn jeder Rote, der diese Geschichte hörte, von Haß erfüllt wurde und nach Rache verlangte, wenn er jeden weißen Mann umbringen wollte, der nicht zurück nach Europa segelte? War es nicht vielmehr ihr Naturrecht, die Wahrheit zu erfahren, damit sie von der Wahrheit selbst zum Guten oder zum Bösen geführt wurden, wie immer sie sich entscheiden mochten?

Nicht, daß Alvin über Naturrecht und ähnliche Dinge laut hätte sprechen können. Es gab nicht viel Gelegenheit für Gespräche. Gewiß, er war nahe bei Ta-Kumsaw, nie mehr als eine Armlänge von ihm entfernt. Doch Ta-Kumsaw sprach fast nie mit Alvin, und wenn er es doch tat, so sagte er nur Dinge wie »Fang einen Fisch« oder »Komm jetzt mit mir«. Ta-Kumsaw machte deutlich, daß er jetzt keine Freundschaft für Alvin mehr hegte, ja, daß er tatsächlich eigentlich überhaupt keinen Weißen bei sich haben wollte. Ta-Kumsaw lief schnell, wie es die Art der Roten war, und niemals blickte er sich um, um nachzusehen, ob Alvin Schritt hielt.

Einmal, nachdem sie ein Dorf verlassen hatten, das so aufgebracht worden war, daß Alvin um seinen eigenen Skalp fürchten mußte, hatte Alvin sich aufgelehnt und gefragt: »Warum laßt Ihr mich ihnen nichts davon erzählen, wie Ihr und ich und Geschichtentauscher alle gemeinsam den Achtgesichtigen Hügel bestiegen haben?« Doch Ta-Kumsaws einzige Antwort bestand darin, so schnell zu laufen, daß Alvin den ganzen Tag rennen mußte, um mit ihm Schritt zu halten.

Obwohl er jede Sekunde mit Ta-Kumsaw zusammen war, konnte Alvin sich nicht erinnern, sich jemals im Leben derart einsam gefühlt zu haben. Warum gehe ich dann nicht? fragte er sich. Warum gehe ich mit ihm? Es macht nicht gerade Spaß, und ich helfe ihm doch nur dabei, einen Krieg gegen mein eigenes Volk vom Zaun zu brechen, und es wird ständig kälter, als hätte die Sonne es aufgegeben, weiterhin zu scheinen, und als müßte die Welt nur noch aus grauen, kahlen Bäumen und blendendem Schnee bestehen.

Warum machte Alvin weiter? Teilweise lag es an Tenskwa-Tawas Prophezeiung, daß Ta-Kumsaw niemals sterben würde, solange Alvin bei ihm blieb. Alvin mochte Ta-Kumsaws Gesellschaft zwar nicht genießen, doch er wußte, daß er ein großer und guter Mann war, und wenn Alvin sein Leben irgendwie schützen konnte, dann mußte er es tun.

Doch es war noch mehr als das, mehr als die Verpflichtung, die er gegenüber dem Propheten empfand, für seinen Bruder Sorge zu tragen; es war auch mehr als das Bedürfnis, die schreckliche Bestrafung seiner Familie mitzutragen, indem er die Geschichte von Tippy-Canoe im ganzen Land des roten Mannes erzählte. Es war auch nicht die Zeit der Worte, sondern die des Gespürs für das, was richtig war. Die Welt verändert sich, und irgendwie bin ich Teil dessen, was sie vorantreibt. Ta-Kumsaw baut etwas auf, er bringt die roten Menschen zusammen, um etwas aus ihnen zu machen.

Es war das erste Mal, daß Alvin begriff, wie man mit Menschen etwas aufbauen konnte, daß die Roten, wenn Ta-Kumsaw sie durch seine Reden dazu brachte, mit einem Herz zu empfinden und mit einer Hand zu handeln, zu etwas Größerem wurden, als nur ein paar Stämmen; und etwas Derartiges aufzubauen, das war doch ein Akt wider den Entmacher, gegen den großen Urschöpfer, oder nicht?

Ta-Kumsaw erschafft etwas Neues, wo es vorher nichts gab, doch dieses Neue wird nicht ohne mich entstehen.

Es erfüllte ihn mit der Furcht, etwas zu erschaffen, das er nicht verstand; gleichzeitig aber auch der Drang, die Zukunft zu schauen. Also machte er weiter, drängte voran, verschliß seine Kräfte, sprach mit Roten, die am Anfang mißtrauisch und am Ende haßerfüllt waren, und starrte die meiste Zeit auf den Rücken Ta-Kumsaws, der vor ihm immer tiefer in den Wald hineinlief. Das Grün des Holzes wurde gold und rot, dann, mit den Herbstregen in den kahlen Bäumen schwarz, und schließlich grau und weiß und still. All seine Sorgen, all seine Entmutigung, all seine Verwirrtheit, all seine Trauer über die schrecklichen Dinge, die er kommen sah und die schrecklichen Dinge, die er in der Vergangenheit geschaut hatte – all dies verwandelte sich in eine müde Abneigung gegen den Winter, in ein ungeduldiges Warten darauf, daß die Jahreszeit wechselte, daß der Schnee schmolz und der Frühling kam und danach der Sommer.

Der Sommer: jene Zeit, da er zurückblicken und all dies hier als Vergangenheit würde betrachten können. Im Sommer würde er ziemlich genau wissen, wie alles sich entwikkelte, zum Guten oder Bösen, ohne diese gräßliche, schneeweiße Frucht, die alle anderen Gefühle verbarg, so wie der Schnee die Erde verbarg.

Bis Alvin eines Tages merkte, daß die Luft *tatsächlich* etwas wärmer zu werden schien, und daß der Schnee auf dem Gras schon fast verschwunden war. Genau an diesem Tag wandte sich Ta-Kumsaw gen Osten, er stand auf einer Hügelkette, oben auf einem Fels, um im nördlichen Teil des weißen Staats von Appalachee auf ein Tal hinunterzublicken, das mit Farmen des weißen Mannes übersät war.

Es war ein Anblick, wie ihn Alvin noch nie in seinem Leben zu Gesicht bekommen hatte; nicht wie in der französischen Stadt Detroit, wo die Menschen alle dicht aufeinandergedrängt lebten, aber auch nicht wie im Wobbish-Land mit seinen spärlichen Siedlungen, wo jede Farm wie eine Schneise im Laubwald wirkte. Hier waren die Bäume alle ordentlich aufgereiht, um die Felder der Farmen voneinander abzugrenzen. Nur auf den Hügeln, die das Tal umgrenzten, war der Baumbewuchs wieder etwas wilder. Und da der Boden in den letzten Tagen weicher geworden war, brachen dort Farmer, mit ihren Pflügen die Erde auf, bearbeitete ebenso sanft und seicht das Antlitz der Erde, wie es die Steinklingen der roten Krieger auf ihren Schenkeln taten, die Klinge lehrend, zu dürsten, die Erde lehrend, zu ertragen, damit, so wie das Blut unter den Messern der Roten aufstieg, Weizen oder Mais oder Roggen oder Hafer aus den Wunden der Erde wachsen mochten. Dieses ganze Tal wirkte gebrochen wie ein altes Pferd.

Ich dürfte nicht so empfinden, dachte Alvin. Ich sollte froh sein, wieder Land der Weißen zu sehen. Im ganzen Tal stiegen Rauchfahnen aus hundert Kaminen empor. Hier gab es Menschen, Kinder, die wieder im Freien spielen konnten, nachdem sie den ganzen Winter lang eingesperrt gewesen waren, Männer, die in der kalten Luft des Frühjahrs schwitzten, während sie ihrer Arbeit nachgingen, schwer schaffende Pferde, aus deren Nüstern Dampf aufstieg. Es war doch wie zu Hause, oder nicht? Es war die Zivilisation: ein Haushalt, der an den anderen angrenzte, Ellenbogenkämpfe, die Parzellierung des Landes, bis niemand mehr auch nur einen Zweifel hatte, wem jeder Zoll davon gehörte, wer das Nutzrecht hatte und wer ein Eindringling war und besser weiterzog.

Doch nach diesem Jahr, das er fort war und unter den Roten verbracht hatte, ohne jemals einen weißen Mann zu Gesicht zu bekommen, sah Alvin dieses Tal nicht mehr mit den Augen eines Weißen. Er sah es wie ein Roter, und so erschien es Alvin wie das Ende der Welt.

»Was tun wir hier?« fragte Alvin Ta-Kumsaw.

Anstatt zu antworten, stieg Ta-Kumsaw einfach den Berg hinab ins Tal des weißen Mannes, ganz so, als hätte er ein Recht dazu. Alvin konnte sich zwar keinen Reim darauf machen, folgte ihm aber.

Als sie durch ein halbgepflügtes Feld stapften, schrie der Farmer ihnen zu Alvins Überraschung nicht etwa zu, daß sie auf die Furchen achtgeben sollten, er hob nur den Blick, blinzelte sie an und winkte. »Howdy, Ike!« rief er.

Ike?

Und Ta-Kumsaw hob die Hand zum Gruß und schritt weiter.

Alvin hätte am liebsten laut losgelacht. Ta-Kumsaw war hier so bekannt, daß ein Weißer auch auf diese Entfernung wußte, wer er war. Ta-Kumsaw, der heftigste Weißenhasser im ganzen Waldgebiet, wurde mit dem Namen eines Weißen gerufen!

Doch Alvin war zu klug, um eine Erklärung dafür zu fordern. Er folgte Ta-Kumsaw einfach, bis sie schließlich am Ziel angelangt waren.

Es sah aus wie jedes andere Haus, vielleicht um eine Spur älter. Jedenfalls war es groß und schien ziemlich planlos immer wieder erweitert worden zu sein. Vielleicht war es ursprünglich einmal eine Blockhütte gewesen, mit einem steinernen Fundament, jetzt aber war es zu einem verschachtelten, zweigeschossen Haus geworden, in dem sich die ganze Geschichte dieses Tals widerspiegelte: ein Wahrzeichen des siegreichen Kriegs des weißen Mannes gegen das Land, wie es einmal war.

Ta-Kumsaw schritt auf eine kleine, schäbige Tür an der Hinterseite des Hauses zu, er klopfte nicht einmal an, sondern öffnete die Tür einfach und trat ein.

Zum ersten Mal wußte Alvin nicht, was er tun sollte. Aus Gewohnheit wollte er Ta-Kumsaw ins Haus folgen, wie er ihm schon in unzählige Hütten des roten Mannes gefolgt war. Doch eine noch ältere Gewohnheit sagte ihm, daß man nicht einfach in ein solches Haus eintrat. Normalerweise ging man nach vorn an die richtige Eingangstür und klopfte höflich an, bis die Bewohner einen zum Eintreten aufforderten.

Also blieb Alvin an der Hintertür stehen, die Ta-Kumsaw sich natürlich nicht einmal zu schließen die Mühe machte, und sah zu, wie die ertsen Fliegen des Frühlings hinein summten. Fast vermeinte er seine Mutter schreien hören, daß die Leute gefälligst die Türen schließen sollten, damit die Fliegen nicht hereinkamen und in der Nacht mit ihrem Gesumme alle in den Wahnsinn treiben konnten. Und da Alvin so dachte, tat er, was Ma ihnen stets zu tun aufgetragen hatte: Er trat ein und schloß die Tür hinter sich.

Doch er wagte es nicht, tiefer in der Haus einzudringen als bis in die Diele, wo einige schwere Mäntel an Kleiderhaken hingen.

»Isaac«, sagte eine Frauenstimme.

Dann merkte Alvin, welches Geräusch er die ganze Zeit gehört hatte: ein rhythmisches Klopfen – wie ein Webstuhl. Das Geräusch hörte plötzlich auf. Ta-Kumsaw mußte sofort in das Zimmer hineingangen sein, wo irgendeine Frau saß und webte. Nur daß er hier kein Fremder war, sie kannte ihn unter demselben Namen wie der Farmer draußen auf dem Feld. Isaac.

»Isaac«, sagte sie wieder, wer immer sie auch sein mochte.

»Becca«, erwiderte Ta-Kumsaw.

Ein schlichter Name, überhaupt kein Grund für Alvins Herz, plötzlich heftig zu pochen. Doch die *Art,* in der Ta-Kumsaw ihn aussprach – das war ein Ton, der Herzen zum Pochen bringen sollte. Ta-Kumsaw sprach ihn nicht etwa mit den merkwürdig verzerrten Vokalen des englischsprechenden Roten aus, sondern mit einem richtigen Akzent, als sei er aus England. Ja, er klang fast wie Reverend Thrower.

Nein, das war gar nicht Ta-Kumsaw, es war ein anderer Mann, ein weißer Mann im selben Raum mit der weißen Frau, das war alles. Und Alvin schritt lautlos im Gang entlang, um die Stimmen zu suchen, um den weißen Mann zu sehen, dessen Gegenwart alles erklären würde.

Statt dessen jedoch gelangte er an eine offene Tür und sah in einen Traum, in dem Ta-Kumsaw gerade eine weiße Frau an den Schultern hielt, in ihr Gesicht hinabblickte, während sie zu ihm aufsah. Niemand sagte ein Wort, die beiden sahen sich nur an. Kein weißer Mann war im Raum.

»Mein Volk sammelt sich am Hio«, sagte Ta-Kumsaw in seinem sonderbaren Englisch.

»Ich weiß«, erwiderte die Frau. »Es ist bereits im Gewebe.« Dann drehte sie sich zu Alvin um, der in der Tür stand. »Und du bist auch nicht allein gekommen.«

Noch nie hatte Alvin solche Augen gesehen. Er war noch zu jung, um Frauen nachzulaufen, wie es Wastenot und Wantnot getan hatten, als sie vierzehn geworden waren.

So empfand er auch nicht das Begehren eines Mannes für eine Frau, als er in ihre Augen schaute. Er blickte nur in sie hinein, wie er manchmal in ein Feuer blickte, und den Flammen beim Tanz zusah, ohne sie darum zu bitten, einen Sinn zu offenbaren; er beobachtete lediglich die schiere Willkür des Ganzen. So waren ihre Augen – als hätten sie schon hunderttausend Dinge geschehen sehen, als würden alle diese Dinge noch immer in diesen Augen umherwirbeln und als hätte sich niemals jemand die Mühe gemacht, diese Visionen hervorzuholen und vernünftige Geschichten daraus zu formen.

Alvin fürchtete, daß sie über irgendeine Zauberei verfügte, mit der sie Ta-Kumsaw in einen weißen Mann verwandelte.

»Mein Name ist Becca«, sagte die Frau.

»Sein Name ist Alvin«, sagte Ta-Kumsaw – oder genauer, Isaac sagte es, denn er hörte sich überhaupt nicht mehr wie Ta-Kumsaw an. »Er ist der Sohn eines Müllers aus dem Wobbish-Land.«

»Er ist der Faden, den ich im Gewebe gesehen habe und der nicht an Ort und Stelle war.« Sie lächelte Alvin an. »Komm her«, sagte sie. »Ich möchte den legendären Jungen Renegado sehen.«

»Wer ist das denn?« fragte Alvin. »Der Junge Rene...«

»Renegado. Weiß du denn nicht, daß man sich in ganz Appalachee Geschichten erzählt? Von Ta-Kumsaw, der am einen Tag in Osh-Kontsy-Land erscheint und am anderen in einem Dorf am Ufer des Yazoo, um die Roten zu Massakern und zur Marter anzustacheln. Und stets wird er von einem weißen Jungen begleitet, der die Roten dazu drängt, noch brutaler zu sein, der sie die geheimen Methoden der Folter lehrt, wie sie von der papistischen Inquisation in Spanien und Italien angewandt wurden.«

»Das stimmt doch gar nicht«, erwiderte Alvin.

Sie lächelte. Die Flammen in ihren Augen tänzelten.

»Die müssen mich hassen«, meinte Alvion. »Ich weiß nicht einmal, was eine Inquitition ist.«

»Inquisition«, erklärte Isaac.

Alvins Herz wurde ihm schwer. Wenn die Leute solche Geschichten über ihn erzählten, dann sahen sie in ihm doch einen Verbrecher, ein Ungeheuer. »Ich gehe nur mit …«

»Ich weiß, was du tust, und ich weiß auch, warum«, antwortete Becca. »Wir hier in dieser Gegend kennen Isaac gut genug, um solchen Lügen über ihn und dich keinen Glauben zu schenken.«

Doch Alvin war ›diese Gegend‹ gleichgültig. Was ihm dagegen nicht gleichgültig war, war seine Heimat im Wobbish-Land.

»Mach dir keine Sorgen«, sagte Becca. »Niemand weiß, wer dieser legendäre weiße Junge ist. Bestimmt nicht einer der beiden Unschuldigen, die Ta-Kumsaw im Wald in Stücke gehauen hat. Gewiß nicht Alvin oder Measure. Welcher von beiden bist du eigentlich?«

»Alvin«, sagte Isaac.

»Ach, ja«, sagte Becca. »Das hast du mir bereits erzählt. Es fällt mir immer so schwer, mir Namen zu merken.«

»Ta-Kumsaw hat niemanden in Stücke gehauen.«

»Du wirst dir wahrscheinlich denken können, Alvin, daß wir diese Geschichte auch nicht geglaubt haben.«

»Oh.« Alvin wußte nicht, was er sagen sollte, und da er schon so lange Zeit wie ein Roter gelebt hatte, tat er, was Rote zu tun pflegten, wenn sie nichts zu sagen hatten, etwas, worauf ein weißer Mann kaum jemals kam: Er sagte überhaupt nichts.

»Wollt ihr Brot und Käse?« fragte Becca.

»Zu gütig. Danke«, erwiderte Isaac.

Wenn das nicht die Höhe war! Ta-Kumsaw sagte danke wie ein richtiger Gentleman. Nicht, daß er unter seinesgleichen nicht edel und redegewandt gewesen wäre. Doch wenn er die Sprache des weißen Mannes benutzte, so geschah es sonst immer nur auf solch kalte, unblumige Art. Bis jetzt. Hexerei.

Becca läutete eine kleine Glocke.

»Es ist einfache Kost, aber in diesem Haus leben wir auch

einfach. Und besonders ich hier, in diesem Raum. ... Es ist ein solch schlichter Ort.«

Alvin sah sich um. Sie hatte recht. Erst jetzt merkte er, daß es sich bei diesem Zimmer um das ursprüngliche Blockhaus handelte, dessen verbliebenes Fenster ein südliches Licht in den Raum warf. Die Wände waren immer noch aus grobem alten Holz; er hatte es nur noch nicht bemerkt, weil überall Stoff hing. Ein merkwürdiger Stoff, er besaß viele Farben, doch bildeten die Farben keinerlei Muster, alles war nur mal hierhin, mal dorthin gewoben worden, in sich ändernden Schattierungen und Farben, und alles war miteinander verflochten.

Als Antwort auf Beccas Läuten trat jemand in den Raum, dem Klang seiner Stimme nach ein älterer Mann; sie schickte ihn aus, um etwas zu essen zu holen, doch Alvin bemerkte nicht einmal, wie er aussah, denn er konnte die Augen nicht von dem Stoff abwenden. Wozu diente soviel Stoff?

Und wo endete er?

Er schritt zu einer Stelle hinüber, an der etwa ein Dutzend Stoffrollen in einer Ecke standen, und er merkte, daß jede der Rollen aus der davorstehenden hervorwuchs. Irgend jemand hatte das Ende des Stoffs von einer Rolle genommen und zusammengerollt, um damit die nächste anzufangen, es waren also gar nicht verschiedene Stoffe, alles war nur ein einziges Tuch, so lange aufgerollt, bis es fast zu schwer war, um es noch bewegen zu können, und dann hatte man sofort mit der nächsten Rolle begonnen, ohne daß auch nur eine Schere den Stoff berührt hätte. Alvin begann im Zimmer umherzuschlendern, mit den Fingern zog er das Stoffmuster nach, folgte seinem Pfad hinauf über die Haken an den Wänden, hinunter zu den Falten am Boden, wo der Stoff zusammengelegt worden war. Er folgte ihm, er folgte ihm immer weiter, bis schließlich der alte Mann mit dem Brot und dem Käse wiederkehrte und er das Ende des Stoffes gefunden hatte. Der Stoff mündete in Beccas Webstuhl.

Die ganze Zeit hatte Ta-Kumsaw mit Becca in seiner Isaac-Stimme gesprochen, und sie hatte auf ihre tiefmelodische Weise geantwortet, die irgendwie ein wenig fremdländisch klang, wie bei einigen der Holländer in der Gegend um Vigor Church. Erst jetzt, da Alvin neben dem Webstuhl stand und das Essen auf einem niedrigen Tisch stand, der von drei Stühlen umgeben war, erst jetzt achtete er auf das, was sie sagten, und auch das nur, weil er Becca so gerne danach gefragt hätte, *wofür* dieser ganze Stoff dem gut sei; schließlich mußte sie über ein Jahr daran gesponnen haben, damit er so lang werden konnte, ohne einmal die Schere angesetzt zu haben. Das war etwas, was Ma stets eine schändliche Vergeudung zu nennen pflegte: etwas zu besitzen und es nicht zu nutzen.

»Iß«, sagte Ta-Kumsaw. Und als er so barsch zu Alvin sprach, wurde er wieder der richtige Ta-Kumsaw. Es beruhigte Alvin, zu wissen, daß hier keine Hexerei am Werk war, daß Ta-Kumsaw nur auf zwei verschiedene Weisen sprechen konnte; andererseits aber weckte es in ihm auch weitere Fragen, etwa die, wie Ta-Kumsaw jemals eine solche Sprache hatte lernen können. Alvin hatte nicht einmal gerüchteweise davon gehört, daß Ta-Kumsaw weiße Freunde in Appalachee hatte, und doch hätte sich so etwas eigentlich herumsprechen müssen. Andererseits fiel es nicht schwer zu erraten, weshalb Ta-Kumsaw dies nicht unbedingt an die große Glocke hängen wollte. Was würden all diese aufgestachelten Roten wohl denken, wenn sie Ta-Kumsaw jetzt sehen könnten? Und was für Folgen hätte das für Ta-Kumsaws Krieg?

Und überhaupt: Wie konnte Ta-Kumsaw nur einen solchen Krieg führen, wenn er doch wirkliche weiße Freunde wie die Menschen in diesem Tal hatte? Das Land hier war ohne Zweifel tot, jedenfalls das Land, wie die Roten es kannten. Wie konnte Ta-Kumsaw es nur ertragen?

Die Mahlzeit wurde begleitet von Beccas freundlichem Geplapper über die Ereignisse im Tal, wobei sie Namen erwähnte, die Alvin nichts bedeuteten, nur daß hinter jedem davon auch jemand zu Hause in Vigor Church hätte stehen können – es gab sogar Leute hier, die Miller hießen, was auch nur zu erwarten war, da ein Tal von dieser Größe sicherlich mehr Getreide hervorbrachte, als ein einziger Müller hätte mahlen können.

»Hast du meinen Stoff gesehen?« fragte Becca.

Ta-Kumsaw nickte. »Darum bin ich gekommen.« Becca lächelte und führte ihn zum Webstuhl. Dort nahm sie Platz und legte das frischeste Tuch in ihren Schoß. Sie begann etwa drei Ellen von der Mündung des Webstuhls entfernt.

»Hier«, sagte sie. »Die Versammlung deines Volkes in Prophetstown.«

Alvin sah, wie sie mit der Hand über ein ganzes Bündel von Fäden fuhr, die aus ihrer richtigen Bahn zu laufen schienen, um sich oben am Rand zu sammeln.

»Rote aller Stämme«, sagte sie. »Die Stärksten deines Volks.«

Obwohl die Fasern einen grünlichen Ton besaßen, waren sie tatsächlich schwerer als die meisten Fäden. Becca gab etwas Stoff aus ihrem Schoß nach. Die Versammlung der Fäden wurde immer stärker und deutlicher, und die Fäden selbst wurden zu einem noch helleren Grün. Wie konnten sie nur so die Farbe verändern? Und wie konnte sich ihr Lauf angesichts des mechanischen Webstuhls nur so verändern?

»Und nun die Weißen, die sich gegen sie zusammengeschart haben«, fuhr sie fort.

Ta-Kumsaw streckte die Hand vor und zog den Stoff näher heran. Er zog so lange, bis er eine Stelle freigegeben hatte, an der all diese reinen grünen Fäden plötzlich schlaff wurden und endeten, jedenfalls die meisten. Hier wurde das Gewebe fadenscheinig und dünn, es war etwa nur noch jeder zehnte Faden übrig, wie bei einem abgenutzten Ellenbogen eines alten Hemds.

Wenn die grünen Fäden für Prophetstown standen, dann gab es kein Zweifel daran, was es bedeutete. »Tippy-Canoe«, murmelte Alvin. Nun wußte er, worum es bei diesem Stoff ging.

Becca beugte sich über den Stoff, und ihre Tränen fielen darauf.

Ta-Kumsaw zog gleichmäßig weiter an dem Stoff, doch ohne zu weinen. Alvin sah, wie der Rest der grünen Fäden, die wenigen, die nach dem Massaker am Tippy-Canoe übriggeblieben waren, sich an den Rand des Stoffs zogen und dort endeten. An dieser Stelle war der Stoff um so viele Fäden schmaler. Nur daß hier eine weitere Versammlung stattfand, doch diese Fäden waren nicht grün. Sie waren überwiegend schwarz.

»Schwarz vor Haß«, sagte Becca. »Du versammelst dein Volk mit Haß.«

»Kannst du dir einen Krieg vorstellen, der mit Liebe geführt wird?« fragte Ta-Kumsaw.

»Das wäre ein Grund, überhaupt jeden Krieg zu verweigern«, sagte sie sanft.

»Sprich nicht wie eine weiße Frau«, versetzte Ta-Kumsaw.

»Aber sie ist doch eine«, warf Alvin ein.

Beide sahen sie Alvin an. Ta-Kumsaw ungerührt, Becca mit – Belustigung? Mitleid? Dann wandten sie sich wieder dem Stoff zu.

Sehr schnell gelangten sie an die Stelle, wo der Stoff über dem Balken hing und im Webstuhl mündete. Auf dem Weg dorthin scharten sich die schwarzen Fäden von Ta-Kumsaws Armee immer enger zusammen, verknoteten sich, wurden miteinander verwoben. Und andere Fäden, manche blau, manche gelb, einige schwarz, versammelten sich an der anderen Stelle, wodurch der Stoff stark aufgebauscht wirkte. Hier war er zwar dicker, doch schien es Alvin nicht so, als wäre er auch nur um eine Spur stärker. Eher sogar schwächer.

»Dieser Stoff wird nicht sehr viel wert sein, wenn das so weitergeht«, meinte Alvin.

Becca lächelte grimmig. »Noch nie hat jemand etwas Wahreres gesagt, Junge.«

»Wenn das die Geschichte eines einzigen Jahres ist«,

sagte Alvin, »dann müßt Ihr hier an die zweihundert Jahre versammelt haben.«

Becca legte den Kopf schräg. »Noch mehr«, sagte sie.

»Wie stellt Ihr fest, was alles geschieht, um es in den Stoff einzuspinnen?«

»Ach, Alvin, es gibt eben Dinge, die manche Menschen einfach tun, ohne zu wissen, wie«, erwiderte sie.

»Und wenn Ihr die Fäden verändert, könntet Ihr dann auch die Geschehnisse verändern?« Alvin dachte an eine vorsichtige Umordnung, bei der man die Fäden gleichmäßiger verteilen und diese schwarzen Fäden weiter voneinander abhalten könnte.

»So funktioniert das nicht«, sagte sie. »Mit dem, was ich hier tue, bewirke ich nichts. Die Dinge, die geschehen, verändern *mich*. Mach dir deswegen keine Sorgen, Alvin.«

»Aber vor zweihundert Jahren gab es in diesem Teil Amerikas doch noch gar keine Weißen. Wie kann dieser Stoff dann noch weiter zurückführen?«

Sie seufzte. »Isaac, warum hast du ihn mitgebracht? Damit er mich mit Fragen plagt?«

Ta-Kumsaw lächelte sie an.

»Junge, wirst du es auch niemandem erzählen?« fragte sie. »Wirst du das Geheimnis wahren, wer ich bin und was ich tue?«

»Ich verspreche es.«

»Ich webe, Alvin. Das ist alles. Meine ganze Familie bestand schon seit Menschengedenken aus Webern.«

»Dann ist das Euer Name? Becca Weaver? Mein Schwager, Brustwehr-Gottes, dessen Vater ist ein Weaver und ...«

»Niemand *nennt* uns Weber«, erwiderte Becca. »Wenn sie überhaupt einen Namen für uns hätten, würden sie uns ... nein.«

Sie wollte es ihm nicht sagen.

»Nein, Alvin, damit kann ich dich nicht belasten. Denn dann würdest du kommen wollen, um zu sehen ...«

»Um was zu sehen?« fragte Alvin.

»Wie Isaac hier. Ihm hätte ich es auch nie sagen dürfen.«

»Er hat aber das Geheimnis bewahrt. Er hat niemals auch nur ein Wort davon erzählt.«

»Er hat es aber nicht vor sich selbst bewahrt. Er ist gekommen, um zu sehen.«

»Um was zu sehen?« fragte Alvin wieder.

»Um zu sehen, wie lang die Fäden sind, die meinen Webstuhl emporströmen.«

Erst dann bemerkte Alvin den hinteren Teil des Webstuhls, wo die Fäden von einem Gitter aus feinen Stahldrähten geordnet wurden. Die Fäden besaßen überhaupt keine Farbe. Sie waren von ungebleichtem Weiß. Baumwolle? Jedenfalls keine Wolle. Vielleicht Leichen. Angesichts all der Farben im fertigen Tuch hatte er gar nicht bemerkt, woraus es überhaupt bestand.

»Woher kommen die Farben?« fragte Alvin.

Niemand antwortete ihm.

»Manche der Fäden werden schlaff.«

»Manche von ihnen enden«, sagte Ta-Kumsaw.

»Viele von ihnen enden«, sagte Becca. »Und viele beginnen. Das ist das Muster des Lebens.«

»Was siehst du, Alvin?« fragte Ta-Kumsaw.

»Wenn diese schwarzen Fäden Euer Volk sind«, sagte Alvin, »dann würde ich sagen, daß eine Schlacht bevorsteht, in der viele sterben werden. Allerdings nicht wie am Tippy-Canoe. Nicht so schlimm.«

»Das sehe ich auch«, meinte Ta-Kumsaw.

»Und diese anderen Farben, die sich hier bündeln, was ist das? Eine Armee aus Weißen?«

»Es heißt, daß ein Mann namens Andrew Jackson aus dem westlichen Tennizy-Gebiet eine Armee aufstellt. Man nennt ihn Old Hickory.«

»Ich kenne den Mann«, sagte Ta-Kumsaw. »Er sitzt nicht allzu fest im Sattel.«

»Er hat mit den Weißen getan, was du mit den Roten getan hast, Isaac. Er ist im Westen auf und ab geritten, um die Leute aufzuwiegeln und ihnen etwas von der roten

Gefahr zu erzählen. Über *dich* Isaac. Für jeden roten Soldaten, den du aufgestellt hast, hat er zwei Weiße rekrutiert. Und er vermutet, daß du nach Norden gehen willst, um dich mit einer französischen Armee zu verbünden. Er kennt alle deine Pläne.«

»Er weiß gar nichts«, antwortete Ta-Kumsaw. »Alvin, sage mir, wie viele Fäden der weißen Armee enden?«

»Viele. Vielleicht mehr. Ich weiß es nicht. Es ist ungefähr ausgewogen.«

»Dann sagt es mir nichts.«

»Es sagt dir, daß du deine Schlacht bekommen wirst«, sagte Becca. »Es sagt, daß es deinetwegen noch mehr Blut und Leid auf der Welt geben wird.«

»Aber es sagt nichts vom Sieg«, sagte Ta-Kumsaw.

»Das tut es nie.«

Es war dem menschlichen Auge unmöglich, den Anfang der Fäden auszumachen. Doch Alvin konnte mit anderen Augen schauen, mit inneren Augen, so wie er in das winzige Geschehen im menschlichen Körper hineinschauen konnte, und in die kalten, inwendigen Ströme des Gesteins. Und mit diesem verborgenen Blick schaute er in einen einzigen Faden hinein und verfolgte seinen Weg, bis er schließlich, weit von der Stelle entfernt, wo alle Fäden für das gewöhnliche Auge endeten, ebenfalls sein Ende fand. Der Mensch, von dessen Seele dieser Faden kündete, hatte ein recht langes Leben vor sich.

Alle diese Fäden mußten enden, wenn die entsprechenden Menschen starben. Und irgendwie mußten neue Fäden dort anfangen, wo ein Baby geboren wurde. Aus dem Nichts trat ein neuer Faden hervor.

»Es endet nie«, sagte Becca. »Ich kann alt werden und sterben, Alvin, aber der Stoff wird nicht aufhören.«

»Wißt Ihr, welcher Faden zu Euch gehört?«

»Nein«, antwortete sie. »Ich will es auch gar nicht wissen.«

»Ich glaube, ich würde es gern sehen. Ich möchte wissen, wie viele Jahre ich noch lebe.«

»Viele«, sagte Ta-Kumsaw. »Oder wenige. Alles, was zählt, ist, was du aus den Jahren machst, die du hast.«

»Es zählt aber auch, wie lange ich leben werde«, sagte Alvin. »Erzählt mir nicht, daß es nicht stimmt, weil Ihr es doch selbst nicht glaubt.«

Becca lachte.

»Miß Becca«, sagte Alvin, »wozu tut Ihr das, wenn Ihr die Dinge nicht geschehen macht?«

Sie zuckte die Achseln. »Es ist eine Aufgabe. Jeder hat seine Aufgabe, und das hier ist meine.«

»Ihr könntet hinausgehen und für die Menschen Dinge weben, die sie tragen könnten.«

»Die sie tragen und abnutzen, ja«, erwiderte sie. »Nein, Alvin, ich kann nicht hinausgehen.«

»Soll das heißen, daß Ihr die ganze Zeit im Zimmer bleibt?«

»Ich bleibe immer hier«, erwiderte sie. »In diesem Zimmer an meinem Webstuhl.«

»Ich habe dich einmal gebeten, mit mir zu kommen«, sagte Isaac.

»Und ich habe dich einmal gebeten, zu bleiben.« Sie lächelte zu ihm auf.

»Ich kann nicht für immer dort leben, wo das Land tot ist.«

»Und ich kann keinen Augenblick ohne meinen Stoff leben. Das Land lebt in deinem Geiste, Isaac, und so leben auch alle Seelen Amerikas in meinem. Aber ich liebe dich. Selbst jetzt noch.«

Alvin hatte das Gefühl, daß er besser nicht anwesend gewesen wäre. Ihm war, als hätten sie vergessen, daß er bei ihnen war, obwohl er gerade eben noch mit ihnen gesprochen hatte. Endlich ahnte er, daß sie wahrscheinlich lieber allein wären. Also trat er beiseite, ging wieder zu dem Tuch hinüber und begann erneut damit, seiner Bahn zu folgen, diesmal in die entgegengesetzte Richtung, auf der Suche nach dem frühesten Ende des Tuchs. Doch er konnte es nicht finden. Tatsächlich mußte er in die falsche

Richtung geschaut oder sich verirrt haben, denn schon bald fand er sich auf derselben, vertrauten Bahn wieder, die er schon einmal verfolgt hatte, der Bahn, die ihn beim ersten Mal zu dem Wegstuhl geführt hatte. Er kehrte wieder um und fand sich dennoch schon kurze Weile später wieder auf der Bahn zum Webstuhl.

Er blickte wieder zu Ta-Kumsaw und Becca hinüber. Ta-Kumsaw saß mit gekreuzten Beinen vor ihr auf dem Boden, er hielt den Kopf vorgeneigt. Mit sanften Händen streichelte sie sein Haar.

»Dieses Tuch ist älter als der älteste Teil dieses Hauses«, bemerkte Alvin.

Becca antwortete nicht.

»Dieses Tuch besteht schon ewig.«

»Seit Männer und Frauen zu weben gewußt haben, ist dieses Tuch durch den Webstuhl gelaufen.«

»Aber nicht durch diesen Webstuhl. Dieser Webstuhl ist neu«, sagte Alvin.

»Von Zeit zu Zeit wechseln wir die Webstühle. Wir bauen neue um die alten herum. Das tun Menschen unserer Art eben.«

»Dieses Tuch ist älter als die ältesten weißen Siedlungen in Amerika«, sagte Alvin.

»Es war einst Teil eines größeren Tuchs. Doch eines Tages, es war noch in unserer alten Heimat, da sahen wir, wie viele der Fäden sich an den Rand des Tuchs bewegten. Mein Ururgroßvater baute einen neuen Webstuhl. Wir hatten die Fäden, die wir brauchten. Sie lösten sich vom alten Tuch; wir haben sie von dieser Stelle aus fortgeführt. Es ist noch immer damit verbunden – das ist es, was du siehst.«

»Aber nun ist es hier.«

»Es ist hier *und* dort. Versuch nicht, es zu verstehen, Alvin. Ich habe es auch vor langem aufgegeben. Aber ist es nicht gut zu wissen, daß alle Lebensfäden in ein einziges, gewaltiges Tuch gesponnen werden?«

»Wer webt das Tuch für die Roten, die mit Tenskwa-

Tawa nach Westen gegangen sind?« wollte Alvin wissen. »Diese Fäden sind aus dem Tuch ausgetreten.«

»Das geht dich nichts an«, erwiderte Becca. »Sagen wir einmal, daß ein neuer Webstuhl gebaut und nach Westen gebracht wurde.«

»Aber Ta-Kumsaw hat gesagt, daß kein Weißer jemals den Fluß nach Westen überqueren würde. Und der Prophet hat es auch gesagt.«

Ta-Kumsaw drehte sich langsam auf dem Boden um, ohne sich zu erheben. »Alvin«, sagte er, »du bist noch ein Junge.«

»Und ich war noch ein Mädchen«, erinnerte ihn Becca, »als ich dich zum ersten Mal liebte.« Sie wandte sich an Alvin. »Es ist meine Tochter, die den Webstuhl in den Westen gebracht hat. Sie konnte dorthin gehen, weil sie nur zur Hälfte weiß ist.« Wieder streichelte sie Ta-Kumsaws Haar. »Isaac ist mein Mann. Meine Tochter Wieza ist seine Tochter.«

»Mana-Tawa«, sagte Ta-Kumsaw.

»Eine Weile glaubte ich, daß Isaac hierbleiben würde, um bei uns zu leben. Doch dann sah ich, wie sich sein Faden von uns fortbewegte, obgleich sein Körper noch bei uns war. Ich wußte, daß er zu seinem Volk gehen würde. Ich wußte, weshalb er zu uns gekommen war, ganz allein aus dem Wald. Es gibt ein Verlangen, das noch tiefer gründet als das Verlangen des roten Mannes nach dem Gesang des lebenden Waldes, tiefer als die Sehnsucht des Schmieds nach dem heißen, feuchten Eisen, tiefer sogar noch als das Sehnen des Rutengängers nach dem hohlen Herz der Erde. Dieses Verlangen hat Ta-Kumsaw in unser Haus geführt. Damals war meine Mutter noch die Weberin am Webstuhl. Ich habe Ta-Kumsaw Lesen und Schreiben gelehrt; er hat sämtliche Bücher im Tal gelesen, und dann haben wir nach Philadelphia um weitere Bücher geschickt, und die hat er auch gelesen. Damals hat er dann seinen eigenen Namen gewählt, den Namen des Mannes, der die *Principia* geschrieben hat. Als wir volljährig wurden, hat er mich geheiratet. Ich habe ein Baby bekommen. Er ist fortgegangen. Als Wieza drei Jahre alt war, kam er zurück, hat einen Webstuhl gebaut und sie nach Westen über den Berg gebracht, damit sie bei seinem Volk lebt.«

»Und Ihr habt Eure eigene Tochter ziehen lassen?«

»Ja, wie einst eine meiner Vorfahrinnen an ihrem alten Webstuhl saß und ihre Tochter ziehen ließ, über den Ozean in dieses Land.« Becca lächelte Alvin traurig an. »Jeder von uns hat seine Aufgabe, aber es gibt keine Aufgabe, die nicht auch ihren Preis hätte. Als Isaac sie mitnahm, befand ich mich bereits in diesem Zimmer. Alles, was geschehen ist, war gut.«

»Ihr habt Ihn nicht einmal gefragt, wie es Eurer Tochter geht, als wir hier eintrafen! Ihr habt ihn immer noch nicht gefragt.«

»Ich brauchte ihn nicht zu fragen«, antwortete Becca. »Den Hütern des Webstuhls widerfährt nichts Böses.«

»Nun, und wenn Eure Tochter jetzt fort ist, wer soll dann einst Euren Platz einnehmen?«

»Vielleicht wird irgendwann ein anderer Ehemann kommen. Einer, der in diesem Haus bleibt und mir einen andern Webstuhl baut und ... und noch einen weiteren für eine Tochter, die noch nicht geboren ist.«

»Und was geschieht danach mit Euch?«

»Das sind viele Fragen, Alvin«, sagte Ta-Kumsaw. Doch seine Stimme war sanft und müde. Alvin aber hegte keine Ehrfurcht vor dem Ta-Kumsaw, der die Bücher des weißen Mannes las, und so beachtete er den milden Tadel nicht.

»Was geschieht mit Euch, wenn Eure Tochter Euren Platz einnimmt?«

»Ich weiß es nicht«, erwiderte Becca. »Aber es heißt, daß wir dann an den Ort zurückkehren, aus dem die Fäden entspringen.«

»Was tut ihr da?«

»Wir spinnen.«

Alvin versuchte sich Beccas Mutter vorzustellen und ihre Großmutter und die Frau davor, alle in einer Reihe. Er versuchte sich vorzustellen, wie viele es sein mochten, wie sie alle an ihren Spinnrädern saßen und Fäden aus der Spindel hervortreten ließen, einen weißen Faden, der irgendwohingehen würde, hingehen und verschwinden, bis er irgendwann riß.

Und während er sich dies vorstellte, meinte er auch, daß er etwas von diesem Gewebe verstand. Davon, wie es immer kräftiger wurde, wie jeder Faden darin verwoben wurde. Wie jene, die oben am Rande des Tuchs umhersprangen und nur gelegentlich ins mittlere Muster eindrangen, nur wenig zur Stärke des Tuchs beitrugen, aber viel zu seiner Farbe. Während manche, deren Farbe kaum zu sehen war, am tiefsten verwoben und alles zusammenhielten. In diesen verborgenen, verbindenden Fäden lag etwas Gutes. Von diesem Augenblick an sollte Alvin immer wieder einen ruhigen Mann oder eine stille Frau bemerken, die von den anderen kaum beachtet wurden und dennoch das Leben eines Dorfs zusammenhielten und alles miteinander verbanden. Stumm sollte Alvin solchen Menschen in seinem Herzen Ehre erweisen, weil er wußte, wie ihr Leben den Stoff kräftigte.

Er dachte auch an die vielen Fäden, die an jenem Punkt endeten, an dem Ta-Kumsaws Schlacht stattfinden sollte. Es war, als hätte Ta-Kumsaw an das Tuch die Schere angelegt.

»Gibt es denn keine Möglichkeit, die Dinge zu heilen?« fragte Alvin. »Gibt es denn keine Hoffnung darauf, diese Schlacht von vorneherein zu verhindern, damit alle diese Fäden nicht zerstört werden?«

Becca schüttelte den Kopf. »Selbst wenn Isaac sich weigern würde hinzugehen, würde die Schlacht doch ohne ihn stattfinden. Nein, die Fäden werden durch nichts zerstört, was Isaac getan hat. Sie sind in jenem Augenblick zerrissen, als irgendein roter Mann sich zu einer Handlung entschied, die mit Sicherheit seinen Tod in der Schlacht bedeuten mußte. Sollte dir das Sorgen machen, so kann ich dir sagen, daß dies nicht zu jener Zeit war, als du und Isaac umherwanderten und den Tod predigten. Ebensowenig hat Old Hickory Menschen getötet. Ihr seid alle nur umhergegangen und habt verschiedene Wege gewiesen. Sie hätten euch nicht glauben müssen. Sie hätten sich nicht zum Sterben entscheiden müssen.«

»Aber sie wußten doch gar nicht, was sie da wählten.«

»Sie wußten es doch«, widersprach Becca. »Wir wissen es immer. Wir gestehen es uns zwar nicht ein; erst im Augenblick des Todes selbst, Alvin, erkennen wir unser ganzes Leben und begreifen, wie wir an jedem Tag unseres Lebens die Art unseres Todes gewählt haben.«

»Und was ist, wenn irgend jemandem etwas auf den Kopf fällt?«

»Dann hat er es sich ausgesucht, genau dort zu sein, wo so etwas passieren kann, und er hat nicht nach oben geschaut.«

»Das glaube ich nicht«, sagte Alvin. »Ich glaube, daß die Menschen immer ändern können, was auf sie zukommt, und ich glaube auch, daß manchmal Dinge geschehen, die niemand haben wollte.«

Becca lächelte ihn an und streckte den Arm aus. »Komm her, Alvin. Laß mich dich festhalten. Ich liebe deinen schlichten Glauben, Kind. Diesen Glauben möchte ich festhalten, auch wenn ich selbst nicht daran glauben kann.«

Sie hielt ihn eine Weile fest, und ihr Arm fühlte sich so sehr wie der seiner eigenen Mutter an, kräftig und sanft zugleich, daß er ein wenig weinte. Er war zu klug, darum zu bitten, seinen eigenen Faden schauen zu dürfen, obwohl er sich vorstellte, daß sein Faden leicht zu finden sein mußte – es war der eine Faden, der in jenem Teil des Stoffs geboren worden war, welcher dem weißen Mann gehörte, der aber hinüberwechselte und grün wurde. Bestimmt war er grün, wie die Fäden der Anhänger des Propheten.

Einer Sache war er sich auch gewiß, daß er nicht einmal fragte, obwohl er sich wahrhaftig nicht scheute, jede Frage zu stellen, die ihm einfiel: Er war sicher, daß Becca wußte, welcher Faden Ta-Kumsaw gehörte, und er wußte auch, daß seiner und Ta-Kumsaws Faden miteinander verknüpft waren, zumindest für eine Weile. Solange Alvin bei ihm blieb, würde Ta-Kumsaw am Leben bleiben. Alvin wußte, daß die Prophezeiung zwei Wege kannte: Jenen, in dem Alvin zuerst starb und Ta-Kumsaw allein zurückließ, der dann ebenfalls sterben würde; und jener, in dem keiner von beiden starb und ihre Fäden weiterliefen, bis sie schließlich verschwanden.

Alvin verbrachte die Nacht auf einer Matte auf dem Fußboden der Bibliothek. Er schlief ein, nachdem er ein paar Seiten in einem Buch gelesen hatte, das von einem Mann namens Adam Smith geschrieben war. Er wußte nicht, wo Ta-Kumsaw schlief, und er wollte auch nicht danach fragen. Alvin war klar, daß es Kinder nichts anging, was ein Mann mit seiner Frau tat; doch er fragte sich, ob Ta-Kumsaws Hauptgrund, hierher zurückzukehren, nicht so sehr sein Wunsch gewesen war, den Webstuhl zu betrachten, sondern vielmehr das Verlangen, von dem Becca gesprochen hatte. Das Bedürfnis, eine weitere Tochter für Beccas Webstuhl zu zeugen. Alvin fand, daß es keine schlechte Idee war, das Gewebe des weißen Amerika den Händen der Tochter eines roten Mannes zu überantworten.

Am nächsten Morgen führte Ta-Kumsaw ihn wieder zurück in den Wald. Sie sprachen weder von Becca noch von sonst etwas. Das einzige, was Ta-Kumsaw von sich gab, waren Anweisungen. Alvin hörte ihn nicht mehr in seiner Isaac-Stimme sprechen, so daß er sich schon zu fragen begann, ob er sie wirklich gehört hatte.

Am Nordufer des Hio, dort, wo der Wobbish mündete, versammelte sich die Armee der Roten; es waren mehr Menschen, als Alvin es sich jemals hätte vorstellen können.

Weil eine solche Gesellschaft zwangsläufig hungrig werden mußte, kamen die Tiere auch zu ihnen, ihr Bedürfnis spürend und das erfüllend, wofür sie geboren worden waren. Wußte der Wald etwa, daß all seine Hoffnungen darauf, daß er den Ängsten des weißen Mannes würde widerstehen können, von Ta-Kumsaws Sieg abhingen?

Nein, entschied Alvin, der Wald tat nur, was er immer tat – er sorgte für die Seinen.

Es regnete und die Brise wehte kühl an jenem Morgen, als sie vom Hio gen Norden aufbrachen, doch was bedeutete dem roten Mann schon der Regen? Der Kundschafter der Franzosen in Detroit war eingetroffen. Es war an der Zeit, die Truppen zusammenzuführen und die Armee von Old Hickory nach Norden zu locken.

18 Detroit

Für Frederic, Comte de Maurepas, war es eine herrliche Zeit. Weit davon entfernt, das Leben in Detroit, das keine der Annehmlichkeiten von Paris aufwies, als Hölle zu empfinden, erlebte er ausnahmsweise einmal die Begeisterung, an etwas Großem teilzuhaben. Krieg war im Anzug, in der Festung herrschte Unruhe; die heidnischen Roten sammelten sich aus allen Ecken der Wildnis, und schon bald würden die Franzosen unter dem Kommando de Maurepas' die amerikanische Lumpenarmee vernichten, die Old Chestnut nördlich des Maw-Nee geführt hatte. Oder hieß er Old Willow? Wie auch immer.

Natürlich war er auch ein wenig verunsichert. Frederic war nie ein Mann der Tat gewesen, und nun geschah plötzlich so viel auf einmal, daß er es kaum verstehen konnte. Manchmal machte es ihm zu schaffen, daß Napoleon die Wilden beim Kampf hinter Bäumen versteckte. Eigentlich sollten Europäer, selbst die barbarischen Amerikaner, doch ehrenhaft genug sein, um es den Roten nicht zu gestatten, einen unfairen Vorteil aus ihrer Fähigkeit zu ziehen, sich in den Wäldern zu verstecken. Aber sollten sie doch, Napoleon war davon überzeugt, daß die Sache gelingen würde. Was sollte auch schiefgehen? Alles entwickelte sich so, wie Napoleon es vorhergesagt hatte. Sogar der Gouverneur La

Fayette, dieser hochverräterische, effeminierte Hund von einem Feuillant, schien sich für die bevorstehende Schlacht zu begeistern. Er hatte sogar ein weiteres Schiff mit Truppen geschickt, das Frederic keine zehn Minuten zuvor in den Hafen hatte einlaufen sehen.

»Mein Herr«, sagte der Abenddiener und meldete jemanden, ausgerechnet um diese Zeit.

»Wer ist es?«

»Ein Bote des Gouverneurs.«

»Herein mit ihm«, sagte Frederic. Er fühlte sich zu wohl, um den Mann erst einmal warten zu lassen, bis er sich die Fersen abgekühlt hatte. Schließlich war es schon Abend – da war es nicht nötig, so zu tun, als würde er noch schwer arbeiten. Genaugenommen war es schon nach vier!

Der Mann trat ein, in seiner Uniform sah er schneidig aus. Tatsächlich war es ein hochrangiger Offizier. Frederic hätte wahrscheinlich seinen Namen kennen müssen, andererseits war er ein Niemand, er besaß nicht einmal einen Vetter mit einem Titel. Also wartete Frederic ab, ohne ihn zu grüßen.

Der Major hielt zwei Briefe in der Hand. Einen davon legte er auf Frederics Tisch.

»Ist der andere auch für mich bestimmt?«

»Jawohl. Aber ich habe Anweisung vom Gouverneur, Euch erst diesen zu übergeben und zu warten, bis Ihr ihn in meiner Gegenwart gelesen habt, um dann zu entscheiden, ob ich Euch auch den anderen überreiche.«

»Anweisung vom Gouverneur! Ich soll so lange auf meine Post warten, bis ich erst seinen Brief gelesen habe?«

»Der zweite Brief ist nicht an Euch adressiert, mein Herr«, erwiderte der Major. »Daher handelt es sich auch nicht um Eure Post. Aber ich denke doch, daß Ihr ihn werdet sehen wollen.«

»Und was, wenn ich nun von meiner Arbeit erschöpft wäre und es vorzöge, den Brief erst morgen zu lesen?«

»Für diesen Fall habe ich noch einen weiteren Brief dabei, den ich Euren Soldaten vorlesen werde, sofern Ihr den ersten Brief nicht innerhalb von fünf Minuten lest. Dieser dritte Brief enthebt Euch Eures Kommandos und überträgt mir im Namen des Gouverneurs die Befehlsgewalt über Fort Detroit.«

»Welch empörendes Verhalten! Auf diese Weise zu mir zu sprechen!«

»Mein Herr, ich wiederhole nur die Worte des Gouverneurs. Ich ersuche Euch inständig, diesen Brief zu lesen. Es kann Euch nicht schaden, aber es hätte verheerende Auswirkungen, tätet Ihr es nicht.«

So etwas war wirklich impertinent! Für wen hielt der Gouverneur sich eigentlich? Gewiß, er war ein Marquis. Andererseits stand La Fayette jedoch weitaus weniger in der Gunst des Königs als …

»Fünf Minuten, mein Herr.«

Wütend öffnete Frederic den Brief. Er war schwer, und als er ihn auseinanderfaltete, fiel scheppernd ein Metallamulett an einer Kette auf den Schreibtisch.

»Was ist denn das?«

»Der Brief, mein Herr.«

Frederic überflog ihn schnell. »Ein Amulett! Ein heiliger Mann! Was soll ich denn davon halten? Ist La Fayette etwa abergläubisch geworden?« Doch trotz seiner Kühnheit wußte Frederic sofort, daß er das Amulett anlegen würde. Ein Schutz gegen den Satan! Er hatte schon von solchen Amuletten gehört. Sie waren von unschätzbarem Wert, denn alle waren sie von der Heiligen Mutter persönlich berührt und mit ihrer Macht versehen worden. Ob es sich um ein solches handelte? Er öffnete die Kette und befestigte es am Hals. Dann schob er es unter sein Hemd, bis es nicht mehr zu sehen war.

»So«, sagte er. »Nun trage ich es.«

»Ausgezeichnet, mein Herr«, sagte der Major. Er reichte ihm den anderen Brief. Zu Frederics Erstaunen erblickte er das Siegel Seiner Majestät im Wachs. Der Brief war an der Marquis de La Fayette gerichtet und bereits einmal geöffnet worden. Er enthielt die Order, Napoleon Bonaparte sofort unter Arrest zu stellen und ihn in Ketten nach Paris zurückzubefördern, damit dieser sich dort vor einem Gericht wegen Hochverrats, Aufruhrs, Untreue und Gesetzesübertretungen verantworten konnte.

»Glaubt Ihr etwa, daß Euer Bitten mich rühren kann?« fragte de Maurepas.

»Ich möchte doch hoffen, daß Euch die Richtigkeit meiner Einwände rühren wird«, erwiderte Napoleon. »Morgen wird die Schlacht stattfinden. Ta-Kumsaw erwartet seine Befehle von mir. Ich allein weiß genau, was von der französischen Armee in diesem Feldzug erwartet wird.«

»Ihr allein? Was ist denn das für eine plötzliche Eitelkeit auf Eurer Seite, zu glauben, daß Ihr allein fähig wäret, das Kommando zu führen.«

»Aber selbstredend versteht *Ihr* alles, Comte de Maurepas. Doch Eure Aufgabe ist es, das Gesamtbild im Auge zu behalten, während ich ...«

»Spart Euch Eure Worte«, erwiderte de Maurepas. »Ich lasse mich nicht mehr täuschen. Eure Hexerei, Euer satanischer Einfluß, dies alles treibt an mir vorbei wie Seifenblasen in der Luft, es bedeutet mir nichts. Ich bin stärker, als Ihr geglaubt habt. Ich verfüge über geheime Kräfte!«

»Es ist gut, wenn Ihr das tut, denn für die Öffentlichkeit werdet Ihr bald nichts anderes mehr besitzen als die Idiotie«, entgegnete Napoleon. »Die Niederlage, die Ihr ohne mich erleiden werdet, wird Euch zum größten Narren in der Geschichte der französischen Armee abstempeln. Wann immer in Zukunft jemand eine schändliche und vermeidbare Katastrophe erleidet, wird man ihn auslachen und sagen, daß er einen Maurepas begangen habe!«

»Genug«, sagte de Maurepas. »Hochverrat, Aufruhr, Gesetzesbruch, und, als wenn das nicht schon genügte, nun auch noch Insubordination. M. Guillotine wird noch mit Euch zu tun bekommen, davon bin ich überzeugt, mein eilter kleiner Zwerg! Geht nur und probiert Eure Klauen an

Seiner Majestät aus, Ihr werdet schon selbst feststellen, wie tief sie sich noch ins Fleisch einschlagen, wenn Eure Glieder in Ketten liegen und Euer Kopf verwirkt ist.«

Erst am Morgen wurde der Verrat offenbar, doch dann lief es schnell und gründlich. Es begann damit, daß der französische Quartiermeister sich weigerte, an Ta-Kumsaws Leute Schießpulver auszugeben. »Ich habe meine Befehle«, sagte er.

Als Ta-Kumsaw mit Napoleon sprechen wollte, lachte man ihn aus. »Der wird Euch weder jetzt noch jemals später empfangen«, teilte man ihm mit.

Und de Maurepas?

»Der ist ein Comte. Er verhandelt nicht mit Wilden. Er ist kein Tierliebhaber wie der kleine Napoleon.«

Erst da merkte Alvin, daß alle Franzosen, mit denen sie heute zu tun bekamen, eben jene waren, die Napoleon bisher gemieden hatte. Alle Offiziere, die Napoleon bevorzugte und denen er vertraute, waren nicht mehr aufzufinden. Napoleon war gestürzt worden.

»Pfeil und Bogen«, sagte ein Offizier. »Damit sind Eure Krieger doch unschlagbar, nicht wahr? Mit Kugeln würdet Ihr doch Euren eigenen Männern mehr schaden als dem Feind.«

Ta-Kumsaws Kundschafter berichteten ihm, daß die amerikanische Armee bis zum Mittag eintreffen würde. Doch nun, da sie nicht mehr die Reichweite von Musketen besaßen, konnten sie kaum mehr tun, als die Armee Old Hickorys mit schwachen Pfeilschüssen zu belästigen, die aus viel zu großer Entfernung abgefeuert wurden, obwohl sie doch vorgehabt hatten, die Amerikaner mit einem Bleihagel in Empfang zu nehmen. Und weil die Bogenschützen sich den Amerikanern so weit nähern mußten, um überhaupt schießen zu können, wurden viele von ihnen getötet.

»Steh nicht neben mir«, sagte Ta-Kumsaw zu Alvin. »Sie

wissen alle von der Prophezeiung. Sonst glauben sie noch, daß ich nur mutig bin, weil ich weiß, daß ich nicht sterben kann.«

Also stellte Alvin sich ein Stück abseits, blieb aber immer nahe genug, um tief in Ta-Kumsaws Körper hineinblicken zu können, bereit, jede etwaige Wunde zu heilen. Was er jedoch nicht heilen konnte, das waren die Furcht und der Zorn und die Verzweiflung, die sich in Ta-Kumsaws Seele bereits breitmachten. Ohne Schießpulver, ohne Napoleon war der einstmals sicher geglaubte Sieg zu einer Frage des schieren Glücks geworden.

Die grundlegende Taktik war erfolgreich. Old Hickory bemerkte die Falle sofort, doch das Gelände zwang ihn dazu, entweder hineinzulaufen oder den Rückzug zu wählen, und er wußte, daß der Rückzug das Verderben bedeutete. Also marschierte seine Armee kühn zwischen die Hügel, auf denen es von Roten nur so wimmelte, auf den schmalen Streifen zu, wo die französischen Kanonen und Gewehrschützen die Amerikaner unter Beschuß nehmen würden, während die Roten alles töten sollten, was zu fliehen versuchte. Es hätte einen vollständigen Sieg geben müssen. Nur daß man davon ausgegangen war, daß die Amerikaner demoralisiert, verwirrt und durch den Beschuß der Roten auf dem Weg zur Schlacht stark dezimiert sein würden.

Die Taktik war richtig, aber als die amerikanische Armee die französische erblickte und angesichts der Mündungen neun mit Kartätschen geladener Kanonen und zweitausend Musketen zögerte, zogen sich die Franzosen völlig unverständlicherweise zurück. Es war, als würden sie der Stärke ihrer eigenen Linien nicht trauen. Sie versuchten nicht einmal die Kanonen mitzunehmen. Sie wichen zurück, als fürchteten sie die sofortige Vernichtung.

Old Hickory wußte die Gelegenheit zu nutzen. Seine Soldaten ignorierten die Roten und stürzten sich auf die fliehenden Franzosen, machten alles nieder, was nicht davonlief, erbeuteten Kanonen, Musketen, Pulver und Kugeln.

Binnen einer Stunde hatten sie mit Hilfe der französischen Artillerie an drei Stellen Breschen in die Festungsmauern geschossen. Amerikaner strömten in Detroit ein; in den Straßen fanden blutige Kämpfe statt.

An diesem Punkt hätte Ta-Kumsaw sich zurückziehen sollen. Er hätte es den Amerikanern überlassen sollen, die Franzosen zu vernichten, hätte seine Männer in Sicherheit bringen sollen. Vielleicht fühlte er sich noch verpflichtet, den Franzosen zu helfen, selbst jetzt noch, nachdem sie ihn im Stich gelassen hatten. Vielleicht hoffte er aber auch noch darauf, daß seine Armee von Roten gegen die bereits in eine Schlacht verwickelten Amerikaner doch noch einen Sieg davontragen konnte. Vielleicht erkannte er aber auch, daß er nie wieder genug Kraft haben würde, um alle Krieger sämtlicher Stämme unter seinem Befehl zu vereinen.

Und so griffen die mit Pfeil und Bogen, mit Keulen und Messern bewaffneten Roten die amerikanische Armee von hinten an. Zuerst brachten sie blutige Ernte ein, schlugen die Weißen zu Boden, durchbohrten sie mit ihren Feuersteinklingen. Ta-Kumsaw befahl ihnen, Musketen, Pulver und Munition der Gefallenen an sich zu nehmen, und viele der Roten gehorchten. Doch dann setzte Old Hickory den disziplinierten Kern seiner Truppe ein. Die Kanonen wurden gewendet. Und die auf offenem Feld kämpfenden Roten fielen im gewaltigen Kartätschenhagel.

Am Abend brannte Detroit, und der Rauch zog durch den nahen Wald. Ta-Kumsaw stand in der Dunkelheit mit einigen wenigen hundert seiner eigenen Shaw-Nee. Hier und dort leistete ein Stamm noch Widerstand; die meisten aber verzweifelten und flohen in den Wald, wohin ihnen kein Weißer folgen konnte. Old Hickory führte persönlich den letzten Ansturm gegen Ta-Kumsaws hölzerne Festung.

Es schien, asl würden die Kugeln von allen Seiten auf sie niederprasseln. Doch Ta-Kumsaw stand aufrecht da und feuerte seine Männer an, mit den Musketen zu kämpfen, die sie den gefallenen Amerikanern entwendet hatten.

Fünfzehn Minuten lang, die wie eine schiere Ewigkeit wirkten, kämpfte Ta-Kumsaw wie ein Wahnsinniger, und seine Shaw-Nee kämpften und starben neben ihm. Ta-Kumsaws Körper blühte von scharlachfarbenen Wunden; das Blut strömte von Rücken und Bauch. Schlaff hing ein Arm von seiner Seite herab. Niemand wußte, woher er die Kraft hatte, stehenzubleiben, so viele Wunden hatte er sich schon zugezogen. Doch Ta-Kumsaw war aus Fleisch und Blut wie jeder andere Mann, und schließlich fiel auch er in der raucherfüllten Dämmerung, von einem halben Dutzend Wunden niedergestreckt.

Als Ta-Kumsaw fiel, ließ das Feuer nach. Es war, als hätten die Amerikaner gewußt, daß sie nur diesen einen Mann zu töten brauchten, um den Kampfgeist derr Roten auf alle Zeiten zu brechen. Die wenigen überlebenden Shaw-Nee-Krieger krochen im Rauch und der Dunkelheit davon, um die bittere Nachricht von Ta-Kumsaws Tod in jedes Dorf der Shaw-Nee zu tragen. Die große Schlacht war ein hoffnungsloses Unterfangen gewesen; man konnte dem weißen Mann nicht trauen, ob er Franzose war oder Amerikaner, so daß Ta-Kumsaws großer Plan niemals hätte gelingen können. Und doch erinnerten die Roten sich daran, daß sie sich wenigstens für eine Weile unter der Führung eines großen Mannes vereint hatten, daß sie zu einem einzigen Volk geworden waren und vom Sieg geträumt hatten. Und so erinnerte man sich Ta-Kumsaws in Liedern, als ganze Dörfer und Familien nach Westen über den Mizzipy zogen, um sich dem Propheten anzuschließen. Man gedachte seiner in Geschichten, die man sich an Kaminen erzählte; Familien erinnerten sich an ihn, die die Kleidung der Weißen trugen und auch ihre Arbeit taten. Doch immer noch wußten sie, daß es einst eine andere Art zu leben gegeben hatte und daß der größte aller Roten im Walde ein Mann namens Ta-Kumsaw gewesen war.

Doch es waren nicht nur die Roten, die sich an Ta-Kumsaw erinnerten. Noch während sie ihre Musketen auf seine schattenhafte Gestalt im Wald abfeuerten, bewunderten die amerikanischen Soldaten ihn. Er war ihnen ein großer Held aus alter Zeit. Im Grunde ihres Herzens waren die Amerikaner alle Bauern und Ladenbesitzer. Ta-Kumsaw verkörperte für sie Figuren wie Achilles oder Odysseus, Cäsar oder Hannibal, David oder die Makkabäer. »Er kann nicht sterben«, murmelten sie, als sie mitansahen, wie er ihren Kugeln trotzte. Und als er schließlich doch fiel, da suchten sie nach seinem Leichnam und fanden ihn nicht.

»Die Shaw-nee haben ihn mitgeschleppt«, entschied Old Hickory, und dabei ließ man es bewenden. Er ließ sie nicht einmal nach dem Renegado-Jungen suchen, weil er davon ausging, daß ein solcher weißer Verräter sicherlich ebenso untreu sein würde wie die Franzosen und sich während des Kampfs davonstehlen würde. Laßt es, sagte Old Hikkory, und wer wollte dem alten Mann schon widersprechen? Hatte er nicht den Sieg für sie errungen? Hatte er nicht den Widerstand der Roten ein für alle Male gebrochen? Old Hickory, Andy Jackson – sie wollten ihn am liebsten zum König machen, doch sie würden sich eines Tages mit dem Präsidentenamt begnügen müssen. Bis dahin aber konnten sie Ta-Kumsaw nicht vergessen, und so breiteten sich Gerüchte aus, daß er irgendwo doch noch am Leben sei, von seinen Wunden verkrüppelt, daß er darauf warte, wieder gesund zu werden und eine große rote Invasion von jenseits des Mizzipy anzuführen, aus den Sümpfen des Südens oder aus irgendeiner geheimen, verborgenen Festung in den Appalachees.

Während der ganzen Schlacht arbeitete Alvin mit aller Kraft daran, Ta-Kumsaw am Leben zu erhalten. Mit jeder neuen Kugel, die das Fleisch durchbohrte, heilte Alvin zerfetzte Adern, versuchte er, Ta-Kumsaws Blut in seinem Körper zu behalten. Für den Schmerz hatte er keine Zeit, doch Ta-Kumsaw schienen die schrecklichen Wunden nichts auszumachen. Alvin kauerte in seinem Versteck zwischen einem stehenden und einem umgestürzten Baum und beobachtete Ta-Kumsaw nur mit dem inneren Auge. Er war so sehr darauf konzentriert, daß er nicht einmal den stechenden Schmerz der Kugel spürte, die in den Rücken seiner linken Hand einschlug.

Doch am Rande seines inneren Gesichtsfelds erblickte er den Entmacher, jenen großen Vernichter, wie einen durchsichtigen Schatten, seine schimmernden Finger schnitten durch den Wald. Den roten Ta-Kumsaw konnte Alvin heilen. Doch wer konnte den Laubwald heilen? Wer konnte die Wunden heilen, die allen Indianern zugefügt wurden? Alles, was Ta-Kumsaw aufgebaut hatte, fiel der Zerstörung anheim, und alles, was Alvin tun konnte, war, einen einzigen Mann am Leben zu halten. Gewiß, einen großen Mann, einen Mann, der die Welt verändert hatte, der etwas aufgebaut hatte, auch wenn dieses Etwas am Ende zu noch mehr Leid und Schmerz führte. Ta-Kumsaw war ein Erbauer, und doch wußte Alvin schon jetzt, da er sein Leben rettete, daß Ta-Kumsaws Tage des Erbauens zu Ende waren. Höchstwahrscheinlich neidete der Entmacher Alvin nicht das Leben seines Freundes. Was war schon Ta-Kumsaw, verglichen mit dem, was der große Urschöpfer bei diesem Fest noch alles verschlang? Und schließlich, als die vielen Wunden Alvins Kräfte überstiegen und das Blut nur noch so hervorströmte, stürzte Ta-Kumsaw in Alvins Unterschlupf, fiel er auf den Jungen, der unter seiner Last beinahe erstickte.

Alvin hörte kaum, wie man um sie herum nach Ta-Kumsaw suchte. Er war zu sehr damit beschäftigt, Wunden zu heilen, zerrissenes Fleisch ganz zu machen, zerfetzte Nervenstränge miteinander zu verbinden und gebrochene Knochen zu richten. In seinem verzweifelten Bemühen, Ta-Kumsaws Leben zu retten, öffnete er die Augen und schnitt mit seinem eigenen Steinmesser ins Fleisch des roten Mannes hinein, um Geschosse herauszuhebeln und die Wunden danach wieder zu heilen. Und die ganze Zeit war es, als würden sich Rauch und Pulverdampf über ihnen zusammenballen, so daß niemand in das kleine Versteck hineinschauen konnte, wo der Entmacher Alvin gefangengehalten hatte.

Alvin erwachte erst am nächsten Nachmittag wieder. Neben ihm lag Ta-Kumsaw, matt und erschöpft, aber heil.

Vorsichtig kroch Alvin unter Ta-Kumsaw hervor, der sich so leicht anfühlte wie eine Feder. Inzwischen war der Rauch verflogen, doch Alvin fühlte sich noch immer unsichtbar, wie er so bei hellichtem Tageslicht wie ein Roter gekleidet umherging. Aus dem Lager der Amerikaner neben den Ruinen von Detroit ertönte betrunkener Gesang. Noch immer zogen vereinzelte Rauchschwaden durch die Bäume. Und überall, wo Alvin ging, lagen die Leichen von roten Männern wie nasses Stroh auf dem Waldboden. Es stank nach Tod.

Alvin fand einen Bach und trank, wusch sich Gesicht und Hände, tauchte den Kopf ins Wasser, um sich abzukühlen. Dann kehrte er zu Ta-Kumsaw zurück, um ihn zu wecken und ihm etwas zu trinken zu bringen.

Ta-Kumsaw war bereits wach. Er stand über den Leichnam eines gefallenen Freundes gebeugt. Den Kopf hatte er zurückgelegt und den Mund weit geöffnet, als würde er einen Schrei hervorstoßen, der so tief und so laut war, daß menschliche Ohren ihn nicht vernehmen konnten. Alvin lief auf ihn zu, schlang die Arme um ihn, klammerte sich an ihn, ganz das Kind, das er war, nur daß es Alvin war, der dabei Trost spendete. Er flüsterte: »Ihr habt Euer Bestes gegeben. Ihr habt getan, was getan werden konnte.«

Und Ta-Kumsaw antwortete nicht, obwohl sein Schweigen auch eine Antwort war, so als würde er sagen: Ich bin am Leben, was bedeutet, daß ich nicht genug getan habe.

Am Nachmittat gingen sie davon und machten sich dabei nicht einmal die Mühe, sich zu verbergen. Später erwachten einige weiße Männer verkatert und schworen, daß sie Ta-Kumsaw und den Renegado-Jungen gesehen hätten, wie sie zwischen den Gefallenen der Rotenarmee dahingeschritten seien, doch niemand hörte auf sie.

Bis sie zum Oberlauf des My-Ammy gelangt waren,

wechselten Alvin und Ta-Kumsaw kein Wort. Und selbst als sie sich dort ein Kanu bauten, sagte Ta-Kumsaw kaum etwas zu ihm. Alvin ließ das Holz an den richtigen Stellen weich werden, so daß sie kaum eine halbe Stunde brauchten. Eine weitere halbe Stunde benötigten sie, um ein gutes Paddel anzufertigen. Dann brachten sie das Kanu ans Ufer. Als das Kanu schon halb im Wasser war, drehte sich Ta-Kumsaw zu Alvin um, streckte die Hand aus und berührte ihn im Gesicht. »Wenn alle weißen Männer so treu und wahrhaftig wären wie du, Alvin, wäre ich nie zu ihrem Feind geworden.«

Und als Alvin zusah, wie Ta-Kumsaw den Fluß entlangpaddelte, bis er verschwunden war, meinte er, daß es sich einfach nicht so anfühlte, als hätte Ta-Kumsaw verloren. Als sei es in der Schlacht überhaupt nicht *um* Ta-Kumsaw gegangen. Es war um den weißen Mann gegangen und darum, ob er dieses Land wert war. Der weiße Mann mochte glauben, daß er gesiegt habe, doch in Wahrheit war er es, der verloren hatte. Denn als Ta-Kumsaw den Wobbish hinunter zum Hio paddelte, den Hio hinunter zum Mizzipy, nahm er das Land mit, den Grüngesang; was der weiße Mann mit soviel Blut und Unehrlichkeit gewonnen hatten, war nicht das lebendige Land des roten Mannes, sondern nur sein Leichnam. Und er würde unter seinen Fingern zu Staub werden.

Aber Alvin war ein weißer Mann und kein Roter, was immer andere auch sagen mochten. Und ob es nun unter seinen Füßen verfaulte oder nicht, dieses Land war alles, was sie hatten.

Und so schritt Alvin am Ufer des Wobbish flußabwärts; er wußte, daß er dort, wo sich der Tippy-Canoe in den größten Strom ergoß, seinen Pa und seine Ma finden würde, die darauf warteten zu erfahren, was mit ihm in jenem Jahr geschehen war, seit er sich aufgemacht hatte, um am Hatrack River eine Lehre als Schmied anzutreten.

19 Heimkehr

Napoleon trug keine Ketten während seiner Rückkehr nach Frankreich. Er schlief in der zweiten Kabine und speiste am Tisch des Gouverneurs La Fayette, der nur zu froh war, ihn dabeizuhaben. In den heißen Nachmittagen der Atlantiküberquerung vertraute La Fayette Napoleon alle seine Revolutionspläne an, ihm, seinem liebsten Freund; und Napoleon machte hilfreiche Vorschläge, wie man die Revolution sehr viel schneller und sehr viel wirkungsvoller vorantreiben könne.

»Das Beste an all diesen traurigen Ereignissen«, sagte La Fayette an dem Tag, als der Ausguck zum ersten Mal die Küste der Bretagne ausmachte, »ist, daß wir jetzt Freunde sind und daß die Revolution ihres Sieges sicher sein kann, weil Ihr nun Teil davon seid. Wenn ich mir vorstelle, daß ich Euch einst mißtraute, weil ich Euch für ein Werkzeug des Königs hielt. Ein Werkzeug Charles'! Doch schon bald wird Frankreich erfahren, welch ein Held Ihr seid, und es wird dem König und Frederic die Schuld für die Einnahme und das Schleifen Detroits geben. Dieses ganze Gebiet ist nun in den Händen von Protestanten und Wilden, während wir dagegen dem Volk Frankreichs ein besseres Leben anbieten können. Ach, Napoleon, in all den Jahren, da ich die Demokratie plante, habe ich mich nach einem Mann gesehnt, wie Ihr einer seid. Alles, was wir dazu brauchten, wir Feuillants, war ein Führer, ein Mann der uns leiten, der Frankreich in die wahre Freiheit führen konnte.« Und La Fayette seufzte und sank noch tiefer in die Kissen seines Sessels.

Napoleon hörte zwar zufrieden zu, zugleich aber war er auch traurig. Denn er hatte geglaubt, daß La Fayette aufgrund irgendeiner inwendigen Kraft gegen seinen Charme immun gewesen sei. Und nun hatte er erfahren, daß es nur ein närrisches Amulett gewesen war, daß La Fayette wie jeder andere gewöhnliche Mensch war, wenn es darum ging, Napoleon Widerstand zu entbieten. Und nun, da dieses Amulett in einem Massengrab vor Detroit lag, zweifellos noch immer an die verfaulenden Knochen des Frederic de Maurepas gekettet, erkannte Napoleon, daß er auf dieser Welt niemals seinesgleichen finden würde. Kein Mensch würde ihm je widerstehen können. Also lauschte er La Fayettes Geplauder mit wehmütiger Sehnsucht nach jenem Mann, für den er La Fayette einst gehalten hatte.

Die Männer an Deck waren emsig und eilten umher, machten zehntausend Geräusche, denn nun liefen sie Land an; Napoleon war endlich wieder zu Hause.

Ta-Kumsaw brauchte den dichten Nebel nicht zu fürchten, der sich an der Mündung des Hio über das Wasser legte und in den Mizzipy ergoß, denn er kannte den Weg, kannte die Strömungen: Nach Westen. Jenes Ufer würde sein Refugium sein, seine Sicherheit, das Ende seines Lebens.

Denn etwas anderes sah er nicht mehr vor sich. Das Land westlich des Mizzipy war das Land seines Bruders, der Ort, an den der weiße Mann nicht kommen würde. Das Land selbst, das Wasser, jedes Lebewesen würde darauf hinarbeiten, jene Weißen abzuhalten, die töricht genug waren zu glauben, daß der rote Mann noch einmal besiegt werden könnte. Doch was das rote Volk jetzt brauchte, war die Gabe des Propheten und nicht die eines Kriegers wie Ta-Kumsaw. Im Osten, unter den gefallenen Roten und den törichten Weißen, mochte er eine legendäre Gestalt sein, doch im Westen würde man wissen, was er war: Ein Mann mit blutbefleckten Händen, der sein Volk ins Verderben geführt hatte.

Das Wasser leckte an seinem Kanu. Nicht weit entfernt hörte er einen Kardinalvogel singen. Der Nebel wurde heißer, blendender; dann brach er auf, und die Sonne schien hervor, raubte ihm die Sicht. Mit drei Paddelstößen lenkte er sein Kanu ans Ufer, und dort stand zu seiner Überraschung ein Mann, eine Silhouette in der Spätnachmittagssonne. Der Mann sprang hinunter, packte das Ende von Ta-Kumsaws Kanu und zog es kräftig ans Ufer. Dann half er Ta-Kumsaw aus dem kleinen Boot. Ta-Kumsaw konnte sein Gesicht nicht erkennen, so geblendet waren seine Augen. Doch er wußte, wer es war, er erkannte ihn an der Berührung seiner Hand. Und dann hörte er die murmelnde Stimme: »Laß das Kanu forttreiben. Niemand wird mehr ans andere Ufer wechseln, mein Bruder.«

»Lolla-Wossiky!« rief Ta-Kumsaw. Dann weinte er und kniete zu Füßen seines Bruders nieder, umklammerte seine Knie. All der Schmerz, all das Leid brach aus ihm hervor, während ihm Lolla-Wossiky, genannt Tenskwa-Tawa, der Prophet, ein Lied der Trauer vorsang, ein Lied, das vom Tod der Bienen handelte.

Die Stadt hatte sich verändert. Als Alvin auf Vigor Church zukam, sah er, daß man dort neue Gebäude errichtet hatte. Inzwischen lebten die Bewohner recht eng zusammen, und Vigor Church war zu einer richtigen Stadt geworden. Doch niemand grüßte ihn auf der Straße, und selbst die Kinder, die auf der Gemeindewiese spielten, hatten kein Wort für ihn übrig. Zweifellos hatten ihre Eltern ihnen beigebracht, keinen Fremden willkommen zu heißen; vielleicht waren sie es aber auch nur müde, mitanhören zu müssen, wie ihre Väter und älteren Brüder jedem Fremden, der hier zu Besuch kam, ihre schreckliche Geschichte erzählten.

Und auch Alvin hatte sich verändert. Er war größer geworden, er bewegte sich anders, eher wie ein Roter, der nicht an die Wege des Weißen gewöhnt war. Vielleicht bin ich *selbst* hier inzwischen auch ein Fremder. Vielleicht habe ich im letzten Jahr zuviel mitangesehen und zuviel getan, um noch länger Alvin Junior zu sein.

Dennoch kannte Alvin den Weg. Noch immer führten Brücken über jeden kleinen Bach auf dem Weg zum Hause seines Vaters. Alvin versuchte das Gefühl von früher wachzurufen, den Zorn zu spüren, den das Wasser gegen ihn hegte. Doch das finstere Böse, das einst sein Feind gewesen war, erkannte ihn kaum, nun, da er dahinschritt wie ein Roter, völlig eins mit der lebendigen Welt. Das macht nichts, dachte Alvin. Wenn das Land zahm geworden und gebrochen ist, wird mein Schritt wieder der eines Weißen sein, dann wird der Entmacher mich schon wieder aufspüren.

Cally stand auf der Veranda. Er war es, der losschrie, der ihn sofort wiedererkannte.

»Alvin! Ally! Alvin Junior! Er ist wieder da! Du bist wieder da!«

Der erste, der auf seinen Ruf herbeistürzte und mit aufgekrempelten Ärmeln und einer Axt in der Hand, war Measure. Sobald er sah, daß es wirklich Alvin war, ließ er die Axt fallen und nahm Alvin Junior bei den Schultern, musterte ihn von oben bis unten, um sich zu überzeugen, daß er nicht zu Schaden gekommen war. Und auch Alvin suchte Narben an Measure. Es waren keine zu sehen, alles war richtig verheilt. Doch Measure entdeckte einige tiefere Wunden in Alvins Inneren, und sanft sagte er: »Du bist älter geworden, Al.« Darauf wußte Alvin nichts zu antworten, und eine Weile blickten sie einander nur in die Augen, und jeder wußte, daß kein anderer weißer Mann jemals verstehen würde, was sie wußten.

Dann trat Ma auf die Veranda, und Pa kam aus der Mühle zum Haus hinüber, und nun gab es Umarmungen und Küsse, Gelächter und Rufe, Tränen und Schweigen. Sie schlachteten zwar nicht das gemästete Kalb, doch dafür gab es immerhin ein Ferkel. Cally rannte zu den Farmen der Brüder und in Brustwehr-Gottes Geschäft und berichtete, was geschehen war, und schon bald hatte sich die ganze Familie versammelt, um Alvin Junior zu begrüßen. Sie hatten zwar gewußt, daß er nicht tot war, hatten aber schon jede Hoffnung verloren, ihn jemals wiederzusehen.

Und dann, als es spät wurde, vergrub Pa die Hände in seinen Taschen, und die anderen Männer und Frauen verstummten, bis Alvin nickte und sagte: »Ich weiß, welche Geschichte ihr erzählen müßt. Also erzählt sie mir jetzt, ihr alle, und dann werde ich euch davon erzählen, welche Rolle ich darin spielte.«

Sie taten es, und er tat es, und dann flossen noch mehr Tränen, diesmal jedoch waren es Tränen der Trauer und nicht der Fraude. Dieses Wobbish-Tal war das einzige Zuhause, was sie jetzt noch kennenlernen würden; es war die einzige Möglichkeit, das Leben zu ertragen; so war es für alle Menschen, die den Mond am Tippy-Canoe begangen hatten. Es war recht so, daß sie zusammenblieben und keine Fremden sahen. Wohin hätten sie auch noch gehen und in Frieden leben können, nach dem, was sie allen, die zu ihnen kamen, erzählen mußten? »Wir müssen also bleiben, Al Junior. Aber du und Cally nicht. Und vielleicht können wir immer noch an deine Lehre denken, was meinst du?«

»Darüber können wir auch später noch nachdenken«, warf Ma ein. »Er ist wieder zu Hause, und das genügt erst mal. Dankt dem Herrn, daß er mich nicht zur Prophetin gemacht hat, als ich verkündete, daß ich meinen lieben kleinen Alvin nie wiedersehen würde.«

Alvin sagte seiner Mutter nicht, daß ihre Prophezeiung doch wahr geworden war. Daß es nicht ihr lieber kleiner Alvin war, der nach Hause zurückgekehrt war. Das sollte sie schon selbst herausfinden.

In der Nacht, als er in seinem Bett lag, lauschte Alvin dem fernen Grüngesang, der immer noch warm war und schön, immer noch fröhlich und hoffnungsfroh, obwohl der Wald so spärlich wurde, obwohl die Zukunft so düster aussah. Denn im Gesang des Lebens war keine Furcht vor der Zukunft, sondern nur die immerfrohe Gegenwart. Das ist alles, was ich jetzt haben will, dachte Alvin. Die Gegenwart. Die ist mir schon gut genug.

ENDE

Band 20 115

Orson Scott Card

Der siebente Sohn

Deutsche Erstveröffentlichung

Amerika, Ende des 18. Jahrhunderts. Es ist ein Amerika, das nie eine Revolution erlebt hat, sondern immer noch eine Kolonie des englischen Mutterlands ist, in dem die sittenstrengen Puritaner herrschen.
In diesem Amerika wird ein Kind geboren, dem man den Namen Alvin gibt. Alvin ist der siebte Sohn eines siebten Sohnes, und er besitzt magische Kräfte. Er ist dazu bestimmt, ein Schöpfer zu werden, wenn – ja, wenn er seine Kindheit überlebt. Denn noch ist er klein und schwach, und sein einziger Verbündeter ist ein wandernder Geschichtenerzähler, ein alter Waldläufer namens William Blake. Und sein Feind ist der Unschöpfer, die dunkle Macht des Zerstörers vom Anbeginn der Welt.

BASTEI LÜBBE

Sie erhalten diesen Band im Buchhandel, bei Ihrem Zeitschriftenhändler sowie im Bahnhofsbuchhandel.

Band 24 115

Orson Scott Card

Meistersänger

Deutsche Erstveröffentlichung

Ansset ist der Meistersänger, dessen Stimme ihm Macht über die Völker der Galaxis gibt. Doch ohne es zu wollen, muß er sein übermenschliches Talent mißbrauchen, wird zum geliebten Adoptivsohn des gefürchteten Sternenkaisers und steigt schließlich selbst zum Imperator auf. Aber Anssets Seele kann diesen Verrat an der Macht des Liedes nicht ertragen, und so muß er eines Tages den langen Weg der Buße antreten – zurück in seine Kindheit und zum Sängerhaus, das ihm seine Macht verlieh.

BASTEI LÜBBE

Sie erhalten diesen Band im Buchhandel, bei Ihrem Zeitschriftenhändler sowie im Bahnhofsbuchhandel.